Avraham B. Yehoshua

O túnel

Tradução

Tova Sender

© Avraham B. Yehoshua, 2022

1ª edição

PREPARAÇÃO

Tamara Sender

REVISÃO

Pamela P. Cabral da Silva

Clarissa Growoski

CAPA

Beatriz Dorea

Isabela Vdd

Impresso no Brasil/*Printed in Brazil*

Todos os direitos reservados à DBA Editora.
Alameda Franca, 1185, cj 31
01422-001 — São Paulo — SP
www.dbaeditora.com.br

Dados Internacionais de Catalogação na Publicação (CIP)

(Câmara Brasileira do Livro, SP, Brasil)

Yehoshua, A. B.

O túnel / A. B. Yehoshua; tradução Tova Sender. -- São Paulo: Dba Editora,

2022.

Título original: The tunnel

ISBN 978-65-5826-033-2

1. Ficção israelense 2. Israel - Ficção 3. Palestina - Ficção I. Título.

CDD- 892.43

Índices para catálogo sistemático:

1. Ficção: Literatura israelense 892.43

Maria Alice Ferreira - Bibliotecária - CRB-8/7964

Para a minha Ika (1940–2016)
Amada infinita

No neurologista

—Bom, vamos resumir — diz o neurologista.
— Sim, vamos resumir — sussurram os dois.
— As queixas não são de todo delirantes. De fato, apareceu no lobo frontal uma atrofia que indica uma leve degeneração.
— Onde exatamente?
— Aqui, no córtex cerebral.
— Lamento, mas não estou vendo nada.
A mulher dele se inclina sobre a imagem.
— Sim, alguma coisa escura aqui — ela confirma —, mas bem pequena.
— É verdade — admite o neurologista —, mas pode aumentar.
— Só pode — diz o marido, a voz trêmula — ou também tende a aumentar?
— Pode e tende também.
— E em que ritmo?
— Não há regras fixas para nenhum desenvolvimento patológico, e certamente não para o córtex cerebral. O ritmo depende também de você.
— *De mim?* Como de mim?

— Do seu comportamento. Quer dizer, de como você vai combater, de como você vai lutar.

— Lutar contra o meu cérebro? Como?

— A alma contra o cérebro.

— E eu sempre achei que fossem a mesma coisa.

— De jeito nenhum, de jeito nenhum — afirma o neurologista. — Qual é a sua idade, senhor?

— Setenta e três...

— Ainda não — corrige a esposa —, ele sempre se adianta... para o fim...

— Então — resmunga o médico —, isso já não é bom.

Pela primeira vez, o paciente percebe que entre os cachos de cabelo do neurologista há uma pequena quipá escondida. Quando ele foi examinado deitado, ela foi retirada, aparentemente para não lhe cair no rosto.

— Assim, por exemplo, os nomes que lhe fogem...

— Principalmente os primeiros nomes — o paciente se apressa em especificar —, porque os sobrenomes ainda fluem com relativa facilidade, mas os primeiros nomes, é como se desaparecessem quando tento chegar até eles.

— Então você já tem um pequeno campo de batalha. Não se contente com sobrenomes, não desista dos primeiros nomes.

— Eu não desisto, mas quando eu me esforço para me lembrar deles, *ela* sempre pula e se antecipa.

— Isso não é bom — o médico repreende a mulher —, assim você não está ajudando.

— É verdade — ela reconhece a própria culpa —, mas às vezes ele é tão lento em se lembrar dos nomes, que acaba esquecendo o que ele queria dizer a respeito deles.

— Apesar disso, você deve deixá-lo lutar sozinho pela memória, e só assim você o estará ajudando.

— Você está certo, doutor, eu prometo.

— Diga-me, você ainda trabalha?

— Não mais. Sou aposentado há cinco anos.

— Aposentado em quê, permita-me perguntar?

— Na Caminhos de Israel.

— O que é Caminhos de Israel?

— O que antes era o Departamento de Obras Públicas. Trabalhei lá por quarenta anos, planejando estradas e rodovias.

— Estradas e rodovias — o neurologista repete, num tom de divertimento. — Onde? No norte ou no sul do país?

Enquanto ele se localiza para dar um detalhamento exato, sua esposa interfere novamente:

— No norte. Aqui está à sua frente, doutor, o engenheiro que foi chamado para ajudar a empresa Derech Eretz a planejar os dois túneis na Rodovia Transisrael.

Justamente os túneis?, o marido pensa com espanto. Isso porque, aos seus olhos, eles não são o exemplo mais brilhante das suas realizações. Porém, o neurologista já está atraído pelos túneis. Enfim, por que não? Ele dispõe de tempo livre. Este é o último paciente da noite, a recepcionista já recebeu o pagamento e foi embora, e o apartamento dele fica em cima da clínica.

— Não reparei que existem túneis na Rodovia 6.

— É porque eles não são longos, apenas algumas centenas de metros cada um.

— Apesar disso, eu deveria prestar atenção neles, e não ficar sonhando na estrada — o médico repreende a si próprio.

— Talvez mais engenheiros rodoviários venham até mim.

— Eles virão somente se não conseguirem esconder a própria demência entre os viadutos — o paciente tenta brincar.

O neurologista se impõe:

— Por favor, que ideia é essa de demência? Ainda não chegamos lá. Não tenha pressa em adotar uma coisa que você não tem noção do que seja, não crie medos desnecessários e, principalmente, não se entregue à passividade nem ao fatalismo. E aposentadoria também não é o fim do caminho. Por isso, antes de tudo, você precisa achar uma ocupação na sua profissão, mesmo em meio período, como autônomo.

— Não existe autônomo, doutor. Pessoas autônomas não pavimentam estradas e não abrem caminhos. Estradas são um assunto público, e ali já estão outros, jovens.

— Então, o que você faz com você mesmo?

— Oficialmente, fico em casa. Mas eu passeio, ando e dou umas voltas. E nós também costumamos ir a apresentações. Teatro, música, ópera, às vezes até palestras. E, claro, há também a ajuda com os filhos, quer dizer, principalmente com os netos, que é preciso levá-los, buscá-los e devolvê-los. E eu também faço algumas tarefas domésticas, arrumações, compras no supermercado, na feira e às vezes—

— Ele gosta de circular pela feira — a esposa se apressa em interromper a lista.

— Pela feira? — O neurologista fica admirado.

— Tem algum problema?

— Ao contrário, se você se vira bem na feira, é muito bom.

— É porque eu cozinho.

— Ah, você também cozinha!

— Para ser mais exato, eu principalmente corto, misturo e

aproveito as sobras, porque, em princípio, cabe a mim preparar o almoço antes que ela volte da clínica.
— Clínica?
— Sou pediatra — a esposa sussurra.
— Muito bem — diz o médico, aliviado. — Nesse caso, tenho uma colega aqui.

E, apesar de a mulher ser uns vinte anos mais velha que o neurologista, ele a interroga sobre seu trabalho, seus estudos, sua experiência médica, como se ela não fosse uma médica veterana na clínica de um grande hospital, mas sim uma jovem candidata para o departamento dele, que no futuro irá acompanhá-lo como parceira na luta contra aquela atrofia suspeita de seu marido, que pode aumentar.

— Que comprimido para dormir você dá a ele?

Ela coloca uma mão macia no ombro do marido.

— Eu não dou comprimido para dormir porque geralmente ele dorme sem remédios, mas, em casos raros, quando ele tem dificuldade para adormecer, ele toma... o que você toma mesmo?

O paciente não se lembra do nome, apenas do formato:

— Aqueles triangulares e pequenos...

— Ele está se referindo ao Frontal.

— Se é só o Frontal, sem problema — o neurologista diz —, mas tome cuidado para não dar a ele nenhum comprimido mais forte, porque o centro do cérebro, que diferencia o dia da noite, será a partir de agora um lugar muito sensível para ele, e não é recomendável agitar ainda mais com comprimidos como, suponhamos—

E, com um movimento da caneta-tinteiro, o médico anota em uma folha os nomes dos comprimidos proibidos.

Ela examina a lista, dobra a folha e a enfia na bolsa.

E o médico ainda não a deixa em paz:

— Alguém na família dele já teve ou tem sintomas parecidos? Ela se vira para o marido com olhar de espanto, mas ele se cala, prefere que ela fale em seu lugar.

— Nenhum sinal... os pais dele, não, nem a irmã.

— E gerações anteriores?

Agora ele não tem alternativa.

— Meu avô e minha avó do lado paterno, não conheci — o paciente detalha com certa amargura. — Eles eram mais novos do que eu hoje quando foram assassinados na Europa. Então, quem pode saber se neles se escondia essa... quer dizer... essa coisa que você diagnosticou em mim agora. E na família da minha mãe, em que todos são nascidos aqui nesta terra, até onde eu sei predominaram até agora lucidez e clareza, exceto por... um momento... talvez... apenas talvez... uma parente distante da minha mãe, que chegou do norte da África no final dos anos 1960 e, justamente aqui, em Israel, caiu em profundo silêncio de tanta depressão... e talvez de raiva... ou talvez, quem sabe, ela também tinha, apenas talvez, essa demência?

E é de surpreender que o neurologista não mais se imponha contra o nome explícito que voltou a sair da boca do paciente, mas olha novamente a imagem antes de colocá-la com cuidado em um envelope grande, anotando nele com letras grandes TZVI LURIA, e, para evitar qualquer engano, acrescenta também o número da carteira de identidade do paciente. Mas, quando ele tenta entregar o envelope para a mulher, que ainda agora foi nomeada como parceira no acompanhamento do paciente, Luria se antecipa para pegar o envelope e o coloca junto ao coração. Por um momento, parece que o médico quer dizer mais alguma coisa, mas um ruído de passos rápidos no seu apartamento em cima da clínica o impede, e ele se levanta para mandá-los embora. O paciente se apressa em se levantar, pronto para a despedida, mas sua esposa ainda está hesitante, como se temesse ficar agora sozinha no meio da doença.

— O principal é manter-se ativo — diz o médico, no que soa como uma conclusão firme. — Não se esquivar das pessoas, ainda que seja difícil identificá-las. É proibido fugir da vida, muito pelo contrário, deve-se ir atrás dela, esfregar-se nela.

E, enquanto fala, o médico começa a apagar as luzes, mas não se apressa em subir ao seu apartamento. Ele os acompanha até a porta externa do prédio, acendendo as pequenas lanternas do amplo jardim, para facilitar-lhes o caminho até a rua. E, antes de se despedirem de vez, ele ainda diz as últimas palavras com uma nova voz, mais suave e afetiva.

— Vocês com certeza são intelectuais, pessoas abertas, e posso me dirigir a vocês com uma fala direta, sem inibições. Quando eu disse que é proibido fugir da vida, estava me referindo a todos os aspectos, até mesmo os mais íntimos. Entre vocês, é claro. Não desistir do desejo, não ter medo dele. Apesar da idade e da situação. Porque o desejo é muito importante para a atividade cerebral. E não só pelo que foi descoberto, mas para vocês dois. Você está me entendendo, doutora Luria? Quer dizer, não é apenas não desistir, mas, pelo contrário, aumentar. É útil, acredite em mim, por minha própria experiência pessoal. — E de repente ele hesita, como se estivesse indo longe demais. Mas o paciente faz um meneio de cabeça, indicando concordância e agradecimento, enquanto a esposa sussurra assustada: "Sim, doutor, com certeza, eu entendo, vou tentar também, quer dizer, nós dois..."

Mas o que o médico disse exatamente?

Só depois que o neurologista volta para casa, eles sentem um sopro de chuva fina, mas cheia de energia, e por isso ele sugere à esposa que espere no ponto do ônibus até que ele traga o carro. Mas ela se recusa.

— Só não me diga — ele debocha com certa contrariedade — que agora você tem medo de que eu não ache o carro.

— Eu não disse ou pensei, mas não quero esperar sozinha agora em lugar nenhum.

— E a chuva? Ontem mesmo você foi ao cabelereiro.

— Se você me der o envelope grande, vou proteger a minha cabeça com ele.

— Você quer que o resto do meu cérebro seja apagado pela chuva?

— Que bobagem — ela ri —, a chuva não vai apagar nada seu, vamos correndo. — E, com um entusiasmo desesperado, ela pega nele e o puxa para a frente.

— Que ideia foi essa de contar a ele a respeito dos túneis na Rodovia 6? Por que justamente eles?

— Porque eu tive a impressão de que ele iria começar a desprezá-lo depois que você disse que não está mais trabalhando e que fica circulando pela feira. Eu queria proteger a sua honra.

— Desprezar? Por quê? E, mesmo que desprezasse, por que

justamente os túneis, se eles não foram a coisa mais importante que eu fiz?
— Porque eu lembro que você falava muito a respeito deles.
— Especificamente a respeito dos túneis da Rodovia 6?
— Sim.
— E, já que você mencionou túneis, por que você disse dois e não três? Foi justamente o túnel ao sul, para a conexão com uma estrada na direção de Jerusalém, que foi o mais complicado.
— Eram três? Eu não me lembrava. Na próxima vez, vou dizer três.
— Na próxima vez você não vai dizer nada — ele a repreende —, esses túneis não são importantes para mim. E eu não preciso do respeito de ninguém. Aqui, foi nesta travessa que estacionamos.
— Você está enganado, o carro está na próxima rua.
— Não, é exatamente aqui. Você está se confundindo.

E de fato, no final da rua, o carro cintila fielmente para o seu dono.

Ele joga no banco traseiro o envelope molhado e se apressa em ligar o motor para criar lá dentro um fluxo de ar quente. E, enquanto afivela o cinto de segurança, é tomado pelo desespero: será que a partir de agora estará entregue aos favores dela, e ela ficará prisioneira nas ilusões dos delírios dele?

— De qualquer modo, obrigado por não ter contado ao médico o que ocorreu no jardim de infância.
— Obrigado por quê?
— Porque talvez ele já iria sugerir que me internassem.
— Você é ridículo.

— Por quê? Um avô que vai ao jardim de infância buscar o neto e em vez disso leva outro menino, sem perceber, não é caso de internação?

— Não, porque nem tudo ali foi culpa sua. Essa criancinha também, como se chama mesmo?

— Nevó...

— Sim, esse Nevó, segundo a professora, já tentou uma vez se juntar a outro avô. Talvez ele sinta vergonha da mulher filipina que mandam buscá-lo, ou talvez tenha medo dela.

No entanto, na escuridão do carro, Luria está inclinado a se incriminar.

— Tentou ou não tentou, não é essa a questão. A questão é como eu não percebi que estava trocando meu neto por um menino estranho, e, se não fosse a mulher filipina ter explodido aos gritos, querendo pegá-lo de mim, eu seria capaz de levá-lo para casa e até de lhe dar comida.

— Jamais. Você teria se dado conta antes disso. E, de modo geral, esse menino, e Avigail também admite, é um pouco parecido com o nosso Noam, que adormeceu na caixa de areia quando você chegou para buscá-lo. Por favor, Tzvi, não alimente um drama agora, você estava um pouco confuso, mas não muito.

— Não muito?

— Não muito. Acredite em mim. E, como o médico advertiu, não comece a se assustar com você mesmo e a fugir da vida com medo de fazer bobagens. Eu lhe garanto que confio em você.

E de repente ela está tremendo...

E com o rosnar do carro, ainda à espera do comando do dono, ele solta o cinto de segurança para ficar mais fácil se conectar, com um abraço ancestral, ao desespero dela pela derrota dele.

Depois, em casa, consciente de que o prognóstico é angustiante para sua esposa, ele mesmo vai preparar o jantar, para que ela possa descongelar um pouco debaixo do jato quente do chuveiro. E, como de costume nos últimos tempos, ele abre mão da radiação do micro-ondas e do forno elétrico em favor do fogo no fogão, e o movimento azulado das chamas fortalece um pouco o seu espírito, e por isso ele deixa que fiquem acesas mesmo depois da fritura. E quando os dois quebram a fome de um longo dia médico com ovos mexidos na manteiga e batatas assadas, uma comida que ele está seguro em preparar com bom paladar, o celular desperta, retornando à vida rápido até demais, e a filha Avigail exige saber se descobriram alguma coisa no exame do cérebro de seu pai. Para Luria já é óbvio que ele não poderá recuperar por conta própria a confiança que perdeu no jardim de infância, e então ele repassa a conversa para a nova parceira do neurologista, a fim de que ela testemunhe como médica que a atrofia descoberta ainda é fraca, então não há motivo para não restituir ao avô, por enquanto, a honra do turno de terça-feira que lhe foi retirada.

Mas a preocupação do filho primogênito, Yoav, que logo chega do norte do país, ele é tentado a enfrentar sozinho, confabulando consigo mesmo que até pode, de brincadeira, demonstrar os primeiros sinais de demência. Simulando levemente, ele diz: sem problema, eu ainda reconheço você, meu filho, mas quem sabe se isso vai durar muito tempo, então, se você quer alguma coisa de mim, é bom se apressar. Mas a bela alegria dos dias normais desmorona diante de uma imagem médica. Há um ano, o filho tentou, em respeito ao pai e também a si próprio, descartar com um gesto de mão sinais de confusão e outras esquisitices percebidas pelos olhos críticos de Osnat, sua esposa, mas agora a negação se transforma em pânico e, em vez de consolar o pai e garantir a ele simpatia e lealdade, aconteça o que acontecer, ele exige falar com a mãe para obter uma resposta clara e fundamentada, porque tudo o que foi dito ainda agora com espírito brincalhão não somente não é levado em consideração, como também pode até ser interpretado como o primeiro sinal de demência.

Luria, que passou o celular para a esposa, afasta-se do raio de escuta para se poupar do detalhamento médico que a pediatra está expondo com cuidado e delicadeza para o filho. E não é somente pela sua ansiedade com aquela pequena coisa que "pode e tende" a aumentar, mas também porque é muito difícil para ele testemunhar a aflição e a dor de seu filho, que, aparentemente, percebe que não só a vida dos seus pais vai ser um transtorno, como também a sua própria. E desde a Alta Galileia, onde ele é proprietário e também funcionário de uma bem-sucedida empresa de chips para computador, Yoav repete e volta a esclarecer o que o médico disse exatamente, e quando ele ouve que existe a possibilidade de que a alma seja capaz de deter a degeneração do cérebro, ou pelo menos retardar o processo, agarra-se a essa fala tão imprecisa e exige de sua mãe uma iniciativa eficaz para ativar a alma do pai, que, na sua opinião, encolheu quando ele se aposentou.

Assim, em vez de tristonha e meditativa, a conversa da mãe com o filho fica sensível e irritada. E, quando a conversa acaba, a esposa se volta para ele, furiosa:

— Como é possível você ter dito que despedimos a diarista?
— Quem disse despedimos? Eu disse que reduzimos.
— Porque de repente ele começa a atirar em mim: você está proibida de transformar o papai no seu criado.
— Seu criado? — Luria se espanta. — Chegou a esse ponto? O que deu nele? Ao que parece, ele está tão assustado com a demência que já começa a procurar culpados em todo canto.
— Não, não — diz ela, fervilhando —, não diga demência de novo. Afinal, o médico advertiu você a não dizer.
— Então, dizer o quê?
— Diga neblina, borrão, confusão... Ainda acharemos palavras melhores.

Ele observa a esposa com carinho. Ainda está com um roupão de banho, a cabeça enrolada em uma toalha como um turbante, e, apesar da idade, ainda parece uma dançarina indiana ou turca. Será que ela vai aguentar a demência dele se esta for chamada por outros nomes?

O *carro*

O sono profundo a arranca das mãos dele ainda antes que consiga achar "palavras melhores". Exausta de um dia médico que começou na sua própria clínica pediátrica, e assustada com a outra clínica onde lhe foi imposta uma "parceria" para uma cura impossível, solta-se do marido e o sono se apressa em se apiedar dela. Ele lhe cobre os pés, que ainda não haviam achado lugar debaixo do cobertor, e, antes de se entregar também à benevolência do sono, ainda busca, apesar de tudo, examinar meticulosamente a imagem do seu córtex cerebral, para decidir se a atrofia que lhe escapou aos olhos é real ou apenas uma possibilidade. Mas a imagem está no carro, estacionado na garagem subterrânea do prédio. Ele desce de chinelos e com uma roupa leve até o carro, ainda coberto com as frescas gotas de chuva.

É um carro médio, se comparado ao carro potente e espaçoso, maravilhoso para engolir rodovias e galopar em estradas de terra, que a empresa Caminhos de Israel disponibilizou para ele no tempo em que foi engenheiro sênior. Na verdade, ao se aposentar, também permaneceu com ele por um valor simbólico no seu direito de idoso, mas, quando o carro se mostrou desajeitado no emaranhado dos estacionamentos dos centros das cidades, e a sua cor cinza também o deixava escondido em estacionamentos subterrâneos, o automóvel foi trocado por um novo, menor e mais alto, um carro fácil para entrar e sair, e com sua cor vermelha brilhante ele se anuncia rapidamente, até para uma vista cansada pela idade. E ultimamente Luria começou, só de modo furtivo, a trocar uma ou duas palavras com o carro.

A bem da verdade, foi o carro que se dirigiu a ele pela primeira vez. Depois que aprendeu a dominar os acessórios e os seus recursos, ele teve a impressão de que, na hora de ligar o carro, junta-se ao gargarejo das engrenagens e pistões do motor um murmúrio agudo e curto, como uma vozinha japonesa ou coreana de uma jovem ou menina que talvez tenha sido transplantada no sistema elétrico, como se fosse uma bênção dirigida para o caminho do motorista, que escolheu o carro certo. É claro que ele jamais comentou com a esposa a respeito dessa voz feminina, para não acrescentar ainda mais ansiedade às que ela já tem, mas quando ele está sozinho no carro, às vezes, sussurra de volta para a jovem: sim, querida, estou ouvindo você, mas não entendo.

Mas agora, no meio da noite, não há motivo para ligar o carro e quebrar o silêncio da garagem. Ele acende as luzes internas, recolhe o envelope em que a chuva de fato borrou seu nome e o número da identidade, e tira com cuidado a grande imagem para verificar, finalmente, se a atrofia que sua esposa confirmou tão depressa é real de fato e, se for o caso, para onde ela se dirige. Mas onde ela está? Como identificá-la? Na imagem estão espalhados todos os tipos de espaços escuros, a maioria deles, aparentemente, espaços bons e até mesmo necessários, pois o neurologista não lhes deu atenção. Então, como diferenciar entre escuro bom e escuro mau?

Ele inclina a cabeça para trás e fecha os olhos. Se nessa nova atrofia fogem e desaparecem justamente os primeiros nomes, há um temor de que até os nomes de sua esposa, filhos e netos desapareçam nesse buraco negro. O vexame no jardim de infância foi só um momento de falta de atenção? Ou será que uma impressão ancestral nesse menininho reconheceu algo familiar, e por isso se sentiu atraído por ele? É verdade, a partir de agora será fácil culpar as fraquezas do cérebro por cada engano ou falha, mas será que está ao alcance da alma, que o neurologista separou do cérebro, lutar contra a mente delirante, ou, ao contrário, justamente aderir a ela?

Ele decide testar na senha da ignição do carro se a sua memória está afiada. E, apesar de a memória não decepcionar, ele percebe que o murmúrio da jovem do fabricante desapareceu do gargarejo do motor. Muito bem, Luria sussurra, enquanto as alucinações diminuem, ficará cada vez mais fácil para a alma manter o cérebro que está em decadência. O principal é ter cuidado à frente do volante. Porque, se a carteira de motorista lhe for retirada por algum erro ou algum desastre, ele perderá o gosto pela vida. Assim, para testar a sua habilidade no domínio do carro, ele o aproxima até alguns centímetros antes de tocar na parede. Depois, passa para marcha à ré e, com o bipe ritmado, recua até o centro da garagem, na direção de um carro estacionado no lado oposto. De repente, um feixe de luz inunda o seu rosto, e um carro que entra com ímpeto na garagem freia com um rangido, para permitir que o veículo vermelho complete a volta em direção à saída, mas Luria não quer sair, e sim apenas testar o seu nível de domínio na direção, então ele procura levar o carro para o seu lugar de origem, e o motorista que espera em vão, ao que parece, começa a ficar preocupado com as manobras sem sentido de Luria e, como um bom vizinho, sente-se na obrigação de verificar se o motorista idoso precisa de ajuda. "Não, está tudo certo", diz Luria ao jovem que bate à sua janela, "esqueci uma coisa no carro e aproveitei para testar algo no motor." Os olhos do jovem são atraídos para a imagem do córtex cerebral, visível no assento, e observam os pés enfiados em chinelos velhos. "Boa noite", Luria se despede para afastar o curioso. "Boa noite", o vizinho sussurra, e ainda assim volta a perguntar a Luria se ele tem certeza de que não precisa de ajuda.

 É preciso tomar cuidado em público, ainda que seja na garagem de um prédio privado. Imagens médicas expostas, roupas relaxadas e chinelos podem levantar suspeitas de que a mente está desgastada. Ainda que o neurologista se recuse a confirmar demência, e sua esposa procure termos mais agradáveis, é preciso ser exigente com uma aparência arrumada e limpa. Então, ele coloca de volta a imagem no envelope, e, antes que chegue outro vizinho, apressa-se em voltar ao seu apartamento, onde descobre que, com o seu espírito agitado, a adormecida deixou cair o cobertor, e é até preciso acender uma pequena luz, bem fraquinha, para restaurar a ordem. E Dina já está com os olhos abertos.

— Onde você se enfiou?

— Desci até a garagem porque estava preocupado com a imagem que esquecemos no carro.

— Por que se preocupar, se toda imagem tem cópia no computador e, afinal, em breve você fará outra para ver o que mudou.

— Mas como eu vou saber o que mudou se ainda não entendo o que existe?

— Não há muito o que entender. E até mesmo o que foi descoberto quase não existe.

— Qual é mesmo o nome do neurologista? De repente me fugiu.

— Doutor Laufer.

— Não, o primeiro nome.

— Para que você quer saber?

— Porque ele me disse para não desistir dos primeiros nomes.

— Acho que o nome dele é Nadav, ou Gad. Mas por que isso é importante agora?

— Porque você com certeza se lembra do que ele explicou sobre o desejo.

— Claro.

— Que também é importante no combate.

— Importante ou não, de qualquer maneira não vamos desistir dele.

— Agora?

— Não, agora vai ser difícil não só para mim, mas também para você. Mas que aflição é essa? Você sabe muito bem que eu sempre estarei com você.

Tomates

Na manhã seguinte, ele diz à esposa:

— Hoje o carro é seu. Estão faltando tantas coisas básicas, tanto de comida quanto de material de limpeza, que terei que dar um pulo e organizar a grande remessa do supermercado. Aqui está a lista, verifique o que está faltando e o que é desnecessário.

— E à feira, você vai?

— Se eu for, é apenas para alguma fruta ou verdura especiais.

— Desde que estejam frescas e bonitas. Não leve em consideração o preço, só a qualidade. E, quando passar pelo setor das flores, peça a Iris um punhado de anêmonas.

— Iris?

— A mais velha, não a mais nova, ela vai reconhecer você. E ali você também precisa verificar se as flores estão frescas.

— Mas a casa já está cheia de flores.

— Flores cansadas, que precisam de um acréscimo de vigor. Então, lembre-se de trazer somente anêmonas. Essa é a flor da estação, que não o convençam a levar outra flor.

— Entendi.

— Volto no máximo às duas. Controle-se e não coma sem mim.

— Até as duas eu aguento. Mas será que não é recomendável mostrar a minha tomografia para alguém no seu setor, obviamente sem revelar de quem é?

— Não há o que mostrar. Está tudo claro. E é recomendável que você também tire a sua cabeça da cabeça. O que apareceu é tão pequeno e borrado que quem não é especialista em imagens desse tipo não vai perceber nada.

— Me desculpa, me desculpa, por que você, que não é especialista em imagens desse tipo, ainda mais de adulto, foi tão rápida em confirmar o diagnóstico?

— Porque eu sou especialista *em você*.

— Isso aí já é brincadeira.

— Um momento, eu não sou especialista em você?

— Parcialmente... só parcialmente. E quando a demência propriamente dita chegar, você estará perdida.

— De novo essa palavra.

— Então, sugira outra, e vejamos se é adequada.

O centro comercial não fica longe, e na parte da manhã também não está cheio. Já que o caminho é curto, Luria prefere alongá-lo um pouco e ir pelas trilhas do parque da cidade, onde a essa hora uma multidão de cachorros se divertem, alguns saltando em volta dos seus donos com suas guias de coleira, outros livres, ao seu bel-prazer. O olhar de Luria vagueia entre eles com afeto, tentando achar algum que se pareça com o lobo acinzentado, o cão fiel da família, que há três anos foi levado ao norte do país para passar o resto da vida com a calma e a liberdade que seu filho e netos ofereceriam a ele na nova casa de campo. Mas a liberdade do campo revigorou o espírito saudoso do cão para que tentasse se reconectar com o centro do país, e ele desapareceu a caminho de casa, e quem sabe em que estrada ficou o seu cadáver. O recolhimento de animais — cães, raposas, lobos, ovelhas e vacas esmagados até a morte ou apenas feridos nas estradas intermunicipais — é de responsabilidade da Caminhos de Israel, e Luria até conhecia o velho veterinário que era encarregado desse serviço, mas na Rodovia 6, que é uma rodovia com pedágio, a responsabilidade pelos animais é da franqueada da estrada, que só pensa nos lucros. E como o norte do país é rico em animais selvagens, a larga rodovia, cheia de viadutos e cercas, cruzou de repente o espaço do seu habitat, e a Autoridade de Natureza e Parques determinou que fosse aberta uma passagem na montanha para que uma parte da estrada ficasse ali escondida em um túnel, não apenas para preservar variedades especiais de plantas, mas, principalmente, para permitir que cervos e javalis, raposas e chacais, ouriços e coelhos passassem em segurança sobre a estrada barulhenta, especialmente à noite. Então, esse é um dos três túneis de cujo projeto Luria tomou parte, e é preciso lembrar a Dina, que por algum motivo se vangloriou, qual é o objetivo original e moral dele, ainda que seja o menor.

Ele conduz o carrinho com segurança até o supermercado gigantesco, mas já que ele se orienta pela lista que tem na mão e não de acordo com a topografia das prateleiras, e isso para que não fique tentado a encher o carrinho com produtos desnecessários, precisa ir de fileira em fileira e retornar com frequência por onde já esteve e, com o passar dos minutos, já há fregueses, principalmente freguesas, que começam a ver nele um rosto conhecido, e se dirigem a ele como a uma figura interna da empresa, de quem é possível obter orientação ou até, talvez, um bom conselho. As frutas e as verduras parecem frescas, então desiste da feira e acrescenta alguns desses itens à remessa geral, e dá repetidas voltas em torno das pilhas de verduras e frutas, escolhendo com cuidado, colocando-as no seu carrinho generosamente. Ele pensava ter expressado seus pedidos com clareza e exatidão no balcão de carnes, mas, na fila do caixa, percebe a tempo que, em vez de coxas de galinha, por algum motivo foram escolhidas coxas de ganso, e, antes que o sinal sonoro do caixa as adicione à conta, ele pega o pacote embalado e o coloca entre as guloseimas destinadas a acalmar crianças impacientes na fila do caixa.

O endereço foi escrito com clareza, e, como a remessa vai sair dentro de uma hora, é possível acrescentar também os produtos que precisam de refrigeração. Portanto, Luria sai livre e leve do supermercado, levando apenas uma caixa de picolés, porque o regulamento do supermercado se recusa a assumir a responsabilidade pela firmeza do congelamento. E mais uma vez, ele vai caminhando pelo belo parque, e os canteiros de flores enfeitando os campos gramados o fazem lembrar que ele precisa levar para a esposa as anêmonas para lhe alegrar a alma, apesar de que, na sua opinião, as flores em casa ainda não perderam o vigor. Ele gosta da feira, mas infelizmente os picolés não vão aguentar, então, antes que seja obrigado a jogá-los fora, ele se apressa em chupar um picolé depois do outro e até oferece alguns para os passantes aqui e ali, mas nunca, Deus o livre, para meninas ou meninos, nem para adultos que possam suspeitar das suas intenções, mas apenas para uma filipina de semblante sério e para um sudanês bem alto, e também para um idoso e uma idosa plantados juntos em um lugar e com o olhar fixo. Finalmente, chega ao estande de flores com as mãos vazias e leves, mas, para a sua tristeza, as anêmonas que a vendedora mais velha, que o identificou pelo nome e pelo sobrenome, recolhe para ele, parecem sem viço e estranhas e, apesar do protesto da vendedora que se sentiu ofendida, ele se recusa a comprá-las, e, para não voltar da feira com as mãos vazias, dirige-se aos estandes de verduras e frutas.

A remessa do supermercado, que chegou antes dele, bloqueia a sua entrada ao apartamento, e ele tem que saltar com cuidado para não pisar nos produtos, que rapidamente entram um após o outro e procuram pelo seu lugar. Luria gosta do trabalho de arrumação, e espera que isso lhe fortaleça a alma não menos que a insistência nos nomes esquecidos das pessoas.

E de repente ele se surpreende ao descobrir que, por distração, foram comprados desta vez, seja no supermercado, seja na feira, uma quantidade de tomates que a casa não será capaz de consumir durante muitos dias.

Será que ele deve jogar depressa no lixo parte dos tomates para encobrir a vergonha da confusão? Isso é possível, mas doloroso, porque os tomates não apenas são de matizes variados, mas também de uma beleza e uma qualidade excelentes. Ele precisa achar uma solução criativa, e não covarde, e então telefona para a irmã, uma reconhecida cozinheira, para pedir um conselho.

— Como vocês juntaram de repente tantos tomates?

— Não vocês — ele é mais exato —, só eu. — Eu estava no supermercado e comprei tomates, e de lá fui à feira comprar anêmonas para Dina, mas elas pareciam murchas, enquanto os tomates estavam bem bonitos.

Silêncio. Sua irmã já havia sentido no ano anterior a queda de memória do irmão, dois anos mais velho que ela, mas toma cuidado para não insinuar e não machucá-lo, e tampouco a si própria. Por fim, ela pergunta:

— Quantos tomates você comprou?

— Na feira, dois ou três quilos.

— Tantos assim? Por quê?

— Bem, eu achei que—

— Você achou o quê? — Agora na voz dela não há tristeza, mas uma leve repreensão.

— Ao que parece, não achei realmente — ele admite —, mas talvez porque as anêmonas que me mostraram estavam murchas, e os tomates estavam tão bonitos que eu esqueci que já havia comprado tomates antes no supermercado. Pelo visto, pensei que havia sido na semana anterior.

— E quanto você comprou no supermercado?

— Também algo assim, dois ou três quilos. Mas por que você está irritada? Afinal, eu posso jogar tudo fora. Quanto isso já me custou? Centavos... se você tem alguma ideia melhor, diga, caso contrário, não aconteceu nenhuma tragédia.

— Espere, não jogue fora... vamos ver o que você é capaz de fazer.

— É isso que estou pedindo. Em vez de me fiscalizar, dê uma ideia. Por exemplo, uma sopa ou um molho.

— Ainda assim, um momento, Tzvika[1]. Você não quer entender o que exatamente passou pela sua cabeça?

Por que esconder a verdade de Fania? Ela mesma compartilha com eles, de peito aberto e cansado, todos os seus males.

---

1. Forma afetiva para o nome Tzvi, no diminutivo. [Todas as notas são da tradutora]

— Essa é a questão... não há muito o que explicar. No meu cérebro surgiu um pequeno espaço, como um buraco negro, que ultimamente está absorvendo nomes de pessoas, quer dizer, de conhecidos meus, e, quando eles são engolidos, aparentemente fica um lugar vago.

— Vago para quê?

— Suponhamos, até para esses tomates.

— Que disparate é esse agora...

— Não, estou falando sério, completamente sério, porque ainda não tive tempo para lhe contar que ontem à noite estivemos em um especialista, neurologista, um tal de doutor Laufer, um homem sério que examinou a imagem do meu córtex cerebral, e veja só, ouça bem, prepare-se, porque daqui a pouco seu irmão vai desparecer, sumir, ah! ah! ah!, não o corpo, mas o espírito... não vai reconhecer que tem uma irmã... Dina ainda vai lhe explicar exatamente como vai acontecer. Mas, por enquanto, sugira uma ideia gastronômica, antes que eu jogue os tomates fora.

— Espere... — ela grita de repente — pare um momento com os tomates e me diga antes o que exatamente o médico pensou.

— O que exatamente o médico pensou, Dina vai explicar a você. Obviamente estou exagerando, à toa, para causar medo e me divertir. Mas não se preocupe, isso não é contagioso, apesar de que esse neurologista tentou até encontrar uma relação genética, investigando se temos algo assim na família, mas, por mais que tenhamos nos empenhado em chegar a essa possibilidade e indicar para o médico alguns doentes mentais na família, não conseguimos, porque não queríamos, ah! ah! ah!, entregar você... e na verdade, falando sério, você também sabe que em geral somos uma família lúcida. Afinal, na manhã do dia em que morreu, a mamãe ainda discutiu comigo ardorosamente, insistindo que aqui jamais haverá paz, e à tarde ela se foi e nos deixou com as guerras.

— Isso combina com ela.

— Então, pessoalmente, você não tem com o que se preocupar. Por enquanto. E as próximas gerações, minhas e suas, se por acaso houver necessidade, que se empenhem, por favor, em inventar remédios novos. E de modo geral, genética é uma questão duvidosa. E só porque o neurologista insistiu em achar alguém na família que lhe desse uma ponta de linha, eu me lembrei daquela parente da mamãe, que chegou depois da Guerra dos Seis Dias, como era o nome dela? Mimi?

— Fibi, por que você confunde os nomes?

— Que depois de um ano em Israel caiu em depressão e foi para aquela instituição em Kfar-Saba...

— Mishean.

— Exatamente. E a cada um ou dois meses, em revezamento, você ou eu levávamos a mamãe para visitá-la. Mas eu nunca entendi qual era o grau de parentesco.

— É prima de segundo ou terceiro grau e, ainda assim, a mamãe se sentia responsável por ela.

— Se é só de segundo ou terceiro grau, a ameaça não é tão terrível, eu tenho somente uma vaga lembrança dela, porque durante as visitas, geralmente eu preferia esperar do lado de fora. Mas, afinal, quando ela morreu? Antes ou depois da mamãe?

— Quem disse a você que ela morreu?

— Um momento, se a mamãe morreu há mais de quinze anos, como é que justamente essa aguentou? Mas por que, afinal, me preocupar com ela? Foi só porque o neurologista insistiu em uma linha fina, que eu a mencionei. Mas não se preocupe, minha irmã, ainda tenho tempo suficiente para circular lúcido pelo mundo, não vão me eliminar facilmente. E o episódio dos tomates, esqueça. Deixe para lá. Vou dar um jeito nisso sozinho.

— Espere, não tenha pressa em jogar fora. E não tenha vergonha de mim com a sua confusão. Dê-me um momento para olhar o livro de receitas, e talvez eu encontre uma ideia menos complicada para você.

Passa muito tempo até sua irmã voltar a telefonar para ele e ditar uma receita complicada de tomates assados no forno, que Luria sabe antecipadamente que está além das suas forças, mas, enquanto ele tenta encerrar a conversa, sua irmã dá uma notícia surpreendente: a parente distante, que afundou em demência depois que se mudou para Israel, cujo nome é de fato Mimi e não Fibi, ainda está aguentando firme e está na mesma instituição. Ela já está com noventa e cinco anos, sozinha e quietinha. E quem quiser pode visitá-la sem receio, porque de qualquer maneira ela não reconhece ninguém. "Se ela é importante para você, meu irmão, para planejar o seu futuro", a irmã o provoca, "você pode ir até lá e dar uma olhada."

— Para quê? — Luria pergunta, assustado.

Deixe-me ver a imagem também

Por enquanto, o tamanho pequeno da atrofia de Luria tranquiliza somente a sua filha, que, de qualquer maneira, não conseguiu achar um substituto para o pai no "turno de terça-feira" para buscar o neto no jardim de infância. Mas o filho primogênito, Yoav, está apavorado. Apesar da confiança dele na mãe, uma veterana médica sênior, esse homem racional de quarenta e sete anos acha que a alma, e não o cérebro, é a origem da confusão mental, e em uma manhã de tempestade ele anuncia a sua chegada do norte do país até o centro, para encorajar a alma a fazer o seu trabalho.

— Mas a mamãe está no hospital esta manhã e vai lamentar muito perder a sua visita.

— Pelo contrário, é importante que ela não se meta entre nós. Vou *por você*, só por você.

E Luria, que conhece a alma de seu filho e antevê a aflição dele, fica satisfeito com o medo repentino, mesmo que a ele se acrescente uma repreensão, e, apesar de a casa já estar arrumada, ele continua polindo, como um exemplo para o seu filho, cuja casa de campo está entregue a um caos crônico. E, como o filho chega sempre com fome à casa dos pais, não importa de onde vem ou para onde vai, assim que chega ele vai até a geladeira e abre as duas portas como se fossem as portas da Arca Sagrada, fica de pé investigando, como se buscasse a comida que não comeu o suficiente na infância — seu pai se antecipa em enfrentar o previsível, e coloca sobre a mesa queijos e pastas, pão e nozes e biscoitos, e leva ao fogo a panela grande de *shakshuka*, o resto interminável do ataque compulsivo dos tomates, na esperança de obter um parceiro ativo para antecipar a eliminação da lembrança dessa confusão.

E lá vem ele, molhado e cheio de vigor, com um velho casaco de chuva de uniforme militar, agarra o pai à entrada da casa com um abraço tão forte, que até parece que ele também quer machucar, mas é somente pela necessidade de dar-lhe vitalidade. Depois de algumas histórias dos netos e algumas palavras sobre a empresa, que quanto mais cresce e mais bem-sucedida é, mais escraviza o seu dono, o visitante diz ao pai: um momento, antes de falarmos do futuro, deixe-me também olhar a imagem do seu córtex cerebral.

Luria ri.

— E se você olhar, vai entender o quê? Afinal, eu também ainda não percebi onde está a novidade.

— E a mamãe... ela entendeu?

— É isso que ela diz.

— Mas ela também pode estar enganada.

— Não esqueça que ela é médica.

— E daí? Uma vez, na oitava série, ela insistiu em me mandar para a escola, mesmo eu estando com um sarampo severo.

— Porque você sempre foi suspeito em querer faltar à escola, mas comigo, *habibi*[2], não se trata apenas de uma imagem que é preciso interpretar, mas também de fatos da vida.

— O que você quer dizer?

— Já lhe contei. Não só nomes de amigos ou simplesmente de pessoas famosas desaparecem de repente, mas às vezes a confusão começa em mim mesmo.

— Não é por causa da escuridão do cérebro, papai, mas por causa do embotamento da alma.

— Escuridão[3] da alma?

— Embotamento da alma.

---

2. Termo em árabe assimilado pelo hebraico. Significa "meu querido".

3. Em hebraico, "escuridão" e "embotamento" são palavras homófonas, daí a confusão.

— Ah — Luria ri —, você já chegou aqui com a explicação bem afiada. Que simpático.

— Então é bom que a mamãe não esteja aqui, porque ela iria controlar a nossa conversa e nos conduzir de acordo com a vontade dela.

— Mas você também sabe que eu não tenho segredos com ela.

— Conte a ela depois tudo o que você quiser, mas a mim, pelo menos, ouça com paciência.

— Não só com paciência, mas também com amor e gratidão. Pois você disse que veio só por mim, e em um dia chuvoso como este.

— E apesar da advertência de Osnat para não importunar você. Você me conhece, eu não desisto com facilidade. Mas antes me dê a imagem do cérebro, por favor.

— Antes disso, você precisa provar a *shakshuka* que o está esperando, antes que esfrie.

— *Shakshuka* em uma panela tão grande?

— Aqui está outro exemplo. Você já vai entender como até mesmo uma *shakshuka* em panela grande tem relação com o que trouxe você até aqui. Mas não tenha medo, *a shakshuka* está gostosa, e, a cada dia que eu volto a aquecê-la, o sabor fica ainda melhor.

Em dois pratos brancos e fundos, o pai serve o guisado vermelho, onde flutuam as gemas de ovos, e entre os pratos e os queijos, ele abre um espaço para a imagem do córtex cerebral. E, como a tempestade lá fora aumenta e a luminosidade no aguaceiro diminui cada vez mais, ele acrescenta a luz de um abajur de leitura, para que o filho possa se aprofundar nas formas retorcidas do cérebro do pai, como se fossem as entranhas de um elaborado computador. E o filho toma cuidado para não tocar com os dedos na imagem, como se fosse um cérebro vivo, e vai aguçando cada vez mais o seu olhar. Por fim ele suspira e conclui: "Desculpe o atrevimento, mas na minha modesta opinião, esse nosso cérebro, quer dizer, o seu, pelo menos no meu entendimento da imagem, está efetivamente normal. Não é por acaso que nem você tenha conseguido identificar nele qualquer defeito."

Luria inclina a cabeça com um sorriso.

— Obrigado, sua opinião é muito agradável, você é muito generoso comigo e, apesar disso, fazer o quê, o médico e a mamãe...

— Sim, claro, mas mesmo se aceitarmos que aqui se esconde uma pequena atrofia, o que esse neurologista sugere fazer?

Luria quase fica tentado a mencionar a obrigação do desejo, mas, em vez disso, coloca a imagem no envelope e a retira da mesa.

— O conselho do neurologista é simples: lutar pela memória. Por exemplo, não desistir de me lembrar dos nomes.

— Muito bonito. Mas como?

— Com a ajuda da alma e da vontade, e eis aqui a surpresa, *habibi*: a opinião do neurologista, a quem você está desprezando, é parecida com a sua.

— A alma — Yoav retruca —, exatamente, e é por causa dela, papai, que eu estou aqui. Não é por acaso que pacientes com demência são chamados de "doentes mentais" e não "doentes cerebrais". Portanto, ouça o que eu tenho a dizer e, por favor, não se ofenda. Você é um engenheiro sênior, que tem uma vasta experiência tecnológica, e durante muitos anos, como diretor, você construiu e pavimentou com conhecimento e entendimento. Então, eu me imponho contra o fato de que todo esse potencial, do qual eu também tive o privilégio de receber alguma coisa, seja desperdiçado, drenado agora em serviços domésticos simples e menores, em compras, em arrumações desnecessárias no apartamento, no preparo de *shakshukas* imensas.

— Logo chegaremos também à *shakshuka*. Mas prossiga, estou ouvindo.

— Porque dá a impressão de que, depois que vocês demitiram a diarista, você decidiu ser a diarista, o criado da mamãe. E aqui já começa a contração da alma.

— Lá vem você de novo com essa bobagem de que nós demitimos a diarista.

— Mas vocês demitiram.

— Não, não, definitivamente, não, para com isso, só reduzimos o trabalho dela.

— Para quanto?

— O que é isso? — Luria se revolta. — Estou sob investigação?

— Exatamente. Investigação de um filho que se preocupa com o seu futuro e com o de todos nós. Então, por favor, a verdade, diga a verdade. Para quantas vezes por mês vocês reduziram a diarista?

— Não é fixo. Digamos, uma vez por semana.

— Não é o suficiente. Isso não é nada — Yoav levanta a voz. — E a mamãe continua trabalhando na clínica, e mesmo quando ela está em casa, ela odeia serviços domésticos, e todo o fardo recai em cima de você.

— Em primeiro lugar, não é um fardo grande, somos apenas dois e, além disso, é um fardo de que eu gosto.

— Claro, é agradável, muito agradável... principalmente quando é para justificar a fuga da realidade, que faz você começar a—
— Por que você interrompeu?
— Não é importante.
— Começar a quê?
— Não importa. A fugir da realidade.
— Que realidade exatamente?
— A realidade do que você fez a vida toda, e com muito sucesso.
— Estranho, como isso é estranho, *habibi*. Você fala justamente como o meu neurologista. Vindo dele, que não tem noção do que eu fiz, ainda é aceitável, ele é livre para criar propostas delirantes, mas você deve saber muito bem que autônomos não planejam estradas. Planejamento de estradas é uma atividade governamental e nacional. E na Caminhos de Israel circula uma nova geração de jovens talentosos, e eles não têm possibilidade nem motivo para empregar, ainda que em meio período, um aposentado idoso como eu.
— E apesar disso — o filho se impõe —, ainda existem escritórios particulares que prestam serviços de engenharia para o Estado ou para Conselhos Locais, e ali precisam de engenheiros com ampla experiência. E até mesmo em meio período, com um salário não muito alto e sem direitos especiais. Só para que você não fique em casa cozinhando *shakshukas*.
— Um momento, ainda vou explicar sobre a *shakshuka*, porque ela também está relacionada ao que preocupa você, e com razão. Mas, quanto à possibilidade de achar trabalho em um escritório particular, é pura fantasia. Porque é justamente

nesses escritórios que já estão os aposentados que farão um bloqueio a todo novo sênior, por medo de serem pressionados. Ainda mais que ali já se estabeleceu uma segunda geração, e às vezes até mesmo uma terceira, filhos e netos que no futuro herdarão de seus próprios pais. E diga a verdade, você acha que seria uma honra para mim sentar-me ao lado de um pintinho e receber ordens dele?

— E todos os amigos que trabalharam com você? Eles estão na mesma situação. Por que fugir do contato com eles? Exatamente com esses amigos você poderia achar algo novo.

— Como assim, Yoavi[4], "todos os amigos"? Geralmente, aqueles que trabalharam comigo não eram amigos, e se fiz amigos em outros lugares, onde você quer que eu os procure agora? De fato, às vezes, no escritório, organizam palestras e eventos para os quais os aposentados também são convidados, para mostrarem que não os esqueceram. E, obviamente, há os que já morreram, a cujos enterros nós comparecemos, bem como às visitas de condolências às esposas, mas quando percebi que tenho um problema com os nomes dos engenheiros com os quais trabalhei de perto durante anos, comecei a ficar assustado. Prefiro um filme, ou um concerto, ou um restaurante, onde fico sentado tranquilo. E quando é preciso encontrar conhecidos, de preferência que sejam médicos, quer dizer, colegas da mamãe, porque fico liberado de me lembrar dos nomes deles...

— Com eles é preciso lembrar somente o nome de doenças...

— De doenças, não, mas principalmente de médicos concorrentes, que erraram o diagnóstico e fracassaram nos tratamentos.

---

4. Forma afetiva para o nome Yoav, no diminutivo.

Mas eu não devo nada a essas pessoas, assim, posso ficar sentado de lado, ouvindo em silêncio sobre mortes de pessoas saudáveis ou ressuscitações de pessoas meio mortas, sem ter obrigação com nenhum nome.

— Mas um momento — o filho insiste. — Apesar disso, por que você tem que justamente citar o nome, contente-se com o sobrenome, ou melhor, não diga nome nenhum.

— Na verdade, muitas vezes eu me esquivei dessa forma, mas nem sempre é possível, existem situações em que o nome é necessário, natural, ele busca você e o exige de você, e, quando você erra, não é compaixão que você desperta, mas só vergonha e hostilidade. Pois como você vai esquecer o nome de uma pessoa que trabalhou com você durante anos, não só no escritório, mas também em excursões e medições de campo? Como e por que diabos esse Tzvi Luria quer de repente me eliminar, a pessoa se impõe. De fato, ainda existem alguns veteranos cujo sobrenome se tornou seu nome próprio, engolindo o primeiro nome. Esses são chamados por todos, às vezes até mesmo pela própria esposa, somente pelo sobrenome. Mas pessoas assim são raras, e, se por acaso eu me encontrar com elas, não tenho nenhum problema, porque dos sobrenomes eu ainda dou conta. Mas na minha geração, não no primeiro círculo, mas no segundo círculo, existem pessoas cujo sobrenome eu nunca soube, apenas o nome, e quando você as encontra em uma festa, você fica tenso e alerta para não deixar escapar algum erro.

— Então — o filho se exalta —, foi por isso que você decidiu não ir mais a nenhuma festa ou palestra do escritório? Nem mesmo à festa de despedida de Tzachi Divon, que era o seu vice, ligado a você durante tantos anos?

— Um momento... como você soube dessa festa? Pela mamãe, hã?

— Sim, pela mamãe. E o que é que tem?

— E será que a mamãe também pediu para você vir do norte do país para falar comigo?

— Digamos que sim. E qual é o problema, ela está proibida? Afinal, você disse que não tem segredos com ela.

— Mas, por outro lado, vejo que ela tem segredos comigo.

— Qual é aqui o grande segredo? Que ela me pediu para convencer você a não se esquivar assim das pessoas? Dos amigos?

— Divon já não é amigo há muito tempo.

— Ele era seu assistente-adjunto, seu parceiro também nos túneis que você cavou na Rodovia Expressa.

— *Oy*[5], Yoavi, você ainda fica empolgado como a mamãe com esses pobres túneis? Os túneis que tivemos que cavar, não foi por exigência da topografia da Rodovia Expressa, mas para possibilitar aos animais atravessarem a estrada de um lado ao outro em segurança, sem a confusão da rodovia.

— Como não me emocionar com esses túneis — Yoav sorri —, toda vez que passo por um deles, eu me lembro de como você me pediu para acompanhá-lo em uma noite enluarada, para verificar se de fato há cervos ou javalis que entendem que o túnel foi cavado por causa deles.

— Na verdade, tenho muitas dúvidas se os animais no norte do país entendem o que a Sociedade para a Proteção da Natureza exige que eles entendam.

---

5. Interjeição do iídiche incorporada ao hebraico. Tem conotação de lamento. Algo como "Ai" ou "Ah".

— E apesar disso, naquela noite, quando você cochilava, vi um cervo ou um javali imenso, que subiu sobre o túnel ao norte e passou de leste a oeste e, após alguns minutos, voltou por algum motivo.

— Sim, lembro que você contou isso, mas até agora não tenho certeza se isso não foi apenas uma alucinação.

— Desculpe, você já suspeita que eu também tenha alucinações?

— Não temos alternativa, *habibi*, preste atenção ao neurologista: há uma linha genética descendo entre as gerações.

— Ainda veremos qual é o comprimento e qual é a força dessa linha, mas, enquanto isso, me explique por que você está se esquivando da festa de aposentadoria daquele que foi o seu braço direito durante anos.

— É verdade, ele era um trabalhador eficiente e fiel, mas quando eu me aposentei, há cinco anos, em vez de pegar o meu lugar e seguir os meus passos, ele abandonou tudo para dirigir, por um alto salário, um projeto no Quênia. E só agora, quando acabou o trabalho no Quênia, e talvez porque o tenham chutado de lá, ele está organizando para si mesmo uma festa de despedida justamente entre nós, e não na África, onde ele ficou rico.

— Mas o que lhe importa? Haverá ali outros amigos, aposentados como você. Talvez apareçam ideias. Vá. Essa é uma oportunidade para renovar contatos. Você era um homem querido e aceito, e ninguém vai desmoronar se você esquecer um nome.

— Acabe a *shakshuka*. Ela está esfriando.

— Comi bastante.

— Ouça, Yoavi, você é um bom filho, e eu valorizo e respeito a sua preocupação. Mas você e também a mamãe se recusam a entender que, se isso é o início de uma demência, a situação já vai além de um simples esquecimento de nomes. Até a panela grande da *shakshuka* tem relação com o que está acontecendo dentro de mim.

E Luria retorna ao dia das compras. Antes, para as compras grandes no supermercado e, depois, para o estande de flores na feira, e por fim, para os seis quilos de tomates que, por falta de alternativa, transformaram-se em *shakshuka*.

— Mas por quê? — Yoav resmunga. — Você podia simplesmente jogar fora os tomates excedentes, antes que a mamãe voltasse da clínica.

— Não-não-não — um grito irrompe da boca do pai —, não joguei fora nenhum tomate, intencionalmente. A *shakshuka* que aguentou firme por vários dias é testemunha. Ela foi planejada para me precaver de mim mesmo, e também precaver vocês de mim

— De você?

— Sim, dos meus erros e até mesmo das desgraças que eu sou capaz de trazer para esta casa, para mim e para vocês.

Yoav fica em silêncio, a cabeça inclinada. Uma tristeza o envolve. Quando enfim ele ergue o rosto para Luria, o pai identifica nele, repentinamente, o brilho do medo ancestral que brotava nos seus olhos de bebê, quando trocava suas fraldas.

— De qualquer forma, não fique triste — Luria o encoraja —, você não veio à toa. Por sua causa, irei à festa de Kobi Divon.

— Tzachi — o filho corrige, com um sussurro.

— Certo, Tzachi — Luria sorri.

— E a mamãe me prometeu que irá acompanhá-lo.

— Não preciso dela ali. Não há motivo para que, depois de um dia de trabalho na clínica, ela fique tanto tempo parada com um copo de suco na mão ouvindo conversas maçantes de engenheiros rodoviários. Vou enfrentar isso sozinho com a mudança no meu cérebro, e não há dúvida de que aguentarei honrosamente. E, se me der vontade, farei um pequeno discurso de despedida. Já que você me corrigiu e disse Tzachi, e não Kobi, assim, a caminho da festa, anotarei na palma da mão o nome certo, para não envergonhar ninguém.

A *linha genética*

Depois da morte da mãe, há mais de quinze anos, Luria e a irmã se liberaram das visitas àquela parente de terceiro grau, que em vez de naturalmente se mudar do norte da África para a França, decidiu imigrar para Israel por influência da mãe de Luria, e em vez de ficar feliz pela maioria judaica na antiga pátria, caiu rapidamente em depressão e começou a enredar-se dentro de si mesma.

A mãe de Luria, que se sentia culpada pela imigração que não deu certo, impôs a si mesma a obrigação de visitar, a cada poucas semanas, a "imigrante não acolhida", para tentar levantar um pouco seu ânimo — e fazia isso em francês, língua materna da imigrante. No início, Luria acompanha sua mãe até o setor, mas, como não sabia francês, tentava enquanto isso desenvolver uma conversa leve em hebraico com os doentes mentais que se interessavam por ele. Mas logo sua alma se cansou de incentivar pessoas cuja identidade se apagou e que ainda não acharam forças para consolidar uma nova identidade, e então preferia ficar esperando sua mãe no lobby, ou até mesmo no carro, onde ficava ouvindo uma boa música, intercalada por notícias rápidas. No início, ele até se interessava, no final da visita, em saber se havia alguma melhora ou, Deus nos livre, alguma piora no estado da imigrante adoentada, se aparecia alguma esperança, e a mãe o dispensava com um murmúrio, que era seguido com firmeza pela repetição de uma frase da qual ela gostava muito: "Se vocês sentirem, você ou sua irmã, que estou começando a perder a razão, dissolvam, por favor, veneno no meu café". "Mas que veneno?", Luria a desafiava. "Doce ou amargo? Você precisa decidir, para que possamos prepará-lo já, agora".

E lá vai ele novamente a caminho da instituição, e desta vez não como acompanhante, mas em missão própria — para verificar a realidade e a qualidade da fina linha genética que o neurologista insiste em mencionar. E, como já se passaram mais de quinze anos desde a última visita, as estradas nesse tempo mudaram e se alargaram, viadutos e desvios foram adicionados, e as antigas placas de sinalização desapareceram, mas Luria não precisa da ajuda de nenhum aplicativo no seu celular, os seus sentidos e a sua lógica no entendimento de estradas e rodovias o conduzem com precisão ao seu destino.

E não somente o fluxo do caminho melhorou, como a antiga instituição de apoio Mishean também aumentou e até ganhou mais dois andares, e a entrada foi coberta com mármore de boa qualidade. E também a mobília e os equipamentos, que naquele tempo foram trazidos dos depósitos da Agência Judaica, foram trocados por mobília e equipamentos doados por um filantropo que internou ali a esposa. E ainda que Luria duvide da afirmação de sua irmã, de que a parente distante deles sobreviveu neste mundo, apesar disso ele leva para ela, como costumava fazer sua mãe, um presente modesto, tâmaras do tipo *medjool*, grandes e bonitas, dispostas em uma caixa marrom, na esperança de que adocem um pouco a demência dela. E se, apesar de tudo, ficar esclarecido que ela já se foi, pelo menos a equipe que cuidou dela com dedicação até o dia da sua morte vai aproveitar o presente. Mas onde está essa equipe? Em que setor e em que andar? Na verdade, desta vez ele está convicto justamente do nome, mas não tem nenhuma noção de qual é o sobrenome. Então, ele sobe um andar após o outro e volta, tentando lembrar-se de alguém que cuidou dela no passado. E ele nem precisa se esforçar muito e ir aos novos andares, porque já no terceiro ele reconhece uma enfermeira bonita e delicada, que lhe chamou atenção no passado, e o tempo que transcorreu desde então graduou para mais o seu posto e embranqueceu a sua trança.

Claro, ela recebe com afeto o surpreendente visitante, ela se lembra da mãe dele e até da irmã, que, ao contrário dele, não tinha medo de circular entre os pacientes.

— Eu não tinha medo — Luria se ressente da repreensão insinuada —, eu simplesmente não queria atrapalhar. E, como eu não sabia francês, não havia motivo para ficar presente na visita da minha mãe.

— Mesmo sem o francês você poderia ficar.

— É verdade — o visitante admite. — Qual é, afinal, o sobrenome dela?

E aí ele aprende que no fim dos anos 1960 aconteceu algo estranho: em vez de o sobrenome predominar sobre o primeiro nome, como costuma ser, o primeiro nome absorveu o sobrenome e não deixou vestígios dele.

— Mimi é tudo o que temos — confirma a enfermeira, que hoje é a enfermeira-chefe do setor. — Não temos nenhuma informação acerca do sobrenome. Quando a sua mãe a internou aqui, ela foi inscrita apenas com o primeiro nome, e o número da identidade dela confirmou o nome e se ajustou a ele em completa harmonia. E, assim, ela está aqui, tranquila e estável, só com o primeiro nome. Vejo que você se lembrou de trazer tâmaras para ela, assim como sua mãe, sim, ela vai comê-las com alegria, mas não há nenhuma possibilidade de que ela reconheça você por causa delas.

— Não preciso que ela me reconheça — Luria se apressa em interromper. — É só que me lembrei dela recentemente e estava certo de que havia falecido há muito tempo, mas minha irmã insistiu, por algum motivo, que ela ainda está viva, e decidi vir ver por que razão a minha irmã insiste nisso, e se o estado dela é estável. Nossa mãe se achava uma espécie de tutora dela.

— Não houve uma piora significativa no estado dela, mas também não houve melhora — a enfermeira diz com um sorriso radiante. — Você está convidado a ir até ela e entregar pessoalmente as tâmaras. — E Luria fica surpreso ao constatar que os cabelos brancos na trança da enfermeira acrescentaram ainda mais suavidade à sua beleza.

— Tâmaras *medjool* — Luria diz e coloca o dedo no nome impresso na caixa.

Para não dar chance ao azar, Luria não revela o verdadeiro motivo da sua visita. Era só o que faltava, essa fina linha genética se tornar uma linha de aço que num futuro próximo o transforme, também a ele, em candidato a esse lugar. Mas, para o encontro propriamente dito, ele está ansioso.

— Vou oferecer as tâmaras — ele diz em tom festivo —, e talvez ela se lembre pelo menos da minha mãe, que nunca a abandonou.

A enfermeira-chefe o conduz a um quarto não grande, mas limpo e iluminado, com duas camas largas, separadas por uma tela. Duas idosas grandes e redondas se aprumam assim que ele entra, o que o faz pensar qual das duas carrega a linha genética dele. Uma delas está vestida com um avental vermelho, e ao seu lado há um tipo de flauta estranha, comprida e enegrecida, com abertura nas duas extremidades, e já lhe parece que essa dona do avental vermelho o reconhece vagamente, talvez pela semelhança dele com a mãe, talvez pela caixa de *medjool* na sua mão. "Eis aqui, por favor", Luria estende a ela as tâmaras, cheio de compaixão.

Ela pega o presente com vontade, mas parece que não sabe que precisa abrir a caixa, e então a enfermeira pega e descobre as fileiras de tâmaras brilhosas que despertam o desejo apetitoso de todos. Portanto, antes de devolver a caixa à destinatária do presente, a enfermeira retira dela três tâmaras, a primeira para a colega de quarto, que sorri como se tivesse encontrado um antigo conhecido, a segunda para quem deu o presente, e a terceira, ela mesma come, retira da boca o caroço com a mão delicada e a estende para receber também os caroços dos outros dois.

— Quantos anos ela tem? — Luria sussurra.

— Noventa e cinco.

— Ela parece muito bem para a idade e condição. Pelo visto, é preciso perder a razão para se manter desse jeito.

Nos belos olhos da enfermeira aparece uma ironia sutil.

— Nem sempre — ela descarta com um leve desprezo a afirmação precipitada. Mas Luria não desiste.

— Será que ela sabe que ainda está em Israel ou acha que já passou para o mundo vindouro?

— Isso é difícil de saber — a enfermeira sorri —, mas se ela acha que está no mundo vindouro, ela deve estar contente, porque você trouxe para ela uma demonstração de que existe vida agradável no mundo vindouro.

— Vida... — Luria debocha.

— Não despreze nada. Além do tratamento dedicado que lhe oferecemos, ela também aprecia a música.

— Música?

— Sim, um ano depois que a sua mãe morreu, apareceu aqui um parente de vocês, da França, para resolver os assuntos financeiros dela. E, antes de voltar à França, ele comprou para ela essa flauta grande, cujo nome é *kaval*. No início, ela a evitou, recusou-se até a tocar nela, apesar de insistirmos muito. Esse não é um instrumento fácil. Eu não consigo retirar dali nenhum som. É preciso assoprar dentro dele, dirigindo o ar com os lábios. Até que um dia ela de repente pegou a flauta, e ficamos surpresos ao ver que ela domina o instrumento, e desde então ela toca, principalmente antes das refeições, quando está com fome. Talvez ela concorde em tocar para você também, em agradecimento às tâmaras que trouxe.

E a enfermeira-chefe pega a flauta e a entrega nas mãos da idosa, e aproxima a extremidade do tubo aos lábios dela, e no quarto começa a entoar uma melodia monótona, talvez de origem norte-africana, cuja tristeza já é israelense.

Festa de aposentadoria

A maioria dos andares no prédio da Caminhos de Israel estão escuros, mas o saguão do salão de reuniões e eventos no térreo está bem iluminado e repleto de convidados à comemoração de aposentadoria que Divon organizou para si. Luria ainda não desliga o motor do carro vermelho, mas desafivela o cinto de segurança e coloca uma mão carinhosa no ombro da esposa.

— De verdade, não há mesmo nenhuma necessidade nem motivo para você vir comigo. É melhor você ficar com os netos na hora de dormir. Já faz cinco dias que você não os vê, e eles ficarão felizes em ouvir uma história real de alguma criança doente que se curou na sua clínica. Se você mandou Yoavi para me convencer a não desistir dessa festa, é preferível que eu circule nela por conta própria.

— Mas...

— Mas o quê? Se você não tem medo de alguma falha ou vexame quando eu vagueio sozinho pela feira ou pelo centro comercial, certamente não precisa se preocupar quando vou a um lugar onde trabalhei muitos anos, entre amigos e conhecidos. E é óbvio que você não precisa me atrapalhar.

— Atrapalhar você como?

— Com sua mera existência, com sua presença, porque quando você está ao meu lado, eu fico ligado só em você, atento ao seu olhar, e ansioso. E quando amigos e conhecidos se aproximam de nós, sozinhos ou acompanhados das esposas, eles ficam atraídos por você e não por mim. E como você teme que, ao falar, eu deixe escapar erros de nomes e lapsos de memória, você captura a direção da conversa e a encaminha para os nossos filhos e os dos outros, para que possamos nos alegrar por meio deles com os netos, e isso antes dos relatos médicos para onde as pessoas arrastam você. E hoje também estarão presentes veteranos que lembram que você é uma médica sênior, e não perderão a oportunidade de extrair algum conselho ou o nome de algum medicamento. Não é para isso que você e Yoavi estão me enviando para cá esta noite. *Oy, oy*, olha, negros, negros, pela minha vida, negros verdadeiros, quer dizer, respeitáveis africanos da equipe de Divon no Quênia, e talvez sejam todos da embaixada deles aqui, que foram convidados para aumentar a importância da comemoração. Se algum deles também discursar em homenagem a ele, talvez eu também diga algumas palavras para contar um pouco sobre os seus feitos. Afinal, ele foi meu assistente e meu vice por quase sete anos. Não se preocupe, o nome dele já está preparado aqui na palma da minha mão, olha só...

— De todo modo, tome cuidado com a língua — sua esposa ri —, a família dele também estará aqui. E pelo fluxo de pessoas e pela música, já percebo que também o serviço de bufê será algo especial.

— Mas um serviço que você não iria aproveitar, porque quando você fica empolgada com as pessoas à sua volta, você não acha educado se afastar até a mesa do bufê.

— E você, em vez de trazer para mim, só se preocupa com si mesmo e me deixa com fome... Tudo bem, tudo bem, desta vez você vai comer por mim também, mas com moderação, e lembre-se de me contar o que estava especialmente gostoso. Se não achar nenhum projeto de estradas, traga ao menos uma ideia para diversificar a sua comida.

— *Oy*, isso já não é justo, você sabe o quanto eu me empenho.

— Você se empenha, mas nem sempre consegue, e na verdade não tenho queixas, não é preciso dar tanta importância à comida. Então, vamos marcar quando eu venho buscar você.

— Por que me buscar? Haverá muitos amigos que ficarão felizes em me levar de volta. Fique na casa de Avigail, e eu encontro você lá. E só tome cuidado para não sonhar no caminho e não correr, porque a chuva que lhe parece inocente já se espalhou no asfalto como manteiga.

O grande salão de eventos está decorado de um jeito que Tzvi Luria não se lembrava de ter visto em todos os anos de trabalho na empresa, e, pelos sons de tambor e flautas saindo de uma fonte invisível, ele vê que a sua mulher estava certa, um farto e bem investido serviço de bufê está sendo servido, e já estão se amontoando à sua volta idosos e jovens. Em vez da única mesa, como é típico em um evento de despedida, com algumas bandejas de *burekas* e pequenas pizzas, fatias de queijo e, às vezes, massas sem sabor, nesta noite foram colocadas três mesas largas para possibilitar um generoso acesso, sem aperto e sem empurrões, e uma pilha de pratos vazios anuncia uma refeição de verdade, e não apenas um coquetel volante. Na parte da frente do salão, junto a um pequeno palco, está o protagonista da aposentadoria, de terno e gravata, apresentando seus dois convidados africanos, vestidos com túnicas coloridas, para as pessoas da direção da instituição da qual se afastou não poucos anos antes. E, apesar do alvoroço, ele nota a presença de Luria, o antigo patrão, e acena de longe para ele com a mão, e a sua esposa, com um terninho bordado e bem ajustado ao corpo, compartilha o cumprimento à distância.

Luria acena de volta, mas toma cuidado para não se aproximar antes de verificar novamente a sua memória. Ele empunha com força a palma da mão direita e murmura para si mesmo o nome do dono da festa, depois abre a palma da mão para ter certeza de que o nome murmurado é idêntico ao nome anotado.

Mas e a esposa de Divon? De repente, ele se dá conta: qual é o nome dela? Ele fecha os olhos e inclina a cabeça para arrancar o nome no seu cérebro, mas nenhum nome surge da escuridão. Será que foi a atrofia que engoliu o nome dessa mulher "trágica" ou será a alma a responsável pelo esquecimento? Ele toma cuidado para não ficar rolando possíveis nomes na esperança de que o nome verdadeiro brilhe entre eles. Não, desta vez é preciso tomar cuidado. Se um nome estranho aparecer como o nome certo, o que às vezes acontece, a ofensa a essa mulher pode ser especialmente dolorosa.

Secretamente, ele a observa à distância com o olhar, na esperança de que o nome brote da sua aparência. Mas até mesmo a primeira letra se recusa a surgir. Não haverá alternativa a não ser extrair o nome dela de algum amigo veterano. Afinal, esse é o grupo dele, alguns carecas e com movimentos lentos, mas falando alto e rindo, e outros tristes e enrugados; alguns com a esposa e alguns sozinhos; e todos se amontoando com pratos em volta da comida. Alguns fazem sinais de cumprimento a Luria, que é tido como uma personalidade simpática, engenheiro eficiente e talentoso, aberto às ideias dos outros — mas Luria toma cuidado para não se aproximar dos amigos, nem mesmo pega um prato vazio, sem antes verificar o que está servido na mesa mais próxima, para planejar a sua degustação e dirigi-la somente ao que é mais adequado e de melhor qualidade. E, para a sua surpresa, ele descobre pequenos pires com *shakshukas* refinadas, com uma pequena gema no centro, talvez de ovo de codorna, como um minúsculo sol de crepúsculo mergulhando no Mar Vermelho. E de repente ele fica saudoso da imensa *shakshuka* da sua casa, que por fim só acabou há poucos dias, e os pequenos pires à sua frente parecem filhotes que nasceram daquela, então ele pega um deles com carinho e prova, e para sua surpresa, pelo gosto e cheiro, de fato parecem como se tivessem saído do ventre da imensa mãe da sua panela. *Oy*, que pena que ele não pode levar um pires para casa a fim de provar à sua esposa que, apesar da monotonia da sua comida, ela está em nível profissional.

Um garçom carregando uma grande bandeja oferece a Luria pequenos petiscos, nos quais a mão de um artista acrescentou sabores diferentes e até opostos, doces e picantes, e texturas competindo entre a crocância e a suavidade. Luria começa provando um petisco, e a sua mão já se dirige ao segundo, e o garçom, observando-o amavelmente, sugere com um sorriso um terceiro petisco, como que lamentando que esse também não fosse se juntar aos companheiros, e Luria não recusa, e enquanto o petisco ainda se desmancha na boca, ele resmunga de prazer limpando-a com um guardanapo e diz, "Sim, eles são maravilhosos, mas não me tente mais, porque aqui há outras bocas famintas", mas o garçom não desiste e indica um petisco de carne avermelhada que é obrigatório mordiscar, e Luria suspira e o coloca na boca com uma reclamação: "Por que você está me paparicando tanto?" E é somente neste momento que o garçom de gravata-borboleta e paletó preto revela a sua identidade — ele não é outro senão Havilio, o operador veterano da grande escavadeira, o veículo que se aposentou com o seu operador. E, em homenagem aos bons tempos que se foram e não voltam mais, Havilio novamente recomenda agora mais um petisco, e Luria fica feliz em encontrar diante dele o funcionário veterano, que há alguns anos, de acordo com as suas instruções, derrubou uma colina de basalto inteira entre a Rodovia 85 e a Rodovia 866 para facilitar a passagem entre as duas rodovias, e, na alegria do encontro com o tratorista que se transformou em garçom improvisado, ele até se lembrou do nome, mas recusa o petisco adicional, há um limite para petiscos, ainda mais que, na mesa à frente, outros quitutes o aguardam, que causarão sofrimento aos que os ignorarem. Sim, Havilio concorda, e também é preciso deixar espaço para as maravilhosas sobremesas que chegarão com hastes de faíscas artificiais.

— Sobremesas com hastes de faíscas artificiais? — Luria se surpreende. — O que é isso? Vejo que Divon quer que a comemoração dele jamais seja esquecida.

E ele vai na direção da mesa em frente, na esperança de descobrir também, entre a comida e os convidados, talvez um resto de projeto de engenharia que ajude a alma a lutar contra a mente enlouquecida, mas eis que se agarra nele o futuro e jovem diretor-geral da Caminhos de Israel, que está prestes a ser promovido oficialmente para a direção-geral, após a demissão de diretores corruptos, e exige que ele homenageie com algumas palavras o protagonista aposentado da noite.

— Um discurso?

Mas que seja curto, porque discursos não faltarão. Os dois engenheiros africanos que trabalharam com ele em Nairóbi apresentarão um relatório em primeira mão sobre as ideias e os projetos que o israelense levou ao país deles e até reforçarão o testemunho com slides. O representante do Ministério das Relações Exteriores também veio de Jerusalém para dizer algumas palavras sobre a importância da ajuda israelense em países arruinados e complexos. E até ele mesmo, o futuro diretor-geral, pronunciará algumas palavras. E Divon responderá aos que o homenagearam. Mas ele insinuou que é muito importante para ele que alguém de dentro, quer dizer, um ex-diretor do departamento do norte, traga à lembrança algumas iniciativas importantes que se concretizaram ainda antes da sua partida para a África. Pois não foi por acaso que Divon insistiu para que a sua comemoração fosse justamente aqui, na instituição em que trabalhou a maior parte do tempo.

Luria, porém, que já presumia que lhe pediriam para falar algumas palavras, ainda está hesitante.

— É verdade, trabalhamos juntos em parceria e fizemos alguns projetos bem-sucedidos no norte do país, nos quais Tzachi Divon foi o espírito vivo, e, portanto, não apenas me decepcionei como também fiquei com raiva quando, após a minha saída, ele se recusou a ficar no meu lugar e foi embora.

— Lamentar é possível, mas ficar com raiva por quê?

— Por quê? — Luria debocha, e dá uma olhada na palma da mão achando que talvez, por milagre, o nome do novo diretor-geral estaria ali anotado também. — Porque eu o preparei para ser o meu herdeiro e confiei que ele seria a pessoa principal depois da minha saída, e então, por causa de um salário gordo qualquer, ele desertou para a África e deixou o departamento confuso... como se estivesse dominado, sei lá, por uma insanidade, por uma demência, não menos que isso.

Mas, como esse jovem homem foi quem autorizou o pedido de Divon de fazer a festa de aposentadoria na instituição que ele abandonou há cinco anos, Luria tenta defendê-lo. A partida para a África não foi só pela ganância, ele explica, mas por causa do filho mais novo e deficiente, com dano cerebral, de quem precisa garantir o futuro até mesmo depois da morte do pai e da mãe.

— Um momento — Luria se anima —, talvez, por acaso, você saiba qual é o nome da mãe? — O nome dela voou e sumiu de repente.

Seu nome? Na verdade, foi somente nesta noite que o diretor-geral interino a encontrou pela primeira vez, mas, se Luria quiser incluir em seu discurso nomes da família, ele vai verificar a informação.

— Não-não-não, não pergunte a ninguém. Se eu precisar do nome dela ou de outros nomes, eles vão aparecer espontaneamente. Com a condição de que eu dê de beber café preto à minha atrofia, para que ela não me falhe.

— Sua o quê?

— Não importa, é apenas uma palavra que me ocorreu.

Enquanto isso, chega até eles o protagonista da festa com a sua comitiva. E, enquanto ele abraça fortemente o seu ex-chefe, aproxima-se também a esposa de Tzachi Divon. Ela puxa Luria de seu marido e fica parada diante dele em silêncio, sem sorrir, e o examina com um olhar sério, como querendo saber se ele percebe a mudança que há nela. Sim, ela emagreceu, o cabelo insistentemente despenteado da mulher "trágica" ficou mais curto e foi cortado pela mão de um artista, que acrescentou nele alguns raios avermelhados, as rugas do seu rosto foram alisadas, e o terninho azul bordado parece apegado à silhueta. O generoso salário do seu marido e os criados que a cercavam no continente africano, aparentemente, aplacaram a sua tristeza. Luria fica pensando se o nome dela vai faiscar agora para ele dos seus pequenos olhos, como os de uma cobra, mas seus dois filhos mais velhos já foram chamados para serem apresentados ao diretor que há muitos anos serviu de guia e orientador do pai deles na Caminhos de Israel. E, seguindo seus dois irmãos, também se aproxima dele na cadeira de rodas, acompanhado por um africano velho, o terceiro filho, alto e encurvado, com o rosto de um anjo caído, que repentinamente pega a mão de Luria e a levanta, como se tivesse a intenção de beijá-la ou mordê-la, e, quando Luria puxa a mão, assustado, as luzes se apagam e uma nova penumbra azulada toma conta do salão.

Vídeo

Não foram slides que os africanos trouxeram do Quênia, mas um vídeo de verdade, que demorou vinte e cinco minutos, durante os quais foram projetadas na tela estradas, pontes e túneis, e até mesmo um pequeno viaduto, isolado e sem sentido, que aparece de repente em uma pradaria desolada, e o olhar profissional de Luria percebe traços de semelhança entre esse e o viaduto que ele e Divon haviam planejado construir na Alta Galileia, cujo orçamento não foi aprovado. É um vídeo rico, mas, ao que parece, feito às pressas, portanto ficou sem som e sem legendas, e até mesmo o próprio Divon que aparecia nele às vezes parado e animado ao lado de alguma ponte ou túnel mantinha-se em silêncio com o seu próprio entusiasmo. Para preencher as lacunas, um dos engenheiros africanos se posta ao lado da tela e, em um inglês meticuloso e irretocável, narra as cenas com explicações e elogios ao idealizador e dirigente principal, que convidou a ele e a seus amigos para a sua comemoração de aposentadoria em Israel.

E, no final da projeção, a luz ainda não retorna ao salão, porque agora os convidados são chamados a continuar saboreando, mas com uma voracidade discreta, as sobremesas espetaculares que começam a fluir de todos os lados do salão, ornamentadas com hastes de faíscas artificiais e vibrantes. Luria, sentado circunspecto e tenso perto do diretor-geral interino, não tão longe da família festiva, recusa a sobremesa, e tenta apurar o ouvido com todas as forças para, talvez, captar o nome da mulher "trágica" — esse foi o apelido com que o marido se referiu a ela apenas uma vez e, ao que parece, distraidamente.

Um representante do Ministério das Relações Exteriores é convidado a prestar homenagem. É um homem jovem, magro, de cabelo ralo, com uma aparência intelectual brilhante, que não tem medo de ler pensamentos ousados diante de um público desconhecido:

"Para o meu pesar e a minha vergonha, como cidadão israelense e, principalmente, como funcionário do Ministério das Relações Exteriores, a maior parte das exportações e da ajuda israelense nos últimos anos aos países em desenvolvimento e atrasados na África e na Ásia está relacionada a sistemas de armas que são acompanhados por conhecimento militar apurado. Oficiais militares seniores, que se afastam do Exército em idade relativamente jovem, não se contentam com a bela pensão que o sistema de segurança lhes concede, e se agarram à ambição de ganhar altas somas rapidamente. Eles se aproveitam do grande conhecimento que adquiriram nos anos de serviço militar, e não exatamente a respeito dos riscos do campo de batalha, com frequência na atividade tranquila com computadores e meios eletrônicos secretos nos bunkers protegidos, para se conectarem com comerciantes duvidosos, negociantes internacionais de armas, que as oferecem a ditadores corruptos para aumentarem o controle sobre seus povos e lutarem cruelmente contra os seus inimigos, por meio do conhecimento e da experiência militar israelense.

"E então — queridos amigos, funcionários e aposentados da Caminhos de Israel —, quem saberá, além de vocês, que nos anos 50 e 60 do século passado foram ouvidas na nossa pequena terra de agora outras canções, e o Estado de Israel, pobre, porém ético, estendia outro tipo de mão, civil e não militar, aos jovens países da África, que se livraram do jugo do colonialismo explorador. E naqueles anos maravilhosos não era a sabedoria da guerra que saía de Israel, mas sim a orientação em setores como agricultura, transporte, planejamento de água e educação, e as pessoas da Companhia Nacional de Água, e do Planejamento da Água em Israel e do Departamento de Obras Públicas pavimentaram estradas na África e construíram fábricas, e a Solel Boneh[6] ergueu até mesmo uma universidade inteira na Etiópia, para o progresso de todos os habitantes.

---

6. Uma grande empresa de construção e engenharia civil de Israel.

"Portanto, minhas senhoras e meus senhores, desci de Jerusalém neste dia chuvoso até a planície, não em missão do Centro de Cooperação Internacional, mas em minha própria missão, para me juntar à comemoração da aposentadoria do sr. Itzchak Divon e expressar a minha simpatia para com o diretor multifuncional que abandonou por vontade própria um importante cargo na Caminhos de Israel, a fim de oferecer ao povo do Quênia o seu conhecimento criativo e original em engenharia. E, pela necessidade desta importante tarefa, ele até incluiu toda a sua família, na esperança de tornar mais leve o peso da solidão em um país difícil, estando ele envolvido na paz de espírito essencial para o cumprimento da sua missão, da melhor forma possível.
"E os seus olhos estão vendo, minhas senhoras e meus senhores, que não somente eu vim de longe para saudá-lo, como também pessoas do Quênia e representantes da embaixada desse país em Tel Aviv vieram comemorar conosco a sua aposentadoria. E este é o meu desejo: que outros engenheiros e jovens empreendedores, a serviço na Caminhos de Israel ou em outros lugares, sigam os passos de Itzchak. E, embora eu ainda seja considerado júnior no Ministério das Relações Exteriores israelense, prometo dedicar a eles todo o suporte prático e moral que me for possível."

Se esse garotão continuar falando assim, ele vai permanecer júnior por muitos anos a mais no Ministério das Relações Exteriores, o jovem diretor-geral brinca, sussurrando no ouvido de Luria, enquanto aplaude o orador, e Luria se levanta para cumprimentar o júnior pelo seu discurso crítico e pedir a ele a folha com o texto, na tênue esperança de que os nomes da família de Divon estejam anotados ali. Mas parece que lá estava escrito somente o que foi dito.

Não resta a Luria senão confiar que, durante o discurso do diretor-geral, ainda poderá surgir o nome oculto da mulher, cujo olhar não se afasta dele. Mas o novo diretor-geral percebe que ele, na verdade, não tem nenhuma relação com um ex-funcionário que saiu há cinco anos e nunca mais vai voltar, e para não se humilhar com palavras vazias e detalhes equivocados, ele decide neste momento desistir do seu discurso, e convida Luria a se levantar agora mesmo para fazer uma homenagem ao herdeiro que renunciou à sua herança.

Mas, enquanto isso, o anfitrião orienta os garçons a mais uma rodada de faíscas cintilantes para acompanhar o café e o chá, e, para não prejudicar o brilho vibrante até que acabe a última faísca, permanece no salão a iluminação na penumbra, em que os amigos idosos de Luria já estão pairando um pouco sonolentos, e justamente essas silhuetas sombrias dos colegas esquecidos despertam agora, no futuro discurso, um impulso para não se ater a uma fala comum e superficial, mas a ousar dizer coisas pessoais a respeito do talentoso engenheiro que desertou para um continente distante antes de chegar o tempo certo de aposentadoria.

Antes, Luria olha a palma da mão para se certificar de que o nome que já estava se apagando ainda é o nome certo, e, na esperança de que no decorrer das suas palavras o nome do marido consiga retirar do abismo do esquecimento também o nome da esposa, ele começa a falar para os seus amigos.

O discurso

Neste salão, Luria já pronunciou discursos várias vezes, ou melhor, modestas saudações, geralmente em lançamentos de projetos em parceria com ministérios do governo, o Fundo Nacional Judaico, a Divisão de Assentamento da Organização Sionista, a Polícia Rodoviária, a Associação Luz Verde contra Acidentes de Trânsito e, obviamente, Conselhos Locais, sobretudo das minorias do norte do país, que conseguiram obter, ainda que muito raramente, pavimentação de estradas nas suas comunidades ou, no mínimo, reparos. Mas às vezes Luria era convocado para dizer também algumas poucas palavras de despedida na aposentadoria de funcionários juniores ou seniores que eram subordinados a ele. Esses discursos eram preparados por ele por escrito, repassados para um hebraico apurado pela sua esposa, que, mesmo sem conhecer os que iriam se aposentar, acrescentava algumas comparações bonitas, que imprimiam um pouco de calor e emoção às palavras secas do marido. Uma das vezes, por ocasião de um alargamento complexo de uma grande interseção de semáforos em parceria com a Polícia de Trânsito, ela acrescentou às palavras de saudação do marido algumas estrofes de um poeta chamado Avraham Shlonsky, que Luria nem sabia que existia.

Mas nesta noite Luria não tem um papel pronto com alguma comparação, ou versos de algum poema para revigorar e aquecer. Embora ele já soubesse há alguns dias, por questão de bom senso, que se ele fosse à festa de despedida seria convocado a fazer um discurso, não lhe passou pela cabeça que ele precisaria ir antecipadamente munido também com o nome da esposa de Divon.

E, afinal, essa deverá ser a primeira vez também que Luria falará sabendo que a demência que o neurologista diagnosticou já é um componente definitivo da sua personalidade, e, portanto, ele precisa navegar com cuidado entre essa coisa nova que se juntou a ele e a sua essência original sadia. No salão mergulhado na penumbra, onde as faíscas das sobremesas ainda penetram os espaços entre os suaves tinidos das xícaras de café e chá dispostas agora sobre as mesas, Luria opta por se posicionar em um lugar incerto entre a família e o público:

"Querido Tzachi, adjunto leal e eficiente durante cerca de dez anos no departamento do norte, candidato natural a se tornar diretor no meu lugar, desejo saudá-lo e saudar também a sua esposa, parceira dedicada e leal, e os seus três filhos, cujos nomes não esqueci porque jamais soube. E vocês, amigos e colegas, devem estar se perguntando agora como pode o diretor não saber nem ter procurado saber os nomes dos filhos de uma pessoa que trabalhou tão próximo dele por vários anos, e não uma pessoa qualquer, mas um adjunto destinado a substituí-lo quando chegasse a hora, e a explicação, que talvez pareça estranha e até assustadora para os mais jovens entre vocês, é para mim uma explicação adequada, e acredito que ela seja básica nas relações normais de trabalho em todos os lugares, mas em especial em instituições públicas e governamentais como a nossa. Queridos amigos, hoje eu já estou com setenta e alguma coisa, mas, desde que comecei a trabalhar aqui como um jovem engenheiro rodoviário, decidi ser exigente em relação a limites claros entre mim e os outros funcionários, fosse eu subordinado a eles ou, principalmente, fossem eles subordinados a mim. Decidi fazer todo o possível para evitar assuntos pessoais, familiares ou políticos e outros, misturados nas relações de trabalho. E isso, obviamente, sem abrir mão de qualquer abertura e transparência total em todos os assuntos profissionais. Pois — vamos admitir com sinceridade — há sempre uma preocupação de que intimidade nas relações entre os funcionários, e opiniões políticas de direita ou de esquerda, e discordância entre religiosos e laicos, irão interferir no relevante critério profissional e poderão levar a omissões e falhas no trabalho, e até mesmo servir de estímulo para atos de corrupção, como licitações previamente combinadas e nepotismo. Na Caminhos de Israel giram milhões, senão bilhões, em projetos diversificados. E, portanto, enquanto éramos, Tzachi Divon e eu, muito ligados em questões de trabalho, seja no escritório, seja nas longas viagens em excursões de campo em parceria, não falávamos de assuntos particulares ou familiares, mas somente de temas ligados a estradas e entroncamentos, ângulos corretos de entrada e saída nos cruzamentos, planejamento adequado de iluminação noturna e localização exata dos semáforos. E também nos consultávamos um ao outro sobre como manobrar, obviamente de forma moral e legal e dentro das regras do orçamento, para melhorar estradas e caminhos em lugares afastados. E, considerando que minha relação com Tzachi Divon era baseada em assuntos puramente profissionais que não misturavam assuntos pessoais, bons ou maus, não se espantem, meus senhores, com o fato de que jamais me passou pela cabeça convidá-lo à cerimônia de circuncisão do meu primeiro neto, e ele não me convidou para a comemoração do bar-mitzvá do seu segundo filho, e também cuidamos de não contar um ao outro a respeito de problemas familiares, doenças dos cônjuges, filhos ou parentes, que às vezes causam ausência no trabalho. Entre mim e ele, e entre mim e todos os meus subordinados, havia antes de tudo plena confiança que fazia supor que quem não vem trabalhar está dispensado de julgamento, e não precisa se justificar por meio de atestado médico. Durante todos os nossos anos de trabalho, Tzachi nunca visitou a minha casa, nem mesmo para uma breve conversa de trabalho. Quanto a mim, tive a oportunidade de ir à casa dele apenas uma vez, já depois do seu afastamento e da sua viagem à África, porque ele me pediu para levar à sua esposa, a prezada senhora Divon, que ainda permanecia no país, alguns projetos e fotos arquivados, cujo valor já havia expirado fazia muito tempo."

Enquanto isso, já se apagaram as faíscas artificiais até a última delas, mas, apesar disso, o encarregado das luzes teme acendê-las de uma só vez e assustar o orador e o público atento, e, portanto, ele deixa a penumbra acompanhar o resto do discurso.

Quanto a Luria, ele sente que o que está por vir não é o resto, mas o principal, que ainda não foi dito.

E ele observa a família Divon sentada, todos juntos como um bloco escurecido, e dá alguns passos em direção a eles, na esperança de que o nome da esposa de Divon pisque nela como uma última faísca. Um sussurro de chuva envolve agora a agradável penumbra, e ele extrai dela coragem para se dirigir ao dono da festa:

"Sim, Tzachi Divon, apesar da liberdade pessoal que demos um ao outro, e da não interferência absoluta em assuntos pessoais, confesso que fiquei com raiva quando comunicou, na minha aposentadoria, que você aceitou sair em uma missão particular na África, em vez de assumir a minha função. Fiquei com raiva porque eu sabia que com a minha aposentadoria e a sua saída iriam se perder alguns projetos bonitos e ousados, que nós dois preparamos para a Rodovia 754, e que não haveria quem insistisse nos reparos e em mais uma pista na Rodovia 879. Eu também sabia que quem fosse nomeado no meu lugar não conseguiria nem mesmo entender as ideias que trocamos entre nós, no que se refere ao trevo entre a 96 para a 989, onde havia tantos acidentes. Estava muito claro para mim que a saída de nós dois causaria confusão e paralisação, e, apesar disso você não ouviu de mim nem mesmo uma palavra. Não superei minha raiva durante todos esses anos em que você esteve ausente de Israel, e até mesmo, sim, eu confesso, hesitei em vir à impressionante festa que você organizou para si mesmo.
"Mas-mas-mas, quando ouvi ainda agora como esse jovem, um representante ousado e corajoso do nosso Ministério das Relações Exteriores, louvando a contribuição humana, civil e não militar, que você e outros israelenses inspiraram em terras pobres e confusas, quando vi que engenheiros que trabalharam com você no Quênia vieram de longe para nos explicar e também mostrar de forma concreta como

o seu trabalho foi importante para eles, quando entendi que não foi fácil para a sua família e, principalmente, para a sua esposa, minha prezada senhora, deixar Israel e viver em um país africano estranho e distante, a raiva que me acompanhava quando entrei no salão diminuiu e até mesmo desapareceu. E estou contente, Kobi, perdão, Tzachi-Tzachi-Tzachi, não apenas por ter vindo, mas também por ter aceitado o pedido do novo diretor-geral, jovem e dinâmico, cujo nome ainda não sei e não anotei, para cumprimentar você em meu nome e em nome de todos os aposentados aos quais você se junta hoje. E como estou convicto de que, com o seu talento e com a experiência ainda maior que você traz do continente africano, você não ficará desocupado na nossa pequena pátria, vou me permitir dar-lhe uma indicação e comunicar que, se você me convidar, aposentado veterano, para ser seu assistente ou consultor em um novo projeto, privado ou público, acho que não vou recusar."

E ele avalia se encerra aqui ou se improvisa uma nova ideia, pois sente que a escuridão no salão combina muito bem com a escuridão que tomou conta do seu cérebro. Mas os aplausos e um rápido abraço de Tzachi Divon exigem que ele desocupe o lugar.

Diga-me o meu nome e eu deixo você em paz

E as luzes ainda não voltaram no salão, porque o dono da comemoração continua a surpreender seus convidados, e, em vez de cansá-los com mais um discurso, ele projeta outro vídeo, mas não uma nova demonstração de suas conquistas em engenharia, e sim um vídeo de uma natureza maravilhosa, rica em paisagens e animais estranhos, a documentação de uma excursão que ele fez com a família ao país vizinho do Quênia, a famosa Uganda, que no início do século passado judeus ingênuos ousaram oferecer, embora sem o conhecimento dela, como solução para a nossa antiga terra ancestral. E já está visível para os presentes que o novo aposentado está fazendo de tudo para que a comemoração da aposentadoria que organizou para si mesmo seja em alto nível, para que seja lembrada não somente como uma despedida adequada, mas também como reparação pela sua saída antes do tempo. E, portanto, ele mostra aos israelenses o que eles perderam e talvez também o que eles ganharam ao rejeitar desde o início uma possível pátria.

Mas Tzvi Luria não está interessado em avaliar perdas e ganhos tão delirantes, e, de forma discreta, ele se afasta da família festeira para tentar achar entre os aposentados um amigo ou conhecido que o leve de volta à sua esposa. Mas uma mão feminina, suave, porém firme, segura agora a sua nuca e o arrasta para o setor das bebidas, e a dona da mão sussurra com intimidade:

— Obrigada também por ter deixado de lado a raiva, porque até mesmo na África Tzachi ainda lamentava por você não estar conosco para ver a extensão e a importância do trabalho dele, e entender por que ele recusou ficar no seu lugar depois da sua aposentadoria.

— Sim — ele responde com uma leve palpitação —, decidi deixar de lado a raiva insistente e desnecessária.

— Só que a raiva que você abandonou passou para mim esta noite.

— Para você? Por quê?

— Porque em vez de mencionar com simplicidade e com naturalidade não só o nome dele, mas também o meu nome, você deu voltas e se complicou em uma estranha formalidade. O que é "parceira dedicada", "senhora Divon", "minha prezada senhora", em vez de dizer simplesmente o meu nome?

Seu olhar sério está fixado nele. E Luria se pergunta se, com a aparência melhorada que resulta da vida boa na África, ainda é possível defini-la como uma "mulher trágica".

Com um sorriso suave e cuidadoso, ele tenta se defender. Por que ele deveria acrescentar o nome de uma mulher que a maioria do público não conhece, principalmente depois que ele repetiu e enfatizou em seu discurso que a força profissional e o sucesso da parceria de muitos anos com o marido dela aumentaram graças ao fato de que ambos evitam misturar assuntos particulares e familiares na relação entre os dois?

Mas ela está decidida: não foi por acaso que ele não mencionou o nome dela, ele fez isso intencionalmente.

— Intencionalmente? Por quê?

— Para me mostrar que você o apagou de dentro de você.

— Por que o apagaria?

— Se você não tem um motivo, então vá em frente. Diga, por favor, Tzvi Luria, o meu nome agora.

— Dizer para quem?

— Para mim!

Ele a examina com um pavor curioso, desejando que o nome perdido flutue e emerja milagrosamente de dentro da sua aflição.

— Por que lhe dizer uma coisa que é tão óbvia e conhecida por você — ele tenta ser esperto.

— Porque só assim você poderá me provar que não apagou meu nome, digamos, por causa—

— Por causa do quê?

— Por causa de um desejo que invadiu você.

Luria estremece.

— Se houve desejo, ele foi imediatamente rechaçado, bloqueado.

— Mas quem pediu para você rechaçar? — ela sussurra em um tom estranho. — Quem queria que você bloqueasse?

O olhar de Luria vaga para os membros da família: será que o marido vai perceber a conversa e virá se juntar a ela? Ele segura o braço dela com suavidade e a aproxima da porta de entrada.

— Não bloquear o desejo? Em que sentido? — ele pergunta, sussurrando. Agora ela já está irritada.

— O sentido e o não sentido, vamos deixar para outra ocasião, Luria. Devolva-me o meu nome e eu deixo você em paz.

Devolver o nome a ela? Ele fica espantado. O que está havendo? Será que a África acrescentou à "tragédia" israelense também a loucura? Como devolver a ela um nome que evaporou? Para apaziguar a raiva, talvez seja obrigado a confessar agora a pequena atrofia que está corroendo os nomes, mas, se ele confessar, ela vai acreditar? E, se acreditar, por fim, ela vai se vingar dele por causa do desejo rechaçado e advertir o marido e os outros para não se envolverem com esse velho tolo que está procurando ocupação.

Os olhos dele vagueiam procurando alguém ou alguma coisa que a afaste dele, mas todos à sua volta estão atraídos pela jornada da família em Uganda, e eis que, *oy*, um toque de magia, ela mesma está neste momento na tela, bonita e atraente, em roupas de safári e chapéu de cortiça, alimentando com uma espiga de milho um animal, tipo uma corça ou um antílope, que na verdade parece um novo camelo local, em cuja cabeça brotou uma coroa de chifres dourados.

— Olha, olha — ele aponta para a tela —, agora é você! Veja! Mas como é o nome desse animal maravilhoso? Como você não teve medo de dar comida para ele?

E, antes que ela tente responder, ele hesita em acariciar com delicadeza o cabelo dela e sussurra:

— Um momento, espere por mim aqui só um momento, e já vou lhe devolver o nome que peguei de você.

E ele se vira para trás com rapidez, corre para o corredor, foge para as escadas e sobe até o primeiro andar. Ele se lembra, desde os tempos de trabalho, de que lá há um banheiro luxuoso, destinado a convidados estrangeiros ou a membros da diretoria. E, apesar de o andar estar às escuras, ele não precisa de nenhuma luz para chegar até a porta, que se revela trancada por dentro, provavelmente por algum idoso aposentado que conhece o lugar, assim como ele. Mas ele não pretende esperar até que a porta se abra, ele corre até o elevador que o leva até o último andar, o andar dos escritórios do departamento do norte, onde ficavam todos os seus subordinados. Aqui também a escuridão é grande, mas sem força para deter um homem que, graças a muitos anos de trabalho, sabe identificar cada porta por onde passa e cada chão que pisa. E já à distância Luria percebe uma fina faixa de luz lambendo a última porta, a porta do seu ex-gabinete. O que é isso?

Projetos arquivados

Alguns anos antes da sua aposentadoria na Caminhos de Israel, foi repassado a Luria um pedido do Ministério da Defesa para planejar uma estrada de contorno no norte de Samaria, para fortalecer a segurança e a paz de espírito dos habitantes de um pequeno assentamento, porque a estrada que chega até lá passa perto de uma aldeia palestina. Ele incumbiu Divon do planejamento, e rapidamente ficou claro que, devido às condições topográficas, o preço do anel rodoviário seria mais alto que o custo de refazer todo o assentamento em outro lugar. Então, Divon vagou pela área para achar um jeito de "contornar o contorno", quer dizer, não pavimentar uma nova estrada, mas atualizar um antigo caminho de terra que o arqueólogo da Caminhos de Israel afirmava existir desde o período do Segundo Templo. Esse caminho, de fato, não ficava distante da aldeia palestina, mas, devido à sua localização na encosta de uma montanha, seria preciso proteger os passantes contra eventuais ataques de pedras ou coquetéis Molotov. Divon se empenhou muito, fotografou, mediu, esboçou mapas e calculou custos, e apresentou ao Ministério da Defesa um projeto original e barato. Mas, então, soube-se que esse caminho ancestral passa por um cemitério antigo, talvez até do período do Primeiro Templo, e, em vez de entrar em conflito com a Sociedade Funerária Chevra Kadisha por cada osso antiquíssimo, ficou decidido recuar com o planejamento da estrada e, em vez disso, erguer um muro de pedras ao longo das casas da aldeia árabe mais próximas da estrada, e, assim, os palestinos ficariam escondidos dos olhos dos judeus, e os judeus, dos olhos dos palestinos, e cada um dos lados poderia se aprofundar na sua própria identidade, sem temer o olhar do outro. O projeto criativo de Divon, com suas fotos, gráficos e mapas, foi arquivado, mas o próprio Divon não se esqueceu dele, e, algumas semanas após a viagem ao Quênia, ele surpreendeu Luria, na verdade no período da sua aposentadoria, pedindo que ele localizasse o projeto arquivado e o enviasse para ele, sabe-se lá com que finalidade. E como a esposa de Divon ainda estava em Israel, tratando de assuntos ligados ao aluguel do apartamento deles, Divon achava que o caminho mais seguro e rápido seria levar para ela os projetos por um portador do escritório.

De fato, depois que o muro que bloqueia a aldeia palestina ficou tão alto que até mesmo o nome da aldeia foi apagado da memória do assentamento em expansão, não havia mais nenhuma necessidade de guardar no arquivo um projeto ousado que pretendia trazer de volta à vida um caminho antigo de terra. Mas, para evitar difamação e falatórios desnecessários a respeito de projetos públicos desaparecendo em mãos particulares, Luria preferiu, ele mesmo, e não por meio de um portador tagarela do escritório, atender ao último pedido de uma pessoa que trabalhou com ele durante tantos anos. "Só me confirme o endereço exato da sua casa", pediu, "e se possível, também me diga o nome da sua esposa".

E, assim, alguns meses antes da sua aposentadoria, Luria retirou com as próprias mãos o projeto arquivado e o comprimiu em um envelope grande, e em uma manhã nublada, depois de uma marcação antecipada, ele estava diante do portão de uma casa em que nunca havia estado — uma casa de campo, mais antiga do que ele imaginava, que, talvez por causa dos preparativos para alugá-la, parecia também abandonada e triste. Sobre a grama amarelada e entre árvores frutíferas secas havia caixas de papelão espalhadas, e no canto do quintal estavam empilhados utensílios de cozinha velhos e alguns móveis quebrados. Mas perto do portão de onde a placa "aluga-se" ainda não havia sido retirada, apareceu, para a sua surpresa, uma jovem muito bonita, cujas feições do rosto e o formato dos olhos indicavam origem asiática. Sua mão delicada estava apoiada no ombro de um garoto na cadeira de rodas, cujo rosto era como o de um anjo atormentado, olhando para longe. Esse era o filho de Divon com dano cerebral, de quem Luria ouviu falar. Sua calota craniana estava coberta por um capacete de couro para proteger a cabeça quando ele a batia na parede, mas agora, sem parede à sua volta, ele batia palmas duas ou três vezes ritmadas, para se fortalecer. E, antes mesmo que Luria perguntasse alguma coisa, a jovem o surpreendeu ao chamá-lo pelo nome e sobrenome, e lhe disse com uma voz agradável que a porta estava aberta e que ele estava convidado a entrar.

— Ela teve uma noite longa e difícil — a jovem explicou —, e agora finalmente está dormindo. De qualquer modo, não deixe o envelope que você trouxe em nenhum lugar. A casa está um caos tão grande que até mesmo um envelope desse tamanho pode sumir. Então, por favor, não receie acordá-la, e entregue o que você trouxe nas mãos dela. Foi o que ela pediu.

E a doçura da beleza, originária do Extremo Oriente, em harmonia com um hebraico perfeito, sem nenhum vestígio de sotaque estrangeiro, atraiu o coração do portador. E, como não ficou animado em entrar em uma casa estranha e caótica e acordar do sono uma mulher pela qual ele sempre teve o cuidado de não se interessar, ele sugeriu à cuidadora deixar com ela o envelope, e, assim, garantir que ele chegaria ao destino.

— Porque, afinal — acrescentou em tom de certa amargura —, entendo que eles também levarão você para a África.

— Para a África? — a jovem estranhou. — Por quê? Não estou saindo de Israel. E certamente eles terão lá muitos empregados baratos que cuidarão de tudo o que for preciso e do que não for preciso.

— Não — respondeu com firmeza, e seu rosto se abriu como uma bandeira —, eu já saí de cena, e este é até o meu último dia de trabalho. O avô e a avó dele vêm agora pegá-lo e ele ficará na casa deles até a viagem, no início da próxima semana. Portanto, o senhor não tem escolha, sr. Luria. O senhor precisa entregar o envelope pessoalmente na mão dela, porque foi o que ela pediu e permitiu, antecipadamente, que o senhor a acordasse do sono.

Mas o convite pessoal de invadir a intimidade da mulher de um colega que trabalhou ao seu lado durante tantos anos ainda protelava a sua entrada. E, enquanto isso, ele estava admirado com o hebraico perfeito e sem sotaque da jovem, e quis saber quando ela chegou a Israel. Mas descobriu que a moça bonita não chegou, e sim nasceu aqui, e agora, com um movimento de vitória, ela aprumou a cabeça e contou a respeito de seus pais, refugiados do Vietnã, que vagavam desesperados em barcos, foram resgatados no meio do mar por um navio israelense, e nenhum país quis absorvê-los, até que um generoso primeiro-ministro de Israel lhes ofereceu a cidadania. Mas seus pais, que nunca conseguiram superar a saudade da sua identidade, retornaram à pátria deles depois de alguns anos.

— E você — Luria perguntou com delicadeza —, não quis se juntar a eles?

— Eu tentei, nem que fosse para entender o que acontecia ali em uma guerra tão cruel e terrível.

— E você entendeu? — Ele ainda não quer abandonar a beleza dela.

— Não, não entendi nada — ela ri e suas pupilas brilham como duas pérolas —, e acredite em mim, sr. Luria, que até os vietnamitas, do norte e do sul, já não entendem agora por que eles mataram uns aos outros com tanta crueldade. Mas não foi por não entender que eu retornei a Israel, que também enlouquece a si mesmo não menos do que lá. Voltei porque meus pais planejavam me casar com um parente. Diga-me, sr. Luria, por que uma cidadã israelense como eu deveria se casar em um país distante e pobre com um parente duvidoso, se aqui eu tenho muitos pretendentes?

E uma sinceridade tão disponível fortaleceu em Luria a vontade de extrair mais detalhes a respeito da casa em que ele estava prestes a entrar. E, antes que o avô e a avó chegassem e interrompessem a conversa, ele se apressou não somente em entender quem é quem entre os pretendentes, mas também, em um tipo de pirueta atrevida, ele até brincou, se ele mesmo não fosse um avô idoso se preparando para a aposentadoria, poderia até ficar tentado a se juntar a eles. A vietnamita sabra[7] inclinou a cabeça em uma reverência de profundo agradecimento, um gesto meio solene, meio brincalhão, mas o garoto na cadeira de rodas, que perdeu a paciência, interrompeu a conversa com um grito de desespero. Com o pé bem torneado,

---

7. Sinônimo informal de israelense.

a jovem cuidadora soltou o freio da cadeira, mas Luria se apressou em segurar a roda: "Um momento, apenas uma pequena pergunta antes de me despedir." E, na sensatez da sua beleza, a jovem percebeu que era melhor que o jovem não ouvisse nem a pergunta nem a reposta, mesmo que não entendesse nada, e soltou a cadeira da mão dele e a empurrou levemente, incentivando o jovem a começar a rodá-la por conta própria, e enquanto a cadeira se afastava deles lentamente, Luria esclareceu sussurrando, se por acaso ela sabe, ou se ouviu, se Divon às vezes chama a sua esposa de "mulher trágica".

— Sim — a cuidadora confirmou —, é assim que o dono da casa chama a esposa às vezes, e até mesmo na presença de estranhos, não com má intenção, mas porque é assim que ela mesma se define, desde que foi obrigada, contra a sua vontade, a trazer ao mundo este jovem, o terceiro filho.

— Foi obrigada?

— Foi o que ela disse, e não só uma vez.

— Mas quem a obrigou? — Luria estava horrorizado. — E por quê?

— Isso — disse a moça com impaciência e certo desprezo —, o senhor vai precisar, sr. Luria, esclarecer por conta própria. Como eu lhe disse, a porta está aberta e o senhor está convidado a entrar, e, mesmo que ela ainda esteja na cama, não desista, porque ela realmente está esperando pelo senhor.

A casa caótica

Embora a porta que o espera não esteja trancada, ele toca a campainha por muito tempo, uma vez após a outra, na esperança de que o toque o libere do dever de acordar uma mulher estranha na cama. Mas nem mesmo o menor ruído humano responde ao toque. Portanto, ele deve empurrar a pesada porta e entrar na casa, onde o caos que aparece é pior que aquele que lhe foi anunciado antes. Os móveis foram deslocados dos seus lugares e estão amontoados no centro da grande sala de estar, provavelmente para liberar as paredes que precisam de uma caiação. Em um canto estão empilhadas caixas de papelão repletas de objetos e livros, que, a julgar pelo estado, parecem candidatos ao descarte e não à doação. Mapas de estradas da Caminhos de Israel que já expiraram estão empilhados em uma das poltronas, talvez na esperança de que Luria os devolva ao arquivo. Há também alguns objetos dos inquilinos, que aparentemente perderam a paciência e já anteciparam o envio e os deixaram em um dos cantos. Divon saiu de Israel com muita pressa, para não perder a cobiçada função que lhe foi oferecida no Quênia, levando consigo os dois filhos saudáveis para que pudessem se integrar no ano letivo que já havia começado lá, e, então, a demorada preparação da casa para alugar ficou nas mãos de uma mulher acompanhada de um filho doente que veio ao mundo contra a sua vontade.

Mas onde ela está agora? É uma casa de campo velha e imensa, que, ao que parece, foi ampliada algumas vezes, e agora também está muito escuro, porque as caixas de papelão empilhadas até as janelas encobrem a luz. É verdade que Luria pode gritar no espaço o nome da mulher, que ele já sabe, para acordá-la e trazê-la até ele, sem a necessidade de vê-la na sua cama ou até mesmo removê-la pela mão, mas não seria ridículo ficar no meio de um caos como esse chamando pelo nome de uma mulher a quem, até agora, evitou conhecer? Nesta manhã, sua esposa se surpreendeu e até se ressentiu quando soube que ele queria entregar o envelope pessoalmente, em mãos, mas agora, justamente quando está prestes a se aposentar, ele deseja saber alguma coisa mais íntima a respeito de um colega próximo e talentoso que escapou da função que Luria havia designado para ele. E na verdade, apesar da bagunça de uma casa estranha, ele não se arrepende de ter vindo.

Mas, quando ele entra na cozinha gigantesca, todo o caos desaparece e em seu lugar reina um vazio doloroso. Os armários, com as portas abertas, foram esvaziados de todos os utensílios e acessórios, e na geladeira aberta e escura não resta nada além de uma caixa de leite. Isso significa que a viagem está muito próxima. Ele vira na direção de um corredor que leva à ala dos quartos, passa por dois aposentos vazios que talvez fossem os quartos dos dois filhos, atravessa a porta do quarto do filho mais novo, onde, ao lado da cama desarrumada, há outra cadeira de rodas, e segue em frente para outro corredor, que o lança novamente no caos de um quarto escuro, com cobertores e roupas espalhadas. Ali há três malas abertas e, na ampla cama, uma mulher toda enrolada.

Será que, de fato, ela não ouviu os seus toques na campainha e os seus passos na casa, ou somente quando ele entrou no quarto ela fingiu estar dormindo? Já que a hora da visita foi combinada com antecedência, pode ser que esteja encenando com a finalidade de demonstrar a profundeza e a essência da "tragédia" que ela adotou para si mesma. Mas Luria não é um portador qualquer, que se dirigirá a ela como "senhora" ou como "dona", e ainda assim lhe parece íntimo demais acordá-la chamando-a pelo nome, que ele ficou sabendo somente anteontem, e, como ele não tem como saber onde fica o interruptor de luz, ele prefere, como quem está próximo da sua aposentadoria, tocar de leve com a mão o cobertor quente e dizer: "Sinto muito, mas a cuidadora exigiu que eu lhe entregasse o envelope literalmente em mãos."

E, a julgar pela facilidade com que ela acordou e pela rapidez do seu sorriso, é bem provável que ela tenha de fato escutado os seus toques e os seus passos, e, apesar disso, não somente permanece enrolada na cama, mas também evita acender a luz para ele, e somente estende a mão branca e comprida para pegar o envelope e o coloca sobre o travesseiro ao seu lado, onde a cabeça do seu marido deveria descansar, e, com voz fraca e rouca, que talvez contivesse restos de sonho, ela diz: "Obrigada, Tzvi Luria, mas talvez você possa me explicar o que há de tão importante nesses projetos antigos a ponto de ele ter decidido enlouquecer também você por causa deles."

É estranho para Luria ficar conversando com uma mulher completamente desconhecida, desafiando o seu marido enquanto permanece recolhida na penumbra da cama. Mas ele se inclina um pouco e relata a respeito do antigo pedido de planejar uma estrada de contorno para assegurar a tranquilidade a um pequeno assentamento, e diz que, apesar de o projeto já não ser atual há muito tempo, talvez haja ali alguma faísca que possa dar inspiração ao seu marido em algum projeto africano. "Faísca? Mais uma faísca?" A esposa de Divon suspira em desespero. Obviamente ela conhece muito bem esse homem que procura faíscas o tempo todo, principalmente nos trabalhos antigos dele mesmo, esta casa está cheia de projetos antigos como este. "Mas, me diga" — de repente ela usa de esperteza com uma leve ironia —, "será possível que até mesmo lá na África estão planejando fazer assentamentos?" "Espero que não", Luria sorri, e começa a pensar com uma leve ansiedade se ela, afinal, pretende se separar da sua cama ou se é capaz disso, e talvez, permanecendo na cama, ela esteja sinalizando para que ele se despeça e vá embora. Mas eis que ela ordena, com um tipo de autoridade feminina, que ele retire de uma poltrona as suas roupas empilhadas, para que possa se sentar diante dela, em vez de ficar de pé. "Faísca ou não faísca", ela conclui com desprezo, "de todo modo, muito obrigada, Tzvi Luria, por não mandar um portador e vir pessoalmente, assim eu consigo enfim conhecer a pessoa que Tzachi não para de elogiar há anos, não só pelo excelente profissionalismo, mas também pela paciência e a generosidade. E, ainda que você seja conhecido entre os amigos como alguém que receia misturar assuntos pessoais com as relações de trabalho, agora que Tzachi finalmente deixou a Caminhos de Israel, e que você também está prestes a se aposentar, por que você não se permitiria ficar aqui perto de mim mais alguns minutos, pois é bem provável que nunca mais nos encontraremos."

Parece que a "tragédia" que ela adotou para si mesma elevou a sua autoestima. Os olhos dele tentam decifrá-la na penumbra do quarto: o rosto dela é como uma máscara, pálido e duro, coroado por um cabelo seco e desgrenhado. Com uma trêmula compaixão que surpreende a si mesmo, ele aceita o convite, mas só por alguns minutos, ele avisa, já que a cuidadora lhe contou sobre a difícil noite de insônia, e com muito respeito ele arranja para si um pequeno lugar entre as roupas jogadas na poltrona, enquanto ela, no mesmo momento, retira o envelope do travesseiro do marido e o enfia embaixo do seu próprio travesseiro, para erguer o olhar ao visitante sentado à sua frente.

— Percebo — ela diz — que a nossa babá tratou de orientá-lo antes de você entrar.

— Sim, ela foi gentil.

— Gentil não é exatamente uma descrição adequada — ela diz com algum sarcasmo. — E em geral ela realmente atrai homens com a sua beleza, mas não vai chegar longe, porque ela não quer estudar, só quer achar um marido que estude no lugar dela.

— Mas parece que o seu filho é ligado a ela — Luria insiste em proteger a vietnamita sabra.

— Não, você está enganado. Esse jovem, na verdade, não é ligado a ninguém, talvez só um pouco ao avô e à avó, mas o pai, sem compaixão, agora quer afastá-lo também deles.

Luria balança um pouco a cabeça tentando demonstrar simpatia e preocupação, e até fica espantado consigo mesmo, um homem que sempre teve o cuidado de evitar relações pessoais com os amigos do trabalho está agora envolvido em um diálogo tão íntimo com a esposa de um colega próximo, deitada à sua frente em um quarto desarrumado e escuro, com os ombros nus brilhando na sua delicada pureza, na borda do cobertor.

— E, ainda assim — ele insiste agora em defender o rapaz —, esse menino me parece justamente estar conectado com o mundo, observei o rosto dele e me pareceu puro como o rosto de um anjo, talvez um anjo atormentado que olha para longe, mas ainda assim um anjo.

— Não, você está enganado, ele não é um anjo, e certamente não está atormentado, ele é tão alheio a seu próprio estado que às vezes eu suspeito que ele até gosta da sua deficiência. Não, Tzvi... posso chamá-lo pelo nome? Aqui não é o menino que é atormentado, só eu, a mãe, porque eu, ainda antes de ele nascer, tive a sensação da desgraça que estava por vir. Eu não queria dar à luz esse menino. Na minha idade e na minha condição, dois filhos saudáveis e bem-sucedidos com certeza me bastavam, e eu quis interromper a gestação. Mas o seu amigo, que trabalhou com você por muitos anos, insistiu em mais um filho, porque imaginou que nasceria uma menina divertida e encantadora, e, em vez disso, uma tragédia nos atingiu. Errei, não lutei o suficiente para me defender.

De fato, sua esposa estava certa, Luria refletiu, projetos arquivados devem ser enviados por um portador do escritório, e não pelo engenheiro veterano prestes a se aposentar. Ele deve começar a encurtar a sua permanência aqui. E, para facilitar a saída, ele assume um tom paternal e gentil e diz: "Não se levante, não precisa, e não se preocupe, eu já vou comunicar a Tzachi que os projetos antigos lhe chegaram às mãos, e você, continue dormindo para que tenha forças para lidar com o caos à sua volta."

Mas ela se impõe contra uma despedida tão precipitada.

— Não, um momento, espere — ela implora —, não vá, afinal também preciso lhe servir alguma coisa, mas você acreditaria que a geladeira já está vazia?

— Claro — ele confirma com um leve sorriso —, já vi que não tem nada, não importa, volte a dormir.

Mas ela se contorce na cama, se não tem o que servir, talvez um presente, um objeto adorável.

— Tzachi disse que você precisou esclarecer, depois de todos os anos em que vocês trabalharam juntos, qual é o nosso endereço e qual é o meu nome.

— É verdade — Luria estende os braços indicando um "fazer o quê" —, esse sou eu.

— Nesse caso — ela se anima —, agora que você não teve escolha e precisava vir até aqui e também saber o meu nome, tenho o direito de acompanhar você até a porta, e talvez até de lhe dar alguma recompensa pelo seu esforço.

E, com uma determinação vigorosa, ela retira de si o cobertor e se levanta em nudez total, clara e brilhante na penumbra, mais consistente que a nudez da esposa dele, mas também mais jovem e radiante em calor e vitalidade. Ele inclina a cabeça em constrangimento amigável. É assim que ela quer se vingar agora do marido, que a obrigou a trazer ao mundo uma criança que ela não desejava, ou simplesmente ela não é capaz de imaginar, com a sua ingenuidade, o vigor do desejo que irrompe em uma pessoa que está prestes a se aposentar. E, apesar de toda a sua perplexidade, ele continua fixando nela o seu olhar, embora se esforce em dar a ele um toque de indiferença. E ela quase se humilha diante dele: "Se não tenho o que lhe servir, ao menos leve uma lembrança para você ou para a sua esposa, estou jogando fora tantas coisas." "Não, não", ele mantém a frieza de espírito, "não preciso de nenhuma lembrança, apenas saber que você está se cuidando para chegar bem até aquele que espera por você." E ela arranca o lençol da cama e envolve a sua nudez, e, como uma múmia descalça, ela o acompanha na confusão da casa até a porta de saída. E ele ainda toma cuidado para não tocar nela nem com o dedo mindinho, mas se contenta com uma profunda reverência de despedida, no estilo que aprendeu ainda agora com a cuidadora do seu filho, e, para garantir que daqui em diante ele se lembrará do seu nome, ele o menciona e o repete.

O ex-escritório

Ele é atraído pela faixa amarelada de luz que aparece no umbral do seu ex-escritório, e, justamente agora, de uma só vez, a atrofia lhe devolve o nome da mulher, o nome simples e claro que lhe foi entregue antes de ele ir até a casa dela com uma missão para o marido. O nome, então, está à sua disposição, mas ele adverte a si próprio: mesmo que durante os anos que ela passou no Quênia a antiga "tragédia" tenha se dissolvido em uma perturbadora esquisitice, ainda é perigoso, no novo estado atrófico dele, voltar a ter contato com ela. Pois só recentemente, quando a sua memória vasculhava aquela casa de campo onde ele foi conduzido entre o caos e o vazio por uma múmia descalça, foi que lhe ocorreu que talvez tenha surgido ali, naquela manhã nublada, a semente da demência que começou a germinar no seu cérebro.

Mas agora, apesar do ruído da chuva que está aumentando, por que abrir mão de uma olhada no escritório que foi seu durante vários anos, só para saber se a luz foi esquecida acesa ou se naquela hora tardia da noite algum funcionário diligente ainda está persistindo nos seus mapas. E, para a sua surpresa, a porta se abre com um leve toque, e perto da sua mesa está sentado um homem jovem, e a luz da tela de um imenso computador ilumina o seu belo rosto, adornado com uma barbinha simpática. E, com uma olhada furtiva de um inquilino antigo, ele tem a impressão de que o escritório não mudou muito, pois até mesmo a foto de outro presidente do país ainda está pendurada na parede.

— Tzvi Luria? — o jovem se admira e se apruma. — A que devo esta honra?

— Não foi intencional, não mesmo — o visitante se alegra por ser identificado. — Pediram que eu fizesse um discurso de saudação na festa da aposentadoria de um velho amigo, e não consegui resistir à tentação de subir e dar uma olhada no lugar onde passei vários anos, bons e úteis. E eis que, para a minha sorte, a porta se abriu com facilidade, e ao lado da minha mesa está sentado um jovem amável que sabe quem eu sou e me reconhece. A única pergunta é se eu também sou capaz de identificá-lo.

— Identificá-lo, não, mas o pai dele, sim. — O rapaz alarga o sorriso. —Quer dizer, o consultor jurídico que trabalhou com você durante vários anos.

— Maimoni? Você é filho do Yosef?

— Yochanan.

— Claro, Yochanan, Yochanan Maimoni. Mas antes que me explique o que você está fazendo à noite no meu antigo escritório, conte-me como vai o seu pai.

— Meu pai está doente, sr. Luria, entrando e saindo de hospitais. Mas estou certo de que ele já lhe contou sobre a doença, porque só se ocupa dela o tempo todo.

— Contou? Quando? Eu não sabia de nada.

— Mas, afinal, vocês se encontraram na rua há poucas semanas, e não pode ser que ele não tenha mencionado a doença que tanto o amedronta. Existe alguma chance de você simplesmente não tê-lo reconhecido?

— Não reconhecer Maimoni? Como é possível?

— Por algum motivo ele ficou com a impressão de que você não percebeu quem ele é. Foi assim que ele se queixou.

— Não pode ser.

— Talvez por causa da doença?

— A doença de quem? — Luria pergunta assustado.

— Meu pai emagreceu muito, os cabelos caíram...

— E, mesmo assim, é impossível eu não tê-lo reconhecido. A sala dele foi durante anos aqui no sétimo andar, e às vezes ele também se juntava a nós nas nossas excursões, para ver com os próprios olhos os terrenos e as casas que exigíamos que ele desapropriasse em favor do país.

— É verdade — o jovem ficou animado —, e ele gostava muito dessas excursões; livrar-se da papelada e sair em campo e se confrontar com pessoas, talvez difíceis, mas pelo menos reais. E você lembra, sr. Luria, que às vezes eu também me juntava a vocês quando era adolescente?

— Você? Por quê?

— Porque, depois que a minha mãe abandonou o meu pai e a mim, ele às vezes me incluía nas excursões para eu não ficar perambulando pelas ruas.

— A esposa de Maimoni o abandonou? Estranho, ele nunca me deu o menor sinal disso.

— Porque meu pai sabia, como todos à sua volta, que você definitivamente não quer saber a respeito da vida pessoal dos seus subordinados.

— E também daqueles a quem eu era subordinado — Luria se apressa em acrescentar —, porque só assim eu podia, como diretor do departamento, preservar-me de envolvimento em problemas sobre os quais eu não tenho controle nem influência.

— Mas agora — o filho se faz de ingênuo —, quando nenhum de nós é subordinado ao outro, eu ainda trago problemas para você ao contar que meu pai está doente, muito doente?

— Não. Agora, como uma pessoa livre, sem liderança ou responsabilidade, eu até estou interessado em saber como vão os meus amigos que trabalharam ao meu lado durante muitos anos. Então, pelo contrário, diga-me como posso encontrar o seu pai.

— O melhor caminho para encontrá-lo é no hospital. Em breve ele será internado de novo, e por um longo tempo, e se uma pessoa que ele respeitou e admirou no passado se sentar perto da cama dele no presente, ele vai ficar animado.

— Ótimo, assim faremos, e, por favor, não se esqueça de mim.

— Esquecer de você? Impossível esquecer de você. Afinal, este escritório ainda está cheio de certificados de reconhecimento dados a você pelos Conselhos Locais dos lugares onde você pavimentou e alargou as estradas, e a Corporação Elétrica, a Polícia Rodoviária, a Sociedade para a Proteção da Natureza, guardam uma boa lembrança de você, e todo ano enviam em seu nome um calendário com uma bela foto da natureza. Não, é impossível esquecer de você se até mesmo o presidente do país que estava no cargo no seu tempo ainda está pendurado aqui na parede.

— Aqui você está enganado, jovem rapaz. O presidente Ben-Tzvi não estava mais vivo quando recebi esta sala, mas, como eu sabia que ele era não só um pai que perdeu um filho, mas também um homem modesto e correto cuja residência presidencial em Jerusalém era basicamente a extensão da sua simples casa de madeira, mantive esse retrato como exemplo para mim, e, principalmente, como advertência contra a corrupção, que eu sentia que começava a se infiltrar à minha volta.

— Também eu, seguindo os seus passos, não o retirei da parede e não o troquei por nenhum outro presidente, principalmente quando soube que quando jovem, ainda no início do sionismo, ele e até mesmo seu amigo próximo Ben-Gurion viam os agricultores árabes em Israel e os beduínos como descendentes de judeus que foram fiéis a esta terra, até mesmo quando foram forçados, através das gerações, a se converterem a outras religiões.

— Isso eu nunca ouvi — Luria debocha —, mas lembro que o seu pai também sentia atração por histórias estranhas e infundadas como essa.

— Talvez estranhas, talvez infundadas, mas pelo menos dão alguma esperança.

— Esperança de quê?

— Se todos esses à nossa volta são judeus cuja identidade foi esquecida, então, nós, sem nenhum esforço especial, já somos maioria natural e sólida neste país confuso.

Luria fixa o olhar nele para verificar se o jovem está zombando, e, diante do belo rosto, ele é instantaneamente invadido por um raio com a informação de que, de fato, a figura desgastada que o parou na rua há algumas semanas e o obrigou a conversar com ele amavelmente não era, conforme ele imaginou, um gerente de obra esquecido, ou um operador de rolo compressor, mas o seu consultor jurídico, que, a despeito dos vários anos em que trabalharam juntos, ele teve dificuldade de identificar.

Apesar das pancadas de chuva rolando pelas janelas e apressando-o a descer para achar um aposentado que o leve de volta até a sua esposa, ele procura consertar de alguma forma a ofensa causada ao pai por meio de uma relação amigável com o filho, que não é um consultor jurídico como o pai, mas um engenheiro rodoviário decidido, a quem foi atribuída a tarefa de planejar uma estrada secreta para o uso do Exército.

— Uma estrada secreta? Existe isso?

— Secreta pelo menos na primeira fase.

— Onde? Conheço muito bem o sistema rodoviário do norte, você não conseguirá esconder ali nenhuma estrada.

Mas não se trata do norte, e sim do sul do país — do extremo sul. E o jovem engenheiro convida o aposentado a observar na tela as redondezas da cratera Ramon, entre a Rodovia 40 e a Rodovia 171, em um deserto onde não há nem uma ponta de assentamento nem fazenda, nem mesmo uma povoação não autorizada, apenas colinas e crateras abandonadas e riachos áridos ostentando nomes antigos — Seharonim e Charerim, Ardon e Charut, Darga e Nakrot, Machmal e Kipah, Mishchor e Raaf e Geled. E, assim, como as cobras no jogo indiano Moksha Patam, o Jogo das Escadas, elas se enroscam e se contorcem em caminhos de terra e riachos desenganados, e entre elas, como um visitante indesejado, surge também uma estrada do Mandato Britânico, curta e sem utilidade, que após dois ou três quilômetros acaba morrendo órfã. O único sinal de vida nesse espaço árido é uma minúscula figura, simbólica, de uma pessoa vigorosa caminhando na via sinuosa da rota Transisrael. E, diante dos olhos do engenheiro idoso, pensando de onde a estrada secreta partiria e para onde levaria, o jovem conduz o cursor até o meio da tela, primeiro rodopiando como um mosquito drogado, até se deter em algum lugar e começar a extrair da sua cauda uma linha azul, espessa e forte, uma rota possível para a futura estrada.

Nunca Luria havia examinado um mapa tão desolado, mas o jovem, que já supera o pai no entusiasmo ao falar, parece agitado com o projeto que lhe foi atribuído.

— Já faz muitos anos que não vou ao Neguev — Luria confessa —, e do ponto de vista profissional a região nunca me atraiu. Seu pai também não tinha nada para desapropriar lá, porque tudo, de qualquer maneira, já pertence ao Estado.

— Isso ainda é preciso verificar — o jovem murmura como que para si mesmo, e, com o mouse escondido no punho, ele começa a vagar pelo mapa, ampliando e estreitando o deserto de acordo com a sua vontade.

Algum tempo ainda se passa antes que Luria desista dos truques do computador, e, antes de se despedir do seu antigo escritório, ele pergunta ao novo inquilino qual é o seu nome.

— Assael.

Luria está contente. Um nome como esse não vai ser fácil para a sua atrofia devorar. E, ao se despedir desse Assael, ele o relembra de que, quando o Maimoni pai for internado de novo, por favor, não se esqueça de informá-lo.

Mas, logo que ele desce para achar um amigo ou conhecido que o leve de volta à sua esposa, um silêncio profundo o atinge, como se houvesse dormido setenta anos desde que fugiu da mulher que exigiu dele o seu nome. Trevas no salão, a tela de projeção enrolada, os pratos e as bandejas recolhidos, as toalhas de mesa removidas, as cadeiras empilhadas a um canto, e de todas as comidas maravilhosas não resta uma só migalha. Até a porta principal está trancada, e o segurança desapareceu. Mas o aposentado ainda lembra onde fica a porta de saída para o pátio do estacionamento que agora está vazio, exceto por um carro solitário, parado nas brumas da noite, como um estranho animal acinzentado. Será que a demência já está destruindo não apenas os nomes, mas também os grãos do tempo? Ele receia telefonar para a esposa e pedir que ela venha buscá-lo. Realmente, ela é uma motorista cuidadosa, mas no trânsito precisa das orientações dele, e com a chuva e a neblina é provável que se perca no caminho. E, afinal, é surpreendente que ela ainda não tenha telefonado. Até que ponto ela é indiferente ao estado dele, ou talvez seja bom e confortável para ela ficar um pouco livre da sua presença? Agora ele percebe que cometeu um erro impedindo-a de vir com ele. Não apenas estar sozinho na comemoração não lhe rendeu nenhum projeto, mas a presença dela também iria impedir a múmia de exigir dele o seu nome.

Sim, um desejo que foi rechaçado, ele se apega à memória com agitação enquanto corre para o elevador que o levará de volta ao antigo escritório. E, sem bater na porta, ele entra como um tufão, e confia no nome de que se lembra. Ele diz: "Ouça, Assael, eu me atrapalhei um pouco, será que você pode me resgatar daqui?" E o jovem engenheiro — que nesse meio-tempo já havia saído da mesa de trabalho, tirado os sapatos, enrolado-se em um cobertor e começado a buscar tranquilidade na velha poltrona que uma vez Luria achou no lixo ao lado do Conselho Local de Hurfeish — retira imediatamente o cobertor de si e se apruma de prontidão como um soldado. "Resgatar você, sr. Luria, é claro. Mas para onde?".

Assistente sem salário

A chuva ficou mais fraca e a Lua que se livrou das suas nuvens salta agora de viaduto em viaduto, mas Luria está contente por não ter solicitado a sua esposa. Calmo e descontraído, ele está sentado em um velho carro americano, grande e silencioso, parecido com o que usou no passado, e acompanha com prazer a direção sábia e precisa do jovem engenheiro, que o leva até o carro vermelho, ao lado do qual já o esperam, não somente sua esposa e sua filha, como também uma criancinha que aguarda o boa-noite do avô.

— Tente adivinhar quem me libertou da festa que terminou de repente, sem que eu percebesse — diz ele à esposa enquanto pega no colo o neto sonolento para beijá-lo e sentir seu cheiro inequívoco. E Dina sorri para o libertador, que não se contenta com um aceno como cumprimento, mas desliga o motor e sai para um aperto de mão. — Se você se lembra de Yaakov Maimoni, olhe aqui o filho dele, Assael, mas o filho não é consultor jurídico, e sim engenheiro rodoviário, que eu encontrei trabalhando à noite no meu antigo escritório, para planejar, ao lado de Mitzpé Ramon, uma estrada secreta para o Exército.

— Yochanan Maimoni — Dina o corrige e estende a mão cordial para um jovem de boa aparência, admirada por ele não ter trazido da comemoração também o seu pai.

— Meu pai está doente, doutora Luria, ele já não consegue participar de comemorações como essa.

— Doente? O que ele tem?

— Câncer — o filho menciona o nome explicitamente, com simplicidade.

— Câncer de quê? — Ela não para.

— De pâncreas...

— *Oy* — ela suspira levemente e acrescenta: — Já imagino que há médicos que deram a entender ao seu pai que ele não deve ter esperança.

— Exatamente — o jovem se inflama, deixando transparecer que é muito ligado ao pai —, mas ele insiste em lutar, como sempre.

— Assim deve ser — a pediatra reforça a batalha do paciente idoso. — Às vezes também há alguma esperança em casos de câncer no pâncreas, e, por favor, transmita isso ao seu pai em meu nome.

— Claro, em seu nome. Afinal, meu pai sempre falava de você com admiração, ainda que não se atrevesse a se dirigir a você.

— Dirigir-se para quê? — Luria se admira, mas o jovem continua falando com a esposa dele.

— Por exemplo, depois que a minha mãe nos abandonou, comecei a ter erupções cutâneas e coceiras que me deixavam louco, e meu pai, que sabia que você é uma pediatra sênior, quis pedir um conselho, perguntar, mas era sabido no escritório que o seu marido não gosta que misturem assuntos pessoais com relações de trabalho.

— Sim, eu sabia disso muito bem — a esposa franze o rosto —, e quero lhe dizer que Tzvi exagerava muito em fazer esse tipo de separação.

— Exagerava? — Luria se impõe, e o menininho sonolento vai ficando cada vez mais pesado no seu colo. — E suponhamos que você errasse no diagnóstico ou prescrevesse um medicamento prejudicial, por que motivo um engenheiro rodoviário como eu precisaria arcar com a responsabilidade, ainda que indiretamente, a respeito de assuntos de que ele não tem a menor noção?

— Ninguém está exigindo que você arque com a responsabilidade em relação a diagnóstico ou medicamento — sua esposa o repreende em tom irritado. — Sua precaução e seus receios às vezes tornavam você insensível ao sofrimento dos outros.

E, talvez por causa da repreensão ao marido, ela ainda não deixa o jovem se despedir.

— Um momento, uma estrada secreta? — ela se lembra. — Isso é possível?

— É no deserto.

— Ah, no deserto — ela se acalma. E ainda prossegue na investigação, assim como costuma fazer com seus pacientes, mesmo com os mais leves, perguntando e investigando sem parar: — E é por causa desse segredo que você trabalha à noite?

— Não — Maimoni ri com prazer —, só por causa de um cronograma apertado.

— E essa estrada secreta, você a está planejando sozinho?

Luria quer interromper a conversa, mas o neto abraçado no seu colo já baixou a cabeça pesada no coração do avô, à procura do travesseiro perdido.

— Por enquanto, estou sozinho.

— E você não gostaria que alguém o ajudasse?

— Ajudar? Ajudar como?

— Muito simples: mais um engenheiro, qualificado, que fique ao seu lado e que você possa acionar para a sua estrada.

— Quem não quer um assistente? — o jovem ri. — Mas só com a condição de que outra pessoa o remunere.

E agora ela já deixa escapar um sorriso sorrateiro para o marido.

— Estou falando de alguém que não pede salário e não precisa disso, alguém que quer apenas ajudar.

— Existe alguém assim?

— Aqui está, diante de você — e com um movimento amplo e gracioso ela sinaliza para o marido —, um engenheiro sênior, ex-chefe de departamento, que não só é capaz, mas até sente falta de um projeto novo, estrada, viaduto, ponte, túnel, seja o que for, secreto ou não secreto, no deserto ou não no deserto, ajuda nos mapas, nos gráficos, nos cálculos, e até mesmo nas excursões de campo, se for preciso. Um assistente sem salário, mas com enorme experiência. Será que você é capaz de recusar uma oferta como essa?

Maimoni inclina a cabeça com espanto em direção a Luria, que se esquiva do seu olhar e devolve com muito cuidado a criancinha adormecida para a mãe. E somente quando Luria está convicto de que a passagem de colo para colo não abalou o sono do menino, ele abre um sorriso para o seu futuro empregador, jovem e de boa aparência, adornado com uma barbinha boêmia, cujo significado ainda não está claro.

— Você? — Maimoni sussurra, maravilhado.

— Eu — o aposentado declara gentilmente. — Mas em meio período. Realmente, é não remunerado, mas apenas em meio período.

O que você comeu na festa?

Ele ajusta o banco do motorista, coloca-o na posição em que estava no início da noite, afivela o cinto de segurança e, sem esperar sua esposa acabar de se despedir da filha e do neto, digita os números da senha e pressiona o botão de arranque, mas a ignição permanece silenciosa. Ele repete a operação, mas o carro se impõe diante do erro repetido e o painel protesta piscando. Ele acende a luz interna para verificar a localização correta de cada dígito e repete a ação lentamente, na ordem em que costuma fazer sempre, mas a ignição continua a ignorá-lo. Sua esposa, que nesse meio-tempo entrou no carro e afivelou o cinto, observa-o preocupada. "Não me diga nada", ele a adverte, "eu mesmo preciso me lembrar." E agora a ignição rebelde envia não somente piscadas, mas também bipes irritados. "Espero que você não tenha trocado a senha quando eu estava na festa", ele debocha amargamente, e enquanto a esposa fica assustada com a acusação tão absurda, volta a engrenar de repente o gargarejo do motor, que seus dedos teimosos e cegos ativaram sem querer, com o murmúrio impreciso da jovem do fabricante.

 E imediatamente a direção fica segura e precisa, incentivada pelo rosto radiante de uma mulher amada, cujo neto a encheu nesta noite com o verdadeiro sabor da vida. E, antes de dizer qualquer coisa a respeito da possibilidade da estrada militar em algum lugar do deserto, que talvez ajude a alma do seu marido a superar a fragilidade mental dele, ela solicita uma descrição do serviço de bufê que foi servido na comemoração. "Qual é a importância disso?", ele tenta se livrar, mas ela não desiste, talvez só para testar a memória dele. E afinal, se ele preferiu que ela não fosse junto, pelo menos que ela possa, na imaginação, participar dos prazeres dele. Mas os prazeres dele foram poucos e pobres, Luria se defende: por causa da agitação do discurso, contentou-se com os petiscos de entrada, de fato maravilhosos na textura, mas minúsculos.

— Por que você se agitou? Se antecipadamente você já esperava que não poderia escapar da obrigação de falar algumas palavras, e até mesmo se preocupou em escrever o nome dele na palma da mão.

— E ainda assim tentei escapar. Mas já na entrada do salão o novo diretor-geral me abordou para informar que Divon insistia em receber uma saudação minha também. Para ele era importante que, mesmo com toda a raiva e decepção, eu elogiasse as suas conquistas na parceria de tantos anos. E, a partir do momento em que eu soube que ele não dispensava o meu discurso de saudação, concentrei-me o tempo todo em um só pensamento: de como eu poderia, honestamente, oscilar entre o elogio e a decepção.

— E, portanto, você se contentou com petiscos e não tocou nos pratos principais.

— Pratos que, ao que parece, estavam maravilhosos, a julgar pela multidão que havia em volta deles.

— Então pelo menos descreva as sobremesas, elas com certeza foram servidas depois do seu discurso.

— Um momento, você não quer ouvir como foi o discurso?

— Daqui a pouco, mas antes me conte o que havia nas sobremesas.

— Sobremesas tão sofisticadas que até apagaram as luzes do salão para elas, porque eram enfeitadas com faíscas artificiais.

— Mas o que eram as sobremesas exatamente? Faça um esforço. Exercitar a memória é importante para você.

— Também não toquei nelas.

— Por quê?

— Não sei. Abri mão delas. Elas também foram servidas antes do meu discurso, e outras foram trazidas durante o discurso, pois discursei à meia-luz. Você não quer saber o que eu disse?

— E depois do discurso já não havia restado nenhuma sobremesa?

— Talvez sim, mas então a esposa de Divon começou a me torturar porque no discurso eu a chamei de senhora Divon, sem mencionar o nome dela.

— Você não lembrou que o nome dela é Rachel?

— Verdade, é Rachel, como você sabia? Estranho, pois você nunca a viu. Ao que parece, a sua memória rouba nomes da minha.

— Então cuide melhor dela — brincou a esposa. — Em resumo, enviamos você a uma comemoração luxuosa e você volta com fome.

— Não se preocupe, fiquei satisfeito com os petiscos.

— Você disse que eles eram minúsculos.

— Mas eram maravilhosos e eu engoli de uma só vez sete ou oito deles, e também duas *shakshukas*.

— O quê? *Shakshukas*? — ela explode com um leve grito. — Não acredito...

— Acredite, não acredita por quê — ele ri —, *shakshukas* em pires, com um minúsculo e simpático sol no meio, ao que parece, uma gema de codorna.

— Agora você está começando a me assustar.
— Por quê?
— Abrir mão de um bufê maravilhoso por causa de duas *shakshukas* pequenas!
— Fazer o quê, meu amor. O cérebro, aparentemente, é atraído agora para coisas semelhantes ao que acontece dentro dele.
— Não fale assim, não fale assim, não fale assim.
— Por que não? Afinal, você viu pessoalmente que eu errei três vezes a senha do carro. E você ainda quer me mandar para o deserto. Mas lá, se eu esquecer a senha, vou morrer desidratado.
— Ninguém está mandando você para o deserto e, obviamente, não com esse carro. Eu também jamais permitirei que você vá para lá sozinho. E a senha do carro, eu também erro às vezes, e, se você continuar se confundindo, anote em um pedaço de papel.
— Pedaço de papel? — ele reage com desprezo. — Se eu esqueço a senha, também esquecerei onde deixei o pedaço de papel.
— Então anote a senha na palma da mão, como...
— Na palma da mão ela não vai durar.
— Então faça uma tatuagem com ela.
— Tatuagem?
— Por que não? Quatro dígitos, ao todo, e você gosta de dirigir e não vai querer desistir disso.
— Nem disso nem de você, só que por enquanto com você é mais fácil, porque a senha do desejo está na alma e não na mente.

Eles já estão na garagem, e a hora já é avançada. No elevador, ela finalmente se interessa pelo discurso dele, mas ele a abraça e a beija e diz: "Não importa, já me esqueci. Como era de se esperar, quando vi o filho mais novo dele na cadeira de rodas, toda a raiva e a decepção foram tragadas por elogios e cumprimentos."

A senha do desejo

Quando ela dirige a mão para o interruptor de luz no corredor, é logo interrompida. Não, ele não vai deixar a luz atrapalhar o desejo que está devendo para si mesmo e também para o seu médico. Se com uma rápida espertezza ela achou ainda agora um projeto no deserto que vai revigorar a alma dele, por que não acrescentar ao projeto o desejo que até agora estava negligenciado. Ele puxa para si a esposa e a abraça com delicadeza, e na penumbra, à luz de arranha-céus e guindastes distantes, respingada pela chuva que voltou a cair, ele afasta um pouco o cabelo dela e beija a sua nuca onde o beijo de um homem ainda pode ser interpretado como apenas de um amigo.

E, portanto, ela não se apressa em afastá-lo, ao contrário, com um movimento emocionado ela inclina ainda mais a cabeça para que o calor dos lábios dele também flutue sobre os seus ombros, e somente quando ela percebe que os beijos dele eram para saciar a própria fome, tenta delicadamente se libertar do abraço apertado. "Desculpe", ela sussurra para o marido, "estou esgotada e já é tarde, não tive tempo nem para tomar banho hoje." Mas pela experiência de vários anos de casado ele sabe que, se ela entrar antes no chuveiro e, como de costume, ficar muito tempo debaixo do fluxo da água, sairá de lá tão recolhida e tão confinada na sua pureza que não será possível nem mesmo tocá-la. Então, ele se recusa a permitir que ela escape, e enquanto uma mão continua a segurá-la, a segunda rapidamente retira dela a capa de chuva que a filha emprestou e, com uma habilidade cega mas decidida, desata os botões do casaco e da blusa dela.

— Não, meu querido, não, meu amor — ela sussurra e luta em vão por seus botões —, agora não, nem vamos conseguir, é melhor amanhã, eu prometo. —Mas Luria não luta agora por um desejo pessoal, e sim por um desejo médico, que o neurologista ordenou aos dois. E, com uma determinação à qual não está acostumado, ele não a solta. Ainda de pé, na sala, ele surpreende até mesmo a si próprio, expõe os seios dela, que agora parecem mais puros e maravilhosos do que à luz do dia, e para não assustá-los com a sua repentina nudez, curva-se para tranquilizá-los com a ponta da língua, e diz: "Amanhã? Quem sabe se amanhã vou lembrar quem você é." E suspira.

E em vez de se impor, e até desprezá-lo pela sagacidade das suas palavras, a resistência desaparece e ela fica paralisada, como se o suspiro dele validasse o absurdo do que foi dito agora. E, assim, como nos primeiros anos deles juntos, há quarenta anos, quando ela ainda era estudante de medicina no terceiro ano, agora também, apesar do amor de tantos anos, surge nele um medo de alguma coisa que pode machucá-la ou surpreendê-la. E naqueles primeiros tempos, quando ela se encontrava com ele, às vezes até depois das aulas de patologia, em que aprendia a se confrontar com um corpo humano dedicado à ciência, ele justificava o medo dela, não evitando a sua alma, mas receando o corpo dele e, portanto, tentava suavizar e controlar o seu desejo antes de cada relação. Mas hoje, depois de anos, o corpo aprendeu a expressar e realizar os seus próprios desejos; ele sabe que não é o corpo a origem da relutância dela, mas o cérebro, e com uma fala cautelosa, lógica e realista, envolvida por um amor antigo, ele a conduz cuidadosamente para o quarto, e para garantir que o desejo médico não será mais picante ou dolorido que o desejo comum, ele tira cuidadosamente a roupa dela e acende uma pequena luz no lado dela da cama, para que a escuridão não ofusque a seriedade do amor. E sua esposa, que na sua idade ainda preserva o encanto do seu corpo original, descansa agora diante dele descoberta, e a ele parece que o seu desejo se concretizará com facilidade e rapidez inesperadas, mas ele sente que ainda não tem o vigor suficiente e necessário para se entregar ao desejo exigido dele, e no seu desespero, para superar a fraqueza que o domina, apressa-se em retomar a comemoração de onde, apesar de tudo, saiu com fome, e para a múmia que exigiu seu nome de volta, e enquanto seus braços e beijos se dedicam ao corpo da sua esposa, ele também caminha entre o caos e o vazio dos quartos de uma casa de campo abandonada, e uma mulher nua lhe aparece na cama dela, com o corpo brilhando no escuro, e ele acrescenta o desejo que restou do início ao desejo arrebatador de agora, com suspiros que vão crescendo até o grito que alegra o seu coração. E, na vibração do orgasmo, ele pensa consigo mesmo: afinal, além de tudo, eu também sou um paciente disciplinado, apaga a luz e cobre a esposa, aconchegando-se para um longo sono noturno.

 Uma hora se passa, e a luz que voltou bate com força nos olhos dele. E eis a sua esposa ao seu lado, purificada e perfumada, segurando um romance que já há algumas semanas avança muito lentamente.

 — Não é uma pena se torturar tanto por um romance chato?

— Às vezes a chatice também é importante.

— Interessante saber o que acontecerá quando eu não for mais capaz de ler.

— Eu vou ler para você.

— E se eu não entender o que você está lendo?

— Eu vou explicar.

— E se eu também não entender o que você me explicar?

— Então vamos fazer amor, porque isso você sempre entende sozinho.

Ele procura a mão dela embaixo do cobertor, puxa-a para si e crava nela um beijo. Ela acaricia a cabeça dele e diz: "E, em relação ao deserto, não se preocupe, nunca vou permitir que você fique ali sozinho."

— Bobagem. Não há chance de que esse jovem precise mesmo de mim. Para que ele precisa de um sênior sem utilidade? Até eu mesmo hesitaria em pegar um assistente assim. Ele tem um programa de computador que vai fazer todo o trabalho, e ele não precisa de mim.

— E, ainda assim, você pode acelerar etapas para ele. Uma assinatura sua em um mapa dele vai poupá-lo de uma audiência na primeira comissão de planejamento.

— O quê? — ele se espanta. — Como você sabe sobre a primeira comissão de planejamento?

— Por você. Só por você. Eu sempre ouço você e, por isso, sou também uma grande especialista em você.

Duas crianças

Na tarde de terça-feira, quando Luria chega como de costume para pegar o neto, a professora lhe diz: "Hoje, vovô de Noam, você vai levar duas crianças, e não só uma."

— Como assim? Não basta que eu tenha me confundido aqui há duas semanas, vocês querem me arranjar outra complicação?

— Não, desta vez sem complicação, pelo contrário, com gratidão. Lembra-se do menino que você levou por engano há duas semanas?

— Que na verdade quase colou em mim...

— Pode ser.

— Nevó.

— Muito bem. Você até lembra o nome dele.

— É porque para nomes estranhos como esse eu tenho um setor especial no cérebro.

— Muito bem. A mãe de Nevó pediu que hoje você o leve com o Noam para casa, e daqui a uma hora, no máximo duas, ela vai buscá-lo. Ela combinou isso com Avigail, que lhe deu também o seu endereço.

— Mas por que eu?

— Porque Nevó e Noam são bons amigos e se dão bem. E acho que eles até já foram à casa um do outro algumas vezes.

— E a filipina que correu atrás de mim naquele dia aos berros?

— Ela agora está no Ministério do Interior, lutando pelo visto dela, e a mãe de Nevó tem um ensaio.

— Ensaio de quê?

— Ensaio de orquestra.

— Então Nevó vai precisar almoçar na minha casa.
— Certamente. Mas sem carne.
— Por quê?
— Porque ele é vegetariano.
— Como assim, tão pequeno e já é vegetariano!
— Hoje há uma nova geração decidida — a professora explica —, é preciso se acostumar com o fato de que até esses pequeninos têm princípios que devem ser respeitados.
— E contra ovo, ele também tem algum princípio?
— Ovo? Nenhum problema.
— Então vou dar a ele uma simpática *shakshuka*. O que você acha?
— Pergunte a ele. É uma criança inteligente e tranquila.

Enquanto isso, a auxiliar traz as duas criancinhas arrumadas e penteadas, com bonés coloridos na cabeça e pequenas mochilas nas costas.

— Deem as mãos — a professora ordena — e andem quietinhos e educadamente com o vovô de Noam.

Pois é, Luria reflete, há duas semanas suspeitaram que eu vim roubar uma criança, e agora me entregam facilmente duas. E ele continua indo carinhosamente atrás dos dois amigos, que mantêm as mãos dadas até mesmo quando entram no elevador.

Depois que Luria tira as mochilas e ordena que lavem as mãos e o rosto, ele os acomoda junto à mesa da cozinha e declara: "Agora, bons meninos, vocês chegaram ao restaurante Luria, o que querem pedir?" Para a sua alegria, o pequeno visitante não apenas sabe o que é *shakshuka*, mas também está disposto a provar. Enquanto isso, antes que acabe de esquentar a *shakshuka*, que Luria já tinha pronta, ele traz para as crianças papel e lápis e as incentiva a desenhar, e, por fim, quando a *shakshuka* é servida e Nevó come dela com uma lentidão suspeita, Luria volta e examina bem quem o enganou há duas semanas. Será possível que essa criancinha, na verdade, colou nele porque simplesmente queria escapar da filipina?

— Qual é o nome da moça que sempre pega você no jardim de infância?

— Yolanda.

— E você também gosta dela?

A criancinha larga o garfo e olha à sua volta com desconfiança, como se quisesse entender qual é a armadilha. E como ele, aparentemente, não quer mentir, fica em silêncio. Mas Luria insiste. Cada vez mais aumenta a certeza de que o engano não foi por acaso, e que ele foi atraído por esse menininho. Alguma coisa na expressão facial, na doçura das covinhas, não apenas lhe é familiar, mas também o cativou há muitos anos. "Qual é o nome do seu pai?", ele pergunta baixinho.

A criancinha congela.

— Vovô — Noam se apressa em advertir —, Nevó não tem pai. — E, para que o avô não se complique na continuação do interrogatório, ele levanta e puxa o avô para si, e prossegue, sussurrando-lhe ao ouvido: — Nevó é filho de mãe solo.

Mas o filho de mãe solo ouve o sussurro e se encolhe de dor, e as primeiras lágrimas pela ofensa brilham nos seus olhos: "Não é verdade, não é verdade", ele protesta e procura anular a condição que lhe foi atribuída pelo amigo: "eu não sou, eu tenho pai."

— Então, onde ele está, o seu pai? — Noam insiste, e o seu sorriso feio e malicioso deixa o avô abalado. E, diante da pergunta sem resposta, um animal ferido solta um uivo, e o garfo voa pelo ar, e a *shakshuka* vira e se esparrama na mesa, e, como um epiléptico, o menino cai deitado no chão de uma só vez, batendo com os punhos: "Não é verdade, não é verdade, eu tenho pai."

Com mão firme, Luria se apressa em barrar a boca do neto para conter outra provocação, depois se ajoelha para o pequeno visitante e tenta levantá-lo do chão. E a criancinha se defende dele, e com as duas mãos se agarra com força ao pé da mesa, até que de repente, do nada, ele larga, joga os dois braços finos na direção do homem idoso, pendura-se nele e agarra o seu pescoço, então se controla pela ofensa no colo do homem que um dia pensou que este era o seu neto. Agora, Luria já está decidido a amenizar a ofensa, seja como for. "Sim", ele repreende o neto, "Nevó está certo e você está errado. Ele tem pai." E é levado a enfatizar a sua afirmação. "Sim, ele tem pai, eu sei, eu até o conheço. Só que o pai dele viajou para um país distante, mas estou certo de que também voltará de lá."

Com hesitação, Nevó levanta a cabeça devagar para olhar diretamente o idoso que achou um pai para ele. Os ombros finos ainda se agitam com o choro, mas em seus olhos grandes já brilha a esperança. "Sim", Luria continua fortalecendo a posição de seu pequeno visitante aos ouvidos do seu neto, espantado e envergonhado, "sim, Noam, *habibi*, o seu amiguinho também tem pai assim como você, só que ele viajou, talvez até para a África, e daqui a alguns anos ele vai voltar."

Ele coloca o menino de volta na sua cadeira com cuidado, vira o prato e até repõe nele um pouco da *shakshuka* que se espalhou na mesa, e tenta achar o garfo que voou pelo ar. E Noam, já arrependido pela sua maldade, tenta contribuir com a sua parte na reconciliação:

— Nevó tem uma harpa na casa dele.

— Harpa?

— Verdadeira.

Nevó, que achou sozinho o garfo, confirma: desta vez Noam está certo, na sua casa tem uma harpa grande, com quarenta e sete cordas azuis e vermelhas.

— E quem toca?

— Mamãe. Só a mamãe — Nevó diz e acrescenta: — Mas na orquestra ela tem outra harpa.

Agora que lhe foi encontrado um pai, cujo nome ainda é desconhecido, mas que já tem a segunda harpa esperando pela sua volta, é possível perguntar com cuidado o nome da sua mãe.

— Noga[8] — os dois meninos exclamam em uníssono.

— Bonito nome — Luria diz —, igual ao de uma estrela no céu.

— Sim, como Marte e Saturno — Noam acrescenta.

— Sim, como Marte e Saturno — o avô confirma. — E antes de vocês irem ver televisão e eu ir cochilar um pouco no quarto, termine o que restou da *shakshuka*, Nevó, para que a sua mãe, Noga, não fique com raiva de mim por eu não ter cuidado bem de você.

— Mamãe não vai ficar com raiva de você — informa o pequeno, que se recuperou rápido —, porque a mamãe quer que eu coma só o que eu gosto de verdade.

Portanto, não há alternativa para o dono da casa a não ser retirar a louça, jogar fora as sobras e obrigar os seus dois visitantes a lavarem as mãos outra vez e se sentarem pertinho

---

8. Noga significa "Vênus" em hebraico.

da televisão, porque o volume do som deve ser baixo. Com a concordância de todos foi escolhido o canal infantil especializado em monstros no formato de bonecos, e, depois que eles prometeram acordá-lo quando a mãe de Nevó chegasse, ele se permite desligar o telefone.

Mas, antes de deixar o cochilo se instalar, ele fica refletindo se não foi precipitado da sua parte confirmar a existência de um pai que nunca existiu. Apesar de tudo, ele tranquiliza a si mesmo: se até o próprio menino insistiu que não é filho de mãe solo, talvez ele saiba de alguma coisa que não seja conhecida pelos outros. E, como anfitrião de um menino estranho, sua obrigação é não somente dar comida, também tranquilizar e consolar. Da sala se desloca para o quarto a risada agradável dos dois garotinhos que estão se divertindo com alguma travessura dos adoráveis monstros. Assim, o pai prometido já está fazendo o seu fiel trabalho. Aos poucos, vai escurecendo à sua volta. Será que a demência também adormece com ele, ou ela entra furtivamente para confundir os seus sonhos? Pois ele já está caminhando em uma terra clara, mas definitivamente não israelense, talvez em um país africano, onde ainda agora foi pavimentada uma estrada. E os trabalhadores, será que são africanos ou talvez é o alcatrão nigeriano que os deixa escuros? E também, o rolo compressor verde, antigo, o rolo compressor bobo que rabisca, da canção infantil, indo e voltando para comprimir a estrada, mas quem o está operando, pois um chapéu colonial largo esconde o seu rosto? Não seria Divon, que se recusou a dirigir um departamento na Caminhos de Israel para ser operador de um rolo compressor pequeno e velho na África? Não, não, aqui é outra pessoa, com o rosto duro e triste, e, para o terror da demência, Luria reconhece o pai que ele mesmo enviou a um país distante. Prometi ao seu filho que você voltaria, o sonhador grita com angústia no coração, mas o operador só aumenta o estrondo do rolo compressor, enquanto duas crianças sacodem Luria com força.

— Vovô, vovô — Noam grita.

— Vovô, vovô — Nevó também chama, com alegria, pois em consideração ao pai que ganhou de Luria durante o almoço já se considera um neto a mais —, levanta, vovô, mamãe chegou, mamãe já está aqui.

E nas brumas do seu sonho, no retângulo de luz que vem da sala e assinala a porta do quarto, aparece a figura da sua esposa, apesar de muitos anos mais jovem, com sapatos de salto alto, que ultimamente foram deixados de lado, e com o rabo de cavalo de antigamente, que foi cortado com o tempo, mas com o mesmo sorriso feliz brilhando em seus olhos, e somente a cor deles havia mudado. Sim, agora ele entende por que seu filho enganou o coração dele no jardim de infância.

— Pedi — ela se desculpa com voz suave —, que o deixassem descansar e não o acordassem, mas ambos insistiram dizendo que você exigiu que o acordassem.

Luria sacode de si o cobertor leve e se levanta, com o coração palpitando, para a figura maravilhosa que apareceu na porta do seu quarto. É verdade, uma faísca maliciosa se acende nos seus olhos.

— Pedi que me acordassem para estar seguro de que você vai levar daqui somente o menino certo.

E, de fato, sua farta risada lhe parece agora a risada da sua esposa. Será que a demência está misturando as duas ou elas são realmente parecidas?

— Não se impressione com o que aconteceu há duas semanas — Noga tranquiliza o idoso. — Não é a primeira vez que Nevó tenta se juntar a um desconhecido, principalmente quando é alguém como você, quer dizer, um pouco mais velho. Meu pai morreu antes mesmo que eu pensasse que queria ser mãe, e ele não pode ter um avô pelo outro lado, que é apenas abstrato. Portanto, ele é um menino que procura não só um pai, mas também um avô.

E para impedir qualquer possibilidade de o menino, que ouve a conversa, mencionar alguma coisa sobre o pai que lhe foi achado ainda agora diante da *shakshuka*, Luria se apressa em mudar de assunto.

— Sim — ele comenta com certo embaraço —, é compreensível. Eu até gostei do jeito como ele se arrastou atrás de mim. Mas, me diga, o vegetarianismo dele, o que é? De onde vem? De você?

— O vegetarianismo? — Ela assimila a troca de assunto. — Na verdade, não faço a menor ideia de como ele aderiu a isso. Afinal, ele não é uma criança atraída por animais, ao contrário, ele tem muito medo deles.

— Então talvez, quem sabe — Luria contribui com uma suposição original no assunto —, talvez ele imagine que os animais vão se vingar dele se ele os comer.

— Vão se vingar dele? — ela rejeita a reflexão absurda do aposentado, que, ao que parece, não esgotou o seu sono, e manda o filho trazer a mochila e o boné.

Mas Luria ainda se recusa a se separar da juventude da sua esposa.

— Um momento, só mais uma pequena pergunta, se é possível. Nunca deparei com o nome Nevó como primeiro nome, apenas como sobrenome.

— É verdade, como primeiro nome é raro, mas como eu o tive sem um companheiro, pude escolher o nome sozinha.

— Você se inspirou no nome da montanha?

— Monte Nevó[9]?

— Exatamente.

— Você por acaso sabe onde fica esse monte?

— Não fica no deserto do Sinai?

— Não, muitos se enganam, assim como você. O monte Nevó fica no outro lado do rio Jordão, alguns quilômetros a leste de Jericó. Quando Nevó crescer, próximo ao bar-mitzvá dele, nós dois vamos subir até o topo, onde há uma pequena igreja, e olharemos de lá a paisagem desta nossa terra, para sabermos se é a terra certa, ou se houve um engano.

— Como Josué... — Luria sussurra admirado.

— Josué? — a harpista fica espantada. — Por que Josué? No caso, seria Moisés. Eu tive essa criança no último minuto que eu podia, de verdade. Então ele deverá ser capaz de ter um olhar independente da realidade, mesmo quando eu não estiver mais perto dele. Talvez o simbolismo do nome dele possibilite que ele tenha uma visão de longe.

— Visão de longe — o pequeno Nevó repete em um tom engraçado, e já está pronto para a jornada, com a mochila nas costas e o boné na cabeça.

---

9. Nome do monte onde, segundo o relato bíblico, Moisés viu a Terra de Israel antes de morrer.

Insônia

Para o seu espanto, a mãe leva também o seu neto, e isso a pedido de Avigail, que, ao que parece, ainda duvida da capacidade do pai de controlar a sua demência. E, assim, ele está liberado para voltar a pairar no seu cochilo da tarde, mas ele sabe que, depois que encontrou a harpista, não somente o pai imaginário pode em breve surgir no seu sonho, mas também a harpista, que ficará furiosa com ele, e, portanto, é melhor não dormir, e ele vai até a sala e se senta diante da televisão, que continua projetando os adoráveis monstros implicando uns com os outros. E, já que ele não tem como saber quem é o bom e quem é o mau, o seu interesse diminui, e o cochilo retorna furtivamente, até que uma mão suave acaricia a sua cabeça e encobre os monstros.

— Você dorme demais à tarde —a esposa o repreende —, e não se espante se durante a noite tiver insônia.

— A ordem está invertida, é por causa da insônia à noite que eu fico esgotado de dia.

— De todo modo, é melhor sair desse círculo vicioso. E, além disso, não é saudável para ninguém, muito menos para você, adormecer diante da televisão cheia de personagens surreais.

— E nada éticos.

— Então, talvez você se esforce em permanecer acordado até que eu volte da clínica, e depois da refeição você poderá cochilar junto comigo, como toda pessoa normal.

— Se essa for a definição de uma pessoa normal—

— Chega — ela o interrompe —, faça o que você quiser. Mas por que Avigail se apressou para buscar Noam?

— Avigail não veio buscá-lo, mas sim a mãe daquele menininho que colou em mim há duas semanas, e hoje, justamente, eles o entregaram a mim de forma oficial.

— Então hoje você teve duas crianças?

— E a segunda é até vegetariana.

— Só não me diga que você também tentou dar a ele a sua *shakshuka* para comer.

— Por que eu vou dizer uma coisa que você já sabe?

Agora ela já está falando sério:

— Não seja espertinho o tempo todo. Em vez disso, fale, diga, conte, não só o que eu não sei, mas também o que eu já sei. Tome cuidado, Tzvi — ela se arrasta nas palavras —, não comece a se esquivar. Preciso saber e entender tudo o que acontece com você, antes de você rolar para o abismo.

Ele fica pálido, morde os lábios, como se *o abismo*, palavra nova nesta casa, tivesse escapado da sua própria boca, e não da dela. Ela também percebe que foi longe demais, mas o seu orgulho não a ajuda a voltar atrás, e, portanto, agora ela está diante dele, silenciosa e atormentada, e não há alternativa a não ser se apressar e abraçá-la junto ao peito, e sondar os cheiros dela vindos da clínica pediátrica. "Sim, você está certa, de verdade, você está certa, não posso me esquivar. E você, fique alerta e não me solte, porque não tenho mais ninguém perto de mim. Agora você já pode admitir que nem mesmo um projeto duvidoso no deserto como aquele precisa de mim."

— Espere... espere...

— Esperar o quê? É óbvio que aquele belo jovem já adivinhou que existe alguma coisa suspeita nesse aposentado idoso que você tentou oferecer de graça, pois ele até desistiu da promessa de me convidar para visitar o seu pai. Talvez ele tenha medo de que um encontro com uma pessoa à beira do abismo só prejudique o pai diante do seu próprio abismo.

— Não seja ridículo, ele vai, sim, telefonar para você. E não comece agora a implicar com uma palavra que foi só uma palavra. Espere.

— Está bem, fico esperando.

E, quando ela percebe que seu marido está vagando à toa em volta do *abismo* que lhe escapou da boca, passa a se interessar sobre quem é a mãe que buscou Noam com o filho dela.

— O filho dela se chama Nevó — Luria responde à pergunta sobre quem é a mulher.

— Não, ela mesma, qual é o nome dela?

— Alguma coisa como Noa ou Yona, mãe solo, já não tão jovem. Avigail nunca a mencionou?

— Nunca.

— Ela é musicista, quer dizer, toca harpa. Parece ter uma personalidade forte, lembra um pouco... não importa... perguntei a ela o significado do estranho nome que ela deu ao filho, e se tem relação com a montanha da Bíblia, e ficou esclarecido que eu estava certo, tem relação, e ela até está planejando, imagine só, próximo ao bar-mitzvá dele, levar essa criança ao topo do monte, que fica no outro lado do rio Jordão, não muito distante de Jericó, para que ele olhe de lá a paisagem desta terra, assim como... Josu—

— Moisés—

— Exatamente, para ver se o país em que ele viveu até o seu bar-mitzvá é adequado também para depois do bar-mitzvá, ou se talvez seja melhor se apressar e se mudar para Berlim.

— Ela lhe disse isso tudo?

— Berlim já é um acréscimo meu. E, apesar disso, veja que pensamento atrevido, examinar esta terra de novo, justamente no outro lado do rio Jordão, quer dizer, desde o início. Assim, depois que ela levou Noam, entrei em pânico, pensando que ela pudesse tê-lo levado por conta própria, talvez para fazê-lo subir em algum monte também. Mas, como é possível saber qual é a verdade aqui, se Avigail está em treinamento e o celular dela está desligado?

— É verdade.

— E então?

— Nada. Ela não teria levado Noam sem combinar com Avigail. Com o que você está preocupado?

— Não sei, só fiquei um pouco preocupado...

— E, afinal, qual é o nome dela?

— Noa ou Yona, algo assim. Aparenta um tipo forte.

— É uma mulher bonita?

— Não exatamente... talvez vistosa... e um pouco, mas só um pouco, lembra você quando era mais jovem.

— Se ela faz você se lembrar de mim, qual é a preocupação?

À noite, em frente à televisão do quarto, por volta do final da edição principal do noticiário, o sono já está se agitando sobre ela. Mas, como está convencida de que até mesmo durante o sono ela é capaz de acompanhar os acontecimentos, e até assimilá-los nos seus sonhos, ela se recusa a deixá-lo desligar a tela e concorda apenas em reduzir o som. Assim, ele aguarda até que a essência dela finalmente se separe da consciência para desligar de vez o aparelho e se inserir no sono, aos poucos, com ela. Mas o oferecimento de um pai para o seu visitante durante o almoço ainda não o deixa em paz. Afinal, mais cedo ou mais tarde o garotinho exigirá da mãe o pai prometido, e, quando a sua filha tomar conhecimento disso tudo, vai perder ainda mais a confiança nele. O pensamento sobre a repreensão que o espreita o faz se levantar da cama, e ele continua remoendo os pensamentos pelo apartamento escuro. Será que ele deve se defender com a ajuda da demência de que é portador, ou se contentar com a compaixão humana que o menino atormentado despertou nele? Ele se serve com um copinho de conhaque para atenuar um pouco a sua aflição. No outro lado da grande porta da varanda, a cidade continua apagando as suas luzes. Uma fina lua crescente surge do leste e paira com um rebanho de estrelas no céu límpido de horizonte a horizonte. As chuvas, de fato, fizeram bem ao mundo, mas é bom também porque elas lhe dão tranquilidade. Para Luria, a luz das estrelas é suficiente para lavar a louça do jantar. Também para ligar o computador e verificar a pobre troca de e-mails. E, antes de se afastar da tela, ele passeia pela internet buscando novas paisagens e animais de Uganda, aonde Divon foi em excursão com a família. Por que ele teve que envolver a mãe de Nevó com um homem de quem ela não precisa para nada? Por um momento, ele pensa que deve telefonar para ela e explicar a tolice da sua compaixão antes ainda que o menino exija dela o que ela não poderá lhe dar. Mas ele não sabe qual é o sobrenome. E, na verdade, qual é o nome dela? Se ele pedir os detalhes para Avigail, precisará explicar o motivo. Ele volta para a cama e tenta adormecer, mas não consegue. "Talvez seja melhor você pegar o seu comprimido", Dina sussurra dentro do seu sono, "ele vai ajudar você a relaxar." Ele se levanta e engole o comprimido que o neurologista aceitou como apropriado, e fica paralisado, imóvel na cama, a fim de abrir caminho para o remédio cumprir a sua função, mas a aflição do pai imaginário só aumenta, e não dá trégua.

 Já passa da meia-noite. Sem problema, como aposentado ele pode aguentar até mesmo duas noites em claro. Ele se cobre com o cobertor e sai até a varanda para apreciar as estrelas. O neurologista, de fato, assinalou a possibilidade de o paciente fazer confusão entre o dia e a noite no processo da demência, mas isso é um problema principalmente para os que ainda trabalham, e não para os aposentados. No parque que circunda o seu bairro, um homem anda solitário e um cãozinho corre à sua volta. Antes de precisar de um filipino desanimado para garantir que não vai se perder, ele tentará treinar um cachorro inteligente, que sinta quando ele quer voltar para casa e o conduza de volta. Sem dúvida, Luria sorri, não somente um cachorro sai mais barato do que um filipino, mas também é menos humilhante. Mas, até que essa hora chegue, é melhor erguer o olhar para o firmamento, para os enxames de estrelas que vão brilhando cada vez mais, conforme a escuridão da cidade vai se aprofundando. Antes que seu filho Yoav mergulhasse fundo nos assuntos da sua bem-sucedida empresa, ele era um entusiasmado simpatizante de astronomia. Na juventude, ele fez parte da unidade Jovens em Busca da Ciência na Universidade de Tel Aviv e viajou para o Observatório Astronômico perto da cratera Ramon. Como presente de bar-mitzvá, ganhou dos pais um telescópio caro, e informava seus pais e amigos sobre as novidades que aconteciam no Sistema Solar. Se a hora fosse mais humana, não há dúvida de que ficaria feliz em orientar o pai agora a respeito da agitação das estrelas no céu. Mas, a uma hora como essa, não incomodaria o seu filho, que, às vezes, de fato, permanece na sua empresa até depois da meia-noite. E apesar disso, Luria diz a si mesmo, para que ele fique feliz por eu ter me lembrado dele e de suas estrelas a uma hora como essa, vou lhe enviar uma pequena mensagem de texto: *Yoav, habibi, se por acaso você ainda está acordado, tenho uma pergunta a respeito das estrelas que por acaso estou vendo agora.*

E logo vem o sinal sonoro da reposta. Yoav, que está agora no caminho da empresa para casa, fica animado em orientar o pai. *Também no norte do país, aí com vocês, o céu está tão brilhante? Não prestei atenção*, o filho responde, *mas eu paro no acostamento para olhar, o que você quer saber, papai?*

— Antes, lembre-me novamente dos nomes dos planetas maiores.

Yoav os enumera, um a um, e Luria se lembra do nome que ele está buscando.

— Então eu posso, por exemplo, identificar onde fica Marte?

Yoav explica ao pai como localizar a estrela a leste da Lua.

— E Júpiter?

Yoav não acha que seu pai poderá encontrar Júpiter agora.

— E quanto a Vênus — Luria continua —, onde eu o encontro agora?

— Vênus você só poderá ver perto do nascer ou do pôr do sol, porque essa estrela fica muito próxima ao Sol.

— Tudo bem, *habibi*, já chega. Lamento por ter atrasado você, volte em paz para casa, já é tarde.

— E como você está, papai?

— Por enquanto, muito bem.

— Está com dificuldade para adormecer?
— E, se estiver, qual é o problema? Afinal, posso dormir o quanto quiser durante o dia.
— A mamãe contou que você acabou fazendo um discurso muito bonito na comemoração de Divon.
— Bonito já é por conta dela.
— Mas o que você disse?
— Não, *habibi*, agora não — Luria diz, enquanto o comprimido de Fontral já está obscurecendo a sua consciência. — Você realmente está exagerando na sua dedicação. Chegou a hora de você lucrar menos e aproveitar o tempo para dormir mais, porque quando você chegar à minha idade, nem sempre conseguirá convencer o sono a se juntar a você na cama.

Quando o sol bate nos seus olhos, e se escuta o rádio ao longe, sua esposa está vestida e pronta para sair. "Por que tão cedo?" Acontece que a médica não está se apressando para ir ao trabalho na sua clínica, mas ao centro cirúrgico, para estar presente na operação longa e complicada de uma menina de cinco anos, e isso para fortalecer a convicção dos pais da menina a respeito da necessidade da cirurgia. "Você faz bem", seu marido diz, e a envolve com um olhar amoroso.

— Mas você? O que há com você? Caiu como um cadáver. Na próxima vez, por favor, tome meio comprimido e não um inteiro.

Meio comprimido não seria suficiente para a ansiedade dele.
— Ansiedade com o quê?

Bobagem, ele vai explicar à noite, não agora, quando ela está com pressa.

De todo modo, em resumo.

— Ontem eu me deixei levar pelo menino de mãe solo, depois que o nosso Noam, por maldade, começou a provocá-lo dizendo que ele não tem pai, e aquele Nevó, especialista em histeria, jogou-se no chão e começou a se debater como em um ataque de epilepsia. Para acalmá-lo, inventei um pai para ele, que por enquanto está longe, por exemplo na África.

— Inventou um pai para ele?

— Mas só por compaixão, não por causa da demência. Não pude me calar depois de ver quanta maldade pode surgir de repente em uma criança que parece ser inocente e doce. Quem sabe se a origem dessa maldade está só nos pais e não na geração anterior, quer dizer, em mim e em você. Aliás, o nome da mãe de Nevó é Noga, não Noa nem Yona. No meio da noite me lembrei do nome certo.

— E então?

— E então o quê?

— O que você pretende fazer com ela?

— Pensei em pedir a Avigail o número do telefone dela para explicar—

— Não, não, não ligue e não explique. As suas explicações só vão acrescentar constrangimento. Esqueça, o seu pai imaginário vai acabar sendo deixado de lado se você não ficar insistindo demais. Mas daqui em diante procure achar uma ideia que combine mais com o seu estado.

O guarda da cama do pai

"Ainda que aquele jovem tenha receio de me incluir, mesmo sem salário, no projeto dele do deserto" — Luria se ressente

—, "ele não tem o direito de impedir que eu visite o seu pai. Justamente agora, quando eu também estou começando a me deteriorar, eu preciso não somente encorajar os outros, mas também ser encorajado pelas doenças deles."

E ele não precisa passar por nenhuma central para chegar até o seu ex-escritório em ligação telefônica direta, cujo número Luria está convencido de que nenhuma atrofia no mundo jamais poderá apagar até o dia da sua morte. Mas parece que durante o dia o rapaz excursiona na região ou percorre os escritórios, então Luria o captura somente tarde da noite.

Obviamente, Maimoni está radiante, é claro que ele se lembra, também o pai dele fica animado ao ouvir que o seu diretor de departamento está preocupado em saber como ele está. Ainda mais que, no encontro furtivo que tiveram na rua, pareceu-lhe que Luria teve dificuldade em reconhecê-lo devido ao seu estado deteriorado.

— O estado de quem?

— Do meu pai, é óbvio.

Mas, como o consultor jurídico receia convidar aquele que foi sempre respeitado e importante aos seus olhos para uma casa onde a doença e a solidão lançaram um caos humilhante, ele volta a sugerir que o encontro seja no hospital, no dia em que Maimoni faz seu tratamento mensal. Em um quarto isolado e silencioso, pingam drogas no seu corpo e, enquanto isso, ambos poderão, ali, trazer de volta lembranças de dias em que fizeram coisas mais importantes.

A sugestão para uma visita a Maimoni durante o tratamento oncológico parece correta e adequada também na opinião de Dina. Ela está até pensando em acompanhar o marido, mas Luria a impede: "Se você estiver conosco, falaremos somente de doenças e remédios, enquanto eu estou me preparando para distraí-lo um pouco com casas e terrenos que ele conseguiu desapropriar para as estradas e os viadutos que pavimentamos no norte do país." Depois de marcada a data da visita, Luria se abastece com um pequeno bloquinho que fica escondido sem dificuldade entre as notas de dinheiro na sua carteira, e na capa do bloquinho está escrito "Antidemência". Nesse bloquinho estão registrados a senha para ligar o carro, o número do telefone de casa e os números dos celulares da mulher e dos filhos, aos quais também foi adicionado o número do celular de Assael Maimoni, que temporariamente está agregado à família. Antes da visita propriamente dita, Luria anota o nome do filantropo que cedeu seu nome e sua contribuição para o Instituto de Oncologia e, ao lado, o andar e o nome do setor, e até mesmo o número do quarto onde Yochanan Maimoni recebe o seu elixir. E, quando Luria para o carro no estacionamento subterrâneo, ele logo acrescenta também ao Antidemência o andar e o setor onde o carro vermelho vai ficar esperando pelo seu dono.

O Antidemência se prova efetivo, e Luria caminha de prédio em prédio no grande hospital na ordem certa, sobe de andar em andar de acordo com as instruções, e, por fim, chega ao ambulatório em um fim de tarde, e ao sair do elevador, enquanto o sol começa a se dobrar ao se pôr pelas janelas, ele compra uma barra de chocolate de produção alemã chamada Merci e se dirige com certa ansiedade a um corredor silencioso e um pouco escuro. E, já que não aparece nenhuma enfermeira ou enfermeiro para orientá-lo no caminho, ele avança de acordo com o número dos quartos, alguns não numerados, até que chega ao quarto que, de acordo com o que está anotado no Antidemência, deve ser o indicado para ele cumprir o mandamento de visita aos doentes.

 É um quarto não muito grande, e na cama, com a cabeceira um pouco levantada, está deitado o paciente, e em cima dele há um carrossel onde estão penduradas várias bolsinhas, algumas já vazias e outras ainda cheias com um líquido claro, exceto uma que se destaca por seu tom amarelado. Os olhos do paciente estão fechados com um xale branco de seda na testa, que desce pelos dois lados da cabeça até os ombros, as bordas adornadas com tecido vermelho. Um braço muito fino e digno de compaixão está descoberto sobre a cama, onde está enfiada a agulha por onde o remédio pinga para a veia desaparecida. Por um momento Luria tem a impressão de que se enganou, que este não é o doente dele, sai até o corredor para verificar novamente o número do quarto e vê que de fato este é o número que lhe foi dado pela manhã, e no corredor vazio não há quem possa contra-argumentar. Será que o seu consultor jurídico se degradou até esse ponto? Ou em algum dos buracos negros da sua memória a figura original afundou definitivamente. De fato, Maimoni é alguns anos mais velho que Luria e também se aposentou antes dele, e, portanto, além daquele encontro casual na rua há algumas semanas, eles não se encontravam fazia vários anos, e se até uma pessoa normal muda de aparência na velhice, fica enrugada, encurvada ou, ao contrário, fica inchada, o que dirá uma pessoa a quem se somou uma doença agressiva que tende a desconfigurá-la ainda mais. E, portanto, um encontro como esse não é digno de medo ou pânico, mas sim de aguçamento no olhar e de reforço na compreensão para descer até as profundezas da mudança humana nos seus sofrimentos. E, com uma decisão firme de dar o melhor de si, Luria então volta ao quarto e sussurra: "Maimoni", e dá outra olhada no bloquinho para não errar o nome e diz: "Yochanan, Yochanan Maimoni, sou eu, Tzvi Luria, vim lhe dizer para não se preocupar, há esperança."

Mas na cama não há movimento algum, e o nome completo passa pelo doente como poeira florescendo, não como o chamado de um velho amigo do trabalho. Maimoni não abre os olhos, e parece que o seu sono profundo é abençoado pelos remédios que lutam contra a sua doença e colorem os seus sonhos. "Então vou esperar que acorde, eu tenho tempo, afinal há ainda algumas bolsinhas esperando sua vez." Sobre a mesinha ao lado da cama, há uma edição antiga do *Israel Hoje* que já passou a ser Israel anteontem. Luria a joga no cesto de lixo com a certeza de que as mentiras de ontem não vão se tornar verdadeiras hoje, e, no lugar do jornal, coloca a barra do Merci dourada, cruza os braços, fecha os olhos e absorve o profundo silêncio. Mas aos poucos ele percebe que o silêncio não é total, porque no pequeno rádio perto do Merci, um som agradável e fino, com tonalidade mediterrânea, está tocando. Será que no fim de seus dias Maimoni está tentando fortalecer as próprias raízes?

E será que uma visita aos doentes com o paciente adormecido é considerada como visita? Seu olhar segue as gotas de remédio descendo no pequeno tubo de ensaio da infusão. O ritmo é muito lento; até que uma gota decida cair, ela hesita e vacila, e por um momento parece até que ela quer voltar para a bolsinha que a enviou. Há muitos anos, quando o pai de Luria esteve em ambulatórios semelhantes, Luria se empenhava em chegar e ajudar o pai na volta do hospital para casa no fim do tratamento, para poupá-lo dos solavancos do transporte público.

E, como seu tempo era apertado entre uma reunião e outra, ele secretamente aumentava um pouco o ritmo da infusão do seu pai para apressar o fim do tratamento. Por um momento ele sentiu um impulso de apressar hoje também, mas como a bolsa do carrossel está perto do seu encolhimento final, e a enfermeira com certeza vai chegar para substituí-la por outra, ele toma cuidado, e é bom que tenha tomado, porque eis que a porta se abre como um tufão e entra um oficial com o uniforme da Polícia de Fronteira, um homem robusto com o rosto avermelhado, armado com uma submetralhadora, e com uma melancia pequena debaixo do braço. E sem demora ele desperta o paciente com um chamado alegre: "*Baba... baba*[10]." E o doente abre os olhos azuis, que Maimoni nunca teve, e responde com um profundo suspiro ao chamado: "*Aywa, ibni, aywa*[11]."

Nesse caso, não é Maimoni, Luria se resigna diante da realidade. E, apesar disso, para que se apresse e se justificar diante de um oficial druso armado, que por enquanto não está nem um pouco preocupado com a presença de uma pessoa desconhecida perto da cama do seu pai, e ele deixa a submetralhadora na cama, e passa a barra de chocolate Merci para a prateleira inferior, e começa a cortar a pequena melancia com rapidez e habilidade para dar de comer ao pai a fruta suculenta. E, antes que fosse convidado a participar da refeição, Luria faz uma retirada prática e silenciosa, como a de um paramédico que veio verificar se tudo está pingando como deve. E com um sorriso triste em relação ao estado difícil

---

10. Em árabe, "Papai... papai".
11. Em árabe, "Sim, meu filho, sim".

da pessoa, por ser alguém que mantém a consciência, ele se afasta sem dizer nenhuma palavra, sai, fecha a porta atrás de si e continua caminhando pelo corredor até a janela distante, até o sol que ainda se põe, e eis que, apesar de tudo, aqui há um posto de enfermagem onde está sentada uma enfermeira desatando a rir diante do seu celular. Ele pergunta a respeito de Maimoni, e a enfermeira, sem falar nada, aponta com o dedo delicado para a sala de espera, onde o pai e o filho aguardam impacientes. Mas enquanto o pai está afundado na poltrona, debilitado e careca, enrugado e pálido, com uma bengala entre as pernas, o filho exige saber, com uma leve irritação, o motivo do atraso.

— O tratamento do meu pai acabou há meia hora, — ele diz com expressão sombria —, e já estávamos desistindo de você.

— Sim, desistam — Luria consente abalado, assustado com os sinais de morte que encobrem o pai —, sim, desistam de mim porque agora me enganei não só com o quarto, mas também com o paciente.

— Com o paciente também?

— Sim, sim, até mesmo com o paciente.

E, com frieza de espírito, ele decide confessar sobre a sua doença. Sim, essa é a verdade oculta. Nem todos os que parecem saudáveis estão de fato saudáveis. Ele também está doente, não no corpo nem mesmo na alma, mas só na mente, quer dizer, no cérebro. Foi diagnosticada nele uma degeneração no lobo frontal, por onde escapam os nomes, e, ultimamente, ele também confunde as pessoas. Ele chegou na hora certa, e achou que estava indo para o quarto certo, mas acabou descobrindo que estava sentado perto do doente errado.

No rosto torturado de Yochanan Maimoni aparece agora um sorriso agradável. É visível que a descrição da cabeça confusa do seu ex-chefe de departamento o divertiu. A tragédia humana tem diversas versões. Será que ele trocaria o câncer no pâncreas por uma degeneração cerebral? É verdade, ele teria um alívio imediato no sofrimento, mas o que seria se seu amado filho se tornasse para ele uma pessoa estranha?

— E, apesar de tudo, como você está? — Luria diz com um sentimento de alívio, depois da confissão que lhe escapou sem erro e sem constrangimento. E ele se inclina para o doente verdadeiro e fixa seus olhos nos olhos dele. Maimoni acaricia com afeto a mão dele.

— O que posso dizer, Tzvi? Você está vendo por si mesmo. Eu vou morrer.

— Não, não — Luria muda de assunto com facilidade, passando da morte iminente para a história da faixa de luz que vazou à noite pela soleira do seu escritório no sétimo andar, quando descobriu atrás da sua antiga mesa de trabalho um jovem engenheiro trabalhando à noite sobre um projeto no deserto. "Assim é o mundo, Yochanan, geração vai e geração vem." E o pai, que conhece a história, assente com a cabeça, e seu olhar se dirige ao filho, que agora examina Luria com um olhar penetrante, como se estivesse descobrindo algo novo.

— E imagine só, meu amigo — Luria prossegue alegremente —, que a minha esposa, por atrevimento ou pela ingenuidade de uma pediatra, teve a ousadia de indicar a mim, um aposentado tolo, como assistente no projeto do seu Assael. Quer dizer, indicar uma pessoa que fica facilmente sentada perto de um druso estranho como se ele fosse um velho amigo, para ajudá-lo no planejamento de uma estrada secreta no deserto.

O pai balança a cabeça. Certamente ele está desgastado não somente por causa do tratamento, mas também por ficar esperando o visitante confuso, que agora tenta misturar dentro dele o câncer também. E o filho, em vez de despachar o visitante, levantar o pai e conduzi-lo até em casa, inicia uma conversa com surpreendente firmeza.

— Não, Luria, sua esposa não é atrevida nem mesmo ingênua. Se como médica, que está informada do seu estado, ela indica você como parceiro ou assistente no meu projeto, significa que ela confia tanto em você quanto em mim.

— E o que isso quer dizer?

— Quer dizer que, apesar da confusão, alguns mais outros menos, nós ainda construímos e pavimentamos neste país, e, se nós erramos, temos a possibilidade de consertar.

— Em outras palavras? — Luria está trêmulo.

— Em outras palavras, isso quer dizer que eu não tenho receio quanto a você, Tzvi Luria. Para um engenheiro veterano com uma ampla experiência, a demência pode ser um agente libertador, criativo. E, afinal, sua esposa disse que você dispensa salário —

— É claro, sem salário — Luria continua —, minha aposentadoria é mais que suficiente, e minha esposa não ganha nada mal na clínica pediátrica.

O pai fecha os olhos como que atingido por uma pontada de dor. O estado do druso, que agora está refrescando a alma com a melancia que lhe foi cortada pelo filho, é muito melhor que o estado do seu consultor jurídico. Palavras de incentivo de discursos lisonjeiros nunca irão se comparar ao consolo de um pedaço vermelho e suculento.

— Então?

— Então? — Luria desperta de suas reflexões. — Então? Então, sim. Sem salário, mas assistente em meio período, só em meio período.

Viaduto Beit Kama

— Um momento, antes de vocês saírem, ouça-me um momento, meu jovem. Talvez você ainda não entenda, mas logo estará convencido de que conseguiu, em certa medida com razão, um assistente excepcional, um engenheiro veterano com muita experiência, que projetou muitos viadutos e pontes, abriu túneis e pavimentou estradas, e tudo isso de bom humor e com tranquilidade profissional. Em sua essência, é um homem agradável, com entendimento para encontrar sempre, é o que dizem a respeito dele, soluções simples e nada onerosas para problemas de engenharia que parecem complicados. Com isso, ele economizou muito dinheiro para o Estado, que ficou liberado para corrupções.

— Dina, o que é isso?

Mas sua esposa é arrebatada pelo próprio monólogo, que aparentemente também a diverte.

— Você está recebendo um homem vigoroso e estável em relação à idade dele, e hoje em dia homens como ele, aos setenta e dois anos, podem até ser pretendentes a amigos de mulheres sábias. Ele não tem dificuldade de subir em uma colina, ou de descer a um vale, ou até mesmo a uma pequena cratera, mas, já que ele mesmo confessou a você que recentemente descobriram nele algumas falhas de memória e de localização espacial, você, de todo modo, deverá cuidar para que ele não se perca no deserto de tanto entusiasmo. Portanto, não se satisfaça com um telefonema no celular ou com um grito, mas seja sempre rigoroso em manter contato visual com ele, porque se ele desaparecer em algum vale ou cratera, ou atrás de uma colina, não tenho força nem esperança de achar alguém que possa me consolar pela ausência dele.

— Chega, Dina — o marido a interrompe. — Ele já entendeu.

— Você entendeu? Tem certeza? — Ela crava um olhar maternal no jovem de boa aparência, vestido com um casaco militar antigo, e em seus olhos perpassa um sorriso admirado em presenciar o casal de idosos ainda apaixonados.

— Vai ficar tudo bem, doutora Luria, vou cuidar dele como a um segundo pai, mas é bom que Tzvi leve consigo uma roupa quente, porque lá no deserto, à tarde e à noite, costuma fazer muito frio.

— Tarde? Noite? — Dina se impõe. — Quando você pretende trazê-lo de volta? Combinamos que ele seria assistente apenas em meio período.

— É claro, só em meio período. Mas, se vamos até a cratera Ramon para determinarmos o ponto de saída da nova estrada, isso pode se arrastar um pouco mais.

— Se é assim — Tzvi diz —, vou subir e pegar a minha velha capa de chuva.

— Você não vai achá-la porque Yoavi já a levou há um ano, mas que tal o velho suéter azul?

— Um momento — de repente Maimoni tem uma ideia —, para que um suéter azul ou um suéter qualquer, se o casaco do meu pai ainda está no porta-malas do carro? É um casaco que vai servir para o seu marido também.

— Você tem certeza de que vai servir para ele?

Mas, aos olhos de Luria, o questionamento que sua esposa dirige a Maimoni já lhe parece exagerado e até ofensivo, e ele o interrompe: "Vamos, *yalla*[12], homem, pegue o casaco e vamos partir." E beija a esposa com energia para apressá-la a se soltar dele, entra no carro e dobra e triplica com o espírito alegre o *yalla* que ficou impregnado nele: *yalla, yalla, yalla*, chega de namorar, o deserto está esperando.

E, depois de muitos anos de dedicação às estradas do norte do país, ele fica feliz em poder ver as inovações de seus colegas nos viadutos e pontes nas estradas do sul, mas Maimoni está com pressa, portanto ele opta pela rodovia expressa e monótona, a Transisrael. No início, Luria fica desconfortável e até mesmo assustado com a velocidade do velho carro americano, mas o seu tamanho e os amortecedores suavizam as turbulências, e ele rapidamente se acostuma com a alta velocidade, e só fica verificando silenciosamente o grau de vigilância em relação às leis do trânsito.

— Seu pai abala o coração — ele diz em voz baixa.

— Sim, meu pai está abalando muitas pessoas. Que pena que você se confundiu com outro doente, pois ele esperou muito por você e ficou orgulhoso que, depois de tantos anos, você ainda se interessa por ele. Mas quando você chegou, ele já estava exausto e desligado, e não conseguiu ter nenhuma alegria com a sua presença.

---

12. Termo em árabe, assimilado pelo hebraico, que significa "vamos".

— Então irei de novo, e desta vez serei mais rigoroso.

— Tenho minhas dúvidas se haverá uma próxima vez, Luria. Os médicos estão dando no máximo alguns meses, mas eu dou apenas algumas semanas, e assim será melhor para ele. Na verdade, ele está determinado a deixar a sua morte por conta do anjo da morte, mas o sofrimento físico só purifica a alma nos livros de filosofia ou nos romances medíocres. Na vida real, é humilhante e desnecessário.

Luria assente com a cabeça, e o motorista observa com simpatia o seu assistente em meio período.

— Você sabe, Luria, que conseguiu uma esposa muito doce.

— Doce? — Luria se surpreende. — Como assim doce? Por que justamente doce? Ela simplesmente é uma mulher sábia e dedicada. Aos sessenta e quatro anos, a doçura da esposa está somente no seu amor e na sua preocupação.

— E isso foi exatamente o que faltou para o meu pai desde que a minha mãe nos abandonou. Desde então, ele começou a deteriorar.

— Eu já lhe disse, eu não soube nada a respeito da esposa dele. Também não queria saber.

— É bom que seja assim — o filho sorri —, você foi sábio em não saber e não investigar; caso contrário, descobriria que o seu dedicado e sério consultor jurídico não é um homem inocente e também não é nenhuma vítima. É uma pessoa que não buscou amor e preocupação, mas doçura, e como eu morava com ele na mesma casa, ele a procurava em todo tipo de lugar escondido de mim, inclusive no escritório dele, à noite, ou aos sábados. Imagine você, Luria, que, com a ajuda da chave-mestra dele, ele tinha à sua disposição o sétimo andar inteiro do departamento do norte, e cada vez ele escolhia uma sala diferente para provar doçura.

— Jamais suspeitei — Luria murmura um pouco horrorizado.

— É bom que seja assim — Maimoni repete e confirma —, você foi sábio, você foi muito sábio.

Luria tenta ajeitar o quebra-sol do para-brisa à sua frente para escapar dos raios solares. O elogio não confiável "você foi sábio" também começa a irritá-lo. E eis que, em vez de ficar vagando pelo centro comercial para procurar alguma coisa que lhe dê inspiração para alguma comida nova, o neurologista e a sua esposa se juntaram ao engenheiro júnior para enviá-lo ao deserto, para o centro do Sol. A Rodovia Transisrael acabou por enquanto, e eles agora estão na Rodovia 40. Talvez você queira passar para o banco traseiro, sugere Maimoni, que percebeu a batalha do seu aposentado contra o sol, e no porta-malas há também um cobertor e você pode se enrolar nele.

O "se enrolar" é melhor adiar para o fim da tarde, para o caminho de volta, Luria explica, e por enquanto ele vai se proteger dos raios solares com um mapa que ele achou no porta-luvas. Depois de uma breve olhada, ele pede a Maimoni que faça um desvio para uma visita rápida ao viaduto em construção perto de Beit Kama. Há alguns dias ele o viu de passagem no noticiário e agora está curioso para verificar de perto a qualidade dos trabalhos. E, apesar do atraso — um desvio de quatro quilômetros da Rodovia 40 —, quando o destino ainda está longe, Maimoni atende ao pedido, e por um caminho de terra batida eles se aproximam de uma estrutura parecida com uma aranha, onde a cabeça de cobra da Rodovia Transisrael espera para se enfiar por baixo dela. E o desejo de verificar a qualidade do trabalho é tão ardente em Luria que ele se apressa em descer do carro para poder se juntar ao andamento de um rolo compressor gigantesco se arrastando do outro lado da grande ponte. Com admiração, o jovem segue agora o aposentado, que salta entre tábuas e ferros sobre uma ponte sem corrimão, como um profissional inteligente para quem ainda é importante aprender também com o trabalho dos outros. E, enquanto Maimoni dobra o mapa e joga papéis velhos e garrafas vazias em um saco, ele se lembra de repente da advertência da pediatra de não tirar o olho de um marido que não tem substituto, apressando-se em sair do carro para lhe dirigir o olhar total. Mas, sem nenhum sinal ou aviso, o aposentado criou asas e sumiu. Será que ele já tomou o caminho de volta em algum lugar ou se confundiu e desceu para o lado oposto? Em um pânico repentino, temendo que o assistente em meio período não tenha percebido que não está em segurança sem o corrimão e tenha voado pelos ares, Maimoni começa a subir a ponte, mas sem se atrever a olhar e ver o que há embaixo, apenas continua correndo para a outra extremidade, e ali, à sombra de um eucalipto, junto a um agrupamento de mestres de obras e trabalhadores judeus e árabes, está Luria usando um capacete e segurando uma xícara de café.

Maimoni ainda não está achando a palavra certa, e ele para com um sorriso penetrante diante do seu aposentado, que continua a saborear tranquilamente o café, e, pelo seu olhar vago, parece que não está reconhecendo a pessoa parada diante dele. "Eu já estava achando que você não reparou que a ponte não tem corrimão e caiu dela nos caminhos da Transisrael", Maimoni diz finalmente, com um sorriso forçado. "A ponte não tinha corrimão?", Luria se espanta e observa os amigos confirmando com afeto. E agora Maimoni já não consegue controlar a sua irritação. "Como você me some desse jeito e se esquece da promessa que fiz à sua esposa?" E imediatamente o marido sussurra um desculpe, levanta-se, tira o capacete e aponta com um leve sorriso para o grupo que observa a cena: "Sinto muito, Maimoni, sinto muito, Assael, simplesmente encontrei aqui alguns velhos amigos, esse aqui é Yossef Barzani, o engenheiro-chefe de todo o viaduto."

— Yaakov — Barzani sussurra.

— Sim, desculpe, Yaakov, e imagine que ele também foi ligado a mim no passado.

— Apenas ligado? — Barzani corrige. — Fui aluno de Luria, aprendi tudo com ele... como se diz, extraí água das mãos dele...

— Então, veja só, Yaakov, aqui está mais um engenheiro rodoviário, um jovem canhão que está projetando uma estrada secreta no deserto. E desta vez ele não é aluno, é diretor, e eu sou seu assistente voluntário. Só que ele é preocupado demais. Sim, *habibi* — ele se dirige a Maimoni —, você está exagerando com o seu excesso de zelo. E por que você acha que a minha esposa vai ficar com raiva se você me perder? O que você sabe? Talvez ela até lhe agradeça.

Túmulo de Ben-Gurion

Antes de continuarem na Rodovia 40 para contornar Beer Sheva, Maimoni pergunta a Luria se ele gostaria de entrar na cidade para um lanche matinal, ou se está disposto a esperar até chegarem ao hotel Gênesis em Mitzpé Ramon, onde Maimoni arranjou um jeito de obter refeições requintadas a custo zero.

E Luria, que foi despertado pelo café preto e estimulado pelas palavras de Barzani, consegue aguentar mais oitenta quilômetros em uma estrada deserta para se sentar como um respeitável hóspede junto a uma mesa com vista para uma paisagem ancestral.

Enquanto isso, ele conta ao jovem sobre o seu primeiro contato com Barzani. Juntos eles revitalizaram e restauraram, logo depois da Guerra dos Seis Dias, a estrada sangrenta que leva a Jerusalém, na região de Latrun. E, apesar das palavras carinhosas que Luria dedicou a ele, não o poupou de uma observação crítica. Quando ele estava na ponte, percebeu de relance que a curva de saída para a direção leste é muito acentuada, e é preciso instalar duas placas de advertência aos motoristas, e talvez até mesmo colocar uma faixa redutora de velocidade para que os carros não percam a estrada na virada. "Fazer o quê", ele sorri para o jovem que o escuta admirado, "eu sou assim, até mesmo com o tumulto da minha atrofia eu me empenho em continuar sendo profissional, e, se você pensava em me incluir para encobrir alguma curvatura que você está planejando, é melhor voltarmos."

Maimoni sorri. "Não, Luria não terá nenhum motivo para voltar atrás." E depois que eles se viram na direção sul, no entroncamento de Chalukim, aparecem diante deles placas enormes convidando os viajantes da estrada a saírem da rota principal em direção à esquerda e visitar o túmulo de Ben-Gurion.

— Na verdade, por que não? — Luria fica entusiasmado. — Estivemos lá em visita, Dina e eu, há muitos anos, e sentimos uma grande emoção ao lermos as palavras gravadas na lápide do túmulo dele. Não era O Primeiro Primeiro-Ministro nem

O Fundador de uma Nação nem O Único Líder da sua Geração, mas apenas: David Ben-Gurion, do ano tal até o ano tal, imigrou a Israel no ano tal. Isso é tudo. Mas não reparei o que está gravado na lápide da esposa, que morreu antes dele. Logo ela, imagine, eu me lembro dela pessoalmente na minha infância. A casa do primeiro-ministro nos anos 1950 em Jerusalém não ficava na rua Balfour, mas na avenida Ben-Maimon, e quando eu ia para a escola, eu passava ao lado da casa simples e velha e cumprimentava o policial. Imagine você, um policial era suficiente naquela época, e esse um só, às vezes, até cochilava ou lia jornal, aparentemente não ocorria a ninguém dar um beijo em Ben-Gurion, queriam apenas vir e encher a sua cabeça com todo tipo de sugestão, e, para impedi-los, bastava um só policial, e Pola, a esposa, saía às vezes vestindo robe e ia até ele para pedir que comprasse leite ou pão no mercado e, enquanto isso, ela ficava de guarda na casa até o policial voltar, e então eu lhe dava o bom-dia da manhã, sim, existiram dias assim, você acredita?

— Se você está falando, quem sou eu para duvidar. Cada vez que você menciona a esposa de Ben-Gurion fico convicto de que este Estado nasceu algum dia.

— Então, o que você acha, Assael, temos tempo para uma visita curta?

— Curtíssima.

E Maimoni se vira na direção de Midreshet Ben-Gurion, de onde se desdobra um caminho de terra adornado com vegetação de deserto, que leva até o terreno do túmulo. Os dois descem do carro e caminham por uma maravilhosa trilha de deserto, com vista para o profundo desfiladeiro de Nahal Zin e Ein Avdat. No fundo, estende-se uma longa fila de soldados até a nascente da fonte de água. No ar há um brilho seco, mas agradável, essa é uma estação ideal para um passeio no deserto, Maimoni afirma, a temperatura perfeita. E eis que diante deles estão os dois túmulos, lápides grandes e simples, cercadas por uma corrente preta de ferro. Em silêncio, eles leem as poucas palavras e os números gravados nas lápides. Ben-Gurion tinha dois nascimentos, o primeiro, o imaginário, na Diáspora, e o segundo, o verdadeiro, quando imigrou a Israel. Também para sua esposa Pola, que morreu antes, ele ditou o mesmo tipo de datação — dois nascimentos e uma morte — e não concordou com nenhum acréscimo de palavras de louvor a respeito da sua lealdade e do seu amor. Pedrinhas de cascalho deixadas pelos visitantes sobre o túmulo informam ao primeiro primeiro-ministro que eles não o esquecerão, e estão concentradas na parte inferior da lápide para não encobrir a escrita. Apesar disso, Maimoni decide colocar a sua pedrinha pessoal ao lado do nome — David —, e Luria, seguindo os seus passos, coloca ao lado do nome Pola, e depois ambos afundam em silêncio, observando corços, corças e gazelas mastigando grama em volta do terreno. Esses animais são nativos, de tempos ancestrais, e o seu pertencimento ao deserto é maior que o de Ben-Gurion e da esposa, e portanto, quando algum dos visitantes tenta lhes ser amigável, eles ainda não sentem confiança e se esquivam com movimentos leves e elegantes.

Por fim, Maimoni sai do seu silêncio e diz: "Ouvi comentários de que essa Pola não era uma mulher fácil." E Luria responde com determinação: "Não existem mulheres fáceis. Por que uma mulher será fácil se ela precisa o tempo todo cuidar do marido?"

— Mas se você morava não muito longe da casa deles em Jerusalém — Maimoni complica —, como você só via a ela e não a ele?

— A ele? Só uma vez. O escritório do primeiro-ministro naquela época ficava no coração do bairro de Rehavia, na esquina da Keren Kaiemet com a Ibn Ezra. E Ben-Gurion ia a pé do escritório até a sua casa, uma distância não muito grande, nem um quilômetro; uma distância que, ao que parece, não satisfazia a sua motivação de caminhada, e por isso ele gostou tanto de se mudar para esse deserto, onde ele podia caminhar infinitamente. E uma vez, uma sexta-feira tarde da noite, voltei para casa pelo caminho da Alharizi e, de repente, senti um toque leve mas firme no meu ombro, indicando para eu abrir caminho e dar passagem. Virei a cabeça, e eis que vejo Ben-Gurion com um suave sorriso no rosto, como se estivesse um pouco envergonhado por ser tão importante. Imediatamente abri caminho, porque o ritmo de caminhada dele era maior que o meu. Ele não pediu licença, também não disse obrigado, somente passou com rapidez lançando no meu rosto um leve sopro da sua juba branca, e desapareceu na escuridão.

Gênesis

O caminho para o hotel Gênesis já não é longo. Maimoni planeja chegar no final do serviço de café da manhã a esse hotel com vista para a cratera que deu nome à cidade. Desde que começou a circular pela região, percebeu que por volta do meio-dia, com o esvaziamento da mesa do bufê do opulento café da manhã, abre--se uma pequena brecha de oportunidade, em que até mesmo quem não é hóspede de fato, mas que seja conhecido e querido pelos funcionários do hotel, pode, clandestinamente ou com o pretexto de uma xícara de café, recolher para si as comidas que, por sua natureza de curta validade, estão condenadas a serem jogadas fora. Maimoni está se dirigindo justamente a essa brecha: o refeitório vai se esvaziando dos últimos comensais, os garçons retiram as sobras de comida, a atendente responsável pela identidade dos que entram já abandonou seu turno, e ele entra silenciosamente como um hóspede que esqueceu alguma coisa, pega ao seu lado um prato grande e o empanturra com tudo o que há de bom. E então acrescenta uma xícara de café e desce com o seu despojo até o jardim, para observar as profundezas da cratera onde fica o seu alvo.

Uma mulher não muito jovem, da equipe do hotel, cuja beleza do jovem engenheiro não lhe é estranha, deu a ele consentimento informal somente para essa pilhagem, que às vezes incluía até mesmo um rápido cochilo em um quarto revirado, quer dizer, um quarto cujos hóspedes já saíram mas onde a camareira ainda não entrou para arrumar. O fato de que Maimoni continua a conquistar esse deserto na região concedeu àquela mulher uma justificativa para infringir um pouco as regras do lugar, acreditando que até mesmo uma estrada secreta nas redondezas poderia atrair novos hóspedes para o hotel.

Na verdade, Maimoni recebe dinheiro da Caminhos de Israel para alimentação e pernoite por conta das suas saídas ao deserto, e ele não tem nenhum real motivo financeiro para entrar no refeitório do Gênesis e compor para si uma refeição que está condenada a ser jogada fora. O motivo verdadeiro para as suas visitas aqui é cultivar uma proximidade que o possibilite também descansar em um quarto revirado, e talvez até mesmo, no futuro, usufruir de uma noite inteira. Mas hoje, quando ele está acompanhado de um assistente sem salário, que também não dispõe de dinheiro da empresa para custos de viagem, já está justificada a necessidade de um café da manhã roubado também por motivo de economia. E, já que é impossível pedir a um aposentado sênior que se passe por um hóspede autêntico voltando ao refeitório para um copo de café, Maimoni decide apresentar Luria àquela senhora não muito jovem, a sua patrona aqui, como um dos engenheiros rodoviários mais maravilhosos que o Estado de Israel já teve, um engenheiro que se voluntariou a ser consultor sem salário no planejamento da estrada secreta aqui. Trata-se de um engenheiro que trabalhou a vida toda no norte do país, e que já há muito tempo não descia ao sul, e precisa obter uma visão panorâmica antecipada da própria cratera, e não existe um mirante mais adequado para isso do que a varanda do refeitório do hotel. De lá, com um copo de café e um biscoito, a imagem ficará clara para ele.

E é óbvio que o biscoito é apenas um exemplo para o que há de mais saboroso, e então, agora, os dois engenheiros estão sentados na varanda, e um garçom sudanês, que ainda não se livrou da sua gravata-borboleta, oferece a eles não uma seleção de sobras condenadas ao descarte, mas algo que os possibilite aguentar até o café da manhã do dia seguinte. E enquanto Maimoni come com ganância, como um tufão de tanta fome, Luria come com moderação e sem pressa. Uma nuvem azulada capturada dentro da gigantesca cratera marrom escura está atraindo o seu olhar. Será que alguma vez, nos seus longos anos de vida, nos passeios do movimento juvenil, ou em um treinamento no Exército, ele deparou pessoalmente com uma cratera assim, ou todo o seu conhecimento se baseia somente numa olhada de relance no mapa? Ele inclina a cabeça, fecha os olhos e tenta se concentrar. Será que a demência que esfarela nomes e ações vai dar a honra justamente a uma lembrança de um passeio ou do Exército? Suas reflexões estão fixadas na nuvem se soltando da cratera aos poucos e querendo subir pelos ares, mas a cratera não desiste e começa, grande e profunda, a se agarrar a ela e a tentar se elevar também e pairar no espaço. "Que horas são?", Luria pergunta assustado, esfregando os olhos para se livrar da cena imaginária. "Quase doze horas." "Doze horas de quê?" "Doze horas do dia", Maimoni sorri e procura saber se o croissant que restou no prato de Luria está disponível para comer. "Pegue, é seu", Luria diz, "comi demais". Ele observa com afeto o jovem que rapidamente morde o croissant, como se temesse que Luria fosse se arrepender. O que eu, na verdade, sei sobre esse homem, a quem Dina me juntou para desafiar o meu cérebro? E, quando vê que a nuvem desapareceu e a cratera já voltou ao seu lugar, ele se dirige ao engenheiro jovem com uma espécie de pequena declaração:

— Escute, Maimoni, escute, Assael, ao contrário do que eu tinha com o seu pai, ou com outras pessoas que trabalharam comigo na Caminhos de Israel, entre mim e você não haverá nenhuma relação de subordinação. Eu não sou subordinado a você e você não é subordinado a mim, eu não sou responsável pelas suas ações e você não é responsável pelas minhas. Nós dois somos engenheiros livres trabalhando em parceria do jeito que nos parece melhor. Hoje estou ao seu lado, mas amanhã talvez eu já me recuse a vir. Hoje você precisa da minha ajuda, mas amanhã talvez você diga que eu não tenho nenhuma utilidade. Portanto, exatamente agora, ao contrário do meu passado, eu não quero ignorar a sua vida particular. Estou interessado em saber a respeito dela, para não me surpreender como na história da separação da sua mãe com seu pai. Então, por favor, antes de começarmos o trabalho propriamente dito, esclareça-me alguns detalhes básicos a seu respeito. Por exemplo, afinal, você é casado e tem filhos?

Fica esclarecido que Maimoni tem uma mulher dois anos mais velha que ele, que é economista em um escritório do governo, que eles têm gêmeos, um menino e uma menina, que já estão na segunda série, em turmas paralelas. "Muito bem", Luria diz, "agora estou tranquilo."

— Tranquilo em relação a quê? — Maimoni se espanta.

— Tranquilo porque você tem, apesar de tudo, uma estrutura familiar estável e, portanto, não vai procurar aventuras que me comprometam também.

— Você realmente está tão convicto de que o casamento é uma estrutura estável que impede aventuras?

— Não há regras definitivas para nada — Luria elucida um pouco as suas palavras —, mas geralmente uma esposa e filhos exigem da pessoa uma responsabilidade básica, e então controlam um pouco.

— Isso tudo, Luria, porque você está comparando o meu casamento com o seu, quer dizer, a sua relação com a sua esposa.

— Entre mim e a minha esposa? — Luria recua na cadeira e desata a rir. — O que você já pode saber a respeito dessa relação?

— Saber, eu não posso — Maimoni admite —, mas sentir, eu já sou capaz.

— Sentir o quê?

— O amor, a dependência, a preocupação. Diga a verdade, Luria, há algum momento em que a sua esposa não esteja no fundo do seu pensamento?

— Como assim? — Luria se assusta e se endireita na cadeira. — De onde vem essa ideia?

— Será que eu estou errado?

— Errado ou não — Luria tenta escapar —, a questão não é essa. O assunto agora é a superioridade que você está dando ao seu sentimento. A confiança nele. Diga-me, a estrada militar, você também pretende projetar a partir do sentimento?

— Por que não? Por que renunciar ao sentimento se ele vem reforçar o meu conhecimento? Ainda mais — ele acrescenta — que agora juntei a ele o seu conhecimento também.

A nuvem que desapareceu antes nas alturas retorna para vagar sobre a cratera. A claridade da luz do meio-dia fica um pouco embaçada. O refeitório está deserto, os garçons desapareceram, e todas as prateleiras do bufê estão vazias, exceto por algumas fatias de pão cobertas por uma toalha vermelha. Silêncio no mundo do deserto. A piscina fica distante, e a maioria dos hóspedes já se retirou para o sono do meio-dia nas luxuosas cabanas de pedra. Com olhar aguçado, o ancião observa o jovem, que está com um cigarro cravado nos lábios e que, embora não haja vivalma em torno, ele hesita em acender.

— E a demência? — Luria sussurra com pesar.

— Ela será o seu sentimento — Maimoni diz e acende um fósforo.

Shibolet

Mas, antes de se despedirem do Gênesis, eles precisam comunicar a sua presença para o inspetor local da Autoridade de Natureza e Parques.

— Autoridade da Natureza? — Luria se surpreende. — Será que, nessas extensões gigantescas da cratera, uma estrada militar simples e estreita pode prejudicar os hábitats dos animais ou interferir na rara vegetação?

— Sempre e em qualquer lugar — Maimoni diz — há animais, grandes ou pequenos, que podem despertar preocupações imaginárias. Mas aqui há algo adicional, pessoal, que é importante e precioso para esse inspetor, e por isso ele receia pela minha estrada, que a partir de agora é também a sua estrada. Aliás, eu nem sei se ele é inspetor oficial, ou apenas um voluntário da Autoridade. É um ex-oficial do Exército, uma pessoa complicada que mora no centro do país, mas mantém um apartamento alugado em Mitzpé Ramon, para onde a esposa dele vai quando a asma dela piora.

— Como ele se chama?

— Shibolet.

— Shibolet? Shibolet de quê?

— Shibolet. Só isso. Sobrenome e primeiro nome incorporados em um só nome.

— De fato existem casos como esse — Luria confirma, tomado por uma leve ansiedade.

— Um homem muito complicado — Maimoni prossegue com uma emoção estranha —, uma pessoa que no passado sabia amedrontar, principalmente a mim.

— Amedrontar? Como?

— Ele era, imagine você, o comandante do meu esquadrão de treinamento militar básico. Desde o primeiro momento em que o vi, ele me encheu de um medo não muito claro.

— No meu treinamento militar básico no final dos anos 1950 — Luria relembra —, você não podia sentir medo do comandante do seu esquadrão, porque você mal o conhecia. Naquela época, os grupos eram gigantescos, e, portanto, nem comandante de esquadrão nem mesmo comandante de pelotão, mas comandante de seção, um simples cabo, na maioria das vezes também imigrante, poderia incomodar você ao seu bel-prazer, principalmente para adverti-lo quanto a não debochar do hebraico ridículo dele.

— Não, Tzvi, Shibolet é nascido aqui de muitas gerações, e o hebraico dele, você ainda vai ouvir, é perfeito e limpo. E, em geral, aqui se trata de um medo pessoal não racional, e não de um medo coletivo. Amigos do esquadrão se surpreendiam e até sentiam pena de mim: o que há com você? Por que você fica pálido quando ele entra no acampamento ou lhe faz alguma pergunta? Afinal, ele não é mais cruel do que os outros. E eu não tinha como explicar o significado do medo do qual não consegui me livrar até o final do treinamento militar básico. Sim, pavor. Meu pai, em uma tentativa de me tranquilizar um pouco, disse que isso não era medo, mas um pavor metafísico.

— Metafísico? — Luria debocha. — Foi isso o que ele disse? Metafísico, um comandante de esquadrão?

— Essa foi uma mera palavra elegante que ele tirou de algum jornal, só para não me dizer que era um medo tolo e infantil.

— Sim, seu pai foi sempre muito delicado com as palavras, e por isso ele tinha sucesso com os desapropriados dele.

— Mas, por causa desse medo infantil, pelo menos eu tratei de ser um soldado empenhado e disciplinado, que não dá motivos para virem a ele com reclamações, e, mesmo assim, antes de cada conversa do esquadrão, viagem ou mera formação de sexta-feira, eu afundava em depressão.

— E ele percebia isso? Como ele reagia?

— Aos poucos, o medo foi ficando justificado. Mesmo que eu fosse apenas um entre muitos no esquadrão, ele percebeu a minha reação e isso despertou nele certa raiva. Imagine você que até mesmo o meu nome, Assael, começou a irritá-lo, e ele começou a fazer um tipo de deboche e a sugerir ao comandante do batalhão que me desse mais tarefas.

— Grosseria.

— Muita grosseria. E, então, chegou a noite que eu não esqueci até hoje, uma noite chuvosa de plantão, com frio e neblina, e Shibolet vagava silenciosamente para inspecionar o estado de alerta dos plantonistas em guarda. E eu, em um posto de guarda no final do acampamento, aparentemente cochilei e não percebi a aproximação dele, até que ele me pegou pelo pescoço e, em uma manobra rápida e eficaz de baixar sentinela, derrubou-me no chão. E eu nem mesmo deixei escapar um grito, desmaiei imediatamente, e teimei tanto em não acordar que ele quase surtou até eu recuperar a consciência.

— E não mandaram você ao neurologista?

— Neurologista? — Maimoni fica espantado. — Neurologista para quê? Com certeza você está se referindo ao oficial de saúde mental, o psicólogo.

— Certo, talvez ao psicólogo.

— Mas o psicólogo iria me ajudar em quê? Até que fôssemos remexer a minha infância para reconstruir a origem do meu estranho medo, o período do meu treinamento militar básico já teria acabado e o medo existiria apenas como memória.

— Mas a memória também é importante — Luria sussurra.

— É claro, por isso eu o segui durante a vida. Soube que ele foi promovido de capitão a major, que passou para a unidade de inteligência no norte. Após alguns anos, eu o vi por um momento em uma reportagem na televisão, e percebi que ele já era tenente-coronel, e com essa patente ele se fixou permanentemente no Exército. Foi colocado na Administração Civil do Comando Central. Isso ele já me contou pessoalmente.

— Como vocês se reencontraram?

— Foi há três meses, aqui, na Rodovia 40, depois de Maale Haatzmaut. Quando comecei a localizar onde a estrada vai se bifurcar, ele de repente surgiu de alguma colina, aparentando exatamente como há vinte anos, rápido e flexível, somente o seu cabelo ficou totalmente branco. Imaginei que ele não fosse me reconhecer, pelo tempo que passou, ou pelo menos por causa da minha nova barbinha. Mas aparentemente ele suspeitou, e não se contentou com o meu sobrenome, mas insistiu que eu lhe dissesse também o primeiro nome, e imediatamente o sorriso sarcástico dele se acendeu, ah, você é aquele recruta que desmaiou quando eu só toquei nele. Mas não acrescentou nenhuma palavra.

— É óbvio, Assael é um nome raro, e até mesmo a minha atrofia, que já esmigalhou muitos nomes, respeita o seu, porque ela sabe que não será possível desmanchá-lo tão facilmente.

Maimoni observa com afeto o engenheiro idoso.

— É bom saber que a sua memória não entra em conflito com o meu nome. É um nome muito precioso para mim, porque minha mãe me deu apesar da oposição do meu pai. Talvez esse tenha sido o primeiro sinal de ruptura entre eles, porque ela disse ao meu pai: esse bebê foi Deus que fez[13] para mim, e não você.

— Ela de fato acreditava em Deus?

— Só quando queria, de acordo com a necessidade. Ela era daquelas pessoas que lançam mão de Deus como se fosse um lenço para enxugar uma lágrima ou o suor. Não um lenço de tecido, mas um lenço descartável que voa pelos ares quando acaba o seu uso.

O ponto de bifurcação

Passa do meio-dia e o jovem engenheiro ainda está decidindo se irá telefonar para Shibolet antes de descer à cratera. "Mas que autoridade essa pessoa tem?", Luria resmunga, pois está privado do seu cochilo pós-almoço, aquele que evita que fique exaltado e impaciente. "Será que não está voltando aqui o medo do recruta em relação ao seu comandante de esquadrão?" Maimoni não se assusta com a alfinetada do seu assistente. O psicólogo dele o orientou que, em assuntos da alma, qualquer interpretação, mesmo que pareça sem fundamento, merece uma atenção adicional. Mas, além do antigo medo, existindo ou não existindo, há agora entre ele e Shibolet um assunto pessoal de fato.

---

13. Assael, em hebraico, significa "Deus fez".

— Pessoal? — Luria teve muitos confrontos com os verdes, e, apesar da preocupação deles com animais em extinção e com a preservação da vegetação, ele sabia impor um limite claro entre a natureza e os seres humanos.

É óbvio, seres humanos, somente sobre seres humanos Maimoni trata com Shibolet. É duvidoso que nesta cratera existam animais permanentes, e também a vegetação é fraca e precária. Mas, não muito distante do suposto ponto de bifurcação, vagueiam seres humanos aos quais Shibolet dá cobertura. O problema é que essas pessoas são um pouco secretas, errantes, chegam e desaparecem, é até mesmo impossível saber se estão aqui hoje.

— Secretas? Errantes? — O aposentado se impõe: — Escute, rapaz, eu me juntei a um projeto de engenharia, de planejamento de estradas, e não a um projeto de busca de pessoas errantes, que é impossível saber onde estão. Portanto, decida agora: vamos em frente ou eu volto para casa. Nesse deserto, o sol também vai se pôr, e o caminho de volta é longo. Então, por favor, vá em frente, e as perguntas e esclarecimentos faremos na área.

— É claro, estamos indo. Só que lá, no lugar designado, há um tipo de vazio eletrônico, e mesmo que você pense que conseguiu a ligação telefônica, você não entende nada e, quando você fala, acaba que falou sozinho. Portanto, é melhor que você se antecipe e ligue já, agora, para a sua esposa, porque se ela procurar por você, que não fique pensando que se perdeu dela por causa da área sem sinal.

O aposentado move a cabeça cordialmente. A preocupação do jovem engenheiro com a sua esposa lhe agrada, porém a médica ainda está na clínica, e lá, em princípio, o celular está desligado. Mas sem preocupação, uma vez que foi ela que juntou os dois, ela está tranquila e obviamente confia em Maimoni, que também saberá conduzir a demência do seu marido.

Finalmente, eles estão viajando. Em um silêncio elegante, o carro vai descendo nas curvas de Maale Haatzmaut, e alguns minutos depois está se arrastando atrás de um gigantesco caminhão de concreto. "Não, por favor, não ultrapasse esse monstro", Luria implora ao motorista que já começa a manobrar para uma ultrapassagem rápida. "Não ultrapasse, porque quando eu observo uma estrada atrás de um caminhão gigantesco como esse, eu entendo melhor a essência e o estilo do trabalho de pedreira e pavimentação que foi realizado. Afinal, eu sou uma pessoa do norte do país, e fazia anos que não tinha a oportunidade de visitar desertos como esse, deixe-me sentir, justamente em velocidade lenta, o temperamento dessa estrada, porque daqui a pouco teremos que achar o local adequado para a nova bifurcação. E, mesmo que isso nos custe mais alguns minutos, não há problema."

Aos poucos, foi se amontoando um pequeno comboio reclamando, buzinando, intrigado porque o carro americano está hesitante em ultrapassar o caminhão. "Por que eles estão irritados? Se estão com tanta pressa, que nos ultrapassem, deixe um espaço para eles", Luria diz. Mas as curvas são acentuadas, a visão é limitada, e não há como saber quantos veículos vêm no sentido oposto e em que velocidade, e então o comboio ainda hesita, até que um carro vermelho, pequeno e mal-humorado ultrapassa de repente, bem como o gigantesco caminhão, com eficácia e fortes buzinadas, correndo em direção à liberdade tão desejada no fundo da grande cratera, cujos aperitivos Luria já começa a saborear e que ainda preservam aqui e ali vestígios da extração da pedreira de Maale Haatzmaut. Rochas brancas vão ficando acinzentadas, esverdeadas, rosadas, a luz vai diminuindo um pouco à sombra dos penhascos, e um novo vento, interno, começa a dançar rodopiando a fina areia.

— Aqui está o lugar — Maimoni declara, e começa a se desviar para a direita da estrada principal em direção a um amplo enclave de terra ao lado da estrada, gesticulando com os braços para o comboio atrás dele, de modo a sinalizar que o caminho está livre. Assim, com buzinadas de alívio, o comboio se apressa em ultrapassar o caminhão, que também aumenta a velocidade de repente, enquanto Maimoni desliga o motor, sai do carro e examina com olhar amável o lugar que escolheu. Depois, tira do carro um grande mapa de estradas com escala de um para dez mil, já riscado com traços vermelhos e azuis, e o estende sobre o motor, para que Luria também possa aprovar a opção correta.

Mas Luria não quer escolher o lugar da bifurcação por meio de um mapa. Ele pede para observar a área pessoalmente e, após uma rápida olhada no mapa, dirige-se silenciosamente de volta à Rodovia 40, atravessa-a e caminha para se afastar e examinar de uma perspectiva adequada o lugar escolhido. De vez em quando se escuta ao longe uma buzina de algum veículo advertindo o caminhante solitário, mas Maimoni — sem levantar a cabeça do mapa — acredita que o engenheiro veterano, que sabia cuidar da sua vida nas estradas movimentadas do norte do país, vai cuidar de si também em uma estrada erma do deserto. Somente depois de traçar no mapa mais uma linha vermelha e erguer o olhar para o amplo espaço, ele percebe que o seu aposentado sumiu outra vez.

De fato, o susto não é igual àquele que o aterrorizou em frente à ponte no viaduto de Beit Kama, porque o espaço vazio possibilita localizar mais rapidamente a figura caminhando com determinação em direção a uma colina com formato de um cone achatado, que fica não muito distante da estrada.

Maimoni grita, mas o poderoso penhasco da cratera aparentemente desvia o seu grito, então ele começa a correr e vê que o aposentado, que não ouviu o grito, está parado tentando escrever uma mensagem.

— Não, Tzvi, não, aqui mensagem também não vai funcionar — Maimoni diz quando se aproxima de Luria. —Avisei a você, aqui é um espaço morto, não há quem fale nem quem responda, mas se você de repente se lembrou de alguma coisa urgente ou séria, eu levo você mais meio quilômetro, a um lugar onde a conexão retorna à vida.

— Não é urgente nem sério — Luria diz —, só uma coisa técnica de que me lembrei.

— Mas se a sua esposa já ligou o celular — o jovem insiste —, não recuse, já se passaram mais de dez horas desde que nos despedimos dela, e é conveniente lhe enviar um sinal de vida.

— Eu já lhe disse, ela não está preocupada comigo, porque ela confia em você, a mensagem não é para contar a ela a meu respeito, mas algo que diz respeito a ela.

— De que se trata?

— Uma coisa pequena, sem importância...

— Ainda assim — o jovem insiste de repente —, explique-me, compartilhe. Afinal, antes você comunicou que não estamos subordinados um ao outro, e por isso você também se atreveu a me perguntar sobre a minha situação pessoal, sobre a minha esposa e meus filhos, e para mim também é importante agora saber mais a seu respeito. Se você falar de você, eu também falarei de mim, de peito aberto.

Luria dirige o olhar para o homem que é mais jovem que o seu filho, depois ele o segura pelo braço com afeto. É um assunto simples, ele diz, simples e trivial, você não imagina como é trivial. É quase uma vergonha falar disso.

— E então?

— Já que Dina sabe que amanhã eu não vou preparar o almoço, ela decidiu assar uma quiche com a receita que alguém na clínica lhe deu, e essa quiche, ela colocou em cima da mesa da cozinha, e foi dormir sabendo que eu, que tenho o sono leve, colocaria na geladeira depois que esfriasse. Mas eu, em vez em vez de fazer isso, coloquei-a no congelador, e isso não é bom. Porque do jeito que eu conheço a minha esposa, não vai lhe passar pela cabeça procurar no congelador, e ela é capaz de achar que eu levei a quiche para o sul do país, ou que ela nem fez a quiche.

— Que ela nem fez a quiche? Você não está falando sério.

— A demência de uma pessoa próxima, pessoa querida, pode ser contagiosa... Você também, *habibi*, tome cuidado para que a minha demência não brote em você, principalmente agora, que nós dois estamos sozinhos em um tipo de deserto como esse.

— Você está brincando.

— É verdade, um pouco.

— Então, o que vai ser da quiche?

— Esqueça, no fim das contas talvez ela a encontre, e, enquanto isso, vamos debater a respeito do lugar que você escolheu para a bifurcação, e desta vez, ouça-me, rapaz, estou falando com base em uma profunda experiência, e não com base na demência.

— Estou bastante atento.

— O lugar que você escolheu não está correto em termos de segurança, e o Ministério dos Transportes não deverá aprovar. Primeiro, o isolamento na comunicação me preocupa. Afinal, é nos cruzamentos e nas bifurcações que acontece a maioria dos acidentes. Como será possível chamar ajuda com rapidez, principalmente quando o movimento aqui é tão esparso?

— Podemos pedir para instalar mais uma antena.

— Podemos pedir, mas até recebermos, já é outra história, principalmente se há aqui uma coisa mais básica ainda, que bloqueia o som. Porque não moverão para você uma montanha ou um penhasco para que a sua antena capte sinal.

— Mas...

— Mas isso não é tudo. A bifurcação que você escolheu está muito próxima à curva de Maale Haatzmaut. Justamente ali, quando os carros começam a correr, a placa de aviso sobre a bifurcação à frente não será captada pela consciência. Não se esqueça que aqui não há guardas de trânsito, o movimento é esparso e a direção ao volante é vigorosa. E também aqueles que chegam do sul não poderão ver à distância o trânsito que vai ser despejado da sua estrada. Eles não têm espaço suficiente de visão. E os que saírem da sua estrada para a Rodovia 40, seja na direção sul, seja na direção norte, também sofrerão por um espaço limitado de visão. E assim, sem intenção, Assael, você cria um lugar destinado a calamidades; além do mais, é uma estrada militar, e os motoristas militares não têm experiência, ou são selvagens e perturbados. Por causa disso tudo, ouça-me: mova a sua bifurcação trezentos metros para o sul, e então haverá espaço de visão para todos.

— Mas só um momento, Luria, um momento, certamente você viu no mapa o antigo caminho nabateu que eu achei na continuação, um caminho que facilitará o trabalho e o tornará mais barato. Se você exige que eu afaste o ponto de saída da estrada na direção sul, não teremos escolha a não ser contornar a colina à nossa frente, o que vai implicar um acréscimo de quase quatrocentos metros de estrada...

— Não — Luria o interrompe —, você não precisa contornar a colina, você precisa derrubá-la. Eu, no norte, derrubei colinas mais altas e difíceis do que essa, colinas de pedra basalto. Eu tinha um curdo, Havilio, que operava uma escavadeira gigantesca, e na noite em que achei você no meu ex-escritório, eu o encontrei na festa lá embaixo, mas já trabalhando como garçom. Um homem intenso, que derrubava sozinho uma colina em um ou dois meses. Ele tinha um tipo de habilidade, a de achar o ponto fraco da colina e penetrar nela com a sua escavadeira gigantesca, e às vezes também com a ajuda de material explosivo, até que ela rachava e desmoronava, e então vinham as escavadeiras pequenas para remover e limpar a poeirada.

— Você sugere derrubar essa colina?

— Qual é o problema? — E Luria levanta da terra duas pedras e começa a bater uma na outra, para demonstrar que o material do deserto é frágil e quebradiço.

— Você está falando sério?

— É óbvio, ainda não esqueci o meu conhecimento, você duvida disso?

— Eu não tenho dúvida de que é possível fragmentar essa colina, o problema é que há seres humanos morando ali.

— Seres humanos? E daí? Que se mudem para outra colina. Faltam colinas no deserto?

— Se os movermos daqui, eles desaparecerão.

— Desaparecerão para quem?

— Desaparecerão para aqueles a quem estão ligados. Essas são as pessoas de Shibolet. As minhas pessoas secretas.

— Eles são secretos em quê?

— Vamos subir até eles. Talvez estejam aqui, e então você entenderá do que se trata.

— Ouça, Maimoni, eu não vim aqui para me ocupar com seres humanos, e sim com estradas, com desvios, com bifurcações.

— Claro.

— Então, o que você decide? Vamos derrubar a colina?

— Você está certo, Luria, é possível e aparentemente também é necessário derrubar a colina, não ache que eu não pensei nisso.

— Fico feliz por você ter chegado por conta própria ao pensamento correto. Porque a localização certa para a bifurcação não é uma decisão topográfica, mas sim de segurança. Portanto, não lamente pela colina.

— E, apesar disso, há outra solução possível, o caminho do meio.

— Qual é?

— Não derrubar a colina, mas escavar um túnel nela. Já calculei: um túnel de cento e cinquenta metros, não mais.

— Não permitirão um túnel aqui, Maimoni. Por que escavar um túnel se é possível desmoronar? Pense nos custos, nos suportes, nos revestimentos, e também nos arranjos de luz e de ventilação. Existe um padrão claro para túneis.

— Mas, se você recomendar um túnel, talvez eles concordem.

— Eu?

— A sua autoridade e a sua experiência os convencerão.

— E a demência?

— Ao contrário, ela dará ao seu posicionamento uma força adicional, como a demência de um primeiro-ministro, que só aprofunda a sua autoridade.

Luria examina com um olhar afiado o engenheiro de boa aparência. Agora ele entende por que ficou tão rapidamente entusiasmado com um assistente sem salário.

— Diga-me, Assael — ele estende a mão e toca no rosto do jovem. — A sua barbinha é até simpática, desde quando você a deixou crescer? Tenho um filho mais velho que você, e ele também tentou deixar uma barba como essa, mas a barba se recusou a brotar e ficou como blocos de piche nas bochechas, até que a esposa dele ameaçou expulsá-lo de casa se não se barbeasse. Mas olhe: a sua barba é agradável e, principalmente, estética.

— Essa barba é nova. Comecei a deixar crescer há alguns meses, a partir do momento em que recebi o projeto do deserto.

— E a sua esposa está satisfeita com ela?

— Minha esposa não toma conhecimento dela, a menos que a barba realmente a toque.

A colina

A colina não é alta, mas, observando da base, Luria sente dificuldade em decifrar o contorno do topo. Será que aquela nuvem inquieta que vagava por ali na hora do almoço deixou algum resquício, ou esse é um topo de duas corcovas, como as corcovas da relutante camela mongol do filme *Camelos também choram*, que só depois de uma cerimônia musical derramou lágrimas e começou a amamentar o seu novo filhote, branco e suave. "Qual é a altura, aqui?", ele pergunta e se apressa em fazer uma suposição por si mesmo, "Oitenta metros, no máximo noventa." "Muito bem", o jovem elogia a habilidade espacial do aposentado, "são oitenta e cinco metros com medição eletrônica, que abrangem de trinta a trinta e cinco minutos em caminhada moderada. Mas, se a subida for difícil para você, Tzvi, o meu velho carro será obrigado a nos levar até o último lugar que lhe permita fazer o retorno." Mas Luria poupa o velho carro do governo, que em uma rodovia supera os seus defeitos por conta própria, mas nos buracos de caminhos de terra ele emite sons de parafusos e molas, e não haverá nenhuma oficina para substituí-los.

— Então — Maimoni diz —, vamos em frente. — E os dois engenheiros andam até um caminho de terra onde não há nenhum sinal de vida, nem espinho nem cardo nem grilo nem lagartixa, no máximo há, aqui ou ali, rastros de um veículo ATV. E Luria, que não imaginava que desde o primeiro momento a subida já seria tão íngreme, quer saber, afinal, por que eles precisam se esforçar tanto se lá, junto às "pessoas de Maimoni", há um veículo ATV que poderia lhes poupar o esforço. Mas Maimoni explica com detalhes, o veículo não é deles, mas de Shibolet e, na realidade, da Sociedade para a Proteção da Natureza, que somente o disponibilizou para ele com o objetivo de facilitar a localização de animais que possam lhe causar preocupação.

Mas Luria, cuja respiração vai ficando mais curta à medida que o caminho se torna mais íngreme e o antes agradável vento do deserto desaparece, impõe-se contra as pessoas de essência confusa às quais Maimoni se juntou, e, além do mais, não se tem nenhuma certeza de que elas estarão no topo. Por que esse sigilo todo? Será que Maimoni acha que a sua demência não lhe permite captar uma história um pouco complexa? Por que você fala comigo por meio de insinuações?

— Mas qual é a relação entre as insinuações e a sua demência? — Maimoni se defende. — E talvez seja justamente o oposto.

— O oposto como?

— Talvez a sua demência me possibilite uma liberdade maior.

E ele percebe imediatamente que foi longe demais com a "liberdade" que lhe escapou da boca e, portanto, ele se apressa em defini-la: "Um momento, Tzvi, antes que você continue reclamando, vamos esclarecer que demência é essa que você, *só* você, repete continuamente. Será que ela é de fato verdadeira ou é um tipo de truque que você inventou? Pois, desde que saímos em viagem, não percebi em você nenhum sinal de confusão ou constrangimento. Você está lúcido e com clareza de pensamento, e afiado nas análises profissionais como no tempo do meu pai, que o elogiava muito. Por isso me parece que toda essa demência que você inventou é somente uma palavra, talvez um desejo, ou na verdade, sim, um tipo de piada maliciosa da qual eu, por senso de humor, acredite, só por senso de humor, tento participar e achar graça."

— Piada?

— Uma piada que você ou sua esposa inventaram, sabe-se lá, para me confundir, ou me fazer rir, ou me seduzir.

— Seduzir? Para quê?

— Digamos, para incluir você em um projeto como assistente sem salário.

— Desculpe, Maimoni, não tente negar a realidade. A minha demência é um assunto real, o meu neurologista a percebeu em uma imagem e até nos mostrou.

— Em uma imagem? — Maimoni fica assustado. — O quê? Como aparece?

— Pois é, não aparece, porque na verdade é apenas uma pequena mancha preta no córtex cerebral, uma atrofia que engole os nomes.

— Todos nós nos confundimos com nomes.

— Mas eu também me confundo com muitas outras coisas, por exemplo, com o tempo, até com a ordem dos dias da semana.

— Você quer me dizer que é possível que você não saiba, por exemplo, que dia é hoje?

— Hoje? — Luria hesita.

— Por exemplo.

— Hoje já é sábado.

— Sábado? — Maimoni debocha. — Por que sábado? De onde vem o sábado?

— Porque se ontem foi terça-feira, então hoje é sábado. Não?

— Não... não exatamente...

— E aqui em volta está tudo tão quieto. Essa tranquilidade.

— Porque estamos no deserto.

— Ah — Luria franze a testa com um sorriso malicioso —, é verdade... é só o deserto. E então, que dia é hoje de fato?

— Hoje? Um dia simples, quarta-feira.

— Certo — Luria concorda —, sim, agora eu também estou identificando. Uma simples quarta-feira. Como é bom que você me examina e me corrige, minha esposa também se referiu a isso, que eu, de minha parte, cuide para que você não cometa erros de engenharia ou de segurança, e você, em contrapartida, exercite-me com nomes e tempos, para dificultar o meu cérebro a fragmentar a realidade.

Em um triste silêncio, o jovem observa o idoso, quer explicar ou se justificar, mas se contenta com um sussurro, "Vamos continuar, Tzvi, nesse caminho entediante, mas não se preocupe, para chegar até o topo nos aguardam alguns degraus, na verdade quebrados e tortos, mas também confortáveis e agradáveis."

Moradores sem identidade

E quando eles desviam do caminho de terra e sobem pelos degraus talhados na rocha, que de fato são quebrados e tortos, mas também confortáveis e agradáveis, a incidência do sol fica mais fraca, e o vento retorna à vida, trazendo consigo o aroma de fumaça e vozes humanas. E Maimoni, fiscalizando se a demência não vai causar ao dono um tropeço nos degraus, comemora de repente: "Sim, Luria, eles estão aqui, eles estão aqui, e você poderá entender melhor por que essa colina precisa ter um túnel e não ser derrubada."

O olhar profissional de Luria não se enganou com a aparência de duas corcovas, pois agora aparecem no topo dois platôs altos, uma mistura de rochas e terra, que à primeira vista não há como saber se são feitos por humanos ou são fruto de um capricho grotesco da natureza. E entre os dois, afastados entre si por aproximadamente trinta metros, está estendida uma velha rede militar de camuflagem, cobrindo alguma estrutura arqueológica, uma casa, ou uma casa de banhos, ou talvez restos de algum templo, em cujo pequeno pátio, em volta de uma mesa de pedra, aparecem as "pessoas", e elas são apenas três, um rapaz e uma moça, e entre eles um homem barbado, aparentando ter em torno de cinquenta anos.

— Oh — a moça grita quando percebe que uma pessoa estranha está acompanhando Maimoni, e o grito dela é como uma saraivada de tiros para os dois homens, que imediatamente baixam a cabeça e afundam debaixo da mesa, e de lá, como em uma toca antecipadamente preparada, eles são engolidos e desaparecem, e Maimoni, que percebe que a moça está pensando em desaparecer atrás deles e entende o motivo do pânico, apressando-se em detê-la, "Não, não, não fuja, ele é só um engenheiro como eu, um engenheiro a mais que não sabe nada a respeito de vocês e não quer saber, então chame-os de volta."

Luria se aproxima da moça que ainda está contida por Maimoni, mesmo que ela já tenha desistido de desaparecer, e na verdade, por que deixar ir uma jovem tão graciosa, ligeira, em cujos olhos faraônicos se esconde a doçura de alguma cultura perdida. E então Luria lhe estende a mão, sua mão idosa a ajuda a se livrar do agarramento do jovem, e com um sorriso iluminando o seu rosto lhe aparece uma covinha, só de um lado, como aquela que acendeu o seu amor pela esposa há muitos anos, ainda antes que tivessem trocado a primeira palavra.

— Tzvi Luria — ele lhe oferece com generosidade o seu nome completo; "Ayala", ela retribui somente com o primeiro nome, com pronúncia oxítona. E a delicadeza e a precisão da pronúncia da moça despertam nele a lembrança de uma manhã cinzenta e de uma cuidadora com olhos puxados postada atrás de uma cadeira de rodas em que está sentado um garoto com capacete de couro, e, com um hebraico perfeito e a pronúncia correta, ela o incentiva a entrar naquela casa caótica onde surgiu a sua demência.

Por trás de um dos platôs, os dois homens retornam e surgem hesitantes, sacudindo das roupas a poeira da fuga. O rapaz é irmão de Ayala, um homem alto cujo nome por enquanto é Ofer, mas em breve terá outro, mais adequado. "*Inshallah*[14]", o irmão sussurra, e ele terá não somente um nome novo, mas também uma carteira de identidade e um número. "E esse é o pai deles", Maimoni coloca a mão amiga sobre o ombro do homem barbado, cujo nome ele mesmo precisa exercitar para pronunciar, e com um sorriso triste, que deixa brilhar um dente de ouro, o pai murmura o seu nome, e a filha exige que ele o repita com a pronúncia correta, quer dizer, como oxítono. Primeiro, o pai faz um gesto de desprezo pelo oxítono que lhe é exigido, enquanto seus olhos vagam ao redor para localizar o nome. "Yerucham, Yerucham", ele finalmente resmunga com os olhos fechados, e inclina a cabeça duas vezes para articular a pronúncia oxítona correta. E, enquanto a filha confirma com um sorriso a exatidão da entonação, uma faísca maliciosa se acende nos olhos que se abriram, e ele surpreendentemente acrescenta ao primeiro nome também o sobrenome.

---

14. Termo em árabe, assimilado pelo hebraico, que significa "se Alá quiser".

— Yassur — ele declara alegremente o nome desconhecido para o filho e para a filha. — Yerucham Yassur.

— Yassur? — os filhos se surpreendem. — De onde você tirou isso?

— Simplesmente veio. Yassur — ele interrompe com firmeza. — Assim veio e assim vai ficar.

E os nomes hebraicos, com a pronúncia tão correta e o sobrenome tão radical que foi acrescentado agora, desequilibram a cabeça do assistente-sem-salário, que precisa com urgência de algum ponto de apoio e cai sentado ao lado da mesa de pedra, onde brilham diante dele três xícaras de chá que foram largadas por causa do susto, e entre elas pedaços de pita amarronzados. Com a palma da mão ele apoia a cabeça como que para reduzir o seu peso, e com prudência e voz baixa ele tenta estabilizar a realidade. "Perdão, vocês são o quê? Judeus ou não?"

— Judeus? — A moça fica apreensiva. — Para quê?

— Então, vocês são palestinos? — Luria determina sem outra opção.

— Éramos — ela responde com tristeza. — Antigamente éramos, porém não mais.

— Então, o que vocês são agora? Apenas israelenses?

— Ainda não, mas talvez seremos, talvez...

— E de todo modo — ele insiste, mas num tom suave —, o que vocês são por enquanto?

E a moça contrai os ombros. "Por enquanto", e o seu olhar fica perdido e a voz agoniza.

Mas o pai, ao contrário, gosta da investigação do visitante, e pega da filha a palavra agonizante para lhe dar um sopro de vida. Para tanto, ele se junta ao visitante perto da mesa de pedra, senta-se e retira do bolso da camisa um maço de cigarros e oferece um. E Luria, que no passado não negou a si mesmo os prazeres do tabaco, toma cuidado para não encobrir com uma fumaça adicional a sua mente instável, e o cigarro recusado faz o seu caminho para a boca do dono, que o acende e traga vorazmente a fumaça. Só então, com uma leve tossida, ele retorna à pergunta, para dar uma resposta incisiva. "Por enquanto? Por enquanto, meu senhor, nós somos nabateus da terra, voltamos a ser nabateus da terra", e com um largo movimento de mãos ele tenta demonstrar ao seu visitante a força da identidade ancestral, "cuja grandeza e vitalidade são comprovadas não somente pelos restos da casa, mas também pela colina, e até mesmo pela cratera."

Mas Maimoni se apressa em estabelecer um limite: "Por enquanto, Luria *habibi*, eles não são nabateus da terra, mas sim moradores sem identidade, simplesmente moradores sem identidade."

— Moradores ilegais — Luria corrige.

— Não, não são moradores ilegais, mas sim moradores sem identidade, e por isso eles precisam de um túnel.

O retrato

— Sim, ele está certo — o filho demonstra para o pai. — Dos seus nabateus não vamos conseguir nada, porque mesmo que eles de fato tenham estado aqui, jamais voltarão. Portanto, nós somos mesmo moradores sem identidade, e o oficial precisa arranjar uma solução para nós.

— O oficial já não é oficial — o pai murmura.

— Mas foi ele que começou a história.

— Não importa o que ele foi no passado — Maimoni se intromete —, e também não importa o que ele é agora. Há cinco dias marcamos uma reunião de trabalho aqui no topo, e para isso eu trouxe mais um engenheiro rodoviário.

— Ao que parece, a esposa dele ainda não saiu da crise de asma — a moça tenta defender o desaparecido.

— Asma? — O pai fica confuso.

— Sim, papai, é o nome da doença dela em hebraico, que encurta a respiração da pessoa. Há dois dias ele me ligou na faculdade para contar que a esposa quase ficou sufocada em Tel Aviv por causa da poluição do ar, e por isso ele correu até o apartamento em Mitzpé Ramon para transferi-la ao ar puro da cratera, para que ela não— e a moça interrompe.

— Para que ela não o quê?

Mas a moça mantém o silêncio.

— Para que ela não o quê? — o pai insiste.

— Talvez... para que ela não—

— Não o quê?

— Para que ela não morra.

Um silêncio penetrante recai sobre todos. À distância, nas bordas da cratera, ouve-se o uivo do vento, como se estivesse acompanhando a morte da esposa de Shibolet. Um cansaço balança a cabeça de Luria. A luz do deserto pisca em seus olhos, e manchas vermelhas saltitam entre os seus cílios. De Maale Haatzmaut sobe um rugido convicto e cruel de um caminhão gigantesco, cujo motorista se recusa a mudar a marcha. A essa hora da tarde, na casa deles, no quarto deles, uma cortina escura bloqueia a luz do sol, o telefone está desligado, e a médica que retornou da sua clínica aproveita o seu sono.

— E apesar de tudo, com todo o respeito — Maimoni se impõe —, por que Shibolet comunicou justamente a você e não a mim sobre a doença da esposa, e ainda incentivando vocês dois a ficarem com o pai, mesmo sabendo que nesta colina não há comunicação com ninguém?

— É intencional, intencional que não haja comunicação — acrescenta o irmão —, pois só um lugar sem comunicação é adequado para quem quer se esconder.

— Esconder-se de quê? — Luria arregala os olhos.

— Não, não — Maimoni imediatamente interrompe —, por favor, não tentem começar a contar a história que eu mesmo ainda não consegui entender totalmente. O sr. Luria veio comigo como profissional, ele é um importante engenheiro rodoviário e era diretor e também amigo do meu pai e, portanto, ele concordou em me ajudar como voluntário para achar uma solução que não obrigue o pai de vocês a deixar este lugar. E eu o trouxe até aqui em cima, apesar de o caminho ser difícil para ele, não por causa da história complicada de vocês, mas só para que ele possa observar, do alto, aonde a minha estrada pretende se dirigir. E, se Shibolet decidiu não vir, então nós também podemos nos despedir e ir embora.

— Um momento — o pai se apruma —, se o engenheiro fez um esforço e subiu até aqui, então, apesar de tudo, que pelo menos veja o retrato, ainda que sem a história ligada a ele.

— Retrato de quê? — Maimoni fica atento.

— O retrato da mamãe — a moça explica —, o retrato do qual você também gostou.

— Mas por que ele precisa ver o retrato? O que isso pode acrescentar?

— Agora nada, mas no futuro talvez forneça alguma ideia.

— Que ideia um retrato da mãe de vocês pode fornecer?
— Maimoni impede. — Não, não, eu conheço vocês, vocês querem mostrar o retrato para que possam também contar a história. Mas eu insisto que o sr. Luria não tem nenhum interesse e nenhuma necessidade na história de vocês, e, na minha opinião, ele também não vai conseguir entender.

— Não vai entender por quê?

— Porque não. Porque se para mim, até agora, é difícil entender, para ele será mais difícil ainda.

— Tudo bem, sem a história, só o retrato — a filha diz. — O papai sabe mostrar mesmo sem contar a história.

— Mas para quê? — Maimoni se inflama. — Para quê? Para que o seu pai chore na frente dele também? Por que vocês precisam despertar o choro do pai de vocês, ainda mais diante de uma pessoa estranha, completamente distante do assunto.

— Não vou chorar — o pai promete.

— Não tem problema se você chorar — a filha o anima —, porque o seu choro não é só de saudade da mamãe, mas também para conquistar a simpatia dos judeus pela morte da qual desta vez eles não são culpados. Então, por favor, Assael, desista, porque o sr. Luria não voltará mais até aqui, então, pelo menos, que veja o retrato e sinta compaixão de nós pelo que ocorreu a ela. Quem sabe, talvez a dor de um engenheiro, mesmo sem a história, possa antecipar a solução para essa colina.

E sem mais demora ela se mete debaixo da mesa como uma corça[15] confiante na flexibilidade do seu corpo, e desaparece nos degraus de madeira para um aposento inferior, um tipo

---

15. O significado de Ayala em hebraico é "corça".

de porão ou um celeiro antiquíssimo de trigo, e, quando sobe de volta, parece que não é um retrato que ela traz junto ao peito, mas um bebê envolvido em um pano, que o pai pega com cuidado e coloca sobre a mesa, retira o pano, limpa com a mão uma poeira imaginária, e já derrama a primeira lágrima. Então, ele dirige ao engenheiro idoso somente o retrato, sem a história.

 E é um retrato em preto e branco de uma mulher que aparenta uns cinquenta anos, séria e pálida, com as feições de um rosto puro e bem-torneado. E dos seus olhos faraônicos, que ficaram de herança para a filha, brotava com uma força redobrada a lembrança de uma cultura antiga. E Luria balança a cabeça com tristeza, demonstrando seu pesar e sua compaixão pela beleza perdida para sempre. Mas, nas brumas da sua alma, ele começa a considerar a bela mulher estranha como a parente distante que estava internada na instituição.

— De quando é? — ele sussurra.

— Já se passaram três anos.

— E você ainda chora por ela.

— Até daqui a cem anos...

— De quê? — Luria se concentra na mulher morta.

— Não — Maimoni se intromete —, impossível, vocês prometeram.

— É verdade — o pai confirma —, a história não, só o resumo. Pois eis aqui, meu senhor, no Exército, na administração, já sabiam pelo hospital em Israel que o coração dela não iria resistir, e por isso enviaram para nós o oficial, esse tenente-coronel, para nos sugerir trocar em Israel por um coração novo, mas somente com a condição—

— Transplantar — a filha corrige.

— Certo, transplantar, mas com a condição—
— Nenhuma condição — Maimoni interrompe.
— Um momento, só a condição...
Mas Maimoni está decidido a brecar a condição.
— Isso já não é um resumo, mas a história toda. O que há com vocês? Quando vocês o viram, entraram em pânico e correram para se esconder, e agora vocês querem lhe contar tudo? Basta que eu tenha sido arrastado para essa história, deixem-no em paz. Ele não tem necessidade nem interesse nessa complicação que é impossível resolver.
E ele se aproxima do retrato e volta a cobri-lo com o pano, indicando que a conversa terminou.
— Vamos em frente — ele toca em Luria, que estava como que congelado no lugar. — E vocês, digam a Shibolet que estive aqui, então, que comece também a esquecer tudo o que prometi a ele. — E, com o mesmo espírito exaltado que o invadiu, ele também se dirige à filha: — E você, moça, está esperando o quê? Ainda não entendeu que ninguém mais virá hoje para tirar você daqui? Portanto, se você ainda quer chegar esta noite à faculdade, comece a se organizar.
— O quê? Ela vai sair sozinha com você outra vez?
— Sozinha? Você não está vendo que desta vez ela terá um acompanhante respeitável?

Shibolet ou Shibolet

Mas o acompanhante respeitável, um aposentado de setenta e dois anos, desce devagar e até com receio os degraus antigos e quebrados, que na subida pareciam confortáveis e agradáveis, mas na descida ficaram inseguros. E, portanto, o jovem não tira os olhos de cima dele, e às vezes até estende a mão, porque um assistente sem salário também não tem seguro, e, se ele cair, nenhuma instituição vai indenizá-lo pela lesão. E, enquanto eles se dirigem com cuidado na descida, a filha mais nova, especialista nas trilhas da colina, não se prende a eles, e se permite, como que por inspiração do nome que escolheu para si, deslizar com facilidade na descida, com a mochila nas costas, pelos atalhos que só ela conhece. E, enquanto espera aqui e ali que os dois engenheiros se aproximem, ela sobe em uma rocha ou um monte de terra, para poder, com a sua sofisticada câmera, fotografar em diferentes ângulos os homens que às vezes sabem e às vezes não sabem da lente que os eterniza.

E eis que novamente eles estão na Rodovia 40, preta e firme como sempre, e Ayala já se apressa em chegar até o carro que os espera em uma pequena praça, mas, quando ela coloca a mão na maçaneta da porta de trás, Maimoni sugere a Luria pegar o banco traseiro todo para si e se espalhar nele, e ali, se quiser, poderá ignorar o cinto de segurança e até se enrolar no cobertor.

Três e meia da tarde, e, mesmo que o pôr do sol ainda esteja longe, uma leve opacidade encobre o espaço, e os penhascos que circundam a cratera começam a trocar o seu amarelado por um avermelhado claro. "Por acaso você tem alguma coisa para dor de cabeça?", Luria pergunta a Maimoni. "Seu pessoal lá em cima atordoou ainda mais a minha confusão." Mas Maimoni retira deles a responsabilidade, "Não os culpe, culpe a secura do deserto, a que você, engenheiro do norte do país, não está acostumado." E, já que não é de se esperar que os velhos carros do governo tenham analgésicos ou um kit de primeiros socorros, mas somente velhos manuais de emergência para trocar pneu ou apagar incêndio, Maimoni promete parar no hotel Gênesis e ali pedir um paracetamol.

    Em Maale Haatzmaut, o celular de Luria retorna à vida, e uma mensagem que antes pairava desamparada no vazio aterrissa com um leve bipe. *O que está acontecendo? Você está bem?*, Dina escreveu há uma hora, e acrescentou: *e se você ainda não se perdeu, dê um sinal*. E o marido se apressa em comprovar a sua existência, não por escrito, mas de viva-voz: *estou aqui, inteiro e lúcido, e até já iniciando o caminho de volta. Você estava certa, em um deserto como este, até mesmo uma pessoa sem demência pode se perder. Mas não telefonei até agora porque só nesse instante descemos de uma colina nabateia cuja comunicação eletrônica está bloqueada. Do ponto de vista profissional, estamos apenas sondando, e de todo modo, prepare-se, Dina, para grandes surpresas do ponto de vista humano, mas não agora. Uma delas está sentada à minha frente, ao lado do motorista, e logo nós também saberemos para que e por que ela está tão agitada.*

    Em um carro americano grande e largo como este, o para-brisa dianteiro se alastra generosamente, então fica fácil para uma alma inquieta aumentar em muito o campo de visão. E, entre os veículos que aparecem e desaparecem nas curvas do sentido oposto, Ayala consegue também perceber por um breve momento um pequeno veículo ATV, e imediatamente ela pede que Maimoni espere por ele no primeiro acostamento disponível, mas ainda assim ela teme que Shibolet passe por eles sem os ver, e então ela sai do carro, atravessa a estrada e se posta diante do fluxo do trânsito em descida, para garantir que Shibolet não vai perdê-la de vista. E de fato, quando sai da curva, ele a reconhece, reduz a velocidade e para o veículo na beira da estrada, e então fica de pé no meio da rodovia sinalizando para que os veículos que estão subindo e os que estão descendo parem, e somente quando o trânsito é interrompido nas duas vias ele volta para o seu veículo e faz uma rápida manobra de retorno para finalmente se juntar ao velho carro americano, parando à frente dele.

Então, esse é Shibolet, Luria diz consigo mesmo, mas por causa da dor de cabeça ele não vai até ele, e somente abre uma janela para examinar como ele é. Apesar de Shibolet já ter passado há muito dos sessenta anos, seu corpo é magro e juvenil, mas a cabeça é branca, e as primeiras rugas ficaram profundamente marcadas no seu rosto. Shibolet se aproxima da janela aberta.

— Assael me contou que você também acha que um túnel é possível.

— Tudo é possível — Luria responde —, mas não é possível que alguém autorize um custo tão alto.

— E ainda assim é permitido destruir, em prol de uma estrada militar, uma colina que contém restos arqueológicos importantes?

— Depende da procedência dos restos. Se são de outros povos, temos funcionários que sentem até prazer em destruí-los. Sim, sr. Shibolet, já tive casos assim no passado.

— Pode dizer Shibolet, sem o "senhor".

— Obrigado, mas ainda não está claro para mim se Shibolet é o sobrenome ou o primeiro nome.

— A palavra *shibolet* existe também em outros idiomas. Se você quiser, pode verificar na internet o tamanho da repercussão dela. Talvez também seja por isso que juntaram o nome ao sobrenome.

— Mas a internet não pode me explicar — Luria usa de esperteza — por que Maimoni tinha tanto pavor de você.

Shibolet sorri com satisfação.

— Vejo que até mesmo essa história ele já teve tempo de contar a você. Nem da internet nem de mim você poderá obter uma explicação do motivo pelo qual o recruta Maimoni sentiu tanto medo de mim. E eu confesso, o medo dele também me atraía para tramar contra ele, para lhe dar um motivo real para o medo que ele tinha.

— Bravo, Shibolet — Maimoni fica entusiasmado com a confissão.

— E, apesar disso —Luria prossegue com o assunto —, pelo menos o seu nome contém justamente tranquilidade e delicadeza. O que mais acalma o coração do que um trigo fino e dourado de pé, sozinho no campo...

— Desculpe — o ex-oficial se impõe —, esse não é o único sentido do meu nome. Verifique mais uma vez na internet: *shibolet* não é somente a simpática floração, mas também é rodamoinho, uma onda repentina de água.

— Você sabia disso? — Luria se dirige a Maimoni.

Mas é impossível ouvir a resposta, porque um gigantesco caminhão de combustível, duplo, cujo rangido continua ecoando durante a conversa, faz agora a estrada estremecer e ensurdece o mundo. "Cuidado", Shibolet grita, "esse é um monstro irresponsável." E com as duas mãos ele segura a mulher jovem e a puxa para trás do carro para protegê-la. E de fato, quando o caminhão sai da curva e aparece com todo o seu peso e extensão, é mesmo como um monstro cuja carroceria é adornada com dezenas de lanternas coloridas acesas, e o motorista, um gigante cabeludo cuja parte superior do corpo está nua, e talvez até mesmo a inferior, é pego de surpresa pelo pequeno grupo de pessoas que atrapalham a elegância perfeita da curva, e aciona, do alto do seu assento, três buzinadas violentas enquanto grita, "Malucos!, Malucos!", e desaparece.

— Ele está certo — Shibolet diz —, é maluquice parar assim em uma estrada como esta.

— Mas, se não fosse assim, como eu iria deter você?

— Deter-me por quê, se eu estava a caminho, e seu envelope já está pronto. Alguma vez eu me esqueci de você? Fazer o quê, se o dinheiro de vocês só pode ficar comigo, já que nenhum banco pode aceitá-los como clientes.

Luria ainda está no carro. A janela está aberta e a dor de cabeça continua a golpeá-lo com força. Será que o espaço vazio na sua cabeça também pode estar causando a dor ou essa dor é normal, da parte saudável e lúcida, preservada? Ele observa Shibolet abrir uma bolsa a tiracolo, tirar um envelope marrom e entregá-lo à jovem moradora sem identidade, que lhe agradece com um forte abraço. Maimoni entra no carro, liga o motor e chama Ayala para perto dele. Shibolet os observa com o rosto fechado, mas não se apressa em mover o veículo ATV para lhes abrir caminho. "Desculpe, Shibolet", Luria grita para ele, "desculpe, será que por acaso você tem alguma coisa para dor de cabeça?"

— Tenho, sim — o oficial responde —, e não é por acaso. Uma pessoa como eu, girando pelo deserto, deve ter um kit de primeiros socorros. — E ele vai e traz uma caixa grande de metal sem marca ou adesivo, segura-a na frente do sol, procura e chacoalha. Por fim, ele pergunta:

— O que você prefere: paracetamol ou dipirona? — E estende na direção de Luria a mão aberta com dois comprimidos brancos e iguais, no tamanho e na forma.

— Qual deles você sugere?

— Depende da intensidade da dor.

— E não importa onde é?

— Só se você conseguir localizá-la. Mas por que vacilar, você tem um longo caminho pela frente, portanto sugiro que pegue o mais forte, a dipirona. Só que não tenho água para você, a água no meu veículo é adequada apenas para coelhos ou raposas.

— Então realmente existem animais nesta cratera? Não apenas imaginários?

— Há animais.

— Ótimo. Mas a água não é importante para mim, Shibolet. Na minha idade já sabemos engolir comprimidos sem água. Seguindo a sua recomendação, vou tomar o mais forte.

E Shibolet escolhe um dos comprimidos, exatamente igual ao seu gêmeo, e o entrega a Luria, que o coloca na boca e inclina a cabeça para trás, para que o comprimido deslize pela garganta. E, enquanto a sua cabeça ainda está puxada para a nuca, ele percebe novamente a nuvem inquieta que ao meio-dia tentava erguer junto com toda a cratera, e uma nova dor, desconhecida, invade o seu interior e de repente desperta nele uma compaixão pelo ex-oficial, que está esperando para saber se o comprimido de fato deslizou para o seu destino.

— Sou solidário com a sua dor — Luria diz a ele de repente.
— Apesar de não tê-la conhecido.
— De que dor você está falando?
— A dor pela sua esposa que morreu nas montanhas.
— Minha esposa? — Shibolet fica perplexo. — Minha esposa? Do que você está falando? Que montanhas? Do que ele está falando? — Ele se vira irritado para Maimoni, que não percebeu a conversa. — Do que ele está falando?
— Se ninguém morreu — Luria fica assustado —, que bom. — E ele levanta a janela para interromper o contato e se apressa em afivelar em volta de si o cinto de segurança.

Dois sóis

Quando Maale Haatzmaut passa e fica para trás, e o carro começa a correr de um modo agradável, Luria tira os sapatos, solta o cinto de segurança e se estende no banco.
— Se você também quiser se cobrir —, diz Maimoni, cuidando com afeto do seu assistente-sem-salário —, basta um assobio e eu lhe trarei um cobertor.
E a moça, que foi acolhida como parceira, vira a cabeça para trás e envia ao idoso um sorriso alegre, generoso, e a covinha avulsa no seu belo rosto faz Luria se lembrar mais uma vez da faísca do seu amor pela esposa.
— Ainda haverá tempo para o cobertor — ele diz —, porque antes é preciso verificar se o comprimido de Shibolet consegue cumprir a sua função.
— Mas o que você disse a ele — Maimoni procura esclarecer, — que de repente o deixou tão irritado?

— Alguma coisa sobre a morte — Luria se faz de inocente.
— Morte de quem?
Mas agora Luria já fica cuidadoso:
— Morte de ninguém, morte em geral, morte como conceito.

Já são quatro e quinze e não há como saber se Maimoni pretende parar no caminho para arejar, ou se a viagem agradável vai desfazer o seu cansaço. Por enquanto parece, pelos vidros empoeirados do carro, que o inverno está aprofundando a sua permanência no mundo. Aqui e ali rodopiam ondas de areia, e o tom acinzentado que envolve a Faculdade Sde Boker aumenta ainda mais o seu isolamento. E novamente surge a placa indicando a direção do terreno do túmulo de Ben-Gurion. Que bom que já o visitamos, e também o da sua esposa, pensa o aposentado, porque o comprimido que eu engoli está dissipando a dor em uma espécie de doce tontura. Será possível que esse Shibolet quis me drogar? Em vez de me envolver com a suposta morte da esposa, eu deveria ter falado a respeito da morte verdadeira de Ben-Gurion. E, apesar disso, parece que na reação irritada dele cintilou uma faísca de esperança. Será que, assim como Maimoni, eu também vou precisar ter medo dele a partir de agora? Mas quem decidiu que voltaremos a nos encontrar?

Um velho motor de oito cilindros, sorvendo combustível avidamente, envolve a viagem com um leve balanço que faz o passageiro do banco traseiro cair no sono. Mas quando o carro para e fica em silêncio, o cochilo também é cortado, e enquanto o carro é abastecido, sorri para o passageiro um garoto beduíno, limpando a janela com um trapo molhado. "Menino, você sabe verificar o ar também?", Maimoni pergunta. "É claro, sem problema, apenas me diga, meu senhor, quanto você calibra."

"Já vamos ver", Maimoni diz, e dirige o carro até a bomba de ar no canto do posto. Mas o idoso carro americano, que já saiu de produção há muito tempo, não dispõe mais da tabela com os números recomendados, então Maimoni troca uma ideia com o beduíno a respeito da pressão adequada na frente e atrás, e após chegarem a uma conclusão, ele lhe dá uma boa gorjeta e sugere a Luria arejar um pouco no pequeno mercado do posto de gasolina.

Mas o vento, espalhando gotas empoeiradas de chuva, desanima o aposentado. "Basta que me tragam um cappuccino grande", ele diz, e observa pela janela traseira e empoeirada o homem que agora abraça o ombro da moça, e ambos, como pai e filha, ou como um casal sondando o acasalamento, saem correndo.

De fato, Luria sempre foi muito rigoroso em manter distância do mundo particular de seus subordinados; mas agora ele se questiona se a distância, que era útil no passado, ainda tem vantagem no presente, em seu estado de pequena confusão. Porque, como aconselhou o neurologista, se recai sobre a alma a obrigação de lutar contra a escuridão que rasteja no seu cérebro, talvez justamente vasculhar a vida oculta dos outros ajudará a aguçá-la. E, enquanto ele ergue os olhos para procurar o sol que desapareceu de repente, eis que Ayala sai do supermercado com o copo quente entre as mãos. O garoto beduíno, empenhando-se em retirar o estepe do porta-malas, fica congelado no lugar e, como que hipnotizado, acompanha a jovem, já encoberta pela porta traseira aberta do carro. O aposentado pega com cuidado o café cremoso que ameaça transbordar e, como retribuição, dá à moça o quadrado de chocolate que vem junto ao copo. As poucas gotas de chuva que ela pegou no caminho acrescentaram um frescor perfumado à suave feminilidade dela, e então, até que o motorista volte, ele a convida para se sentar ao seu lado. No início, ela fica tímida, hesitante, mas quando Luria demonstra vontade de saber qual é de fato o seu nome verdadeiro, ela fica surpresa, mas consente.

— Hanadi — ela lhe diz, sussurrando.

— Hanadi? — Luria repete o nome que encanta o seu coração. — E o que significa?

— É o nome de uma flor — ela responde.

— Que flor?

— Violeta.

— Aliás, o seu hebraico — Luria começa a dizer.

— Sim, sim. — Ela sabe que seu hebraico não tem nenhum sotaque estrangeiro, e para isso ela se empenhou durante anos em uma escola israelense.

— Com o seu irmão?

— Não, Shibolet nos colocou em escolas diferentes para que não falássemos em árabe um com o outro.

— Mas, afinal, por que não?

— Por que não? — ela se impõe e seu rosto se inflama. — Por que não? Essa é exatamente a história que Maimoni interrompeu. Porque nós, meu senhor, não temos nenhum documento de identidade, nem esse nem esse nem esse nem esse. — E Luria não consegue adivinhar quais são os quatro países que se recusaram a dar a eles um documento de identidade.

Maimoni vem carregado de sacolas de compras, bate na janela e, rapidamente, Hanadi engole o quadrado de chocolate, pula do lugar e volta ao assento ao lado do motorista. Espalhando as sacolas aos pés dela, Maimoni se pergunta por que nos mercados de postos de gasolina do deserto os preços são tão altos.

— Porque eles não têm muitos compradores — Hanadi explica, mas Maimoni pensa o oposto: que, se eles não têm muitos compradores, os preços deveriam justamente ser mais baixos. — Mas, se são altos, por que você comprou tanto? — ela debocha dele em tom de intimidade.

— Por quê? Porque os gêmeos dele, filho e filha, precisam sempre ganhar alguma coisa doce quando ele demora a voltar à noite, e, claro, ambos devem ganhar exatamente o que o outro ganha, além de alguma coisa adicional que combine com cada um em separado.

— Então, isso tudo é só para os seus filhos? — ela resmunga.

— Não, também tem alguma coisa para o sr. Luria.

— E alguma coisa para mim? — ela se permite perguntar.

— O principal, a maior parte — ele declara solenemente. — Para que você tenha algo para mordiscar esta noite no quarto novo. — E ele se dirige ao assistente-sem-salário e pede permissão para sair da Rodovia Transisrael e levar a moça direto para a faculdade, com um acréscimo de aproximadamente trinta minutos apenas. — Ou será — Maimoni pergunta — que a sua esposa já o está esperando com impaciência?

— Ela está sempre esperando por mim, e eu sempre esperando por ela — Luria define em tom alegre a natureza do relacionamento dele —, mas desta vez, pelo fato de ela ter me entregado nas suas mãos sem salário e sem benefícios sociais, ela não está esperando apenas por mim, mas também por você, a fim de que me leve de volta a ela em paz. De fato, ela tem paciência, mas apesar disso convém dizer a ela quando você vai me levar de volta.

— Em uma hora e quinze minutos — Maimoni ri e aumenta a velocidade, e depois de passar para a estrada do desvio de

Beer Sheva, ele acelera ainda mais, e, já que é especialista nas estradas do sul do país, de algumas das quais até participou do planejamento, ele sai habilmente no viaduto adequado para ir em disparada na direção da Faculdade Sapir, próxima à cidade de Sderot.

— O que você estuda aqui? — Luria pergunta.

— Ela vai estudar cinema, e por enquanto está praticando fotografia — Maimoni responde no lugar dela. — Shibolet comprou para ela uma câmera muito sofisticada, e também está praticando com fotos da fauna e da flora do deserto.

— E também com fotos do sol — a moça diz —, porque às vezes brilham na cratera Ramon dois sóis separados.

— Dois sóis? Como é possível?

— Sim, claro, é possível. — E ela retira da mochila um retrato colorido que não é pequeno, onde aparecem dois sóis na extremidade de um penhasco, semelhantes no tamanho e no brilho, mas separados.

— E isso não é só um truque da sua câmera sofisticada? — Luria debocha.

— Não, o truque está no mundo, não em mim.

Luria inclina a cabeça com simpatia.

A morte

Na falta de vaga no pequeno estacionamento ao lado do dormitório dos estudantes, Maimoni para o carro no estacionamento para deficientes na rua, retira algumas sacolas que estavam aos pés da estudante e sai para ajudá-la a se instalar adequadamente no quarto. "Se você não se importa", ele diz a

Luria, "espere-me por enquanto no carro. Vou deixar a chave de ignição no lugar, de forma que se chegar algum deficiente e ficar irritado, você possa tirar o carro, e eu, em dez minutos, no máximo quinze, volto e levo você para casa. Deixo também a luz interna do carro acesa, para que você não se sinta sozinho demais."

E Luria telefona imediatamente para a sua esposa para lhe informar:

— Você não vai acreditar, mas apesar de tudo estou no caminho de volta até você. Mas você fez de mim não apenas um assistente-sem-salário, mas também um assistente-sem-direitos, porque você não combinou com o empregador as horas de trabalho, portanto, estou nas mãos dele, submetido ao ritmo dele. É verdade, ele é um rapaz amável e inteligente, e, ao que parece, também cativante, e, portanto, além da estrada militar, ele também tem interesses adicionais, principalmente românticos, que eu tento acompanhar para exercitar a alma em assuntos suaves, como o neurologista exigiu.

— Muito bem — a esposa confirma —, como médica eu afirmo que a alma pode retardar a doença. Mas que pena que essa sua alma não percebeu que você colocou no congelador a quiche que eu fiz ontem, em vez de colocar na geladeira.

— Imaginei, — ele suspira —, que você teria dificuldade em achar, porque há setores inteiros no congelador que você não conhece.

— Então, por que você a escondeu em um lugar que é impossível achar?

— Tudo pode ser visto quando se quer, mas não fui eu que a coloquei lá, mas o demônio que circula dentro de mim.

— O demônio? — ela ri. — Agora já é um demônio? E, de todo, que diferença faria para o demônio colocar na geladeira e não no congelador?

— Porque esse demônio também gosta muito de você, e ele achou que, se você decidiu depois de um tempo tão longo assar alguma coisa, é preciso conservar.

— Se é assim — ela afirma —, trata-se de um demônio tolo e não sábio.

— Fazer o quê? Esse é o demônio que há, não existe outro. Mas só um momento, Dina'le[16], alguma coisa está tocando aqui, ao que parece é o celular de Maimoni que ele esqueceu no carro. Então vou desligar e daqui a uma hora já nos veremos em casa.

E não é com facilidade que ele consegue localizar o aparelho que caiu no chão do carro. Ele precisa sair do veículo e se inclinar para a frente, mas como o toque é insistente, ele ainda consegue se comunicar com a uma mulher mais velha de voz firme que está procurando por Assael.

— Ele não está aqui no momento — Luria diz —, mas estará de volta daqui a alguns minutos.

— E você, quem é você?

— Sou um engenheiro rodoviário que o ajuda.

— Mas como você se chama?

— Tzvi Luria, esse é o meu nome.

— Ah — ela diz — , há muitos anos ouvi esse nome. Resumindo, Tzvi Luria, diga a Assael que o pai dele faleceu e que ele se apresse para chegar até lá.

---

16. Forma afetiva para o nome Dina, no diminutivo, por influência do iídiche.

— Lamento muito ouvir isso, mas quem é você? — Alô, você ainda está aí? Não, eu já não pertenço àquele lugar, eu também não o vi, mas recebi o telefonema de uma vizinha que entrou por acaso e o encontrou morto. Assael saberá de que vizinha se trata, ele pode telefonar para ela e obter detalhes. Que não ligue de volta para mim, já estou entrando no concerto e vou desligar o celular. Que Assael apenas vá depressa até o pai dele, porque ele ficou lá morto, sozinho. Isso é tudo.

E logo o telefonema é cortado, e Luria fica ansioso e agitado, e corre para procurar Maimoni. Então, a morte imaginária da esposa de Shibolet se transformou em uma morte verdadeira. Mas onde ele vai achar Maimoni? Como ele terá coragem de lhe dar a notícia? Estudantes passam por ele, mas, além do nome Ayala, ele não pode dizer nada. Bem, não adianta procurar e não há por que ter pressa, de qualquer jeito, morto é morto, e quando Maimoni chegar, eu comunico, mas com muita delicadeza, e aos poucos. E ele entra no carro e pensa: se o pai dele morreu, o túnel também vai precisar esperar, e talvez nem seja possível construí-lo.

Um fiscal bate na janela. "Meu senhor, se o senhor não é deficiente, tire o carro daqui." E, sem escolha, Luria passa para o assento do motorista e apalpa a chave presa no lugar. Mas onde se acendem as luzes? E como funcionam as marchas? Além de ser um carro velho, também não é automático. Luria mergulha agora para dentro do seu passado. Há muitos anos lhe deram um carro parecido. Ele aproxima o assento do volante, liga, lembra-se de que havia embreagem também, estende a perna esquerda para procurá-la, e eis que o carro faz um espasmo e se move lentamente, sem luzes. Com muito cuidado, quase sozinho, ele flutua para dentro de uma passagem, e para em frente a grandes caçambas de lixo. A responsabilidade de sair daqui já não é dele. E Luria apoia a cabeça sobre o volante e fecha os olhos. Somente depois de mais de meia hora Maimoni volta, e, quando localiza o carro e também o assistente idoso, ele aparece alegre e satisfeito, faz um elogio a si mesmo por ter se lembrado de deixar a chave no lugar e, com uma amável piscadela, sugere ao aposentado ir dirigindo também durante o resto do caminho.

Mas Luria não responde, apenas lhe entrega em silêncio o telefone celular e libera o assento.

— Quando você não estava aqui, alguém tentou se comunicar com você, alguém procurou por você.

— Não era o meu pai?

— Não, o seu pai eu teria reconhecido.

— É óbvio — Maimoni diz —, e ele também o teria reconhecido, pois eu disse a ele que você está se juntando a mim, e ele está muito feliz por isso.

— Claro, por que não ficaria feliz? — Luria diz. — Mas só um momento, eu acho até que era uma mulher.

— Mulher? — Maimoni fica surpreso. — Que mulher?

— Não sei.

— Mas o que ela disse?

— Ela disse para você não telefonar de volta, porque ela está entrando em um concerto e desligando o celular. Então talvez ela telefone depois do concerto.

— Se ela foi a um concerto, não é a minha esposa, é outra pessoa.

— Sim, outra — Luria confirma.

— Então ela obviamente vai telefonar outra vez — Maimoni resume.

— Sim, ela obviamente vai telefonar outra vez — Luria garante, mais para si mesmo do que para Maimoni, mas o seu coração está apertado, porque ele não é capaz de transmitir para ele a amarga notícia que se debate no seu cérebro como um peixe preto se debatendo nas paredes sem conseguir se soltar, mas tampouco sendo engolido pela atrofia.

Ele observa Maimoni dirigindo o carro quase de forma irresponsável e diz consigo mesmo: antes que eu solte de dentro de mim o peixe preto, eis aqui uma oportunidade de esclarecer alguma coisa concreta sobre essa Ayala, então Maimoni lhe conta que a ajudou a trocar de quarto e que, apesar de ser menor, ela não precisará dividi-lo com ninguém e poderá se preservar mais. "Sim", Luria diz, "se ela não tem documento de identidade, não pode ficar tagarelando nem mesmo durante o sono." Maimoni fica espantado: "Quem revelou a você que ela não tem documento de identidade?" "Ela mesma", Luria diz. "É surpreendente", Maimoni diz, "que você tenha conquistado a confiança dela tão rápido. Isso não é bom, ela precisa segurar mais a língua."

Luria fica em silêncio. A estrada está molhada e uma leve neblina paira sobre ela. Sim, foi um dia longo, sem o sono da tarde, mas um dia com fraco resultado profissional. Luria segura forte a cabeça com as duas mãos e tenta se lembrar da voz da mulher, mas a alegre música que Maimoni está cantarolando agora ofusca a fala dela.

Eles estão se aproximando da casa de Luria, mas para Luria é óbvio que ele está proibido de se soltar do jovem antes que consiga liberar a notícia que está aprisionada no seu cérebro, então ele telefona para a esposa e diz:

— Posso levar um visitante? Ele ouviu sobre a quiche feita por você e ficou com vontade de provar.

— Que venha — Dina diz —, mas que fique sabendo que eu me isento da responsabilidade pelo sabor.

— Vem, suba — Luria diz a Maimoni, cuja alegria não o larga —, suba por um momento e faça para a minha esposa um relatório a respeito do assistente sem salário que você conseguiu.

— Tem certeza? — Maimoni diz — Você não está cansado?

— Não, é estranho, sinto-me renovado depois de um dia como hoje, até mesmo a demência ficou mais jovem. Prove a quiche que Dina aprendeu a fazer com a mãe de uma das crianças pacientes dela. Quiche de aletria entrelaçada uma na outra como um cérebro humano.

— Um cérebro humano? — Maimoni recua.

— Sim — Luria insiste —, pelo menos como na imagem do meu cérebro que o neurologista nos mostrou.

— Mas um cérebro saboroso, eu espero — Maimoni diz.

— Sim, prove e verá.

A quiche

A curiosa quiche de aletria está esperando pelo dono da casa e o seu visitante na mesa da cozinha, e somente uma imaginação perturbada poderia compará-la a um cérebro humano. Dina está orgulhosa, mas também receosa, e, portanto, ainda não pegou a faca. Ela recebe afetuosamente o engenheiro de boa aparência e o manda também, e não apenas o seu marido, refrescar o rosto e as mãos da poeira do deserto. "Como é o assistente que eu lhe dei?", ela pergunta a Maimoni, que borrifa água na barba. "Bom demais", Maimoni responde, "ele quer saber de cada coisa, até mesmo do que não lhe foi solicitado saber." "Se é assim", Dina sorri, "talvez você deva lhe dar um salário." Maimoni ri, mas Luria permanece sério. A notícia aprisionada dentro dele lhe causa dor. Ele observa a quiche que a esposa está cortando, e a semelhança com o cérebro não o abandona. "Por que você não come, Tzvi", a esposa pergunta, "Assael logo vai acabar com tudo." E, realmente, Maimoni estende a ela o seu prato outra vez, sem nenhuma vergonha. Mas o nome Assael, pronunciado agora pela voz de uma mulher, provoca um estremecimento em todo o corpo de Luria, então diz a Maimoni: "Aliás, lembrei, a mulher mais velha que ligou para o seu celular procurava por Assael, e não por Maimoni, e ela deu a entender que conhece você bem, como uma parente — diga a Assael, ela disse, onde está Assael, não se esqueça de dizer a Assael, repetidamente Assael." "Nesse caso", Maimoni se orienta, "ao que parece é a minha mãe, que continua se orgulhando do estranho nome bíblico que colocou em mim, enquanto o mundo inteiro, inclusive a minha esposa, me chama sempre de Maimoni. Mas o que ela queria? Quando ela telefona, há sempre alguma coisa de ruim a incomodando. Ela não é capaz de ligar só para saber de mim." E ele pega o celular para verificar as últimas chamadas que entraram, mas o número que ele encontra é desconhecido. "Não, não é o celular dela. O dela, ela se esquece de carregar e, portanto, precisa do celular do homem que está com ela naquele momento. Sem problema, vou telefonar para o meu pai, talvez ele saiba o que a está incomodando. Eles já estão separados há muitos anos, mas ele de alguma maneira está atualizado a respeito dela, e até mesmo é capaz de sentir intuitivamente o que passa pela cabeça dela."

Luria estremece. O peixe preto dentro dele começa a arder. Ele segura com força a mão de Maimoni tentando telefonar para o pai, e exclama: "Um momento, não, não ligue para ele, ouça, agora eu me lembrei, eu me lembrei que essa mulher disse que a vizinha telefonou para ela."

— Vizinha? Que vizinha?

— Ela não disse o nome, mas agora eu já tenho certeza de que ela disse que alguma vizinha telefonou para ela, uma vizinha que entrou por acaso na casa de vocês, quer dizer, na casa do seu pai, e o achou, ao que parece, apenas parece, foi o que ela disse, quer dizer, a vizinha, e ela disse que Assael já vai saber de que vizinha se trata, e ele poderá obter os detalhes com ela.

— A vizinha do meu pai? — Maimoni pula do lugar.

— Sim, foi o que ela disse, agora eu me lembro. Quer dizer, por enquanto o que existe é só o que a vizinha disse a ela, mas, um momento, por que essa vizinha não telefonou diretamente para você?

— Porque ela ficou com medo de me informar — Maimoni grita, e a sua dor já faz estremecer a sua pequenez. — Porque ela sabe como eu o amo, como será difícil para mim sem ele. E, portanto, ela teve medo de me informar, *oy*, que mulher bondosa. E então ela telefonou para a minha mãe, pois ela sabia que isso, a morte do meu pai, só seria fácil para ela.

— Não pode ser.

— Pode ser, definitivamente. Combina muito com ela dar notícias como essa por meio de uma pessoa estranha, entrar em um concerto e não telefonar mais. Mas você, você — ele se dirige furioso para Luria —, por que ficou quieto? Como você fica quieto? Por que você deixou que eu ficasse brincando tranquilamente, enquanto havia uma notícia como essa enterrada dentro de você?

— Não fique com raiva dele — Dina defende o marido. — Ele se esquece inocentemente, isso pode acontecer com ele.

— Não sou eu, é a demência — Luria sussurra. — Eu disse a você, tome cuidado comigo, às vezes eu apago coisas que foram ditas ainda agora. Sem motivo.

— Bem, não importa, não importa, desculpe. É isso. É o fim. — E agora Maimoni fica dando voltas pelo aposento e começa a puxar a barba com um movimento estranho.

— Mas você me disse no caminho — Luria implora — que você sabe que a morte dele está próxima.

— Eu disse, eu sabia, é verdade, até me preparei, mas agora que é real, que é o fim, dói muito. E como você se esquece de me dizer que ele morreu, como você é capaz de esquecer uma coisa dessas? E eu aqui, tagarelando com vocês, e ele deitado lá, morto e sozinho...

— Sozinho? Por que sozinho?

— Sim, sozinho. Estou indo, desculpem. Vamos nos falando. Vamos nos falando.

— Cuide-se — Dina segura a mão dele —, talvez você queira que o acompanhemos.

— Não, não há necessidade. Vou sozinho.

— Então, pelo menos, informe quando você marcar a data do enterro.

— Sem enterro, nenhum enterro — Maimoni interrompe com raiva —, esse ingênuo doou o corpo para a ciência. Ele achou que assim a ciência o salvaria. Nenhum enterro. Mas talvez o luto de sete dias[17], por que não? Farei o luto. — E, encharcado em lágrimas, ele abraça Dina com muito carinho, e toca levemente também em Luria. — Sim, faremos o luto, e vocês virão também para me consolar. — E abre a porta e desaparece na escadaria.

O resto da quiche fica abandonado em cima da mesa, e Dina observa o seu marido, que está olhando para baixo. Por fim, ela se dirige a ele: "Mas então, Tzvi, como e por que você se lembrou de repente?"

— A sua quiche.

— A quiche?

— Ontem, quando eu me levantei à noite e ela estava esfriando aqui, em cima da mesa da cozinha, ela me pareceu, à luz da lua, como um cérebro, um cérebro humano, e então, pelo visto, eu a coloquei no congelador, para conservar bem.

— Você está falando de quê? Da quiche?

— Não importa, é loucura, porque me lembrei de alguma coisa parecida com a imagem que o neurologista nos mostrou. E hoje à noite, quando você começou a cortá-la, eu disse comigo mesmo: isso é o que eu também preciso, que cortem o meu cérebro para achar nele o que foi esquecido ali, alguma coisa que eu sabia que era muito importante e não lembrava o que era.

---

17. No luto judaico, o enlutado permanece sete dias na casa do falecido para receber as condolências.

O luto

Maimoni conseguiu publicar o anúncio da morte do seu pai já no obituário do jornal matutino do dia seguinte, e, como o falecido doou o corpo para a ciência e não haveria enterro, o filho decidiu com certa pressa começar os sete dias de luto imediatamente, e indicou o endereço sem delimitar o horário de visita, e, portanto, Luria esperava que os representantes da ciência tivessem tempo para retirar o morto deles já bem cedo pela manhã, porque senão os apressados em irem consolar o filho seriam obrigados a se despedirem pessoalmente também do pai. E esse receio, Luria não compartilhou com a esposa. Ela de fato é médica, mas renega a morte e se recusa a falar nela e até mesmo a pensar nela, e provavelmente por isso tenha optado por pediatria e não por medicina para adultos.

À noite, a ópera *Romeu e Julieta* de Gounod espera por eles, que decidem ir consolar o enlutado antes da ópera, com receio de que Maimoni fique sozinho na casa do pai até que parentes e amigos assimilem o obituário e se dirijam à visita de condolências. Já que foi na casa deles que Maimoni ficou sabendo da morte, é adequado que eles sejam os primeiros a irem à visita de pêsames, embora com certa dificuldade.

Eles não se enganaram. Quando chegam à casa térrea em Hod Hasharon, na mesma região lembrada por Luria devido à missão do projeto arquivado, eles encontram uma casa vazia, não apenas de visitantes, mas do próprio enlutado, que pelo menos deixou aberta a porta de entrada. Hesitando, eles entram na sala de estar e de lá separam seus caminhos, Dina se dirige até a varanda para procurar Maimoni no jardim enquanto Luria continua até o quarto do morto. Por muitos anos trabalhei com esse consultor jurídico, ele diz consigo mesmo, horas após horas estive com ele em reuniões cansativas, e às vezes também fomos juntos a excursões para projetos de desapropriações, mas nunca visitei a casa dele, e me recusava a me interessar por sua vida particular. E eis que agora, quando ele não está mais entre os vivos, eu visito até mesmo o seu quarto de dormir, examino a sua cama desarrumada, a calça de pijama jogada no chão, testemunha da sua última luta pela vida. Com um olhar penetrante, eu me conecto com os seus últimos momentos íntimos, tentando produzir no meu cérebro novos pensamentos humanizados. E pela janela, talvez como ele tenha visto nos seus últimos dias, o sol está indo aquecer o horizonte distante, e parece que ele se dobra e triplica, como um último tributo à morte que aconteceu aqui recentemente.

Ele estremece quando sua esposa o toca no ombro. "Não, Tzvi, não é bonito ficar espiando assim o quarto dele, vamos esperar na sala, encontrei a ajudante e ela disse que Maimoni saiu para fazer compras e logo voltará." E com mão firme ela fecha na frente do marido a porta do quarto e o conduz até a sala. A ajudante, jovem e descalça, sai agora da cozinha, com a cabeça coberta por um turbante preto, carregando uma bandeja com dois copos de chá e biscoitos cobertos de gergelim. Luria inclina a cabeça em agradecimento e pega chá e um biscoito, e, quando ele volta e ergue os olhos, sua cabeça está girando. Será que novamente a demência está misturando mundos? Será que essa ajudante religiosa é uma cópia da estudante de fotografia, a moça sem identidade? Nos seus olhos faraônicos ele percebe uma faísca familiar. Na verdade, é ela mesma, Luria fica um pouco assustado, Maimoni a chamou para ajudá-lo nos sete dias de luto, e talvez também em mais coisas. E, enquanto ele se debate sobre como vai explicar a existência dela para a sua esposa, Maimoni entra como um tufão, carregado de mantimentos que a moradora sem identidade se apressa em pegar. "Que bom que vocês chegaram", ele abraça os dois com emoção, e na sua voz ainda estremecem resquícios de choro. "De fato, receio que só uns poucos prestarão atenção ao comunicado que publiquei hoje, mas de todo modo eu trouxe mantimentos e chamei uma ajudante. Minha esposa está na correria de reuniões, e, de qualquer maneira, em culinária ela fica totalmente perdida, mas ela está mandando os gêmeos para cá, junto com a mãe dela, e pelo menos vocês vão poder conhecê-los aqui."

"Mas por que se preocupar com comida, e para quem?", Luria pergunta. "E por que não?", Maimoni fica irritado, "Será que quem faz um esforço para vir me reconfortar não merece que lhes ofereçamos alguma coisa quente para reconfortá-los também?" "Alguma coisa quente?", Luria estranha, "Basta alguma coisa simbólica, biscoitos, crackers, nozes, refrigerante, não tem nenhuma necessidade de comida propriamente dita, e muito menos de chamar para isso a mocinha da faculdade." "Desculpe, Tzvi", Dina repreende o marido, "você esqueceu que esse luto é dele, e não seu. Ele vai conduzi-lo de acordo com o entendimento dele, e não com o seu." "Exatamente isso, Tzvi", Maimoni diz, "escute a sua esposa", e seus olhos acariciam afetuosamente a mulher que poderia ser sua mãe. "Essa é a primeira vez, e espero que também a última, que eu organizo um luto de sete dias, pois o luto da minha mãe, que seja organizado pelo último homem que estiver com ela." E ele se apressa na direção da cozinha para verificar o que caiu e quebrou ali.

— De qualquer forma — Luria prossegue com certa hostilidade —, a barba em respeito à morte do seu pai você já preparou com antecedência[18].

Pela porta de entrada que ficou aberta, começam a pingar os primeiros visitantes de pêsames, cujo número vai aumentando. Entre eles estão os leitores habituais de obituários que também sabiam que a morte estava próxima, e talvez alguns que se apressaram em chegar porque temiam que a ciência, que lhes roubou a cerimônia de enterro, também iria cortar dias de luto. Divon e a esposa também chegam, e ainda antes de procurarem por Maimoni para reconfortá-lo, eles se aproximam de Luria e de sua esposa, que estão folheando álbuns de retratos. "Como você desapareceu, Tzvi, depois do seu discurso?", Divon testa seu ex-diretor, "Você não me permitiu lhe agradecer nem me surpreender." "Surpreender em relação a quê?" "Por você não ter demonstrado nem mesmo uma gota da raiva e do ressentimento que sente por mim. Porque, se você já não sente raiva de mim, isso significa que eu, na verdade, já não sou importante para você."

— Desisti da raiva — Luria responde —, mas não da decepção. Quantos belos projetos que fizemos juntos se perderam por causa da sua África. Mas quando eu vi na festa, pela primeira vez, o seu filho mais novo na cadeira de rodas, entendi que você precisava de um salário ainda maior do que lhe

---

18. No luto judaico, o enlutado não pode se barbear por trinta dias.

dariam como diretor de departamento, e portanto, sem me esquecer da decepção, rendi-me a você e o perdoei.

Ao longo de toda a fala de Luria, a esposa de Divon o observa com o rosto sério, e, quando ele acaba, ela se impõe: "Desculpe, por que você diz 'pela primeira vez' se antes de irmos para o Quênia, quando a casa já estava desmontada, e você por algum motivo decidiu me trazer sem intermediário os projetos que Tzachi pediu, e me fez levantar da cama para me entregar, e então você viu o menino na cadeira de rodas no jardim, tocou nele, observou-o e investigou a situação dele com a cuidadora. Porém, mesmo depois de tê-lo visto, chegaram até nós na África os ecos da sua raiva contra Tzachi. O que há com o seu marido?", ela se dirige a Dina, "Será que este é um método dele, mentir e fingir que esqueceu, com um desprezo indiferente? Até o meu nome ele apagou no discurso dele, falou com uma formalidade nada amigável sobre a 'sra. Divon', como se eu não tivesse nome, e depois fugiu de mim quando eu exigi que ele me devolvesse meu próprio nome. Esse é um novo estilo nele? Um tipo de jogo ou fingimento? Ou talvez já seja, Deus o livre, alguma coisa na cabeça?"

— As duas coisas — Dina responde com um sorriso.

— As duas coisas?

Luria assente. "Sim, também alguma coisa na cabeça, fazer o quê?" E Dina, percebendo a angústia dele, deixa escapar com delicadeza o nome desaparecido: "Sim, Rachel, não fique com raiva dele, às vezes nem eu mesma consigo perceber quando o esquecimento dele é real e quando ele está fingindo."

— E apesar de tudo — Divon se intromete —, nada disso impede que Maimoni o tenha como assistente no seu novo projeto militar.

— Mas sem salário — acrescenta Maimoni, que se junta a eles de repente, carregando nas costas, como se fosse uma sacola, uma doce menina, que foi trazida com o irmão gêmeo pela sogra, uma senhora de idade, que cai no sofá em frente a uma tigela com nozes, de onde as vai recolhendo uma a uma, como um pássaro exausto.

A sala vai ficando cheia. Parece que as pessoas estavam esperando pela morte de Maimoni para virem depressa confortar o filho. "Quem são todos esses? Você os conhece?", Luria pergunta sussurrando ao seu ex-vice. "Esses são, ao que parece, os donos das terras a quem Maimoni estabeleceu generosas indenizações pelas desapropriações que fez", Divon diz com uma piscada de olho. "É sério ou você está brincando?" "As duas coisas", Divon sorri e rouba um punhado de nozes da tigela da avó.

O sol está prestes a se despedir do mundo, acompanhado por uma chuva fina. O trânsito de Hod Hasharon ao centro de Tel Aviv é intenso, e Luria não quer assistir à ópera na galeria, que é o exílio dos retardatários. Como foram os primeiros a chegar, eles já têm autorização para ir embora. "Apesar disso, lamentamos por não termos encontrado a sua esposa", Dina diz a Maimoni. "Sem problema", ele faz um gesto com a mão, "em vez disso vocês encontraram velhos amigos."

No caminho para a saída, eles passam pela cozinha, onde Ayala está dando comida para os gêmeos. Eles estão sentados empertigados ao lado da mesa, com pequenos guardanapos atados ao pescoço. O turbante preto da moça foi tirado, o cabelo espalhado, mas ela ainda está andando descalça. Ela parece uma jovem mãe de gêmeos bem-educados. Quando querem alguma coisa, eles levantam o dedo, como se essa não fosse a cozinha do avô que se foi, mas a sala de aula. Dina, como de costume, quer entrar na cozinha e perguntar com um sorriso quem é a babá que os está alimentando, mas Luria receia apresentar-lhe uma moça que não tem uma identidade clara.

O Fantasma da Ópera

O estacionamento do Centro Golda está cheio. "Não há escolha a não ser invadir o estacionamento para deficientes", Luria determina, "e você, como médica, vai testemunhar que eu tenho permissão por ser um pouco deficiente." "Deficiente", a médica diz com o rosto fechado, "que mais um pouco será proibido de dirigir." E, mesmo violando a lei, eles quase são enviados para a galeria dos retardatários, porque até chegarem ao hall de entrada, o gongo já tocou pela terceira vez, e somente na penumbra do salão eles conseguem se enfiar nos lugares marcados, enquanto os seus vizinhos veteranos se levantam para lhes dar passagem. Não deu tempo de comprar o programa, e Dina lamenta por isso. "Sem problema", o marido diz, "programas de óperas muitas vezes estragam a beleza da música com resumos de enredos tolos ou absurdos, mas desta vez, Dina'le, trata-se de *Romeu e Julieta*, que nós conhecemos, não teremos dificuldade de entender por que eles se suicidam no final, vamos tentar conseguir um programa no intervalo."

Sentar é relaxante e o cansaço é doce. A música de Gounod flui agradavelmente clássica, mas sem as melodias famosas que podem ser cantaroladas ao se ensaboar no chuveiro. Luria acompanha admirado as lutas de espada entre as duas famílias venezianas[19] rivais, combates que ocorrem no palco redondo, levemente inclinado em direção à plateia. De que são feitas as espadas da ópera? À distância elas parecem finas, mas firmes, e é de admirar que, no calor dos combates, nenhum nariz seja cortado e nenhum olho de cantor seja arrancado. Será que a música e o canto que acompanham os combates defendem os cantores de falhas? A ideia lhe agrada, e ele quer sussurrar à esposa, mas justamente agora, quando a música fica agitada, Dina está cochilando, e somente a sua cabeça se move no ritmo. Luria acaricia a mão dela e, sem ver resultado, ele a sacode. "Que pena, que pena", ele implora pela alma da ópera. "Mas eu estou ouvindo", ela sussurra, sem abrir os olhos. "Não é o bastante, precisa ver também." "É verdade", ela admite, e abre os olhos para Romeu espetando a sua espada no rival.

Já que a visita de pêsames roubou da médica o descanso da tarde, ela restaura o seu estado de vigília comendo e bebendo no intervalo entre os atos, e seus olhos brilham para ele com amor. O programa que ela não tinha foi esquecido, e ele tenta demonstrar a ela que às vezes a sua memória é melhor do que a dela, e a relembra. "*Oy*, é verdade, pelo menos vou ler sobre o que eu não vi na primeira metade." E, como o gongo já está tocando o primeiro aviso, eles combinam de se encontrar no salão.

O estande de venda do programa fica ao lado da loja de discos, mas os programas que não foram vendidos já voltaram para o escritório, e somente o vendedor, um estudante de história da arte, que lê com dedicação os programas que vende,

---

19. Optou-se por manter conforme o original em hebraico, embora as famílias de Romeu e Julieta sejam de Verona e não de Veneza.

ainda permanece ao lado do seu estande. Ele está decidido a não deixar de mãos vazias o cliente atrasado, ainda mais por causa de um artigo original que faz parte do programa, sobre as recorrências do tema do amor entre um homem e uma mulher que pertencem a campos rivais. Romeu e Julieta são apenas um pequeno exemplo, o estudante determina. Shakespeare não inventou aqui nada de novo, nem mesmo o veneno de curta duração que o padre convence Julieta a engolir. Então, ele insiste para que Luria o espere até que ele lhe traga o programa. "Mas você não vai conseguir", Luria duvida, "o gongo já anunciou a segunda parte." "Não se preocupe, eu os conheço, temos muito tempo, estão apenas ameaçando a plateia. Aliás, qual é a ocupação do senhor?" "Sou engenheiro", Luria responde, "mas o programa não é tanto por mim, é principalmente para a minha esposa." "E qual é a ocupação dela?" "Ela é médica." "Tudo bem", o estudante diz com estranha condescendência, "vocês dois vão conseguir entender o artigo e se impressionar com a riqueza de exemplos."

Alguns minutos se passam e o gongo toca um sinal claro — três minutos para o recomeço da ópera. Aos poucos, os mais atrasados se levantam dos seus lugares e se amontoam nas entradas. Um funcionário chega até o estande vazio e o dobra. Não, Luria reflete, é um exagero ficar aqui esperando pelo programa, mas a vontade de obter o sorriso de agradecimento da esposa impede os seus passos.

Não se passam três minutos, dificilmente um, e já se escuta o alerta final de que a apresentação vai começar dentro de um minuto. E o silêncio vai aumentando. Existe um limite. Provavelmente, o próprio estudante tenha escrito o artigo no programa, se ele está tão entusiasmado em trazê-lo. E, ainda que o alerta de um minuto seja apenas uma ameaça inútil, ele será obrigado a levantar muitos espectadores de seus assentos até chegar à sua esposa, que certamente já está suspeitando que a demência o levou a se sentar, na segunda metade, ao lado de outra mulher. E, enquanto ele começa a correr na direção da entrada que está engolindo os últimos espectadores, o estudante o alcança, agitando o programa, que já está aberto na página do artigo. "Obrigado, *habibi*", Luria arranca dele o programa, "vamos ler à noite, e vamos nos lembrar de você. Aliás, qual é o seu nome?" "Está aqui", o estudante mostra com orgulho o seu nome no final do artigo, "se você já suspeitava, acertou, o artigo é meu, mas tudo o que achar nele é pesquisado e autorizado." E, antes que Luria consiga se desvencilhar dele, o estudante ainda pede delicadamente o pagamento de vinte shekels pelo programa, e então Luria descobre que a sua entrada para a plateia está bloqueada.

Um segurança rigoroso decidiu pôr fim à desordem e mandar os retardatários para a galeria destinada a eles, na parte de trás do último andar. E por enquanto Luria é o primeiro candidato a isso, e o único. Durante o tempo que se debate entre aceitar a sentença e suplicar pela sua alma, ele vê uma mulher chegando, balançando no salto alto, uma mulher elegantemente vestida, que, em vez de se juntar à luta dele, segue em frente e bate três vezes com força na parede forrada de madeira escura. E nota-se que não se trata de uma mulher com uma demência mais grave que a dele, pois do fundo da parede responde um som zumbido, e uma estreita porta oculta abre lentamente uma brecha, e a mulher rapidamente se esgueira para dentro, e também Luria, rápido em enfiar o programa entre a porta e o umbral para atrapalhar o fechamento, consegue se empurrar atrás dela para dentro.

O estudante que assinou o artigo estava certo. A julgar pelo barulho que chega do salão, os diretores da apresentação estão de fato apressados demais em reunir a plateia. A apresentação está longe de recomeçar, os músicos ainda estão afinando seus instrumentos. Antes, Luria imaginava que poderia escapar de volta para o salão pelo fosso da orquestra, talvez se juntando silenciosamente à entrada do maestro, mas ocorre que a orquestra está no nível mais baixo, de onde é possível ir para fora, mas não para dentro do salão. E até mesmo ir para fora já é tarde demais, porque no salão já estão recebendo o maestro com os aplausos. Ele precisa arranjar outro jeito de provar para a sua esposa que ele não se perdeu.

Aqui, no espaço dos bastidores, ouve-se o som abafado, como se a música e o canto passassem a existir somente para os espectadores no salão. A arena arredondada, um pouco inclinada, da primeira parte da ópera está coberta por telas pretas, destinadas a esconder dos espectadores não somente os responsáveis pela troca de cenário, mas também os cantores e os figurantes em preparação para entrarem no enredo. Aqui está o coro, um bando de espadachins que parecem um pouco desconfortáveis nos seus uniformes azuis. Afinal, você tem a oportunidade de apalpar uma espada de ópera para saber se ela é afiada e dura de verdade, Luria diz consigo mesmo, e é atraído com cuidado na direção do coro. Os espadachins não estão preocupados com um cidadão idoso que se juntou a eles, porque estão cercados o tempo todo por técnicos e assistentes de palco, e uma senhora corpulenta dá voltas entre eles com um carrinho de maquiagem, enxugando suor aqui e ali e renovando alguma cor apagada. Até o maestro do coro, um jovem ruivo com calça jeans, está subindo agora em uma cadeira e sinaliza para o coro começar a cantar e fluir lentamente para o palco. E até a própria Julieta em pessoa, uma noiva vestida de branco, está de pé, mantendo uma conversa qualquer com o padre designado para lhe dar de beber o veneno de curta duração, cujo efeito será interpretado pelo seu amado como a morte. Uma leve tristeza invade Luria em relação à jovem, cuja ingenuidade a leva à ruína, e, antes que a música a obrigue a cantar a sua desgraça, a maquiadora se apressa em lhe secar o suor do rosto e do pescoço, reforçar com lápis preto as linhas das sobrancelhas e lhe acrescentar vermelho aos lábios.

Um dos diretores de palco começa a enrolar cuidadosamente a barra da tela preta e convida Julieta a entrar em cena, e Luria se surpreende com a simplicidade da arena. O chão é feito de tábuas de madeira bruta, lambuzadas de tintas desbotadas e acinzentadas, e o luxuoso altar parece feito de papelão. Será verdade que todo o luxo e a magia que se revelam aos espectadores no salão brotam somente das luzes do palco? Julieta desaparece do seu raio de visão, mas seu sofrido canto por Romeu, que na pressa de se vingar causou uma desgraça pelo amor deles, faz o coração estremecer. E já que a tradução para o hebraico, revelada agora no salão, está oculta para ele, Luria sente vontade de seguir a cantora para entender melhor o lamento dela. E ele pega uma esponja avermelhada no carrinho de maquiagem, seja para secar o suor, seja para maquiar um pouco o rosto, e o topete do seu cabelo branco já aparece por um instante por uma fresta da tela preta, mas uma mão firme o puxa agressivamente para trás. "Aonde você pensa que vai? Está louco? Quem é você, afinal?"

"Quem sou eu?", Luria se irrita com a pergunta. Pois ele é um assinante veterano da ópera israelense, que foi procurar um programa no intervalo, e, enquanto isso, barraram-lhe na cara a sua entrada ao salão. "Então, por que você subiu ao palco?" "Por falta de alternativa, para assistir também ao final da ópera." "Daqui não verá nada, meu senhor, e é proibido permanecer aqui. Saia imediatamente e suba até a última galeria superior, e lá você já encontrará um segurança que lhe dirá onde se sentar. O palco não é lugar para você ficar." Mas Luria permanece plantado no lugar. Não, ele implora com voz chorosa, ele só vai se complicar nos corredores vazios procurando a galeria dos retardatários e, enquanto isso, perderá a maior parte da ópera. Ele tem um assento de nível de preço A no salão, ao lado da sua esposa, mas lhe barraram a entrada, e se não houver possibilidade de assistir ao final da ópera no salão, pelo menos que lhe seja dado o direito de ver do alto, do espaço imenso de onde desce e sobe o cenário, ele tem certeza de que lá existe alguma pequena varanda de onde será possível entender como termina essa tragédia. Ele é um engenheiro veterano, capaz de achar o caminho em prédios complicados.

O homem do palco examina com um sorriso malicioso o assinante veterano e dá uma olhada no relógio: "Sem problema, de qualquer jeito, a ópera termina daqui a meia hora. Por sua conta e risco, meu senhor." E ele aponta para uns degraus de ferro na lateral, "Suba até a primeira plataforma, dez degraus, e não mais que isso, e de lá você vai ver o que der para ver, mas quando os aplausos começarem no final, desça e saia imediatamente do palco, caso contrário você ainda está arriscado a se transformar, à noite, no fantasma da ópera israelense." "Fantasma?", Luria ri, "Por que eu? Minha esposa, que obviamente já percebeu que eu me atrapalhei por causa do maldito programa, estará esperando por mim na saída."

E de novo no neurologista

— Antes de entendermos o que nos conta a nova imagem — o neurologista começa com uma linguagem suave e com a mão apoiada sobre o envelope que ainda não foi aberto —, contem-me, por favor, o que aconteceu desde a última consulta. E talvez — e ele faz sinal para Luria ficar calado — comecemos por você, doutora Luria, e na verdade, por que não, será interessante ouvir antes justamente o que contará, do ponto de vista dele, o filho, cujo nome já esqueci.

— O meu? Yoav.

— E então, Yoav, tenho certeza de que você não veio com seus pais nesta noite só para ouvir, mas também para falar.

— Perguntar.

— Claro, perguntar e também obter respostas. De todo modo, comece você. Como você descreve o processo do seu pai nos dois últimos meses?

— Estou preocupado.

— Até demais — Luria exclama —, e por isso ele exigiu vir conosco.

— Mas só um momento, papai.

— Sim, um momento, é claro, *habibi*, um momento. Antes

eu devo explicar ao médico que Yoav não mora perto de nós, no centro do país, mas no norte, pois ele tem uma empresa muito bem-sucedida de chips para computador.

— Mas—

— Quer dizer — Luria prossegue —, o ponto de vista dele é muito parcial. É verdade que ele conversa por telefone quase todo dia com a mãe dele ou comigo para sentir como anda a minha deterioração, mas à distância, só à distância.

— Não é deterioração, papai, desculpe—

Mas Luria se estende. O que acontece na imaginação do filho dele é muito mais grave do que de fato está acontecendo, a ponto de ele achar, doutor, sim, ele justamente se lembra muito bem do nome, doutor Laufer, que talvez seja preciso, ha, ha, radiografar também o cérebro do meu filho.

— Você está exagerando, Tzvi, deixe-o explicar.

— Sim, meu pai está exagerando. Não estou afirmando que exista já, agora, uma deterioração, mas quero entender de que maneira você, como médico, como neurologista, está vendo esse processo, quero saber do futuro para me preparar. Sou uma pessoa racional, técnica, que procura sempre olhar para a frente com olhos abertos e sem ilusões e, principalmente, quero estar convicto de que estamos fazendo tudo o que é preciso para retardar o processo.

— Estamos fazendo?

— No sentido literal, medicinal. Quero saber, e por isso acompanhei meus pais, se você de fato pretende, doutor, como minha mãe e meu pai me relataram, concentrar todo o tratamento só na alma do meu pai, ou se você tem um projeto de tratamento mais concreto.

— Mais concreto? — O neurologista ajeita a quipá na cabeça e se inclina levemente. — Você está se referindo a quê?

— Suponhamos, um tratamento químico, ou fisioterapêutico, ou talvez, se é que existe, elétrico. Dizem que existem exercícios localizados para doentes como ele. — Desde que isso começou, ele mesmo procura estudar a doença, entender a essência interna dela. Na rede, a descrição é vaga. Como se a demência, ou a amência, há dois nomes ali, também tivesse dominado a internet. — Mas uma coisa é clara: é impossível deixar tudo por conta da alma.

Ele para por um instante, confuso, até mesmo angustiado, mas, com o impulso da preocupação que rapidamente o fez vir da Galileia nesta noite, ele ainda está decidido a exigir do médico que lhe mostre na nova imagem a mudança que ocorreu no cérebro do seu pai desde a imagem anterior.

Dina já está pegando no ombro do filho para contê-lo. Mas Luria inclina a cabeça com a boca fechada. O comportamento agitado do seu filho e a sua profunda preocupação lhe tocam o coração e lhe dão alegria.

Nota-se que o neurologista também reage com simpatia ao filho que veio do norte do país para compartilhar pessoalmente da ansiedade dos pais, mas a sua mão apoiada sobre o envelope ainda não se moveu. Nem mesmo ele abriu o envelope que lhe chegou às mãos nesta manhã. Antes de observar as imagens, é preciso ouvir os relatos do paciente e dos que o cercam, porque além das imagens, cada cabeça, com o que tem e com o que lhe falta, é única e especial. Agora ele pede à médica que conte o que há de novo no comportamento do seu marido.

— De modo geral, o comportamento dele está estável. Não apareceu nenhum sintoma especialmente preocupante.

— Muito bem, e apesar disso?

— É verdade que há uma confusão com a senha da ignição do carro, mas depois a direção é segura e estável.

— Eu também me confundo às vezes com a senha da ignição — o médico sorri.

— Nesse caso, talvez também não lhe faça nenhum mal, doutor Laufer — ela se atreve a brincar —, radiografar sua cabeça de tempos em tempos.

— Não faz mal a ninguém, mas continue.

— Há alguns dias, ele teve um breve esquecimento agudo, estranho e até ofensivo, sobre um assunto de vida e morte, mas ele consertou por si mesmo. E aqui e ali existe também uma confusão na entrada de portas, como na entrada da ópera. Mas todos esses acidentes ficam pequenos, doutor Laufer, diante da boa notícia de que Tzvi voltou, de acordo com a sua sugestão, a se ocupar com a profissão dele, ainda que em meio período e temporariamente.

— Bravo — o médico exclama com alegria —, e vocês me disseram que isso era impossível.

— Como se vê, arrumamos um jeito.

— Maravilha, e então, sr. Luria, você está abrindo túneis de novo?

— Talvez lá também vai haver um túnel — Luria diz, impressionado com a lembrança do médico —, mas por enquanto só estou participando do planejamento de uma nova estrada no deserto.

— No deserto? — O neurologista se assusta um pouco. — Espero que você não fique perambulando por ali sozinho.

— Não, sozinho, não, fico perto de um engenheiro jovem que cuida de mim como se eu fosse o seu pai.

— Ótimo. Porque, definitivamente, Tzvi está proibido de perambular sozinho pelo deserto — o médico adverte a todos.

— É óbvio.

— Pois um erro para uma pessoa na situação dele não é como um erro na porta do salão da ópera.

— E é mais perigoso que ficar vagando nos bastidores e tentando subir ao palco — Yoav sussurra irritado.

— O quê? — O neurologista se diverte. — Você chegou até o palco?

— Sim, a demência que você fixou em mim me impulsionou a subir ao palco, mas eu sei o motivo.

— Pelo menos, você entende...

— Na demência, doutor, parece que há não só confusão, mas também uma dor exagerada no coração, uma tendência a um sofrimento profundo, e eu sabia que Julieta estava para subir ao palco e pronta para cometer um erro fatal, e senti pena dela, e tentei seguir a cantora para avisá-la.

Percebe-se claramente que o neurologista ouve com prazer.

— Advertir Julieta ou a cantora?

— As duas.

Mas Yoav não está satisfeito com o prazer do neurologista, e acrescenta, no sussurro irritado dele: "Você acredita, doutor, que meu pai até se maquiou antes de tentar invadir o palco?"

Dina envia um olhar furioso para o filho, mas Luria não se assusta.

— É verdade — ele confirma alegremente. Até agora ele está impressionado por ter se maquiado. Significa que, apesar

de tudo, existe uma lógica na demência. E o assistente de palco o puxou para trás no último momento, fez isso delicadamente e sem raiva, e até permitiu que ele continuasse a ver a ópera a partir de cima. Ali, na escuridão, ele assistiu à morte de Romeu e Julieta a partir da varanda, como o Fantasma da Ópera.
— O Fantasma da Ópera? — o médico se entusiasma. — Era um filme velho em preto e branco a que assisti na minha infância, e por noites inteiras fiquei rolando na cama com medo de que esse fantasma, em cujo rosto foi derramado ácido, viesse me visitar.
E, com o estado de espírito um pouco elevado, ele se levanta e retira do envelope a nova imagem, introduz em uma tela pendurada na parede e liga a luz, mas, como as suas costas largas escondem a tela, os demais não veem a imagem e, ainda que vissem, dificilmente entenderiam o que significa.
E então o médico pega uma cópia da imagem de alguns meses antes e a introduz também na tela, para comparar as duas. Finalmente ele convida a médica a se aproximar para ver o desenvolvimento registrado no cérebro do marido.
— Há uma pequena diferença, exatamente no mesmo lugar — ele aponta e interpreta. — A atrofia no lobo frontal direito se alargou um pouco, e é possível que tenha afetado algumas conexões, ou uma conexão, com o lobo esquerdo. Mas não há o que fazer, a não ser, apesar de tudo, dar-lhe Seroquel trinta miligramas uma vez por dia, de manhã, antes de sair para o deserto. Há quem prefira dividir o comprimido em dois e tomar pela manhã e à noite, mas eu sou favorável a uma vez por dia, e de manhã. Fora isso, nada. Quando eu o vejo e o escuto, fico animado. O processo é lento, ainda temos um longo caminho pela frente.

Luria se levanta e se aproxima para ver com os próprios olhos as inovações no seu cérebro. Lado a lado, os quatro observam em silêncio a tela iluminada. Se eles não houvessem trazido o filho com eles, certamente o neurologista voltaria a falar das vantagens do desejo, mas, como o filho está ao lado do neurologista, este coloca a mão no ombro dele e diz, "Não fique tão preocupado, meu amigo, ainda teremos boas notícias", e desliga a tela. Depois, ele retira a imagem nova e também a antiga, e entrega as duas no mesmo envelope a Luria, e, assim como na vez anterior, ele o acompanha até a porta de saída e acende as pequenas lâmpadas do jardim.

Na rua, entre os dois carros, eles avaliam onde discutir os novos resultados, em casa ou em uma lanchonete. "Não", Luria diz, nem um nem outro, "já é tarde, e Yoav tem um longo caminho pela frente. Simplesmente falaremos por telefone, se é que há o que falar." Dina está calada, mas o marido e o filho percebem a sua raiva contida. "O que houve?", Luria a abraça. "Não importa", ela sussurra, mas então, sem olhar para o filho, ela joga a sua queixa justamente para o marido. "Eu não consigo entender por que esse seu filho tem tanta pressa em repetir tudo o que se conta para ele." E Yoav se defende: "O que eu já repeti, mamãe? Eu sei que você está com raiva por eu ter contado que o papai até se maquiou antes de tentar subir ao palco, mas para quem, afinal, eu contei isso? Para o neurologista dele. Você está querendo dizer que o neurologista que trata do papai não precisa saber de tudo?" "Não", a mãe o corta impulsivamente. "Não. Até mesmo o neurologista do papai não precisa saber de tudo. Eu sou médica e informo a você, Yoavi, que eu, definitivamente, não quero saber tudo sobre os meus pacientes, é suficiente que me contem o mais importante. Você viu que eu relatei ao médico tudo o que ele precisa saber, e evitei o que é desnecessário que ele saiba, então por que você precisou envergonhar o seu pai dessa maneira?"

— Ele não me envergonhou — Luria se intromete —, mas eu simplesmente fiquei espantado por você ter contado até mesmo essa bobagem.

— Contei — Dina se defende — porque ele telefona para mim sem parar, secretamente, até para a clínica, e exige saber tudo o que está acontecendo com você. E assim ele também consegue extrair de mim detalhes que eu não quero contar.

— Mas, Dina'le, ele só faz isso por amor e por preocupação.

— Exatamente — Yoav se inflama.

— Eu sei, só por amor e por preocupação, é justamente esse o problema dele, está preocupado demais, assustado demais. O pânico não nos levará a lugar nenhum.

Arrumações

Luria achava que era conveniente visitar Maimoni mais uma vez no final dos sete dias de luto, ainda que para se apresentar aos outros enlutados, especialmente à esposa de Maimoni, e talvez também à sua mãe, e com isso aprofundar o seu conhecimento a respeito dele. Mas Dina não via sentido em uma segunda visita. De fato, o neurologista está satisfeito por Tzvi ter achado uma ocupação, mas essa ocupação se resume, até hoje, em um dia somente, e quem sabe como irá ocorrer no futuro, à luz do novo prognóstico. Portanto, o que há para aprofundar aqui? "Mas qual foi o prognóstico? Não me parece que o médico estava especialmente preocupado." "Não, não especialmente, afinal, trata-se da sua cabeça, e não da dele, e talvez porque o leve alargamento da mancha escura pode surgir também pela idade. E apesar disso, não se esqueça, Tzvi, você, para esse jovem, é um assistente temporário, e por que se tornar um peso para ele?" "Um peso? Em quê? É verdade, eu não sou um sócio, e mesmo assim sinto que ele vai precisar de mim mais do que você imagina, ainda mais porque depois da morte do pai o sentimento dele em relação a mim vai ficar mais forte."

— O sentimento? — ela se espanta. — De repente você precisa também do sentimento dele?

— Eu não preciso de nenhum sentimento adicional, o amor que tenho aqui é suficiente para mim, mas se eu comecei alguma coisa, alguma coisa da qual você mesma tomou a iniciativa para me ajudar na minha situação, por que me interromper só porque o deserto começou a preocupar você?

— Que ideia é essa de deserto?

— O neurologista amedrontou você de que eu sou capaz de me perder no deserto.

— Como você vai se perder se Maimoni estará com você?

— Exatamente. Mas, para que não desvie de mim o olhar, eu quero reforçar a conexão entre nós, porque também não tenho nenhuma vontade de me perder no deserto. E também não quero que, por ter me esquecido ou me atrasado em dar a ele a notícia da morte do pai dele, ele comece a duvidar da minha capacidade profissional. Eu me sinto lúcido e estável. E o caminho para a casa do pai dele, eu sei, e não quero que outro aposentado, dos amigos antigos, meus ou do pai dele, se ofereça para ficar no meu lugar.

— No seu lugar? — um leve deboche escapa da voz dela. — Como assistente sem salário?

— Até mesmo isso. Pois todo aposentado busca um sentido para a própria vida.

— Se é assim, vá até ele, mas, por favor, combine antes, para não ir à toa.

Mas Luria se recusa a avisá-lo com antecedência sobre a sua visita, para que Maimoni não tente se esquivar dele. E no último dia do luto, em uma manhã límpida de inverno, ele parte para Hod Hasharon e, apesar de conhecer os caminhos e se lembrar bem deles, Luria se atrapalha um pouco, talvez por ter se precavido demais para não deparar com a rua da família Divon. E de novo a porta de entrada está aberta na casa em silêncio. E na cozinha não há ninguém, e ela parece livre de qualquer sinal de que alguém tivesse cozinhado ou assado ali. Mas na sala já estão espalhadas caixas de papelão, e entre elas está estendido um grande cobertor sobre o qual há uma pilha de fotografias retiradas das paredes. Um leve tremor perpassa Luria, como se, instantaneamente, ele tivesse sido colocado de volta na casa caótica que há cinco anos provocou nele a demência. Por um momento ele cogita voltar atrás, mas acaba saindo ao jardim, que na visita anterior ele não reparou como é pequeno e fechado por uma cerca divisória que o separa do amplo jardim da vizinha fiel. Agora ele percebe que, na origem, a casa de Maimoni era grande, provavelmente tenha vendido a metade para pagar o divórcio.

Um leve pavor o invade quando volta para a casa e percebe que na cama do pai morto o filho está dormindo, e à sua volta estão jogados antigos arquivos do governo, e a lâmpada que iluminou a noite toda continua acesa à luz do dia. Será que pelo menos deu para trocar os lençóis e as fronhas? Ou o amor pelo pai o empurra para dentro da roupa de cama?

— Assael — Luria sussurra o nome que lhe foi dado pela mãe, e Maimoni se mexe, assustado, mas quando vê à sua frente apenas o seu assistente-sem-salário, alonga os membros e se enrosca, e um bom sorriso ilumina o seu rosto.

— Que bom que você veio aqui outra vez, pois desde ontem não vem ninguém, então comecei as primeiras arrumações para a venda. Você se surpreenderá com tanta anarquia interna escondida nesta casa. É verdade que eu podia jogar tudo fora sem examinar, e ninguém iria sentir ou lamentar pelo que desapareceu, mas até a bagunça que ficou de um pai amado merece compaixão.

— Compaixão?

— Sim, compaixão.

— De que exatamente consiste esse espólio? — Luria investiga com cuidado.

Maimoni não imaginava que seu pai era um escrivão compulsivo, preocupado em anotar todos os processos legais que realizou, descrever as pessoas envolvidas no caso e as audiências nos tribunais, talvez até por temer que viessem a ele com reivindicações a respeito do valor das indenizações que determinou.

— Interessante.

— Até você, Luria, é citado às vezes nas anotações dele, pois nelas há também descrições da época em que ele foi o seu consultor jurídico. E, para o seu conhecimento, ele reclama que você exagerava nas desapropriações que você o obrigava a realizar. O engenheiro-chefe, Luria, quer desocupar o país inteiro para uma estrada reta e segura, assim está escrito em um dos arquivos.

— Até esse ponto, o país inteiro... — E Luria se aproxima da cama.

— Mas não fique com raiva dele, pois também faz esse tipo de observação sobre outros engenheiros e diretores.

— Por que motivo eu ficaria com raiva, se eu gostava dele. E na verdade, que bom que você não está jogando fora sem saber o que é, mas está olhando e examinando. Você é de fato um filho bom e dedicado. Eu também, aliás, tenho um filho como você, mas ele mora no norte do país, é dono de uma empresa tão bem-sucedida que ele chega a ser totalmente escravizado por ela. E, apesar disso, eu sei que ele também gosta de mim, e ultimamente está um pouco enlouquecido por causa do medo exagerado que sente da mancha preta no meu cérebro.

— A verdade — Maimoni diz — é que eu também estou um pouco preocupado com você desde que vi como você se esqueceu da notícia sobre o meu pai.

— E de todo modo me lembrei depois de algum tempo.

— É verdade, mas você poderia também ter continuado com esse esquecimento por mais tempo, e o meu pai ficaria aqui sozinho uma noite inteira.

— Sozinho não é exatamente uma descrição adequada para um morto. Além do mais, se a vizinha visse que você não chegava, eu não acredito que ela não procuraria por você para lhe informar pessoalmente. Mas na verdade, Maimoni, saiba que eu valorizo muito o seu amor pelo seu pai. E vejo que você também não tem nenhuma restrição a deitar na cama onde a morte o levou e até mesmo a se enrolar no cobertor dele. Mas espero que pelo menos o lençol você tenha trocado.

— O lençol? — Maimoni se espanta, levanta-se preguiçosamente da cama e examina o lençol. — Eu disse para Ayala trocar a roupa de cama, mas não sei se deu tempo, porque ela já foi embora no segundo dia. Ainda que seja o mesmo lençol, o que pode me acontecer, câncer não é uma doença contagiosa.

— É verdade. Mas por que Ayala foi embora tão depressa?

— Shibolet veio no segundo dia e a proibiu de ficar aqui, e a levou com ele.

— Proibiu? Levou? Como assim? Com que autoridade?

— Da responsabilidade dele por essa família. Já que ele os complicou, ele também precisa se preocupar com eles.

— Como ele os complicou?

Maimoni examina com suspeita o aposentado.

— Escute, Tzvi Luria, você me faz perguntas demais, e eu não sei onde você guarda as respostas e o que você faz com elas.

— O que eu posso fazer com elas? Esquecê-las.

— Não tenho tanta certeza.

— E se eu por acaso não me esquecer, então é só para ajudar você a obter permissão para o túnel na estrada que, até agora, talvez eu saiba onde vai começar, mas não tenho ideia para onde vai e onde vai acabar.

— Certo.

— E então, o que será?

— No final você saberá tudo. Antes, deixe-me controlar a bagunça aqui.

— Mas, não se esqueça, a minha capacidade para pensar está com o tempo contado.

— Você tem uma médica à sua disposição que cuidará de você.
— Ela é só pediatra.
— No final, você também vai virar criança.

Inverno

E de dentro de um inverno hesitante, amigável, que parece um outono adicional que veio apenas para fazer esquecer os ventos agradáveis e as gotas de chuva acariciando o calor de um longo verão, irrompe com força um inverno cheio de histórias, rico em chuva e granizo, e o frio que faz estremecer a terra já está levando às pressas grandes e pequenos para as salas de emergência. Portanto, a pediatra também é obrigada a estender o seu horário de trabalho, às vezes até o anoitecer, e um sanduíche e uma salada que lhe enviam da cozinha coletiva é todo o almoço dela, e, por isso, não somente nas horas da manhã Luria circula na solidão, como também é obrigado a almoçar sozinho, e a vontade de surpreender sua esposa com comidas originais compradas em delicatéssens ou preparadas com receitas perdeu a graça. Embora ainda não lhe tenha sido retirada a função de pegar o neto no jardim de infância na terça-feira, a professora trata de não sobrecarregá-lo com nenhuma criancinha adicional, seja de mãe solo, seja de mãe não solo. Será que acabaram os ensaios de orquestra da bela harpista? Ou quem sabe escapou aos seus ouvidos que um avô trapalhão criou um pai imaginário para o seu filho e ela teme que ele seja capaz de tentar provar a sua existência.

E, desde a última consulta ao neurologista, a família de Luria passou a desconfiar mais dele, e a vigilância aumentou.

Apesar da intensidade do trabalho no hospital, Dina telefona para ele de vez em quando para saber onde está e aonde suas ideias o estão levando. Yoav também telefona do norte e promove com seu pai uma conversa política para verificar se a demência não o desviou de suas antigas opiniões. E até mesmo Avigail escapa por um momento do seminário dos funcionários, que é sagrado para ela, para verificar com muita delicadeza se seu pai pegou o menino certo e o trouxe para a casa certa. "Sim", Luria suspira aos ouvidos dela no telefone, "está tudo certo, lembranças para você também do *schnitzel* certo que está diante do menino que você trouxe ao mundo."

Portanto, não admira que durante as tempestades que o aprisionam dentro de casa, diante da preocupação crescente sobre os seus atos e pensamentos, as alucinações de Luria se encaminhem para o azul em tom de aço do céu do deserto, e até mesmo para as corças mastigando grama em volta do terreno do túmulo de David Ben-Gurion. Ele se lembra, com o coração palpitando, da amplitude da cratera Ramon, observada a partir do refeitório do Gênesis, e com pesar ele abre um mapa simples de estradas e vagueia por uma colina que não está assinalada e de onde deverá sair a nova estrada. E, enquanto o uivo dos gigantescos caminhões-tanque que flutuam na extensão da cratera avermelhada palpita na sua alma, ele traceja com um lápis fino a rota imaginária da futura estrada, mesmo que ele ainda não tenha noção da sua necessidade e, principalmente, de onde ela deve acabar. Não é possível que Maimoni continue escondendo dele o ponto final da estrada, ainda que esconda a sua finalidade.

E, enquanto protesta contra a incerteza que o consome, ele prepara um sanduíche grosso de pão com queijo amarelo, coloca nele um pepino em conserva, e o leva até o quarto, fecha a cortina, e entra na cama com o sanduíche, esconde-se com ele debaixo do cobertor, e ali, no escuro, ele vai mordendo aos poucos, para que possa aguentar até a volta da sua esposa. E às vezes, entre um cochilo e outro, o retrato da mulher que não obteve um coração novo em Israel pisca entre o travesseiro e o cobertor, e seu marido, que ainda chora pela sua perda, observa-o a partir das ruínas de uma antiga aldeia nabateia.

Mas onde está Maimoni? Desde que o deixou vasculhando os papéis do seu pai, ele não dá nenhum sinal. Será que é somente porque os assuntos do espólio o fizeram se esquecer da estrada, ou o jovem engenheiro já começou a sentir o peso da responsabilidade por um aposentado capaz de se transformar em criança justamente no deserto.

Dina também começou a desenvolver uma aflição por uma nova jornada no deserto, e ela implora com firmeza ao marido que se controle. Afaste-se e preserve a sua honra, ela o adverte. Se esse jovem precisar de você de verdade, ele mesmo telefonará. Não corra atrás dele. Você já fez a sua parte explicando onde a estrada nova deve se bifurcar na Rodovia 40. Essa deve ser a sua maior contribuição. Já o final da estrada diz respeito somente ao Exército que o contratou.

— E o túnel?

— O túnel é uma fantasia de Maimoni, e ninguém vai autorizar. Afinal, isso você já sabe por conta própria. Não lhe parece ridículo acreditar que você, na sua situação, possa convencer alguém a aceitar essa fantasia, que também terá um custo muito alto?

— Qual é a minha situação?

— Falei à toa.

— Se eu tivesse falado com essa certeza sobre assuntos da sua medicina, você não teria gostado.

— Quem lhe disse? Ao contrário, fale.

— Não vou falar sobre assuntos da sua medicina, mas vou falar de você. Você está pálida, parece completamente exausta. Em vez de ficar esmiuçando o meu cérebro e se preocupando com o que vai me acontecer, tente reduzir um pouco o seu ritmo. Não é conveniente na sua idade, em fim de carreira, pegar uma bactéria violenta de uma das crianças que são suas pacientes. Pois, na minha situação, como eu vou poder cuidar de você?

— Você vai poder cuidar de mim em qualquer situação, eu confio em você.

— Ótimo. Então, confie em mim também se eu estiver vagando pelo deserto.

— Pode vagar, mas com a condição de que uma pessoa de carne e osso esteja com você. Portanto, deixe o ritmo certo nas mãos dele e não o pressione. E o principal: preserve a sua honra, porque a sua honra é também a minha honra.

— Está bem.

— Você promete?

— Eu já disse que sim. Não me torture.

Por um momento, Luria quer acrescentar algumas palavras sobre as pessoas que estão na colina, mas ele receia que isso só vá aumentar a aflição da sua esposa. A falta de identidade deles ainda é capaz de estimular, na visão dela, a diminuição da identidade dele mesmo. E, afinal, o que Luria já pode contar a respeito deles quando ele próprio ainda está tateando no escuro?

E não é somente por causa da honra dele ou dela que a esposa o está preservando, mas também porque ele próprio está começando a se preocupar consigo mesmo, está conseguindo se conter e não telefonar a Maimoni, ainda que de vez em quando ele fique tentado a fazê-lo. E, portanto, com a enfraquecimento das chuvas, Luria decide fortalecer a sua independência, e sair sozinho para as suas caminhadas no Parque Nacional de Ramat Gan, ou no Parque Hayarkon, em Tel Aviv, e às vezes ele se dirige também à orla do Mediterrâneo, entre o porto de Tel Aviv e o porto de Yafo. Com isso ele prova à mulher e aos filhos que não está destinado a se perder, mesmo que esteja sozinho. Ainda assim, ele trata de carregar o celular e levá-lo consigo, mas, já que ele ouve os concertos da *Voz da Música* durante a caminhada, às vezes algumas chamadas da esposa e do filho são engolidas dentro do furacão de trombetas e tambores, causando pânico.

"Mas por que o pânico?", ele se defende. "Afinal, eu caminho sempre no meio de um público israelense saudável, que fala hebraico, em uma área protegida e conhecida, e por isso mesmo, quando por acaso eu não respondo, não é preciso imaginar que eu me sequestrei. É preferível que vocês enviem pequenas mensagens e vocês verão que eu responderei a todas." E, portanto, quando certa manhã chega uma mensagem: *Querido assistente--sem-salário, onde está você, afinal?*, ele mostra primeiro à sua esposa, antes de responder, e diz: "Veja, Dina'le, sua honra está preservada. Mas o que fazer se, apesar da sua opinião profissional, a ideia do túnel ainda não saiu da pauta?"

Um mês se passou desde o último encontro entre os dois engenheiros, e, apesar de que o jovem não deve nenhum relatório sobre os seus atos, ele expõe ao telefone as suas histórias e justifica o seu silêncio. Acontece que a busca intensa nos papéis e nos documentos não era apenas pela história das desapropriações da Caminhos de Israel, mas também para achar o acordo de divórcio entre seu pai e sua mãe, para comprovar de forma definitiva a sua posse total da casa do seu pai e impedir a sua mãe de qualquer tentativa de mordiscar alguma coisa da herança.

— Ela não veio durante o luto?

— Sim, e até mesmo algumas vezes, para encontrar antigos conhecidos e renovar os contatos.

— Eu nunca lhe perguntei se você tem irmãos ou irmãs.

— Isso porque você tem um princípio, Luria: não esmiuçar os assuntos particulares dos que você coordena, e daqueles que coordenam você.

— Mas como ficam os coordenadores que não pagam salário?

— Então você tem permissão de exigir uma resposta. Se é assim, Tzvi, não tenho irmão ou irmã, e, portanto, a casa do meu pai passou toda para mim.

— Passou realmente?

— Legalmente e oficialmente e em todos os sentidos. Esvaziei a maior parte da papelada, joguei fora móveis, dei para a minha mãe uma poltrona que ela disse que se esqueceu de levar, acrescentei algumas luminárias e três toalhas, e com isso acabou a parte dela.

— E o que você vai fazer com a casa? Vender? Alugar?

— Por enquanto, não. Ela vai ficar como um segundo apartamento até que fique mais claro para quê ou para quem ele é destinado. Mas você percebe com que rapidez e com que eficiência eu fiz a mudança? Por isso você não teve notícias minhas o mês inteiro.

— E eu pensei que você tinha desistido de mim, ou melhor, do túnel.

— Desistir de você por quê?

— Porque você está sabendo que a minha demência é real.

— É verdade, ela é real, e, portanto, combina com quem é capaz de achar que o túnel é obrigatório.

— Mas como eu posso planejar um túnel quando sei tão pouco sobre a estrada à qual ele servirá?

— Pouco? Afinal decidimos onde é o ponto de início.

— Mas não onde é o ponto final.

— O que você tem a ver com o final, que está sob a autoridade do Exército? Não temos nada a falar sobre isso.

— E, ainda assim, é estranho planejar uma estrada sem saber onde ela vai acabar.

— O final será na extremidade leste da cratera.

— Se é assim, eu quero ir até lá.

— Essa viagem não é nada simples.

— Na minha vida fiz viagens mais complicadas. Tudo depende do veículo que leva você, só não americano, que vai desmaiar no primeiro quilômetro.

— Ele não existe mais. Abandonou-me depois que o meu pai morreu. Na oficina do governo chiaram de raiva quando eu o levei para uma avaliação, o radiador estava rachado e enferrujado, e o seguro terminou há um ano, e nós viajamos em uma irregularidade total. Imediatamente o confiscaram e o enviaram à Faixa de Gaza.

— À Faixa de Gaza?

— Sim, você se surpreenderá, mas justamente ali, no meio da bagunça, há uma oficina de recuperação de carros americanos velhos, que depois se dispersam no mundo árabe. Portanto, se você insiste em ir até a extremidade da cratera, não poderá mais ter a regalia de um banco traseiro confortável e amplo, mas sim sofrer em um rígido SUV.

Jornada ao fim da estrada

Mas esse é apenas um novo modelo do mesmo veículo 4×4 com que Luria vagava nos caminhos sinuosos pelos amplos espaços da Galileia, ainda antes de o Departamento de Obras Públicas se transformar na Caminhos de Israel. "Não estou esgotado a ponto de procurar regalias", o aposentado declara enquanto chuta com prazer as grandes rodas como se verificasse a rigidez delas. E, afinal, pode ser que justamente sacudidas e solavancos sejam úteis para fazer brotar no seu cérebro um novo material no lugar desse que está desaparecendo, e já está despertando dentro dele o desejo de pegar no volante, mas ele teme deixar o jovem constrangido em recusar.

Pela manhã, Luria ainda tentou convencer a esposa a ficar na cama. "Acredite em mim, não existe ninguém no mundo que conhece você como eu, saiba que você não está à beira de uma doença, mas já está bem fundo dentro dela e, portanto, você não tem o direito moral de não exigir de você o mesmo que exige dos seus pacientes." Mas a médica não conseguiu renunciar a um dia de trabalho, existem os primeiros sinais de uma pequena epidemia no país, e na equipe de sua clínica duas enfermeiras e um médico caíram de cama. Mas ela promete reduzir a jornada de hoje, voltar para casa e entrar na cama, e se Tzvi também se empenhar em não estender o passeio dele, doces horas para tratar da doença dela estarão esperando por ele.

E de novo a Rodovia 6, expressa e entediante, e até a estrada de Beer Sheva a chuva vai enganando, aparece e se esconde, cai com fúria e some. Às vezes se estende no horizonte uma rede de chuva fina, e dentro dela se agita um sol de cor cinza, mas quando eles chegam até lá, o sol já se libertou do cativeiro e o firmamento clareou, e somente a chuva continua a pingar em cima do carro, como se no sul do país não houvesse necessidade de nuvens para provar a sua existência.

Até esse momento, o jovem engenheiro ainda não pesquisou a natureza da estrada no mundo real, mas somente a rodopiou na tela do seu computador. Uma efetiva jornada seguindo o caminho na cratera deve transcorrer muito lentamente, em um confronto constante entre a área e o mapa, portanto não há tempo nem para um curto expresso, e a capital do Neguev é contornada rapidamente e deixada pálida e embaçada para trás. E, ao penetrarem no deserto, são recebidos por um forte vento que faz rodopiarem gotas de chuva esparsas, mas gigantescas.

— Dizem que os religiosos inventaram o luto de sete dias para esgotar a dor desesperadora dos enlutados — Maimoni sussurra —, porém o meu luto de sete dias não afastou a minha mente da tristeza, mas simplesmente confundiu a minha cabeça.

— Nesse caso — Luria diz —, a partir de agora a nossa parceria será verdadeira.

Não era uma parceria desse tipo que Maimoni queria no seu luto. Depois que Shibolet levou embora a moça que deveria ajudá-lo, e sua esposa aparecia com menos frequência na casa do seu pai, ele se tornou um enlutado solitário, e, como ele não teve a ideia de delimitar antecipadamente o horário de visita, começou a chegar, desde as primeiras horas da manhã até tarde da noite, todo tipo de pessoas para as condolências, conhecidos e desconhecidos, previsíveis e imprevisíveis, antigos e novos, próximos e distantes, verdadeiros e falsos, e um bom número de oportunistas, como vizinhos das redondezas, que decidiram ultrapassar o umbral da porta que ficava aberta para arejar a casa por dentro. E, como esse bairro rural dispõe de muito espaço para estacionar e próximo à casa há também um parque com um pequeno lago com patos, alguns visitantes chegavam com os filhos para incluir à visita de pêsames um passeio agradável em família. E até a sua mãe, que não parecia estar precisando de condolências, veio algumas vezes, e ficava sentada ao lado dele como uma enlutada em retrospecto, provavelmente para refrescar as suas relações com alguns amigos de infância, entre eles os que nem sabiam que ela havia se separado do marido fazia tempos. E ele se surpreendeu principalmente com a visita de mulheres desconhecidas e sozinhas, mais senhoras e até mesmo muito idosas, que chegavam em horas extremas, muito cedo pela manhã ou tarde da noite, como se quisessem um isolamento particular com o órfão, para lhe contar coisas secretas sobre seu pai que ele nem sequer imaginava.

Aos poucos, sua alma foi se cansando do falatório sobre a história de vida do seu pai e dos detalhes das etapas da doença, e então ficou conveniente para ele que a vizinha ao lado, a mesma vizinha, a primeira a descobrir a morte do pai, começasse a ficar no seu lugar. Quando ela ouvia através da parede comum que a agitação dos visitantes estava aumentando, saía para o jardim, curvava-se para atravessar a cerca de separação no lugar onde estava quebrada, surgia dentro da casa pela varanda e se juntava, como se fosse parente dele ou representante, contando sobre a vida do antigo vizinho, descrevendo a história da doença, e contando como ela mesma descobriu, sozinha, a morte dele. Às vezes ela incrementava a conversa com estranhas curiosidades, que Maimoni, apesar de duvidar da sua veracidade, não tentava refutar, mas se retirava para um pequeno cochilo na cama do falecido, e deixava a verdade por conta de si mesma.

— E a simpática mocinha da colina, aquela Hanadi, não voltou mais para ajudar?

— Quem?

— A estudante fotógrafa, que deu comida na cozinha para os seus gêmeos no primeiro dia, quando fomos até você.

— Mas como você a chamou?

— Hanadi. Hanadi.

— Diacho, Tzvi Luria, como esse nome já chegou até você?

— Ela mesma me disse.

— Ela? Quando?

— No posto de gasolina, quando você a mandou trazer um copo de café para mim, e ela me parecia agitada, então eu a sentei ao meu lado e, para acalmá-la, perguntei sobre ela, por exemplo, qual era o seu nome verdadeiro antes de se tornar Ayala, e ela disse Hanadi, e até acrescentou o significado.

— Que é?

— A flor violeta.

— A flor violeta?

— Foi o que ela disse. Tenho certeza.

— Não pode ser. A demência está enganando você.

Luria fica ofendido.

— Você quer dizer que é outra flor?

— Não é flor e também não é cor, e afinal, Luria, como você se lembra de um nome como esse, depois de afirmar que os nomes são a primeira coisa a se apagar?

— Eles desaparecem antes em hebraico, principalmente quando são nomes frequentes e simples. Mas nomes raros, até mesmo como o seu, Assael, ou nomes em árabe, ficam bem fixos em mim, ficam grudados mesmo.

— Agora você está me surpreendendo.

— Eu mesmo me surpreendo. E afinal, Maimoni, se você me recrutou para convencer os seus superiores a escavar um túnel na colina, não pode continuar escondendo de mim o motivo pelo qual você e Shibolet estão lutando aqui, e explique-me, por favor, por que me foi dito flor violeta, em vez de, em vez de—

— Espada.

— Espada? Simplesmente espada?

— Uma espada excepcional.

— Então, como a espada se transformou em flor violeta?

— Ao que parece, a demência está sendo prudente em não assustar você demais.

Ainda na jornada ao fim da estrada

Luria está ofendido. Até agora, a demência pairava entre eles como uma bola de plumas, macia e graciosa, e eis que irrompe dela um prego doloroso. Ele se cala, ajeita o assento para esticar as pernas, inclina a cabeça para trás e fecha os olhos. Por que diabos ele se meteu aqui? Uma nova amargura o invade, afinal nenhuma estrada no mundo vai bloquear a deterioração adicional que o neurologista indicou, e em vez de obrigar a sua esposa a entrar na cama para tratar da doença dela, ele vai e se afasta dela. "Ouça", ele exige do motorista com firmeza, "veja se tem alguma música clássica nesse veículo do governo, e se tiver, deixe tocar, mas em volume baixo, porque eu quero cochilar um pouco com ela." Mas Maimoni não consegue achar nenhuma música clássica no SUV, apenas uma suave lamentação de uma cantora, que não há como saber se é israelense, egípcia ou jordaniana. Porém, o canto silencioso e afinado é bom para o cansaço e para a amargura de Luria. "Sem problema, pode deixar", ele orienta o motorista, "mas abaixa mais o som." E, com uma habilidade antiquíssima, o engenheiro veterano consegue manejar a alavanca do assento para incliná-lo mais, até ficar parecido com uma cama da classe executiva de um avião, e entre seus olhos semicerrados passam agitados, um depois do outro, a cidade da base de treinamento militar, o kibutz Mashabei Sadeh, o entroncamento de Tlalim e o entroncamento de Chalukim, até mesmo o convite para visitar o túmulo do fundador do país não lhe abre os olhos, e somente quando o veículo para perto das construções de pedra do hotel Gênesis ele move a cabeça e endireita o assento, e olha afetuosamente para Maimoni, que diz: "Vamos parar aqui por um tempo curto e, se você precisa ir ao banheiro, essa é sua chance, apesar de que a cratera Ramon vai absorver com amor tudo o que você fizer chover ali."

É cedo demais para entrar sorrateiramente no refeitório, e por isso Maimoni encomendou no hotel, com antecedência, dois almoços em embalagem para a refeição no coração da cratera. Para estabelecer a rota exata, espera por eles um caminho virgem, que os obrigará também a parar e a permanecer de vez em quando, e, se a excursão não terminar até a noite, será possível prosseguir no dia seguinte, tanto que Maimoni já providenciou a reserva de um quarto no Gênesis.

— Um quarto? Não, meu caro, minha esposa está doente, preciso voltar para ela até a noite.

— Então por que você não me avisou antes? Afinal, toda a excursão até o final da estrada é um pedido seu, sinto muito por ser o motivo pelo qual você deixa a sua esposa sozinha.

— Ela ainda não está sozinha, ela não desistiu de ir à clínica na parte da manhã.

— Nesse caso, ela não está de fato doente.

— Ela está doente. Há quarenta e cinco anos eu estou com ela, e, talvez por ser engenheiro e não médico, sei identificar até mesmo melhor do que ela cada pequena mudança no seu estado. E nesta manhã ficou claro para mim que a doença tende a se agravar até a noite. Portanto, não mencione nenhum quarto no Gênesis, revirado ou não revirado, dê um jeito, recomponha-se e vamos nos apressar para voltar na direção norte até a noite.

E Maimoni apressa os passos e traz da cozinha do Gênesis um belo pacote com dois almoços, e começa a deslizar nas curvas de Maale Haatzmaut. Sem reduzir a velocidade, ele passa pela colina cujo destino oscila entre a derrubada e o túnel, e no ponto da Rodovia 40 em que já foi acordado entre os dois engenheiros que não é apropriado para bifurcar a estrada nova, eles rompem o isolamento da cratera, e entre rangidos e solavancos eles contornam a colina em uma curva bastante generosa, e depois de meio quilômetro começam a sentir, pelo ruído e a estabilidade das rodas, uma antiga faixa nabateia, que poderá ajudar a nova estrada a se desenvolver na direção do seu destino, que até agora está assinalada somente com uma pequena cruz na tela do computador. E então chegou a hora de descer do veículo, estender o mapa sobre o capô quente do motor e verificar a localização deles no amplo espaço.

Silêncio total. O vento assobia ao redor. Atrás deles, ao longe, entre as duas corcovas da colina que diminuiu, caminha flutuando um cervo[20] gigantesco. Animado, Luria aponta para ele, mas o jovem engenheiro balança a cabeça como que dizendo: é só a sua imaginação.

— E os seus moradores sem identidade, ainda estão lá?

Maimoni encolhe os ombros. O luto os afastou da sua mente, mas ele acredita que o rapaz, que adotou para si a identidade de um soldado druso desaparecido, começa a assimilar a natureza israelense e que a moça também, tendo em vista a sua beleza e inteligência, e a taxa de estudos quitada por um ano inteiro conseguirá convencer a secretaria da faculdade a esperar até que se ache uma solução para o documento de identidade que está faltando.

— E você consegue manter contato com ela?

— Quando ela telefona.

— E o velho?

— O velho? — Maimoni se surpreende. — Por que você o chama de velho? Afinal, você, Tzvi Luria, é mais velho que ele alguns bons anos.

— Que seja, mas o que há com ele?

---

20. O significado de Tzvi em hebraico é "cervo".

— Ele está nas mãos de Shibolet, ou é Shibolet que está nas mãos dele. Já chega, Tzvi, por que você tem que saber de tudo?

— Porque como vou conseguir convencer alguém a escavar um túnel em uma colina abandonada sem saber a raiz da história do velho que se esconde no seu topo?

— De novo, o velho.

— Então, não é velho, é uma pessoa como eu. Mas me dê alguma coisa real em que eu possa me segurar. Dê-me a história desde o início, não fique jogando indiretas enigmáticas. Meu cérebro está encolhendo, e daqui a pouco, mesmo que você queira, não vou conseguir entender.

O jovem engenheiro examina com afeto o aposentado. "Você está certo. Chegou a hora de tentar contar a história para você. Daqui a pouco, quando esquentarmos a comida que prepararam para nós no Gênesis, vamos mexer também nessa estranha história. E, por enquanto, se você ainda não esqueceu, Tzvi, como se dirige um veículo como esse, sente-se ao volante e avance lentamente, e eu vou ao seu lado a pé, para sentir o tipo de solo, e às vezes vamos tentar também quebrar alguma pedra para conferir sua qualidade e resistência. Então, adiante."

Com excitação, Luria se senta ao volante, mas o motor manejado por ele engasga e fica em silêncio, e, quando consegue estabilizá-lo, o carro vacila, e não fica claro se de fato a dupla ignição é ativada. Mas Maimoni se comporta com ele de forma gentil, não adverte nem aconselha, mas continua a andar e permite que o aposentado se reconecte por conta própria com os seus dias de glória. E assim eles vão se conduzindo, lado a lado, por dois ou três quilômetros, e de vez em quando o jovem traz ao sênior uma pedra arrancada do lugar para ouvir a opinião dele, e Luria, desfrutando muito o prazer de controlar o alto e pesado veículo, às vezes deixa Maimoni para trás, então para, desliga o motor e mergulha a alma no silêncio.

E assim eles prosseguem lentamente, com consultas e marcações no mapa. De tempos em tempos Maimoni se cansa e se senta ao lado do motorista e pesquisa o itinerário possível a partir da janela aberta ao seu lado. Para o espanto de ambos, eles esbarram também em remanescentes de uma área pavimentada, que Luria supõe ser uma experiência do Mandato Britânico no período da Segunda Guerra Mundial para preparar, na cratera Ramon, uma pista de pouso para aviões leves.

Aqui e ali eles assinalam no mapa uma passagem planejada de água, no lugar onde o solo está afundado ou até mesmo sulcado por causa das pequenas pedreiras de argila que existiam na cratera há anos, até ser declarada reserva natural. O que parece plano, visto a partir do refeitório do hotel Gênesis, revela-se na viagem como rico em estranhas dobras de solo sinuosas e encurvadas, até que o veículo se salva de capotar somente graças à firmeza obstinada das suas rodas, cada uma delas senhora de si própria.

No norte do país com certeza está chovendo, enquanto aqui o ar é fresco e as nuvens, suaves, e às vezes, por entre as rochas, espiam animais avermelhados e peludos, que Maimoni teima em chamar de raposas comuns.

Após cerca de cinco horas de viagem lenta e cansativa, estando próximos ao penhasco leste da cratera, mais baixo que o do lado oeste, Maimoni declara o fim da estrada. "E, ainda assim, o que será construído aqui, afinal?", o aposentado exige saber. "Uma base militar ou apenas uma instalação?" "Na minha opinião, uma instalação de escuta", o engenheiro sorri através da barba que cresceu e engrossou desde os sete dias de luto; "uma instalação muito atualizada, que não será visível, mas justamente estará enterrada e escondida abaixo do nível do solo." "Na próxima guerra", o jovem engenheiro diz, "o principal será escutar o inimigo, só para saber se ele também está escutando você. Mas isso tudo, Tzvi, já está além do nosso interesse. Nós esboçamos a rota, e a responsabilidade de lhe dar sentido é dos outros. A nós, só resta esquentar a nossa refeição."

E do assento de trás ele puxa um minúsculo micro-ondas, conecta-o na bateria do veículo, retira as embalagens do almoço e o coloca para esquentar. E depois de estender dois guardanapos de papel sobre uma rocha grande e dispor os talheres, ele traz também um saca-rolha e uma garrafa de vinho tinto. "Aqui está, Tzvi, depois só não reclame que esse país está abandonando você."

Por detrás de uma rocha surge uma jovem raposa, que já conseguiu obter uma cauda longa, e com seus olhos espertos observa com desconfiança os dois engenheiros que apareceram no seu território. Luria inicia uma conversa com ela, para incentivá-la a se aproximar, e quando percebe que a sua conversa não ajuda a diminuir a desconfiança, joga até ela pedaços de pão.

— Fique sabendo — Maimoni adverte —, que há uma proibição da Autoridade da Natureza de alimentar os animais da cratera.

— Por quê? — Luria se impõe. — Olhe como essa jovem devora alegremente o que estou jogando para ela.

— O que você sabe a respeito dela? — Maimoni diz. — Talvez ela acabe tendo dor de barriga por causa do seu pão.

— Pão não causa dor em nenhum ser vivo — Luria interrompe.
— A responsabilidade é sua — Maimoni se esquiva. — Porque eu, além da estrada militar, não coordeno nada aqui.

A doença palestina

— Você já ouviu falar de uma organização israelense sem fins lucrativos chamada pelo nome promissor "A Caminho da Recuperação"? — Maimoni pergunta enquanto serve café da sua garrafa térmica. — Tenho certeza de que não — ele mesmo responde imediatamente. — Nesse país, em geral só se ouvem as coisas desprezíveis ou cruéis contra os palestinos, e não as iniciativas que salvam vidas e aproximam corações. Tenho certeza de que você não sabe, Tzvi, sobre voluntários israelenses que vão até os postos de controle e as passagens para transportar palestinos doentes, principalmente crianças, para as clínicas e hospitais aqui de Israel. Doentes graves, doentes com câncer, doentes renais que necessitam de diálise, assim como portadores de outras doenças severas que exigem tratamento de especialistas. Ao amanhecer, saem dezenas de carros para buscar os palestinos doentes, e à noite chegam outros voluntários israelenses para levar de volta os doentes tratados para os postos de controle. Esse é um esquema complexo, que já atua há alguns anos e requer uma coordenação entre voluntários israelenses e palestinos, e coordenação com a equipe médica. Em resumo, um trabalho sagrado.
— De fato, eu não sabia — Luria sussurra —, ou talvez eu não me lembrava, muitas coisas são feitas secretamente neste país.
— É verdade, secretamente, essa é a palavra adequada. Porque a doença palestina diz respeito não só aos israelenses

de bom coração, que querem redimir de alguma maneira as injustiças dos colonos e dos soldados. A doença palestina interessa também aos serviços de segurança, porque quando você toma conhecimento da enfermidade e do sofrimento de um palestino, é mais fácil para você obter dele e dos parentes informações e ações úteis.

— Fazer o quê — Luria diz —, faz sentido, mas, apesar disso, é fato que existe também o sigilo médico!

— Sigilo médico? Você é ingênuo. Não é preciso enviar agentes para procurar nos registros médicos, os próprios palestinos contam sobre as suas doenças, e sempre acharão pessoas da segurança que saibam estimulá-los a falar. E esse homem, que você chama de "o velho", apesar de ele, na minha opinião, ser mais novo que você mais de quinze anos—

— Nachman — Luria sussurra.

— Não, não é Nachman. Yerucham, que de repente acrescentou também um sobrenome.

— Yassur — Luria se lembra.

— Exatamente, esse homem que tem um nome verdadeiro, anterior, que só Shibolet sabe qual é, morou há muitos anos no distrito de Jenin, em uma aldeia da qual nem mesmo Ayala, ou Hanadi, como queira, revelará o nome a você. Esse homem, professor na escola fundamental, professor de árabe para crianças pequenas, e também professor de hebraico para adultos, dentro das possibilidades dele, especialmente para os que trabalham em Israel, era o marido da mulher que morreu, aquela cujo retrato ele mostrou a você.

— Uma mulher bonita, quer dizer, a julgar pelo retrato.

— É verdade. Ao que parece, uma mulher especial, muito

amada pelo marido, portadora de doença cardíaca, que recebia tratamento durante alguns anos em um dos maiores hospitais de Israel, e imagine você que nem mesmo o nome do hospital Shibolet está disposto a revelar. Essa mulher era conduzida seguidamente para o Instituto do Coração, e na direção ou no governo, como você quiser, acompanharam o caso dela, e entre os que acompanharam estava o tenente-coronel Shibolet, nos seus últimos anos de serviço militar, depois que o Exército o afastou de toda a ocupação com os combates propriamente ditos.

— Não só ele — Luria defende Shibolet por algum motivo —, muitos soldados nossos se tornaram policiais.

— Também policiais à paisana — Maimoni acrescenta à linha da história —, porque enquanto isso, apesar dos tratamentos, a situação do coração foi piorando, até ficar claro que, para um coração quebrado como esse, só adiantaria o transplante de um coração novo, uma cirurgia complicada e difícil. Corações para transplante são muito raros e, naturalmente, são destinados a cidadãos israelenses. E, afinal, como poderia uma palestina do distrito de Jenin receber um coração israelense, se ela não tem nenhum plano de saúde ou fonte financeira que pagaria o custo tão alto de um transplante?

Ao ouvir essas palavras, surge de repente em Luria uma aflição pela sua esposa, e ele pede uma pausa para esclarecer se está de pé a promessa dela de encurtar o turno de trabalho. E fica claro que também em uma localização isolada, na extremidade de uma cratera tão grande, não muito distante da fronteira com o Egito, a conexão funciona, e Dina responde ao marido, apesar de estar com uma voz fraca e abafada e de não haver como saber se é por causa da distância ou por causa da doença que está piorando. Sim, ela já está voltando para casa, as enfermeiras na clínica a estão obrigando a voltar. "Que bom que além de mim", Luria diz, "existem outros seres humanos que gostam de você." "Sim", ela confirma em tom pensativo, "e você? Quando você volta?" Luria não quer dizer onde está, mas não resta dúvida de que ela percebeu o silêncio que o circunda, então ela pergunta sobre o destino do túnel, "O que ficou decidido, sim ou não?" "Ainda estamos pensando", o marido responde, "Ainda estamos examinando." "O que mais há para examinar?", ela repreende com voz rouca, "Autorizem-no e comecem a escavar, essa é a sua última oportunidade, Tzvi." E ela interrompe a conversa.

Para não escutar a conversa particular de um casal de apaixonados, Maimoni se afasta para urinar e também para ler uma mensagem que chegou no seu celular. Mas, quando volta, lembra-se de prosseguir exatamente a partir do ponto onde parou. "Portanto, é preciso conseguir dinheiro para pagar um novo coração israelense para a esposa do professor de uma aldeia palestina. E aqui entra em cena o nosso oficial administrativo, o meu ex-comandante, talvez por conta própria ou por conta de uma política que se aproveita de um sofrimento particular em favor de um interesse nacional mais amplo, e talvez também — ultimamente estou tentando me convencer disso — por conta da compaixão que sente por uma mulher tão bela e delicada que o leva a se identificar com o seu próprio sofrimento particular."

— Seu próprio sofrimento particular?

— Por causa da doença da esposa dele. Mas, devagar, Luria, por enquanto isso é apenas uma suposição isolada, embora se fortaleça cada dia mais.

— Quer dizer?

— Quer dizer, paciência. Primeiro vamos recolher a louça da comida para não deixar lixo, e, quanto a Shibolet, tentaremos entender no caminho de volta.

E ele recolhe em uma pequena pilha a louça descartável e as embalagens, traz do veículo uma pá dobrável, cava um pequeno fosso e enterra nele a pilha, declarando solenemente: "Aqui está a primeira instalação secreta."

No veículo, depois de silenciar a canção de lamento, que agora já incluía um tambor e uma flauta, ele continua a entoar a história.

— Para obter financiamento, Shibolet sugere ao professor que consiga documentos de propriedade de um terreno que fica na extremidade da aldeia, um terreno onde há um túmulo antigo cuja posse os judeus gostariam de obter. E só pelo impulso do amor e da dedicação de um marido pela esposa, até mesmo um simples professor consegue pôr a mão em escrituras otomanas antigas e receber por elas, com a mediação de Shibolet, um valor respeitável, tudo em dinheiro, para poder trocar o coração cada vez mais fraco por um novo. Mas enquanto isso, o coração da esposa não resistiu, e, depois que o marido a enterrou, também foi descoberto que os documentos não eram confiáveis, e o solo supostamente vendido não era particular, mas terra de propriedade sagrada muçulmana, e o xeique enterrado nela é um muçulmano puro, que ficará descontrolado se tentarem convertê-lo postumamente. E, apesar de a negociação ter sido cancelada, as pessoas da aldeia estão furiosas com o que o professor fez pelas suas costas, e começam a pairar ameaças sobre a vida dele. E, portanto, ele não tem escolha senão se refugiar com o filho e a filha em Israel.

E, no seu desespero e isolamento, ele se recusa a devolver o dinheiro que recebeu.

— E Shibolet?

— Isso é o principal. Shibolet não o abandonou. Ele se liberou do Exército, mas não da responsabilidade pelos seus atos. O dinheiro que não foi devolvido está com ele, porque afinal nenhum banco vai abrir conta para uma pessoa que esconde a própria identidade, e, em meio à culpa pela confusão que criou, e também porque a asma da sua esposa exigia que ele ficasse com ela de vez em quando em um pequeno apartamento alugado em Mitzpé Ramon, pois o ar seco e limpo do deserto facilita a respiração dela, ele achou para o pai e os dois filhos um tipo de refúgio temporário em uma ruína nabateia esquecida naquela colina que, em vez de derrubá-la, você vai me ajudar a convencer a Caminhos de Israel a escavar um túnel nela.

— Nesse caso — Luria afirma —, o homem que aterrorizou você no treinamento militar básico se revela por fim uma pessoa com consciência que assume a responsabilidade pelos próprios atos, mesmo que com isso ele também se complique.

— Você está certo, ele não apenas se complica, mas até mesmo se incrimina. Mas, ultimamente, começou a corroer no meu cérebro uma explicação adicional aos atos dele, uma explicação louca, que não me dá descanso.

— Que é?

— Paciência.

Uma segunda esposa

No caminho de volta pelo trajeto marcado no mapa como a rota apropriada para a estrada militar, eles têm a possibilidade e também tempo disponível para levantar os olhos na direção da cratera que vai se preparando para o anoitecer. São quase cinco horas, Dina certamente já está na cama, ele pode ficar tranquilo, Luria pensa, admirando a composição avermelhada que o sol projeta nos penhascos ao longe. Maimoni ainda está calado. "A explicação louca que não lhe dá descanso" continua se arrastando na sua mente, antes que ele se atreva a levá-la aos lábios diante de uma pessoa estranha, apesar de ser uma pessoa com certa demência. E, enquanto isso, o amplo espaço do mundo vai esfriando, e Luria volta a se distrair observando a cratera, como se quisesse ser sugado para o alto e se misturar com as nuvens que vagam em cima dela. E de novo ele é invadido pela aflição de como estará Dina, como se a sua esposa estivesse agitando o seu coração. Lágrimas embaçam os seus olhos e ele as enxuga com a palma da mão, então o jovem engenheiro retira do porta-luvas lenços de papel macios, e repete: "Não diga, Tzvi Luria, que este país não se preocupa com você."

À distância, os contornos da colina assinalam que, se não for escavado ali um túnel, será preciso derrubá-la. Maimoni dirige com moderação enquanto exalta a cratera Ramon, que não somente é a maior cratera do mundo, mas também uma das únicas que não foram formadas por um impacto de meteoro, mas por erosão e extração. Na origem, aqui era uma montanha que virou cratera em um processo de desgaste. E o termo *machtesh*, "cratera", penetrou em todos os idiomas. Se você disser *machtesh* para um geólogo japonês, ele saberá do que se trata.

— E, mesmo assim, nenhuma água flui aqui — Luria tenta minimizar a importância da cratera.

— Só porque os muitos rios à sua volta não conseguem penetrar nela, porque está na serra, e as chuvas que às vezes se acumulam ali são rapidamente drenadas. Até mesmo o que eu urinei enquanto você falava com a sua esposa já foi rapidamente na direção do Mar Morto, e, portanto, a coitada da árvore de acácia que está à sua frente precisa enviar as suas raízes a uma profundidade de cento e cinquenta metros para sugar uma gota de umidade esquecida.

Na luz que vai se apagando, aproxima-se deles a colina que a conexão eletrônica não alcança, e, portanto, Luria interrompe o cântico de louvor geológico e exige chegar até o final da história humana, quer dizer, à ideia louca que talvez fortaleça a necessidade de um túnel. O engenheiro examina com afeto o assistente idoso. "Olhe aqui, logo você me dirá, Tzvi, que eu me contagiei com a sua demência." "E daí?", Luria ri, "se demência é um sentimento confuso, fique feliz com o sentimento que eu lhe dou como aposentado, em vez do sentimento que seu pai já não poderá lhe dar."

— Talvez você esteja certo. Porque na minha suspeita, ao que parece, também se mistura um sentimento particular. Quando procuro saber por que esse homem, Shibolet, continua amparando essa família, tenho a impressão de que há aqui uma motivação adicional ou oculta, por exemplo, alguma intenção de conectar a ele a jovem filha como uma segunda esposa.

— Hanadi? — Luria dá um salto.

— Ayala — Maimoni corrige.

— Hanadi — Luria insiste.

— Está bem, que seja Hanadi, mas não me diga que essa não é uma ideia louca.

— Tudo é louco.

— E, apesar disso, eu fico me perguntando de onde me veio uma ideia estranha como essa.

— Veio de dentro de você — Luria afirma —, da vontade de se vingar do seu comandante de esquadrão, ou da vontade de se identificar com ele. — E ele dirige a mão até o bolso direito da calça para retirar o celular, mas o aparelho não está lá, e o bolso esquerdo também está vazio, e ele apalpa com nervosismo os bolsos do casaco, mas o aparelho também não está ali, e ele se curva para procurar entre as pernas, mas é em vão. — Um momento — ele grita, em pânico —, pare imediatamente.

Os dois descem do veículo e endireitam os assentos para procurar junto aos instrumentos de trabalho — entre eles bússola, binóculo e compasso de um tempo passado —, e Maimoni já está localizando com o seu celular o número do desaparecido, telefonando para ele para que revele o local do esconderijo, mas somente o silêncio do deserto responde. E talvez o aparelho tenha voado nos últimos solavancos do veículo, Luria levanta uma hipótese, e no seu desespero ele começa a voltar, à luz do crepúsculo, caminha cem, duzentos e até mesmo trezentos metros para trás, seguindo as marcas das rodas.

"Como e por que ele me abandonou?", o aposentado lamenta. "Afinal, falei com Dina quando almoçamos. E talvez", ele se dirige de repente para o jovem engenheiro, "será possível

que você o tenha varrido com o lixo que enterrou no solo?"
"Por quê?", Maimoni debocha, surpreso, "é porque eu também estou lhe parecendo um pouco maluco? E talvez, ao contrário", ele provoca o aposentado, "talvez você mesmo, Tzvi, tenha dado à pequena raposa com quem você tentou fazer amizade?"
"Não", Luria grita, "pare de zombar, todo o meu cérebro está lá, todos os contatos."

— E daí? Eles vão recuperar para você. Se o seu filho, como você disse, produz chips para computador, ele com certeza saberá como recuperar todos os seus contatos.

— Mas até lá, até lá! Como eu vou telefonar agora para a minha casa para saber como ela está?

— Dê-me o número dela e eu vou pôr vocês em contato.

— Mas a minha esposa também está há muito tempo nos meus contatos favoritos. O número dela eu apaguei da minha memória.

— E o número de casa?

— Também está nos favoritos.

— E apesar disso — Maimoni perde a paciência —, ele ainda deve estar vivo em algum lugar no seu cérebro, faça um esforço, homem, não desista, caso contrário eu vou ficar achando que você está sendo arrastado intencionalmente pela sua demência.

— É verdade, já estou sendo um pouco arrastado — Luria admite —, e talvez esteja também gostando disso. Mas você está certo, não se pode esquecer o telefone de casa, mas ela costuma desconectá-lo antes de ir dormir e deixar só o celular ligado perto dela. E, agora que ela está doente, obviamente tratou de fazer isso.

E quando Luria finalmente se lembra do número, e Maimoni o põe em contato com a sua casa, de fato somente o correio de voz convida o dono da casa a deixar com tristeza uma mensagem comunicando que a cratera engoliu o seu telefone celular, e quanto a ele, não há com o que se preocupar, pois já está no caminho de volta.

— A cratera engoliu? — Maimoni fica irritado. — Por que você cismou justamente comigo? Quem, hoje em dia, não esquece ou perde às vezes o próprio celular?

Mas Luria insiste. Ainda que voltasse ao local da perda, não acharia o aparelho, a cratera já o pegou para si. A partir de agora, ele vai ter que amarrar o celular em uma coleira com guia, como um cachorro, para que não fuja.

— Sim, amarre, por que não? — Maimoni concorda. — Mas por que o desespero? Afinal eu garanti a você que é possível recuperar.

— É impossível recuperar *tudo* — o aposentado se enche de raiva —, porque ninguém sabe o que, na verdade, estava incluído nesse *tudo*. E portanto, se Shibolet e você também estão tramando para transformar a moça palestina na segunda esposa de vocês, eu também vou preparar, a partir de agora, um celular adicional, para que eu tenha dois.

Maimoni recua, fica vermelho, desata a rir. "Eu também estou planejando uma segunda esposa? De onde você tirou essa ideia?" Mas Luria não reage, desanimado e introvertido ele volta ao assento, afivela o cinto de segurança e resmunga consigo mesmo: vamos, o sol está se pondo e a casa está longe.

Quarto revirado

E os personagens que pairavam na história de Maimoni se apresentam agora em carne e osso ao pé da colina. À luz dos faróis do veículo do governo, aparece o professor da aldeia, ao seu lado o ex-oficial administrativo, magro e alto, com cabelo branco e brilhoso; e a filha, Ayala, está de pé afastada dos dois, perto do veículo ATV, com a cabeça e os ombros cobertos por uma manta tradicional fina, e ela parece agora ao aposentado mais alta e mais velha do que ele se lembrava. "Será que estão esperando por nós?", ele pergunta. "Você os informou a respeito da excursão?" Acontece que Maimoni — que para o veículo a certa distância do grupo, desliga o motor e apaga as luzes — sabia da reunião e também foi intencionalmente a ela. Shibolet o convocou para ajudá-lo.

Isso porque o professor da aldeia, não pela primeira vez, cansou-se do esconderijo e pediu para se entregar às autoridades israelenses, na esperança de que a punição que lhe será imposta restitua a ele a identidade perdida. E o oficial que lhe dava cobertura tenta impedi-lo, e também convocou a filha para ajudá-lo. E agora mesmo, enquanto no firmamento estrelas se reúnem para oferecer seu esplendor somente para essa cratera, o israelense volta a explicar ao palestino que, mesmo que a considerável quantia que restou do dinheiro da negociação que não se concretizou seja devolvida integralmente à associação religiosa judaica que pretendeu converter um xeique muçulmano esquecido, ainda não foi inventada uma punição que seja aceita tanto pelos israelenses como pelos palestinos, e que assegure que o professor que enganou a todos recupere, por meio dela, a sua antiga essência. E, para enfatizar o seu argumento, veio também à reunião o engenheiro da Caminhos de Israel, que deve voltar a se comprometer em preservar a integridade da colina.

Mas no veículo silencioso ficou um segundo engenheiro, idoso, não remunerado, que ainda está chorando pelo seu celular piscando e pulsando abandonado no deserto, indiferente às chamadas da sua esposa e de seus filhos, e quem sabe se a pequena raposa, que voltou para achar uma migalha esquecida, o está farejando agora e, no calor da saudade que sente do idoso que foi tão bom para ela, está cravando os dentes afiados no celular. Luria está triste, e a sua preocupação o afasta de qualquer outro pensamento. Se os médicos e as enfermeiras da clínica de sua esposa obrigaram a teimosa a voltar para casa no meio de um dia de trabalho, isso significa que a doença se agravou e que agora ela precisa só dele, pois ele é o único que sabe como tratá--la. E, portanto, é preciso ter pressa de abandonar este deserto e voltar para casa, e por que diabos Maimoni está ali perdido com a segunda esposa? E, para desfazer a reunião e apressar o movimento, ele passa para o assento do motorista, gira a chave com mão confiante, e o veículo do governo responde imediatamente. Já que ele não tem tempo de localizar o interruptor da luz que, ao que parece, mudou de lugar no novo modelo, ele solta o freio de mão e passa para ponto morto, para que o veículo deslize no declive até os personagens narrativos, na esperança de estimulá-los a chegar até o final da história. Mas a amarga história não está ciente da sombria massa disforme deslizando na sua direção, até o momento de quase tocá-la. "Você ficou maluco?", Maimoni grita, pendurando-se no veículo que rodava lentamente, enquanto puxa Luria do assento do motorista. E o aposentado é arrancado com mão firme e cai entre os dois moradores sem identidade, o pai e a filha, que se apressam em levantá-lo e não o soltam até se certificarem de que não se machucou. "Não foi nada", Luria sacode a terra de si, "não aconteceu nada, eu só queria apressar vocês, porque a minha esposa está doente e eu preciso ir rápido para casa. Olá, Rachman Yassur, olá, Hanadi."

— Yerucham — o morador sem identidade corrige, em voz baixa. — Mas o que a sua esposa tem?

— Só um vírus ou talvez uma bactéria — o marido responde —, mas mesmo sendo médica ela não sabe cuidar de si mesma. Então eu preciso estar ao lado dela.

— Sim, é preciso sempre ficar ao lado da esposa doente — o viúvo confirma —, mas como ficará o meu túnel?

— O túnel vai existir. Não se preocupe.

— O túnel vai existir, não se preocupe — Maimoni repete, enfatizando a promessa do seu assistente. — Será fácil e simples escavá-lo.

— Mas — Shibolet diz — o palestino está insistindo porque ainda não os autorizaram a executar o projeto.

— Vão autorizar, vão autorizar. Para isso trouxemos o sr. Luria até aqui.

— Você está ouvindo? — Shibolet diz. — Preste atenção ao que dizem os engenheiros. Você pode subir de volta sem se preocupar. A colina ainda é sua.

— Mas, se é para voltar, só se for com o seu pequeno trator, porque eu também desci as minhas coisas.

— É claro, vamos carregar tudo. E você — ele se dirige com o rosto iluminado para a moça —, o que você vai querer? Ficar esta noite lá em cima com o seu pai ou dormir conosco no apartamento?

— Basta, chega de incomodá-la — Maimoni o interrompe, irritado —, chega de apressá-la. Por que ela tem que subir a colina agora, ou ir até o seu pequeno apartamento? Deixe-a em paz, por favor, e eu já vou tratar de levá-la de volta.
— Para onde? Para a faculdade?
— Para onde ela disser, o que ela quiser. Até mesmo para um quarto revirado no Gênesis, se ainda conseguirmos um a essa hora.

O micro-ônibus

A filha se dirige ao pai inclinando a cabeça com um movimento gracioso, e o pai coloca a mão sobre a cabeça dela e acaricia o seu cabelo, e ela beija a mão que a acariciou. Delicadamente, Maimoni a puxa do pai, mas não a acomoda no assento traseiro do veículo do governo, e sim no dianteiro, entre ele e Luria, e o calor do seu corpo jovem se irradia para os dois engenheiros. Uma escuridão vai lentamente dominando a cratera, e à distância brilham luzes isoladas em Mitzpé Ramon. Mas o hotel Gênesis, embutido nas pedras à beira de um alto penhasco, de forma a parecer naturalmente uma parte ornamental dele, ainda esconde as suas luzes. Somente quando eles começam a subir para Maale Haatzmaut, e o hotel envia a primeira centelha, a jovem moradora sem identidade retira o lenço da cabeça e solta o cabelo, e Luria pensa no pai que a acariciou, e pergunta se não é triste para o pai ficar assim sozinho dias e noites na colina. "Ele nem sempre está sozinho", a filha explica, "ele tem um bom amigo, da família, palestino, que é oficial de polícia na Jordânia, e meu pai conversa muito com ele pelo celular, e às vezes eles também se encontram no Aravá, cada vez em um local diferente, para que não fiquem visados." E Luria, para quem a palavra "celular" incomoda no coração, apressa-se em comentar que até mesmo falar no celular nem sempre é seguro para ele. "Por que não é seguro?", Ayala pergunta, "afinal o aparelho do pai é jordaniano, e a linha é jordaniana, e o pagamento é na Jordânia, e como poderão em Israel ouvir as conversas com a Jordânia?" "Só você acha que não é possível", Maimoni interfere e direciona o veículo para o hotel iluminado, "o Estado de Israel ouve tudo o que ele quer ouvir, só que o seu pai não é importante o suficiente para que alguém queira ouvir as conversas dele com o primo."

O veículo para muito próximo à porta giratória da entrada e, sem desligar o motor, Maimoni desce e puxa a jovem passageira atrás dele, e, com um leve aperto no ombro dela, ele a conduz na direção da porta giratória, com ele, na mesma repartição da porta, e durante a girada ele lhe dá alguma orientação, e salta fora de volta enquanto ela, empertigada e ligeira, atravessa o saguão iluminado.

Maimoni parece agitado e tenso ao voltar. Sem falar nenhuma palavra para Luria, ele faz o retorno com o veículo, e em vez de ir na direção norte, na Rodovia 40, ele se dirige a Mitzpé Ramon, e quando Luria protesta, perplexo, "Para onde você está indo? Eu já deveria estar em casa", ele responde, "Você já vai ver", e transita pelas pequenas ruas, e entra em um estacionamento municipal onde estão, silenciosos, diferentes veículos grandes, e entre eles um micro-ônibus com as luzes internas acesas. "Então, Tzvi Luria, esse adorável micro-ônibus levará você até a sua esposa doente, mais rápido que eu, e pagarei ao motorista não só pelo bilhete de viagem, mas também para que ele trate de levar você, literalmente, até a porta da sua casa, de forma que não possa reclamar que este país está abandonando você."

— Quando foi que eu reclamei do país? Que reclamações você fica repetidamente insinuando? — Luria se queixa, perturbado, mas também impressionado com as atitudes precisas do jovem engenheiro. E ele entra no micro-ônibus, passa por três homens de cara amarrada e se senta no banco traseiro, largo e estofado intencionalmente para virar cama. Pela janela, ele vê Maimoni falando com o motorista que está tragando o seu cigarro, puxa uma carteira do bolso e lhe paga, e quando o motorista sobe ao veículo, ele convida Luria a se sentar ao seu lado, mas Luria recusa, é melhor para ele o banco traseiro, "Ainda são esperados mais passageiros?" Não agora, não em Mitzpé Ramon, só em Sde Boker virão mais três passageiros. Nesse caso, não há motivo para não ficar no banco traseiro, e se o motorista tiver uma pequena almofada, ela será muito bem-vinda. E de fato há uma almofada surrada, nada limpa, mas ainda assim uma almofada, e o motorista não pode reclamar do passageiro que tira os sapatos e se espalha no banco, colocando a cabeça na almofada, e que mesmo assim afivela em si um dos cintos de segurança.

Depois de um dia inteiro em um SUV duro do governo, com rodas altas, com ignição diferenciada e molas militares, a viagem no micro-ônibus parece suave e macia, e o ruído rítmico até se assemelha a uma melodia triste. Deitado de costas, Luria não vê o caminho, mas somente o firmamento, que já deixou na cratera Ramon as suas maravilhosas estrelas, e agora ele se contenta com uma lua crescente sem graça e curva, arrastada para a direção norte, apenas por obrigação.

Para casa, depressa, para casa, Luria deseja com toda a sua alma, ele reza para que Dina de fato tenha ouvido a mensagem na secretária eletrônica e que não tente telefonar para ele em vão. Passaram-se apenas doze horas desde que se despediram pela manhã, e ele já anseia por ela, tentando guardar na memória todas as histórias do dia para contar, para que ela entenda que, com o seu entusiasmo infantil por túneis que foram escavados há muitos anos, ela se casou com um jovem e vigoroso engenheiro, cujas intenções não se limitam à engenharia.

Ele acorda assustado e se endireita somente quando uma cadeira de rodas dobrada é empurrada no bagageiro causando agitação, e entra no micro-ônibus uma filipina magra, mas forte, puxando para dentro uma figura de baixa estatura, com uma juba de cabelo branco tremulando em volta da sua careca. Um tipo de homem que parece uma mulher que parece um homem. E Luria se pergunta: será que de fato Ben-Gurion ressuscitou e está indo de Sde Boker para o centro para renovar o país? Porém, a julgar pela rigidez dos seus movimentos, e também pelo outro filipino que lhe dá suporte por trás, percebe-se que o ex-líder está em profunda apatia, e seu olhar apagado vagando ao redor assinala para Luria o fim do caminho que ele próprio somente começou a trilhar.

Portanto, não há como ter expectativa de uma nova política nesse micro-ônibus, então é melhor se espalhar no banco traseiro e assimilar as nuvens da noite em um sonho. Mas, apesar de que, passado algum tempo, não muito, o micro-ônibus contorna Beer Sheva e começa a acelerar na Rodovia 6, e ali a suave melodia do motor passa a ser ainda mais leve, o cochilo do aposentado vai se extinguindo, e com olhos abertos e os sentidos bem orientados, ele segue os três passageiros descendo em silêncio, um a um, nas ruas escuras da entrada da cidade, enquanto o micro-ônibus se dirige com um impulso ao coração da cidade brilhante e alegre, até chegar ao calçadão, onde a cadeira de rodas é descarregada e aberta, e os dois filipinos, com muita compaixão, descem a figura que lhes foi confiada, colocam-na sentada com cuidado e a conduzem na direção do antigo porto de Yafo.

Somente então, quando o micro-ônibus se esvazia de todos os passageiros, o motorista chama o último deles para que se aproxime e lhe diga o seu endereço. E Luria se encolhe, uma tela preta cobre o endereço. "Dê-me um momento que eu vou conseguir", ele diz, "mas enquanto isso, por favor, para não perdermos tempo, para não errar à toa, comece a avançar na direção da praça Rabin, estou certo de que a minha casa não deve ser longe de lá. Você sabe como chegar até lá?" "É óbvio", o motorista responde, e carrega na tela eletrônica o mapa iluminado de Tel Aviv, no qual ele assinala a praça Rabin. "E no final, apesar de tudo, se eu não conseguir me lembrar do endereço", Luria acrescenta, "deixe-me na praça e, durante a caminhada, saberei como me conduzir. Minhas pernas sabem ir até lá, mas dizer agora o endereço em palavras é complicado para mim." Mas Maimoni pagou antecipadamente pelo serviço de condução até em casa, e esse motorista, ao que parece, está acostumado com passageiros tolos e confusos, e ele diz ao seu último passageiro: "Sem problema, meu senhor, tenho tempo e paciência, concentre-se, não tenha medo, juntos descobriremos o endereço certo, e assim poderei levá-lo literalmente até a porta da sua casa. Se você me disser apenas o nome de uma rua central que você lembre na região, vamos começar a avançar por ali."

— Ben-Gurion — Luria deixa escapar —, quer dizer, ex-avenida Keren Kaiemet. Mas tenho certeza de que a minha casa não é lá.

— Então, talvez você more perto de algum outro líder — o motorista sugere —, e os líderes simplesmente tenham se embaralhado para você. Então eu estou indo, e você observe bem esse mapa de Tel Aviv. O besouro verde pequeno que se arrasta no mapa somos nós, você e eu. Então, pense bem, talvez você more perto de outro grande líder.

— Como quem?

— Por exemplo, Jabotinsky. Não fica longe.

— Jabotinsky, de jeito nenhum — Luria recusa a sugestão. — Eu conheço a Jabotinsky, é uma rua longa e larga, que também atravessa a praça Hamedina, mas eu moro em uma rua curta e estreita.

— Se não é Jabotinsky, talvez seja um terceiro líder, menos conhecido, como Nórdau, mesmo que seja avenida, mas é estreita de cada lado. Olhe só. Vou assinalar para você.

— Não, não — Luria fica apavorado —, Nordau, não. Eu disse a você, moro em uma rua estreita e silenciosa. Embora haja lá vegetação e algumas árvores, mas nada de avenida.

— Então veja, não muito longe tem também a Nachum Sokolov, uma rua de mão única e simples.

— Obrigado, não é Sokolov, por que você está teimando com ruas de líderes sionistas?

— Simples, é porque estudei a respeito deles há pouco tempo para a prova de fim de curso no ensino médio — o motorista ri.

— Prova de fim de curso do ensino médio? Na sua idade? Que ideia é essa de repente? Por que você esperou tanto tempo?

— Porque tumultuei o ensino médio e fugi dos estudos, mas já cansei de ser apenas motorista.

— De todo modo, não pare agora, prossiga avançando pela Ibn Gabirol, pois tenho certeza de que este é o caminho certo, mas sem líderes sionistas, por favor, porque agora eu lembro que moro justamente em uma rua que tem o nome de um grande rabino.

— Rabino?

— Sim, rabino, um grande rabino, por que não?

— Justamente um rabino pulou para o seu endereço? Então, escolha um. Olhe no mapa, eu acho que em volta do centro médico na rua Basel estão amontoados, por todos os lados, nomes que parecem de rabinos, Alkalay, Shalah Hakadosh, Emden, Eybeschutz, Obadiah Bartenura, esses são todos rabinos, não?

— Emden, é isso — Luria fica exultante. — Rabi Yaakov Emden, Emden, número 5. Essa é a casa. Esse é o endereço.

— Quem é esse rabino? Qual é o mérito dele para obter uma rua em seu nome?

— Não, o que é isso, agora não. Leve-me depressa para casa. Minha esposa está doente.

Bactéria virulenta

A porta da entrada está fechada, mas não trancada, e isso significa que ela entrou afobada em casa. Os seus sapatos de salto alto estão jogados um depois do outro no caminho para o banheiro, o único lugar onde a luz está acesa, enquanto no resto do apartamento está tudo escuro. A mulher que sempre gosta de se cercar de muitas luzes não teve força nesta noite para acender a luz nem mesmo na cozinha. O quarto de dormir virou um "quarto revirado". A colcha foi arrancada da cama, e a maior parte dela está estendida no chão, e à sua volta e sobre ela há roupas tiradas rapidamente, e entre elas até mesmo a camisola que, ao que parece, estava exausta demais para vestir. Descoberta pela metade, ela recolheu cobertores, tudo o que lhe chegava às mãos, e se enrolou neles para acalmar a tremedeira que a dominava.

No início, Luria toma cuidado para não agitar o sono dela com um toque de mão, e então começa chamando-a pelo nome. Mas o nome não a acorda, e só a faz tremer. Ele apalpa com cuidado entre os cobertores para verificar o calor dos pés dela, mas ela puxa a perna com um movimento irritado e se encolhe em posição fetal. Sobre a mesinha ao lado da cama, o telefone celular dela está aguardando, na esperança de ouvir a voz dele. "Dina'le, meu amor, o que há com você?", ele implora, "Já pela manhã eu disse que você está doente, e você não deu atenção. Mas olhe, cheguei, voltei, estou aqui. Diga-me pelo menos se você conseguiu ouvir na secretária eletrônica o recado sobre o celular que desapareceu no deserto."

Será que ela está ouvindo? Será que está entendendo? Seu rosto ainda está enterrado no travesseiro, mas das profundezas dele já se eleva uma reclamação abafada: "Então por que você não ligou de outro telefone." "Como? Como?", ele implora, "O número do seu celular está registrado nos favoritos, mas ele mesmo já foi esquecido." "O meu número já foi esquecido?" "Sim, esquecido, meu celular me fez esquecer, ou talvez a demência." "A demência?", ela diz, como se estivesse se lembrando de uma amiga esquecida, "Ah, sim, a sua demência, como ela está?" E Luria se emociona com a centelha de humor que brilha das profundezas da febre, acaricia a cabeça dela e diz: "Sim, Dina, sim, meu amor, a demência está bem e muito preocupada, e está implorando que pelo menos você levante a cabeça."

Ela vira lentamente na direção dele o rosto, que está ardendo e deformado com a doença que a contaminou, e pelas fendas dos seus olhos, na escuridão do quarto, perpassa um brilho esverdeado que examina o seu marido como se ele fosse uma pessoa estranha.

— Diga-me somente quando foi a última vez que você mediu a temperatura.

— Medir para quê? Eu sei que estou com febre.

— Mas quanto?

— O que importa, quanto? Estou com febre. Febre alta. Mas eu trouxe da clínica alguma coisa para ajudar a combatê-la.

Ele passa a mão com cuidado na testa e no rosto dela e sente o suor.

— Não me lembro de você já ter queimado assim em febre, e por que de repente você está com medo da verdade?

— Não da verdade, mas de você, porque você vai se assustar e começar a agitar o mundo inteiro, e eu não tenho força para enfrentar, ao mesmo tempo, a doença e a sua confusão. Sou médica e consigo administrar a minha doença por conta própria.

— Mas o que os médicos da sua clínica disseram?

— Eles não disseram nada, eles fugiram para não se contagiarem. E você também, comece a manter distância de mim, se é que ainda não se contagiou.

— Mas contagiar com o quê? Qual é a doença?

— Ainda não tem nome, mas no fim terá.

— De todo modo, onde está o termômetro? — E sem esperar pela resposta, ele começa a retirar de cima dela, com cuidado, cobertor após cobertor e gira delicadamente o corpo ardente, até surgir na escuridão o brilho do mercúrio. O termômetro está cheio e a temperatura está marcando perto de quarenta, e Luria o leva até o banheiro, limpa-o com álcool, sacode até baixar a temperatura e volta até ela, e, apesar do olhar raivoso que lhe é enviado, segura a sua cabeça e empurra o tubo de vidro esbranquiçado debaixo da sua língua, e continua a segurar na extremidade para que não caia. E agora os quarenta graus não apenas são inquestionáveis, como também apontam uma clara tendência a aumentar. "O que vai ser?", ele lamenta. "Não vai ser nada", ela lhe envia de repente um sorriso, "sou médica, e muitas vezes já vi que até mesmo com febre de quarenta é possível continuar a viver e a prosperar. E, portanto, simplesmente recomponha-se, prepare um chá de ervas para mim, passe manteiga em uma fatia fina de pão, e encha o copo com uma água fresca, pois vou tomar de novo a medicação que eu prescrevi para mim, e vamos esperar pela manhã. Mas você, para não pegar de mim a bactéria, não vai dormir ao meu lado. Vá para o quarto das crianças. E já que você viajou o dia inteiro pelo deserto, antes de tudo tome um banho, e procure também não se preocupar demais, porque eu não pretendo morrer, não só porque eu gosto de você, mas também porque alguém precisa cuidar para que a sua confusão não enlouqueça o mundo."

Ele traz água para ela, retira de cada embalagem os comprimidos que ela pede, e supervisiona para que tome-os de fato. Mas, quando ele traz uma bandeja com o chá e a fatia de pão, ela já voltou a dormir, e, apesar do fogo queimando dentro dela, o seu sono é tranquilo. Ele coloca a bandeja no chão, ao lado da cama. Talvez eu esteja exagerando, ele pondera, e a minha maldita demência, em vez de diminuir a minha aflição, ainda a torna mais aguda. Ele tira a roupa e entra no chuveiro, e não veste o pijama após o banho, mas roupas limpas, a fim de estar preparado para qualquer eventualidade.

No quarto das crianças, ele recolhe os brinquedos dos netos, que ficaram jogados em cima da cama, e estende um lençol novo. Depois, telefona para a filha Avigail pelo celular da esposa, que ele adotou, e, para transformá-la em parceira ativa na sua aflição, ele usa um tom triste e desesperado. Mas Avigail, que já foi informada da doença pela mãe e também advertida a não se aproximar dela, ultimamente subestima o juízo do pai, e, portanto, interpreta o prognóstico obscuro dele como mais uma ideia fixa da demência. "Acalme-se e vá dormir você também", ela ordena ao pai em linguagem seca, "você está exausto da sua cratera, e ainda não se acalmou por causa do celular que deixou para ela. Mamãe é uma médica experiente, deixe-a administrar sozinha a doença e não assuste demais o mundo."

Ao contrário dela, o coração do filho é mais suave e mais generoso, e, apesar de que somente agora ele ficou sabendo pelo pai da doença da mãe, está pronto para partir imediatamente no intuito de ajudar. "Não, não venha ainda, mas mantenha contato, embora a cratera tenha sumido com o meu celular, mas eu transformei o celular da mamãe em uma parte real do meu corpo, e, portanto, você poderá me achar a qualquer momento."

Ele folheia o jornal da manhã, mas as aventuras do dia no deserto não deixam espaço para os delírios malignos dos jornalistas. Assuntos que pareciam vagos pela manhã se esclareceram de fato na jornada ao fim da estrada; no entanto, novas surpresas apareceram no caminho de volta. Mas para que tentar imaginar o que ocorreu no quarto revirado do hotel Gênesis quando o seu próprio quarto se transformou em um quarto revirado. Ele enfia o celular da esposa no fundo do bolso da calça, e escurece o quarto das crianças, mas deixa acesa a luz do corredor, para manter contato com a doença que ainda não tem nome. Ele entra na cama vestido com roupa comum. O sono oscila, e, em meio à neblina, brilham os olhos da raposa mastigando, e ela regurgita a lista de contatos do seu telefone celular. Diabos, ele sussurra para si mesmo, e enfia a cabeça com força no travesseiro, e cai nas profundezas do sono, e se não fosse Dina, que apareceu sem roupa ao lado dele, sacudindo-o, só mesmo a luz do sol iria conseguir abrir os seus olhos. "Levanta, Tzvi, aconteceu um pequeno desastre, o chá derramou em cima de mim na cama, por sorte estava só morno. Ao que parece, eu estou muito doente, de verdade." E envolvido pelo aroma do chá de ervas que sobe do corpo quente, despido e amado, ele corre até o quarto agora todo iluminado, e se surpreende com o fato de uma única xícara de chá ter causado aquela inundação. Cobertores se encheram de manchas amarelas e úmidas, e a camisola ficou um trapo. "Venha, venha", ele a aproxima de si, "antes de arrumar a bagunça eu preciso dar um banho em você." E ela o observa, e seus movimentos denotam uma confusão silenciosa. E a autorização para lavar com as próprias mãos os mistérios ocultos da sua nudez, que nem mesmo na ardente juventude jamais lhe foi dada, demonstra que a febre está anulando tudo o que foi decidido e estabelecido desde que a conheceu.

E ele tira as próprias roupas e se junta a ela no chuveiro, ensaboa e enxágua, e a sua preocupação se mistura com desejo. E ele a enxuga e lhe traz uma camisola seca, e a conduz até a cama no quarto das crianças, uma boneca grande a mais entre as bonecas e monstros dos netos, cobre-a e aguarda até que o ritmo da sua respiração confirme que ela está dormindo. Mas ele não volta para o quarto a fim de arrumar a bagunça, mas tira o celular do bolso e vai até a cozinha, e acorda o filho do sono e diz: "Não, meu filho, não venha ainda, mas eu decidi chamar a equipe de emergência. Então, confirme para mim, por favor, Harav Emden, número 5, cobertura, esse é o endereço, certo?"

— Certo, papai, esse é o endereço, não há outro, e ainda, se decidirem interná-la, ligue do caminho ou do hospital. Nas estradas vazias durante a noite, eu posso realmente voar até vocês.

Para a emergência

— Desta vez vocês têm uma paciente que também é médica — Luria anuncia aos três jovens de uniforme branco que entram apressadamente no apartamento com uma maca dobrável e equipamento de emergência. — Na verdade, ela é pediatra — ele especifica —, mas é médica sênior em um grande hospital. E, como ela acreditava que poderia cuidar sozinha da doença, ainda é capaz de ficar indignada por eu ter chamado vocês sem o seu consentimento, mas eu estou totalmente de acordo com a decisão, pois, além de febre alta, que os remédios não baixaram, está começando também um tipo de confusão, um tipo de embaçamento, coisa que ela nunca teve, então por aqui, amigos, pois o chá que eu trouxe para ela inundou a cama, por isso eu a trouxe para cá, para o quarto das crianças. E essa confusão é o que mais me assusta agora, mais que a febre, embora comigo também ocorra às vezes, mas completamente diferente, sem febre e sem dores. E antes que vocês comecem os exames, uma pequena pergunta: vocês são só paramédicos ou entre vocês, por acaso, há também um médico, quer dizer, um médico de verdade?

— De verdade? — debocha uma jovem paramédica que aceita o desafio. — Sim, por acaso há, e por acaso sou eu. — E Luria tem a impressão de identificar na fala dela um sotaque estrangeiro, mas também muito familiar. E a jovem médica se ajoelha ao lado da cama da médica sênior, acaricia o braço dela tentando acordá-la, e, quando Dina abre os olhos, por algum motivo não está surpreendida, e a jovem endireita o seu tronco com mão delicada, mas experiente, afasta a camisola e começa a mover o estetoscópio entre os seios alvos e maduros, e depois nas costas, e quando acaba e pendura o estetoscópio no pescoço, ela pergunta o nome do hospital em que a sua paciente trabalha. Os paramédicos auferem a pressão arterial, medem a temperatura, e um fino feixe de luz verifica a garganta, e, de acordo com a orientação da jovem médica, uma agulha para infusão é logo enfiada e fixada no dorso da mão frouxamente caída. E de repente Dina, com voz rouca, relata a respeito de uma criança, provavelmente dos territórios na Cisjordânia, infectada com a bactéria meningocócica, e, portanto, em parte ela está orientando a equipe e em parte está ordenando que eles se desinfetem, coloquem máscaras e usem luvas. "Desinfetem-no também", ela aponta para o marido alarmado, "e coloquem uma máscara nele. Sim, você também tome cuidado comigo a partir de agora." E de fato, após a revelação do nome expresso da bactéria, não há necessidade de falar muito, as máscaras logo aparecem, e as mãos vestem as luvas, e há até aventais esterilizados que garantem o isolamento, e a maca dobrável se transforma em uma grande cadeira de rodas.

— Você fez bem em nos ter chamado logo — a jovem médica diz —, essa é uma bactéria muito virulenta. Vamos encaminhá-la ao lugar a que pertence e onde contraiu a bactéria, ali será melhor para ela, apesar de que esta noite sua clínica está sem serviço.

— É claro — Luria confirma, e a sua voz lhe parece estranha através da máscara —, ela não só pertence àquele lugar, como também é conhecida e importante ali, então talvez concordem que eu me isole junto a ela.

E a paciente é retirada da cama e enrolada em um cobertor, e, na cadeira de rodas que na ambulância se transformará em cama, ela é conduzida ao pequeno elevador. E Luria retira o relógio de pulso dela e o coloca no braço ao lado do seu próprio relógio de pulso, e fica correndo pela casa com um grande saco de lixo, recolhendo os remédios no quarto, os chinelos dela e os dele, e acrescenta as escovas de dente dela e dele. Entusiasmado com a sua decisão de não se submeter à pretensão dela de tratar sua doença por conta própria, ele volta ao seu casaco de deserto e remexe os bolsos, talvez, apesar de tudo, o seu celular esteja lá, e ele examina no espelho a máscara no seu rosto e pensa: suponhamos que a bactéria virulenta do menino palestino doente tenha passado para mim também, ela vai melhorar a demência ou piorar?

Ele apaga uma luz depois da outra, mas, antes de escurecer a cozinha também, ele procura se consolar e se fortalecer com um chocolate amargo, bem preto, que corta em dois quadrados e enfia na boca, atrás da máscara, e o resto do pacote, ele coloca no bolso, com o celular da esposa. Ele tranca a porta de entrada com duas fechaduras, como quem sai para uma longa jornada, e não espera pelo elevador, mas salta pelas escadas até a rua, onde a ambulância causa tontura com as suas luzes de emergência, amplificando a ansiedade dos curiosos que a rodeiam.

Com firmeza e rapidez puxam o marido para se sentar ao lado da cama da esposa, que está com uma máscara de oxigênio no rosto. "O que é isso, por quê?" ele pergunta com o coração partido. Mas a jovem o tranquiliza, "Não se preocupe, é só para aliviar, sua própria esposa pediu. E também, não tenha medo, vão retirar isso." "Você tem certeza?", pergunta ele com voz chorosa. "Como você sabe?" "Eu sei, já lhe disse, eu também sou médica", e com uma piscadela maliciosa, ela acrescenta: "médica de verdade." E agora já fica claro para Luria o que é estrangeiro e o que é local no sotaque dela. E para se desviar da primeira pergunta, a constrangedora, ele passa para a segunda, a fácil: "Você é o quê, muçulmana ou cristã?" "Os dois", ela confirma com um leve sorriso, sem acrescentar nenhuma explicação. Mas Luria não pede explicação, ele apenas suspira, "Sim, é uma combinação possível, porém difícil", e tira o pacote amargo, aumentando o corte na embalagem dourada, e oferece a ela para que também ache consolo no chocolate, e, para a surpresa dele, ela pega não somente um quadrado, mas dois, e por conta própria repassa o resto do pacote para as duas pessoas da equipe, e também para o motorista da ambulância, que maneja a sirene com moderação e somente em cruzamentos perigosos.

Isolamento

O setor de emergência já está preparado para a chegada deles, e, por causa da bactéria e de suas implicações, a pediatra é isolada antes que comecem a tratá-la, e cada médico, enfermeira e até mesmo os auxiliares que se ocupam dela usam luvas, avental e máscara, e são rigorosos em desinfetar as mãos ao entrar e ao sair. Mas Luria ainda é um caso suspeito, e, portanto, não consegue o isolamento, mas é mandado para exames a fim de confirmar se a bactéria da sua esposa não o pegou também. "Quem é você?", pergunta-lhe uma enfermeira idosa que, depois de coletar seu sangue com gentileza, entrega a ele um copinho esterilizado para exame de urina. "Você também faz parte do nosso hospital?" "Não", Luria descarta a suposição, "para nós uma médica na família já é o bastante. Sou engenheiro, para ser mais preciso, engenheiro rodoviário, e imagine você que desde esta manhã até a noite, circulei pelo deserto, na cratera Ramon, onde talvez você tenha passeado, ou pelo menos já tenha ouvido falar." Mas trata-se de uma mulher religiosa, que na juventude correu para ter muitos filhos que não permitiam que ela se afastasse muito, menos ainda para passear na cratera Ramon, cujo nome, para dizer a verdade, ela está ouvindo pela primeira vez. "Quanto a mim", Luria se apressa em esclarecer, "não passeio por lá, eu trabalho, trabalho em nome do país." "Se na sua idade", a enfermeira idosa afirma, aparentemente também se referindo a si mesma, "você trabalha, e ainda mais para o bem do país, você pode se definir como uma pessoa feliz." E quando muito tempo depois ela volta para pegar o exame de urina, traz também uma boa notícia: ele não tem nada e não há nada nele, e pode ser liberado e somente tomar dois dias de antibiótico. "E esse exame?", ele aponta para o líquido amarelado, "Afinal esse exame não foi feito." Certo, mas não é um exame importante, e também precisa de um tempo considerável de cultura, portanto, apesar disso, ele está liberado.

Nesse caso, Luria pondera surpreso, e não exatamente aliviado, apesar de ter tocado nela, cuidado dela, acariciado, beijado, e até mesmo ter dado banho nela, a bactéria não me quis, será que alguma coisa interfere na nossa parceria? E ele corre para a esposa para lhe dar a notícia da liberação. Mas Dina já não está na emergência. A advertência de isolamento foi retirada da porta e na cama está deitado agora um homem desconhecido. Enquanto ele estava ocupado com os seus exames, estabeleceu-se que a Internação A e a Internação B organizariam a hospitalização em isolamento.

— A ou B?

— Depende de onde conseguiram organizar o isolamento, mas os dois setores ficam no mesmo andar, assim você não terá problema em esclarecer por conta própria.

Apesar da hora tardia da noite, os corredores estão iluminados e todos os elevadores estão funcionando, e nos laboratórios e nos institutos os plantonistas estão a postos para casos de emergência. Mas depois da meia-noite um hospital gigantesco como esse também revela a sua tristeza. As lojas e as cafeterias estão fechadas, os pacientes estão dormindo ou dopados, e os visitantes, até mesmo os mais fiéis, já foram mandados para casa. Embora aqui e ali seja levada apressadamente uma maca com um paciente entre a vida e a morte, e de longe ressoe um grito de dor ou talvez um grito no sonho, o que predomina é o silêncio. No último ano, Luria esteve aqui duas vezes para os exames de imagem do seu cérebro, mas, como foi a sua esposa que o levou, agora ele não está se entendendo com as entranhas do prédio. Além do mais, o tempo de espera foi curto e o exame transcorreu com alegria e amabilidade, até porque os resultados não foram entregues a ele, mas enviados diretamente ao neurologista.

Agora ele está caminhando sozinho. Cansado e abatido, ele chega até os portões de uma estrutura gigantesca e complexa, com um saguão imenso, onde estão espalhados diversos grupos, e não há como saber qual vai levá-lo ao destino dele e qual só vai complicá-lo. Porque depois da meia-noite, em um hospital tão cheio de curvas e tão complexo, se ele for tomado pela confusão do palco da ópera, de onde virá a música para soltá-lo? Sua cabeça está girando e ele caminha debaixo das luzes cintilantes do gigantesco saguão, como se estivesse perdido sob as estrelas da cratera. Mas apesar de Luria não ser engenheiro de construção, e sim engenheiro de estradas, ele supõe que se um prédio imenso como este ainda é uma unidade, de qualquer elevador, onde quer que esteja, irão se ramificar corredores, becos e cruzamentos, e por meio deles será possível chegar a todos os lugares. E ele toca em um dos botões, e diante dele não se abre um elevador, mas dois, um convidando-o a entrar, e do segundo saindo um funcionário da limpeza, um imigrante africano, que sabe com clareza que A e B ficam no mesmo andar, no sétimo.

Na Internação A, a luz é pouca e o silêncio faz um zumbido, e no posto de enfermagem está uma jovem enfermeira sentada, fazendo palavras cruzadas no seu celular. "De fato, telefonaram da emergência para internar aqui a doutora Luria, e não tínhamos quarto vago para isolamento. Mas acharam um para ela na Internação B. Vá até lá, meu senhor, estão esperando-o." Ele se dirige até lá, e também ali há uma penumbra e um zumbido nos corredores, e no posto de enfermagem, um enfermeiro e uma enfermeira estão conversando em estado de vigília. De fato, estão esperando pela doutora Luria, e o quarto de isolamento já está pronto para ela, apesar de que por enquanto está lá deitada uma paciente que fugiu do ronco da vizinha, mas, quando a sua esposa chegar, imediatamente irão tirá-la de lá. Mas onde está a esposa dele? Ela ainda está a caminho, pois agora está fazendo um exame adicional que ela própria requisitou no Instituto de Imagem, mas não tente procurá-la ali, porque você vai se atrapalhar entre os corredores e as portas, e não achará ninguém para ajudá-lo. Se você chegou até aqui, sente-se e não se mexa. Mas será que ele poderá ficar junto no isolamento? Pois ele passou pela emergência e ficou claro que ele não tem nada e não terá nada. Mas o posto de enfermagem não está autorizado a responder, e o médico de plantão adormeceu ainda agora, e por que acordá-lo antes de ver a paciente. E afinal, a sua esposa, que é médica e está informada da bactéria que a atacou, decidirá ela mesma se o marido tem permissão de se isolar com ela e em que condições.

Ele ainda está tranquilo, e procura verificar o quarto indicado, e caminha em um corredor na penumbra entre cilindros de oxigênio, andadores, cadeiras higiênicas e um grande computador médico que se movimenta com rodas, e empurra a porta com cuidado, e na janela à sua frente está a mesma lua crescente defeituosa que pairava sobre ele na viagem de volta do deserto. Em uma cama única está bem coberta a paciente que se cansou do ronco da vizinha, apesar de que a respiração dela também não é nada silenciosa. E, portanto, até que a sua esposa chegue e decida sobre o direito dele de ser seu parceiro no isolamento — exausto e abatido do jeito que está — ele precisa se preocupar consigo mesmo. Ele circula silenciosamente entre os quartos dos pacientes, até que acha um colchão descoberto, abandonado. Ele o arrasta até o quarto indicado e o coloca ao lado da cama da paciente, que abre os olhos assustada e imediatamente os fecha, como se Luria e o colchão fossem apenas acessórios de passagem no seu sonho. Se eu sou apenas um sonho para essa mulher, que por algum motivo eu suponho que esteja em início de gravidez, por que não ficar ao lado dela por enquanto, até que a minha esposa venha substituí-la? Ele cai sobre o colchão descoberto, sem lençol e sem travesseiro, e mergulha no abismo da inconsciência, e no primeiro e débil raio de sol, Yoav toca nele e diz: "Papai, não se assuste, sou eu, vim pegar você e levar até a mamãe. E Luria abre os olhos e diz: *Hi*,[21] *habibi*.

Na clínica pediátrica

Já que o aposentado não passava de um acessório de passagem no sonho da paciente, e também estava todo submerso no seu próprio sonho, como ele poderia perceber a mensagem no celular que piscava no seu bolso e anunciava que a sua esposa não seria internada no setor de Internação, mas foi transferida do Instituto de Imagem diretamente para sua própria clínica, no setor pediátrico? Pois, quando os colegas dela foram

---

21. No inglês no original.

informados a respeito da bactéria que contaminou a médica, ficou decidido, com o consentimento dela, isolá-la no seu local de trabalho, onde as condições e a vigilância seriam rigorosas e também amigáveis, e lhe seria permitido participar do tratamento. E já que Luria, de qualquer jeito, não tinha permissão de se juntar a ela, nem era admissível que voltasse sozinho para casa em hora tão tardia, ficou decidido não acordá-lo para informar da mudança, mas deixar que aprofundasse a sua permanência no colchão sem lençol e sem travesseiro.

E, depois de ajudar o pai a se levantar, Yoav o encaminha para uma das cafeterias que já estão abertas no hospital, para que beba e coma, e em seguida o acompanha até o setor pediátrico. Lá, em uma pequena sala cheia de fotografias de animais de estimação nas paredes e balões coloridos pairando próximo ao teto, Luria pode ver, mesmo à distância, que, apesar do antibiótico pingando de uma bolsa grande, e apesar da máscara de oxigênio que ainda ajuda na respiração, a mulher da sua juventude o reconhece e levanta a mão em um aceno para que ele perceba que pode desistir do isolamento dele e voltar para casa.

E, quando seu filho o traz à tarde para uma nova visita, o setor está barulhento, com riso, choro e uivos. Pais e avôs e avós tentam silenciar, acalmar e distrair crianças de todo tipo, raça e religião, entre as quais crianças palestinas, sejam cidadãs israelenses, sejam da Cisjordânia que foram trazidas esta manhã dos postos de controle pelos ativistas da A Caminho da Recuperação, o grupo que Maimoni não inventou de seu próprio coração. E as crianças doentes estão misturadas aqui como um só país, cama ao lado de cama, oxigênio ao lado de oxigênio, e as infusões quase se emaranham entre elas. E Luria percebe que os pais das crianças que chegam da Cisjordânia e atravessam fronteiras e postos de controle ao amanhecer, cuidam de chegarem bem vestidos, especialmente as crianças, pelo visto acreditando que se vierem enfeitadas com gravatas-borboleta e roupa íntima de musselina, conseguirão um tratamento mais meticuloso e com mais dedicação.

Há uma ligeira melhora, um sinal de queda na temperatura, informam os colegas de Dina, médicos e enfermeiras. Hoje à noite tentaremos liberá-la da máscara de oxigênio. Mas, por causa da infusão intensa e da grande fraqueza, precisaremos deixá-la mais dois ou três dias em isolamento, e só então, e de acordo com a vontade dela, iremos transferi-la para o setor de internação. E talvez, apesar de tudo, deixemos que fique aqui, no setor dela.

O pai e o filho usam máscaras e luvas, e estão cobertos por um avental, para que a bactéria, se ainda não enfraqueceu, não os atinja. Mas, quando estão ao lado da cama da paciente contaminada, eles se cuidam para não tocá-la. A febre ainda não baixou, seu rosto está abatido, e as rugas geralmente disfarçadas pela maquiagem se revelam agora até no pescoço. O cabelo está solto, e o braço, estendido sobre o lençol para possibilitar o antibiótico a pingar sem dificuldade. Luria se lembra da confusão que o obrigou, na noite anterior, pela primeira vez em muitos anos de casados, a tirar a roupa dela e entrar junto no chuveiro. Será que essa confusão já passou ou ela está tramando se conectar secretamente com a demência dele? E, apesar de que os dois estão com máscaras, ela consegue perceber a nova aflição dele, e retira a máscara do seu próprio rosto para esclarecer por que ele ficou tão assustado de repente. "Eu não estou tranquilo com a sua confusão de ontem", Luria diz. "Confusão?", ela se espanta com o diagnóstico que lhe parece sem fundamento, e dirige o olhar para o filho, que tenta desviar a conversa por meio de uma observação de que a bactéria, de forma surpreendente, apaixonou-se justamente por ela, entre todos os médicos e enfermeiras da clínica. Luria endireita com cuidado o tubo da infusão para acelerar um pouco o fluxo das gotas, que na opinião dele está lento, mas a esposa faz um sinal firme com o dedo para ele parar e, diante disso, devolver-lhe o relógio de pulso, que fazia par com o relógio de pulso dele. E, quando coloca o relógio com cuidado no braço da esposa, ele se lembra do celular e o retira do bolso e o coloca na mão dela, e Yoav pega e o coloca em uma prateleira ao lado de um pequeno brinquedo, não se sabe se um gato ou um cordeiro. "E quanto ao *seu* celular?", Dina pergunta. "Sem problema", Yoav responde no lugar do pai, "saindo daqui nós vamos comprar dois aparelhos celulares para o papai." "Dois?" "Sim, dois", Luria confirma, "porque se eu perder o celular outra vez, não quero ficar sem contato com você." "E eu", ela sorri, "para qual dos dois vou telefonar?" "Comece pelo número antigo, e, se não obtiver resposta, você terá um número a mais, como a partir de agora, que você tem dois maridos." "Dois maridos?", ela pergunta, e não parece que essa tentadora possibilidade a deixa feliz. E Yoav concorda com a ideia dos dois telefones. "Sim, mamãe, ele está certo, na condição dele, ele precisa de dois telefones, com todas as senhas e os contatos dele. E se começar a perder esses dois também", ele enfatiza com arrogância, "compraremos um terceiro para ele, só para que não fique de novo perdido no mundo." E ele dá uma olhada no relógio, como que sinalizando uma despedida, mas Dina tem dificuldade de se separar dos seus queridos.

— Um momento, e o túnel?

— O túnel? Afinal, você disse que essa é uma fantasia de Maimoni e que não conseguiremos convencer ninguém a autorizar.

— É verdade, é uma fantasia, mas justamente por causa disso, na sua situação, você é a pessoa adequada para torná-la realidade.

— Na minha situação? — ele ri. — O que está havendo, a bactéria está mudando a sua opinião?

— Não é ela, é você. Eu vejo que justamente você, na sua situação, sabia mais do que eu que era preciso chamar a emergência.

— Só porque *você* é muito orgulhosa.

— É verdade, às vezes sou, confesso. Mas me explique qual é a necessidade de um túnel na cratera.

Luria gostaria de explicar, mas recua. Será que no auge da sua debilidade ela poderá entender uma complicação tão estranha? Afinal, na verdade ela está certa, um túnel em uma colina no deserto, que facilmente pode ser removida, é uma fantasia compartilhada por Maimoni e Shibolet, e somente um engenheiro rodoviário idoso, portador de uma leve demência, ousaria tentar convencer o sistema de segurança a financiá-la.

Tatuagem

Maimoni estava muito certo ao lhe garantir que o filho, que é dono de uma empresa de chips para computador, poderia facilmente recuperar tudo o que ele tinha no celular perdido.

Mais que isso, seu filho pode até acrescentar ao novo celular alguns tesouros que nunca existiram no antigo. E de fato, depois de comprar dois aparelhos novos, um que herdou o número antigo e o outro com um novo número, e de registrarem o número um do outro nos dois aparelhos, Yoav começou, com uma alegria intensa, a preencher os dois com nomes e números de telefone não apenas dos contatos do celular antigo, mas também os de quem nunca esteve lá incluído. Os números dos celulares dos netos, os números dos telefones de instituições públicas, hospitais, clínicas, prestadores de serviço, os números dos telefones de conhecidos e amigos antigos que apareciam em blocos e cadernetas abandonados, e não poucos números de pessoas mortas — amigos que faleceram. Luria tentou evitar que seu filho incluísse esses últimos entre os seus contatos, mas Yoav insistiu: "O que importa? Afinal, eles foram seus amigos, então pelo menos que fiquem na memória telefônica, ainda mais porque deixaram viúvas. Não se preocupe, eles não ocuparão lugar de outros, porque os chips desses celulares, confie em mim, têm uma poderosa capacidade de armazenamento. Os números mais importantes e essenciais, coloquei em discagem rápida, e os outros estarão dispostos em ordem alfabética, ordem que, por favor eu lhe peço, procure manter, se não no cérebro, pelo menos no coração."

E, além dos números dos telefones antigos e dos novos, Yoav tenta anexar para o pai aplicativos que ele nunca teve, como aqueles que lhe darão um relatório sobre a quantidade de passos na caminhada, sobre a distância percorrida por ele, as calorias que ele está queimando, a frequência cardíaca e a pressão arterial. "Resumindo, papai", o filho diz, "agora você pode saber quem é você e qual é o seu estado a qualquer hora."

No início, Luria fica animado ao ver o entusiasmo técnico do filho, depois começa a rechaçá-lo. "Chega, chega", o mundo dele está encolhendo, e ele não tem nenhuma vontade de expandi-lo, muito menos com pessoas mortas e calorias queimadas. E agora que a esposa está internada, falta um assunto adicional, a senha da ignição do carro, que tende a se embaralhar na memória dele, além de às vezes vir acompanhada por um gargarejo inútil da ignição, como um leve murmúrio que intensifica o engano. É verdade, é possível registrar a senha da ignição entre os favoritos nos contatos, mas começar a remexer o celular buscando a senha em uma hora de pressão ou de emergência vai confundi-lo mais ainda. Até mesmo anotar a senha em um papel que ficaria junto ao volante ou na alavanca de troca de marcha só vai inflar o instinto do ladrão que o achar. E, portanto, Luria encontrou uma solução simples, sobre a qual ele já conversou com a esposa, e ela não se abalou nem fez objeção.

— A mamãe concordou que você faça uma tatuagem no braço? — Yoav se surpreende. Mas não é um desenho, não é um endereço, não é um símbolo, não é um retrato, são ao todo quatro dígitos inocentes que não incomodam ninguém e não fazem sentido para ninguém. Quem, afinal, vai lhes dar atenção?

Yoav ainda está hesitante.

— Não — o pai diz —, não tente esclarecer com a mamãe, especialmente enquanto ela estiver doente. Esse não é um assunto médico, mas um assunto humano. E o que exijo de você é só uma pequena ajuda.

— O quê? — o filho se assusta — Tatuar você?

— Não, seu bobo, é óbvio que você não, você só provocaria dor. Mas você vai me levar para o lugar adequado, vai me ajudar a escolher o tamanho dos dígitos e fiscalizar se não vão tentar me convencer a tatuar algo a mais, algo de que não preciso.

Sem alternativa, Yoav concorda com a decisão. Ele vai verificar onde fazem tatuagem de forma limpa e profissional, e também levará seu pai para lá, mas não neste momento, pois ele precisa voltar para a empresa. "Não, não verifique nada, e não há motivo para esperarmos pela próxima confusão, agora, meu caro, antes que você desapareça de novo no norte do país, preste bem atenção, estou falando só de quatro dígitos, a tatuagem mais simples que existe no mundo, e eu já verifiquei e já achei a pessoa adequada, que faz isso sem preparos antecipados, e sem esclarecimentos e consultas. Nas minhas caminhadas pela orla até Yafo, descobri um lugar popular e rápido no mercado das pulgas, e agora eu tenho um pedido simples, leve-me até lá, fique ao meu lado e preste atenção para que não façam doer demais. Só quatro dígitos. E de lá siga para o norte, e eu vou de táxi até o hospital, até a mamãe, e talvez eu ache lá uma cama vaga entre as crianças, e se ficar claro que a bactéria já desistiu da mamãe, pegarei um colchão e me deitarei ao lado dela."

Primeiro eles descem até o estacionamento e ligam o motor do carro vermelho para confirmar se a senha que está na memória corresponde à senha na realidade, e só então os números são anotados em um papel. Luria tem a impressão de que ao gargarejo do motor se agrega o murmúrio da jovem asiática do fabricante, que aprova a escolha do carro certo, mas ele toma cuidado para não sugerir ao filho que compartilhe com ele das ilusões da sua imaginação. Eles vão no carro de Yoav ao longo da orla marítima e acham um estacionamento nas redondezas da Praça do Relógio em Yafo, e Luria conduz o seu filho com segurança para um galpão de utensílios de cozinha, e pede para o vendedor chamar o pai dele. Aparece um homem georgiano com o rosto iluminado e risonho, e ele reconhece Luria: "Então você decidiu, afinal, fazer uma tatuagem para fortalecer a memória enfraquecida." "Isso, mas sem dor, como você garantiu, e eu até trouxe o meu filho para me aconselhar sobre o tamanho dos dígitos." E o tatuador encaminha seus visitantes para o interior do galpão, para uma pequena latoaria destinada ao conserto de utensílios de cobre. No aquecedor tremula um fogo amarelo, e o homem se aproxima de uma caixa de madeira e retira de lá suas ferramentas, agulha elétrica, pedaços de náilon transparente, um frasco do qual sai um chumaço de algodão um pouco escuro, uma pequena garrafa de álcool e latinhas com pomadas. Depois de dispor diante dele as suas ferramentas, ele apresenta aos seus visitantes um quadro grande com modelos de letras hebraicas, latinas e árabes, e dígitos de diferentes tamanhos, e, perto deles, dígitos árabes. Sem falar nada, pai e filho concordam com o tamanho adequado, e o tatuador também fica satisfeito, vocês escolheram bem, este é o tamanho geralmente escolhido. "Quando você começou a fazer esse trabalho?", Luria pergunta ao homem, que já está desinfetando com álcool o lugar designado no braço direito. E o tatuador diz, "Deixe-me lembrar". E sem molde, e sem medida, enquanto Luria fecha os olhos para não se ater à dor que poderá ocorrer, a agulha desliza com segurança e tatua quatro dígitos azuis da senha da Suzuki vermelha, os dígitos que Yoav dita, um após o outro, observando o papel na mão, para que sejam gravados na ordem certa.

Uma pomada transparente e cheirosa é aplicada sobre a tatuagem, e também um curativo rosado. E enquanto Luria estende a manga de volta e veste o seu casaco, ele repete a pergunta: "E afinal, quando você começou com esse tipo de trabalho?" "Isso não é trabalho", o tatuador sorri, "é um prazer fazer tatuagens para pessoas como você, que precisam se lembrar do que irão se esquecer. Eu não tatuo pássaros ou flores, só nomes e números. E, se me lembro bem, a primeira tatuagem que fiz foi para o meu tio, que esqueceu o nome dele. Depois dele, vieram outros confusos das redondezas. Você também, meu senhor, quando começar a esquecer como se chama, lembre-se de mim, e eu tatuarei o nome no outro braço."

Yoav sorri, mas Luria está envolvido em tristeza, e para reprimir as previsões de seu futuro, ele se apressa em pegar a carteira. "Quanto eu devo?" "Nada", o tatuador responde, "para mim isso não é trabalho, é prazer."

A Caminho da Recuperação

Crepúsculo. Na saída do hospital, pais e filhos palestinos vestidos com casacos e xales estão esperando pelos voluntários da A Caminho da Recuperação, para os conduzirem até os postos de controle. Luria acena gentilmente com a mão ao passar por eles, para indicar que sabe de onde eles vêm e para onde voltam, mas ele não se detém, e se apressa para a sua esposa. A doutora Luria adormeceu antes do jantar, informa uma jovem enfermeira, e a febre continua baixando, e também a liberamos da máscara de oxigênio, mas, apesar disso, o isolamento ainda é necessário, até que tenhamos a certeza de que a bactéria já não está agindo. E, antes de colocar a máscara e vestir o avental para ficar junto da esposa, ele verifica no setor se acharão para ele uma cama vaga, ou até mesmo só um colchão, para que possa passar a noite ao lado da cama dela. "Para que isso? As crianças não ficam quietas à noite e os pais circulam entre os quartos. Se você ficar aqui, não conseguirá descansar." "E por que você acha que eu estou querendo descansar", Luria diz, "sou aposentado, e o descanso já está dentro de mim. Já chega que na noite passada eu não estive ao lado dela, e, agora que ela está consciente e sem máscara de oxigênio, vou me empenhar em entretê-la."

A escuridão no quarto é tão pesada, que no primeiro momento o marido tem dificuldade de encontrar o rosto da esposa entrincheirado na cama. Os alegres balões estão congelados ainda sob o teto, e os retratos coloridos das paredes se transformaram em manchas. Luria toma cuidado com seus passos e se senta em silêncio ao lado da infusão, cujo ritmo de gotejamento está escondido na escuridão. Sobre a mesinha está o jantar intacto. Luria espera em vão que a esposa perceba a sua presença. O sono dela é profundo, ele não se lembra de nada igual no passado. Será que o sono testemunha a permanência da doença, ou é um sinal de recuperação? Mas ele não vai interferir. Talvez a médica esteja sentindo uma doçura especial em um sono tão profundo no seu local de trabalho. Ele apalpa cuidadosamente o curativo junto à sua tatuagem. O tatuador não estabeleceu a data para a retirada e a revelação da senha para o mundo, e, na verdade, para que a pressa? Aguardemos mais um ou dois dias na esperança de que o filho tenha conseguido ditar ao tatuador os dígitos na ordem certa. Uma pessoa que carrega uma senha incorreta é uma pessoa com defeito.

— Para onde você sumiu? — uma voz abafada soa entre o lençol e o travesseiro.

— Bom dia, mas como assim sumi?

— Porque você sumiu.

— Eu não sumi. Como combinamos, fui com Yoavi comprar os dois aparelhos para colocar neles tudo o que havia no celular perdido, e ele também me convenceu a incluir novos nomes e aplicativos que me permitirão saber mais sobre mim mesmo.

— E isso demorou tanto tempo?

— Explico. É porque, além disso, eu pedi a ele que me acompanhasse até um lugar em Yafo onde me fizeram a tatuagem que nós combinamos, da senha da ignição do carro.

— Eu combinei que você andaria com um número no braço?

— É óbvio. Pois você também entendeu que não há alternativa a não ser tatuar os quatro dígitos no braço, para eu não ficar me confundindo o tempo todo.

— É inacreditável, Tzvi. Você aproveitou a minha doença para fazer uma tatuagem.

— Como assim aproveitei? Justamente quando você está internada e debilitada eu preciso ser mil vezes mais meticuloso e eficiente.

— E quando trocarmos de carro, o que você vai fazer, Tzvi, uma nova tatuagem de senha?

— Não há necessidade, é possível manter a mesma senha no carro novo.

— A mesma senha? Isso é possível? Você realmente é uma pessoa admirável.

— E isso é novidade? — ele ri com prazer. — Afinal, você percebeu isso já há quarenta e oito anos.

— Não a esse ponto, porque a sua demência está gerando em você um novo tipo de tempero, talvez para ajudá-lo a se conduzir.

— Exatamente. Conduzir. Porque não tenho escolha.

— O principal é que você esteja sempre por perto e que não desapareça de repente. Apesar da segurança adicional que a tatuagem lhe dará na direção, prometa para mim, Tzvi, que nunca, nunca mesmo, você ousará descer até o deserto com esse carro, que aliás também é meu.

— Até o deserto com o nosso carro? Por quê? E, afinal, o que sou eu no projeto inteiro de Maimoni? Um assistente insignificante sem salário. Iniciativa sua, aliás.

— E ainda assim estou advertindo você.

— Não precisa, eu entendi.

— Que essa possibilidade não passe nem mesmo pela sua imaginação.

— Não imaginar? — ele ri. — Você está controlando até a minha imaginação?

— Justamente a imaginação pode fugir ao seu controle.

— Dina, chega. Você está doente. Eu entendi. Por que continuar provocando.

E ele se levanta e abre a cortina de vedação, e entre as nuvens da noite vê de novo a mesma lua crescente que ultimamente o persegue, e esta noite ela está mais curva e mais pálida. Ele levanta a bandeja e examina o jantar em que a esposa nem tocou. Omelete e queijo branco, duas fatias de pão e um tipo de mingau acinzentado, que pelo visto veio ao mundo especialmente para crianças.

— Você quer que eu vá aquecer a refeição ou que eu tente trocar por alguma coisa mais humana?

— Não. Não tenho força para comer agora. Vamos esperar um pouco. E o mingau você pode comer.

— Mas você precisa comer alguma coisa. Não faz sentido ficar sem comer. Levante a cabeça e eu vou ajudar você.

— Não tenho força para levantar a cabeça.

— Então não levante, só abra a boca. Coma pelo menos a omelete. Posso aquecer, afinal?

— Não aqueça nada.

Ele apoia a bandeja na cama, corta a omelete e o pão em pequenos quadrados, espalha neles um pouco de queijo branco, e os coloca com muito cuidado na boca que se abre, goela de passarinho e não goela de raposa.

— Está vendo só — ele comprova ao ver que o pão e a omelete são engolidos —, você estava com fome e não sabia, então é preciso tentar também algumas colheres de mingau.

Mas ela não responde, e apenas avalia com um olhar irônico o marido, cujos olhos brilham acima da máscara. "Estou vendo", ela diz, "que esse túnel está fortalecendo você."

Luria não responde. Ele acaricia suavemente a mão dela, inclina-se e a beija, depois aproxima a coluna da infusão até a cama e arruma a louça sobre a bandeja. E antes de sair e procurar uma refeição e arranjar uma cama para si, ou pelo menos um colchão, ele quer saber se ela ouviu sobre uma organização de voluntários israelenses chamada A Caminho da Recuperação, que leva palestinos doentes até os hospitais de Israel, e fica claro que a médica tem conhecimento dessa organização, que as pessoas de lá trazem às vezes crianças para a sua clínica também. Mas essa organização se dedica sobretudo a doentes graves, que são mandados diretamente para os setores de oncologia e urologia.

— E há um setor especial para transplantes?
— Por que você está perguntando?
— Por nada. Só para saber.
— Transplantes, se necessários forem, e se possíveis, são realizados pela unidade de transplante de órgãos.
— E você, que não é cirurgiã, viu alguma vez um transplante, digamos, de coração?
— Não. Por que você está perguntando?
— Por nada. Para saber.

Ele ajeita o cobertor, recolhe as barras do lençol, abaixa um pouco a cortina para escurecer a luz da lua crescente que se soltou das nuvens, e sai para o posto de enfermagem. Coloca a bandeja no carrinho das bandejas e diz à enfermeira: "Consegui que ela comesse tudo, exceto o mingau estranho." Somente agora ele retira a máscara, as luvas e o avental, e acrescenta: "No que me diz respeito, não tente procurar para mim outra refeição de hospital como essa, vou descer e achar alguma coisa mais humana em uma das cafeterias. Mas eu imploro, mais uma vez, que você arranje para mim pelo menos um colchão e um travesseiro, porque eu não estou tranquilo, e quero ficar ao lado dela também à noite."

Ele desce para a cafeteria no térreo, e a essa hora da noite os clientes são poucos, e já estão limpando as mesas e virando as cadeiras, mas ainda não é tarde para preparar um sanduíche duplo para ele com uma omelete cheirosa, e encher uma xícara gigantesca com leite fervente. Ele sacia a fome com muita voracidade, e de vez em quando acaricia delicadamente o curativo colado no braço, para que continue a proteger a sua senha.

Um garçom pega a bandeja e informa que chegou a hora de fechar. Ele se levanta e descobre que, na voracidade com que comia, não percebeu que o lugar esvaziou completamente, exceto por um jovem magro e tristonho sentado a um canto distante, que se impõe contra a expulsão de Luria. "Como assim?", ele grita de longe. "Pelo relógio temos direito a mais quinze minutos." "Hoje esse direito não existe", a funcionária do caixa rebate com grosseria. "Por que justamente hoje?", o jovem insiste. "Porque hoje é hoje, e estamos fechando imediatamente." E o jovem, que parece fazer parte de alguma minoria, ergue o copinho de expresso, toma a última gota e, com uma visível caminhada lenta, vai se demorando até que Luria saia antes, para ser o último e atrair a atenção de Luria para o horário de abrir e de fechar indicados na porta que foi apressadamente fechada atrás deles.

Um médico de avental verde em que está impresso "Sala de Cirurgia" chega e mexe na porta trancada. "Eles são assim", o jovem diz a ele, "hoje deu vontade de fechar antes da hora. Olhe aqui, leia a hora de fechar." O cirurgião volta a mexer na porta, mas de dentro da cafeteria sinalizam para ele que não vai adiantar. "Não vai adiantar nada", o jovem lhe diz, "eles não vão abrir nem mesmo para você". E, sem ser solicitado, ele fala ao médico frustrado, com detalhes, onde estão espalhadas máquinas automáticas com bebidas e comidas nos espaços do hospital, e também sabe o que há e o que não há dentro delas. Mas o médico não dá crédito às explicações de um jovem estranho e com rosto pálido e, com um movimento de desistência, afasta a vontade de um café e um salgado e vai embora. "Eles são uns grandes porcos", o jovem diz a Luria, que por algum motivo permanece diante da porta trancada. "Afinal, eles podiam perceber pela roupa que não se trata de um simples médico, mas de um cirurgião necessitando de um copo de café." "Talvez hoje eles tenham motivos especiais", Luria tenta sair em defesa das pessoas da cafeteria, e ele observa carinhosamente o rapaz e acrescenta: "Mas estou vendo que você conhece cada canto desse hospital." "Sim, eu sou quase como da família aqui, até porque não faz muito tempo que fiquei um pouco internado aqui, eu mesmo, mas principalmente porque o meu primo está aqui com um problema sério de rim."

— Em que setor ele está?

— Urologia.

— E você, em que setor estava?

— No mesmo.

— O que você tinha?

— Eu não tinha nada, estive aqui apenas porque doei um rim para esse primo, que no início foi bem aceito, mas depois ele não soube como preservá-lo e começou a se complicar.

— E onde você fez a doação? — Luria se entusiasma. — No setor de transplantes?

— Não existe esse setor.

— Mas eu ouvi dizer, e também sei, que esse setor existe, e transplantam também outras coisas, mais sérias que um rim. Até mesmo coração.

— Coração? — o jovem debocha. — Que história é essa agora? Isso não existe. Quem daria o coração, mesmo que fosse para o primo?

— O doador já morreu, e eu estou lhe dizendo, eu sei que também transplantam corações aqui no país, se é preciso, se não há alternativa, talvez não aqui, mas em outro hospital.

— Isso aí não existe. Você está enganado, meu senhor. Se alguém lhe disser que pode substituir o seu coração, não dê ouvidos.

— Eu não preciso de nenhum coração novo — Luria fica irritado — e também não estou doente, estou aqui porque a minha esposa está um pouco internada, mesmo sendo médica.

— Tudo bem, não fique irritado. Eu não disse nada. Só que em Israel não há nenhum coração para transplante.

— Mas, afinal, de onde você é?

— A-Zababde.

— Onde fica?

— Perto de Kabatia. Já ouviu falar em Kabatia?

— Já. Eu conheço. Fui engenheiro rodoviário. E o seu primo também é de lá?

— Não, por quê? Ele é israelense da Galileia, de Turan, mas em 1948 fomos separados.

— E você doou um rim só porque ele é seu primo?

— Também. Mas também porque pagaram bem. Mas agora ele se complicou com o rim, ele não soube preservá-lo, e eu não tenho outro para doar. O que eu sou, o fornecedor de rim dele?

— Fornecedor de rim — Luria ri. — Essa é boa.

O telhado do hospital

Ao contrário da expectativa de Luria, a diminuição da febre e até mesmo a omelete e o macio queijo branco engolidos com apetite ainda não significavam a derrota da bactéria. Um jovem e dinâmico médico, que já foi indicado como sucessor de Dina na direção da clínica, intensificou o isolamento dela e proibiu o marido de dormir ao seu lado. Na reunião de equipe também foi levantada a dúvida sobre se a clínica pediátrica é o lugar adequado para a internação da própria médica diretora. Mas Dina, com o seu poder de autoridade, pediu para ficar no lugar que lhe é familiar. Se a maldita meningocócica me atacou aqui, declarou em um tom que não é típico dela, então é aqui que ela será eliminada.

Os exames de sangue ainda estavam problemáticos, e o antibiótico que pingava em uma determinada quantidade se revelou ineficaz contra a bactéria, que, além de agressiva, era também astuta. Havia, portanto, a necessidade de usar outro antibiótico, mais potente, e os dez dias adicionais de internação transformaram Luria em membro da família não apenas no setor pediátrico, mas em todos os espaços do hospital. Com a senha da ignição do carro impressa na sua carne, e a barreira no estacionamento subterrâneo se abrindo para ele automaticamente pelo número da placa do carro, ele ficou treinado em entrar e sair e hábil em descobrir, de dia e à noite, lugares para estacionar reservados somente para médicos seniores.

E de vez em quando, nos momentos em que a paciente se entregava a um sono prolongado, Luria tirava a máscara e as luvas, mas permanecia com o avental branco, para poder, como se fosse um médico imaginário, circular à vontade pelos departamentos, institutos e laboratórios, a fim de conhecer as entranhas deste gigantesco hospital e seus esconderijos, considerando que seria bom começar a imprimir na alma a sensação do lugar onde ele deixará os seus últimos suspiros quando chegar o seu dia, quando a sua consciência finalmente se extinguir. Mas suas andanças não tinham como objetivo apenas garantir a sua tranquilidade no final dos seus dias. Ele também as aproveitou para verificar se um hospital israelense tão grande e complexo como este realiza não somente transplante de rins, fígado, pulmões ou córneas, mas também de corações, e, nesse caso, quais são as exigências nacionais e financeiras caso seja necessário substituir um coração defeituoso que veio da Autoridade Palestina. Em outras palavras, ele queria saber se havia consistência na promessa que o oficial da Administração Civil fez ao professor rural do distrito de Jenin, ou, quem sabe, foi cultivada desde o início apenas uma ilusão de um coração novo em troca de terreno? E, enquanto ultimamente as imagens vão se apagando, uma após outra, da memória de Luria, permanece indelével em suas lembranças o retrato da bela mulher que morreu, trazido das profundezas de uma ruína nabateia em meio às lágrimas do marido.

Mas Shibolet, que planejou a negociação, estava determinado a não revelar o nome do hospital onde seriam trocados os corações, e portanto, apesar do poder do centro médico por onde Luria circula, ele não tem certeza de que esse é o lugar designado. E, quando tenta esclarecer em um dos escritórios se o hospital tem possibilidade de realizar um transplante complicado como esse, não lhe respondem, e exigem um documento médico para esclarecer a questão. "E afinal, quem é você, meu senhor?", uma funcionária pergunta, zombando. "E quem mandou você? Será que está procurando um coração novo para você? Ou deseja doar o seu?"

E assim se passam os dez dias de internação, ao fim dos quais Dina também volta a atuar aqui e ali em sua clínica pediátrica, verificando resultados de exames de crianças doentes e distribuindo conselhos e orientações para médicos e enfermeiras, até Luria reclamar que a doença dela se transformou no seu trabalho. Nesse caso, ela lhe sorri carinhosamente, por que você ainda está circulando à minha volta? O que mais você está procurando? No fim, você também acabará pegando alguma coisa nada boa por aqui. Mas Luria se recusa a se afastar da esposa, a aflição pelo estado dela não diminuiu, e, apesar dos dois celulares no bolso, ele insiste em estar presente ao lado dela, ainda mais porque Maimoni, que o mandou de volta para casa em um micro-ônibus com pessoas mentalmente frágeis, emudeceu. Será que o pai viúvo conseguiu se entregar e o túnel saiu da pauta do dia, ou talvez Shibolet decidiu afastar da história os dois engenheiros? "Por que você não telefona para ele?", Dina pergunta. "Por que eu?", Luria fica irritado. "Ele sabe que você foi mandada para casa com urgência por causa da doença, e também viu o meu pânico quando o meu celular desapareceu, e eu perdi o contato com você. E, portanto, quem precisa se preocupar com quem? Eu com ele ou ele comigo? Quem precisa telefonar? Quem deve honrar a quem? E afinal, há pouco tempo apenas, uma prezada senhora me advertiu que a minha honra é também a honra dela."

— É verdade — ela sorri, surpreendida —, eu disse isso, mas não seja um tolo devoto a mim, para santificar cada frase. Em vez de ficar girando como um pião pelo hospital, é melhor você telefonar para ele, para que ele entenda que não há motivo para desistir de você por causa da minha doença, ainda mais porque eu estou melhorando. Será uma pena se ele achar outro aposentado no seu lugar, um assistente-sem-salário, mas também sem demência.

— Ele não achará — Luria decreta —, porque só com base em uma demência será possível fundamentar a necessidade de um túnel, em vez de simplesmente remover a colina. E se, pelo que você diz, eu não sou mais necessário aqui, vou para casa, mas, enfim, é bom que você saiba que há um pouco de maldade em dizer que eu fico girando como um pião enquanto estou apenas cuidando para que a sua bactéria não volte.

— *Oy*, desculpe, desculpe, é só uma brincadeira. O que há com você? Vai ser triste se em vez de lhe possibilitar alguma distância do mundo, um pingo de alienação, a sua situação, ao contrário, aguçar a sua sensibilidade. Acalme-se, querido, nenhuma bactéria voltará, e você, apenas vá tranquilo para casa. E agora que você tem dois celulares, sinto como se eu tivesse dois maridos.

— E os dois com a mesma confusão.

— E daí? — ela ri.

A doença está recuando. Se ela estivesse hospitalizada no setor comum de internações, sem dúvida já a teriam liberado para abrir vaga para um novo paciente, mas aqui eles a mantêm, pela amizade de tantos anos. Em seis meses ela também irá se aposentar, e então precisará encontrar um túnel para si mesma.

Agora estão trazendo o seu almoço e perguntam se Luria também quer uma bandeja, afinal, por que não? Ele ajeita a sua cama na posição ereta e coloca a sua bandeja ao lado da bandeja dela. O prazer que sentiu na noite em que colocou na goela do passarinho pedaços de pão com omelete jamais voltará, porém a maior parte da refeição dela ainda permanece na bandeja, e somente em consideração ao trabalho da cozinha ele passa a porção de carne da bandeja dela para a dele.

    São três horas. Ele se despede, mas ainda toma cuidado para não beijá-la, porque ele não quer beijar uma bactéria também. Ele tira o avental branco que já foi adotado como parte da sua roupa, pendura-o no cabide ao lado da porta de entrada e desce pelo elevador. Na cafeteria lotada, ele percebe o jovem palestino magro e doador do rim, sentado novamente no canto, com o expresso à sua frente. Luria reduz a caminhada. Se esse homem doou um rim aqui, talvez, afinal, seja possível aprender com ele alguma coisa sobre o tema dos transplantes, apesar da dúvida dele em relação à troca de corações. Ele compra um cappuccino e vai se sentar ao lado do palestino, que o reconhece imediatamente.

    — E aí — Luria se mostra interessado —, como está o rim doado ao seu primo israelense?

    — A cada dia mais danificado — o jovem responde sem rodeios —, ele é uma pessoa teimosa, que não sabe absorver o que lhe dão.

    — Mas apesar disso — Luria tenta minimizar o fracasso —, pelo menos lhe pagaram, você não doou o rim apenas de forma voluntária.

    — Não, desculpe — o palestino fica ressentido —, foi voluntário, ainda que tenham pagado para o meu pai. Dei um rim que era compatível com ele, e não tenho culpa se a pessoa não absorve, e agora ele já está de novo reconectado à diálise. Diga-me, meu senhor, o que mais eu posso fazer por um primo assim? Nada, correto? Que ele ache outra pessoa que doe. A minha parte, eu já doei, e não me restou nada para doar. Agora, até mesmo se Deus me pedir um rim para Ele, eu não vou dar.

— Claro, claro — Luria concorda —, mas por que você precisa permanecer aqui no hospital?

— Por nada, estou só circulando — o jovem responde —, aprendendo sobre as doenças dos outros. Por causa da doação, a administração arranjou para mim uma permanência legítima por três meses. Então, para que me apressar, e para quem voltar?

Luria examina o rapaz com simpatia.

— É verdade — ele admite —, depois da doação você merece um pouco de descanso, mas onde você mora ou, pelo menos, dorme?

— Diga-me, meu senhor, — o jovem sorri maliciosamente,— —Aqui faltam camas à noite?

— Certo — Luria concorda —, e ainda mais porque o seu hebraico é fluente. Onde você aprendeu?

— Por que você está perguntando?

— Fico interessado no hebraico de vocês, lá nos territórios da Autoridade Palestina.

— Já na escola fundamental, — o palestino descreve, — aprendemos um pouco de hebraico com o árabe, pois na aldeia tínhamos um bom professor, que, além do árabe que ensinava, acrescentava exemplos em hebraico, para que soubéssemos como discutir com os soldados. Além disso, quando trabalhamos com os colonos, captamos com eles muitas palavras, pois não sabem como são em árabe. E eu trabalhei alguns anos com os condicionadores de ar deles.

— Um momento, quem era esse professor? — Luria se entusiasma. — Qual é o nome dele? Ele ainda dá aulas na aldeia de vocês? E a esposa dele, o que aconteceu com ela, está viva ou morreu? — O jovem estremece com a enxurrada de perguntas que o judeu despeja sobre ele.

— Por quê? — ele fica espantado. —Que ideia é essa, o que lhe importa saber a respeito dele? É apenas um professor que vinha até nós de outra aldeia, como posso saber o que aconteceu com ele depois de tantos anos?

— Por que tantos? — Luria se apega à sua missão. Quantos anos já poderiam ter se passado desde que você estudou com ele?

— Quantos anos? — o palestino está confuso. — Quantos anos você acha que eu tenho agora?

Luria tira uma medida com um olhar.

—Dezenove? No máximo, vinte e três.

— Vinte e três? — o rapaz ri com prazer. — O que há com você? Você não está vendo, meu senhor, que eu já passei dos trinta? Se eu pareço tão jovem para você, é só porque também estou adoentado, por isso concordei em vender um rim, pois por quanto tempo viverei com ele?

Mas Luria não perde a esperança:

— E apesar de tudo, vocês com certeza sabem muito uns dos outros lá, entre vocês, tudo gira em torno dos clãs, então pelo menos me diga de que aldeia veio o seu ilustre professor?

— Como eu vou saber, eu já me esqueci dele.

— Nesse caso, pelo menos você mesmo, de que aldeia você é?

— Eu já lhe disse na vez anterior, A-Zababde, perto de Kabatia, uma aldeia não muito distante daqui, em um dia claro como hoje você até poderá ver do telhado desse hospital.

— Daqui? — Luria desconsidera a possibilidade.

— Por que não? — O palestino insiste: — Estamos muito próximos de vocês, tudo tem a ver com tudo. Quando o céu está límpido como hoje, subindo ao telhado é possível, com boa vontade, desenhar a linha do Rio Jordão.

— Do Jordão? — Luria deixa escapar com desprezo. — Do telhado? Como assim, amigo, você está completamente confuso.

—Por que confuso? — o jovem protesta. — Eu lhe digo: se for um dia claro como hoje, você poderá ver muitíssimo do telhado do hospital.

— Em nenhum dia — Luria determina —, nem claro nem cinzento. Ouça, eu conheço muito bem o norte do país e também o centro, circulei por aqui em cada buraco, também planejei muitas estradas, e eu lhe afirmo, é impossível ver daqui o que você pensa.

Mas o palestino insiste:

— Não é o que eu penso, é o que eu *sei* que eu vejo. Diga, meu senhor, talvez você queira apostar.

— Apostar? — Luria ri ao ouvir a surpreendente sugestão — Afinal, por que não? Se subirmos ao telhado e de fato virmos Samaria e o Rio Jordão, eu lhe pagarei uma refeição completa nesta cafeteria.

"Não compre nenhuma refeição para mim" — o palestino se ressente —, não preciso de favores como este seu, é melhor combinarmos entre nós cem shekels, ou é muito dinheiro para você? — Cem shekels não são nada para mim, — Luria declara com arrogância. — Se você me provar que é possível ver daqui até a ponta da sua aldeia, você receberá de mim cem shekels, e de você, se eu estiver certo, vou pegar apenas um shekel, num gesto simbólico. Mas obviamente é ilegal ficar circulando pelo telhado aqui.

— Se é possível circular, por que seria ilegal? — o palestino legisla. — Só que você não é uma pessoa jovem, vai precisar tomar cuidado para não cair de lá.

— Por que eu cairia? — Luria diz.

— Na verdade, não precisa cair. Mas você ainda não me disse o que *você* está fazendo aqui no hospital, qual é a sua doença. Ou você só está fazendo exames?

— Estou aqui por causa da minha esposa, que é médica sênior no setor pediátrico, e pegou uma bactéria virulenta de uma criança doente que trouxeram até ela justamente de vocês, da Autoridade de vocês, e, portanto, os amigos dela a internaram, mas ela já está melhorando.

— Se ela é paciente aqui, e também médica aqui — o palestino se endireita e lambe dos lábios uma última gota de café —, então é óbvio que você, o marido dela, também está autorizado a olhar para o mundo do telhado, para ver se eu estou falando à toa.

E Luria, perplexo, é conduzido por largos corredores do prédio principal para outro prédio, gigantesco, desconhecido. E no seu amplo saguão os elevadores estão dispostos aos pares, e o palestino ignora a todos e puxa o israelense para um corredor comprido em cuja extremidade estão os banheiros, e atrás deles, escondido, há um elevador de serviço.

— É conveniente você entrar aqui agora — o jovem aconselha ao aposentado —, porque se você precisar no telhado, não haverá como.

Luria fica impressionado com o estilo refinado.

— Obrigado, você está certo, e enquanto isso, diga-me como você se chama.

— Aladim — o rapaz diz.

— E qual é o significado do nome?

— O nome vem do livro Mil e Uma Noites, do qual certamente você ouviu falar, cujo herói se chama Aladim, e ele é um herói importante.

Luria está contente.

— Um nome clássico, não lembro se li o livro, mas o nome é conhecido até mesmo por quem não é necessariamente árabe. Então, por favor, Aladim, espere até que eu, que me chamo Tzvi, saia. — E, quando Luria sai, ele vê que Aladim está brigando com a porta do elevador para que ela não se feche.

É um elevador mal-acabado, um elevador de carga, com o chão e as paredes de ferro, e não há nele nenhum espelho, nem mesmo um pequeno. Aladim não o dirige para o andar mais alto, mas para um andar abaixo dele, o vigésimo primeiro, porque ali, pela sua experiência, há um caminho melhor e mais seguro até o telhado. Não há dúvida de que o jovem das *Mil e Uma Noites* conhece o caminho, Luria diz consigo mesmo, e quem sabe se ele não é capaz de me deitar debaixo do céu aberto para arrancar um rim meu e restituir a si mesmo aquele que doou em vão. E as enormes caixas de ferro dos ares-condicionados, com suas hélices giratórias, começam a fazer ruído diante deles, mas ainda não se veem montanhas e vales, apenas caminhos estreitos entre coletores solares e antenas espalhados no amplo espaço do gigantesco telhado, em torno do qual há uma paisagem urbana brilhante, com ruas e casas com muitos andares, com pequenos pedaços de verde. Mas Aladim se empenha com convicção na direção da extremidade do telhado, no canto onde a paisagem urbana e condensada desaparece de uma só vez, e se estende o imenso e amplo espaço em que o olho penetra e paira à longa distância. Suaves colinas, montanhas cobertas por florestas, telhados vermelhos de colonos, amontoados de aldeias e pequenas cidades de onde emergem torres e cúpulas de mesquitas. E um agradável sol de inverno cobre a paisagem como uma cúpula de ouro azul, e uma névoa rosada de ar envolve a vista pastoril em um bloco de tranquilidade que jamais poderá ser partido, e Luria fica animado com a prova decisiva que a paisagem lhe oferece, e ele já quer sacar a carteira e pagar a sua dívida, mas ele se lembra do Rio Jordão.

— Ali está, meu senhor — o jovem declara com entusiasmo, apontando para o horizonte distante. — Olhe bem, o Jordão está lá, só que seco, pois pegaram a água dele, e restou apenas o nome. — Luria ri. Ele é de fato um louco, esse palestino. E retira da carteira a nota marrom esverdeada com a foto do presidente Ben-Tzvi.

E então, apesar do barulho das hélices, o aposentado consegue perceber que um dos celulares insiste em achá-lo. E ainda antes que Maimoni abra a boca, Luria reclama: "O que é isso, Assael? O que há com você? Como é que você some de repente? Você não conseguiu entender por conta própria que a minha esposa estava muito doente e até foi internada, e, portanto, eu fico o tempo todo ao lado da cama dela. Você acha que só porque você me enfiou em um micro-ônibus com pessoas mentalmente frágeis eu me tornei um insignificante?"

Maimoni fica constrangido e se justifica. Ele não imaginou que a doença era grave a esse ponto, e também não sabia que

Luria comprou um telefone celular novo. Ele também teve um período difícil. Aquela moça, Ayala, foi excluída da Faculdade Sapir, e o pai tentou outra vez se entregar.

— Mas onde você está, Tzvi, pelo som parece que você está em um balão, porque ouço ventos fortes à sua volta.

— Não — Luria ri —, estou apenas observando a paisagem a partir do telhado do hospital.

— Nesse caso — Maimoni determina —, precisamos nos encontrar, porque no Exército já estão pressionando a respeito do assunto da estrada, apenas me diga onde a sua esposa está e eu irei direto para lá.

— Não, Maimoni, não se complique agora com nenhum hospital, Dina será liberada amanhã ou depois de amanhã, e então você já irá direto para a nossa casa. Você com certeza se lembra do endereço.

— É óbvio, no antigo norte de Tel Aviv, apenas me lembre, por favor, o nome da rua.

Mas Luria, cujo endereço volta se apagar de repente, tenta ser esperto:

— Você já esqueceu o nome da rua?

— Sim — Maimoni não se confunde —, eu lembro que fica ao lado da Basel, o nome de algum rabino.

— Exatamente — Luria diz —, nome de um rabino.

— Mas qual? Eybeschutz? Emden?

— Exatamente — Luria sussurra —, adivinha qual dos dois.

— Adivinhar? — Maimoni se espanta. — O que há com você? Diga-me o nome, Eybeschutz ou Emden?

— Algo assim — Luria se defende.

— Não é Emden? — Maimoni fica nervoso.

— Exatamente, Emden — Luria confirma com alegria.
— E qual é o número da casa? Afinal, eu peguei você na rua.
— Sim — Luria confirma —, você só me pegou na rua.
— Então, qual é o número da sua casa? — Maimoni grita. — Três ou cinco?
— Exatamente — Luria se encolhe assustado —, três ou cinco, quando você entrar na rua, você logo verá.

Maimoni fica desamparado diante do desmoronamento da memória do seu assistente-sem-salário. Ele implora:

— O que há com você, Tzvi, três ou cinco?

E Luria responde, em desespero, e sente que a névoa rosada da paisagem de Samaria balança na sua cabeça:

— Exatamente, três ou cinco, quando você entrar na rua, você verá logo pelos nomes nas caixas de correio, lembre-se apenas que nós estamos no andar superior, no apartamento de cobertura.

Maimoni

Maimoni terá que esperar uma semana inteira até que lhe seja dado o sinal de que de fato o estão convidando para a casa da família Luria. Embora Dina tenha liberado a si mesma do hospital dois dias depois da conversa ao telefone no telhado, quando voltou para casa sentiu que ainda precisava de descanso, e do sofá da sala, diante da televisão, ela começou a orientar Luria sobre como recuperar o apartamento do caos que lhe foi imposto durante a doença, e deixá-lo adequado para a chegada de uma visita que nunca esteve lá. Luria foi enviado duas vezes para trazer flores, e do supermercado chegaram mantimentos e produtos de limpeza, de acordo com uma lista clara. E, apesar de que tudo está indo bem e a batalha conjunta contra a bactéria só acrescentou doçura ao amor deles e aumentou a confiança mútua, Luria ainda não contou à esposa sobre a excursão ao telhado do hospital, para comprovar o argumento de um jovem e adoentado palestino, com um só rim, de que este país é pequeno e apertado.

A esperada visita de Maimoni, Luria assim pretende, possibilitará ao jovem engenheiro explicar a Dina com as suas próprias palavras e conceitos a argumentação humana, e até mesmo moral, para o túnel que seu marido deverá ser parceiro em planejar e submeter à aprovação das autoridades. Até aqui, Luria omitiu da esposa os moradores da colina e a história deles. A bem da verdade, ele temia que Dina o proibisse, como se a demência já estivesse se enfurnando dentro dele, de fazer parte dessa complicação delirante dos outros. Sua esposa ainda não entende a essência interna do túnel do qual seu marido se tornou um dos personagens principais, e ela fala a respeito dele em contradição, às vezes vendo nele um capricho fantasioso de Maimoni, para o qual sem dúvida não haverá verba, e às vezes, principalmente desde que a sua doença surgiu, ela o eleva ao nível de desafio espiritual que ajudará o marido na luta pela lucidez. Um túnel no coração de uma cratera tão famosa é considerado por ela como uma terapia ocupacional para um cérebro em decadência. Já na primeira visita ao neurologista ela mencionou, para fortalecer um pouco a honra do marido, os dois túneis que foram escavados na Rodovia 6.

Portanto, embora Dina queira adiar a visita de Maimoni pelo menos até após a vinda adicional da diarista para dar um brilho no apartamento, Luria já exige chamá-lo imediatamente, ainda mais levando em consideração que o Ministério da Defesa está surpreso com a demora da apresentação de um projeto para a estrada.

Maimoni chega à noitinha, trazendo um pequeno ramalhete de flores. O jantar à base de laticínios já está pronto para ele, e entre os pãezinhos, as pitas, os queijos e as saladas sobre a grande mesa de mármore na cozinha, brilham também os dois celulares novos de Luria, não apenas para que o jovem engenheiro acrescente o número do segundo celular aos seus contatos, mas também para insinuar que, se futuramente o celular sumir de novo, o aposentado vai se controlar e não vai incomodá-lo com a sua histeria.

Luria tem a impressão de que Maimoni envelheceu um pouco desde a última vez que o viu. Ele parece tenso, e seu olhar preocupado vaga pelo belo apartamento de cobertura, sem pronunciar qualquer elogio. Sua impressionante barba decaiu e já não é uma barba bem-cuidada com o crescimento definido, mas uma barba relaxada, onde já brotam pelos brancos. Portanto, a primeira pergunta de Luria diz respeito à barba.

— Que houve com ela? Afinal, você disse que a sua esposa gosta dela.

— Gosta? — Maimoni se surpreende. — Não precisa exagerar, ela só não foi contra. Mas a sua pergunta faz sentido, há alguns dias decidi tirar a barba, e de repente, no meio de tirar, fiquei com pena dela, e assim minha cara ficou como uma herança de Arafat para a civilização ocidental.

— Herança de Arafat para o mundo ocidental? — Dina fica espantada.

— Exatamente, a relaxada barba de palha de Arafat, a barba de um eterno refugiado, que após a morte dele passou a ser uma exigência da moda entre os jovens de toda a Europa.

— Essa é a primeira vez que eu ouço uma explicação tão estranha a respeito desse tipo de barba na moda — Dina ri. — Yoav também, nosso filho mais velho, queria deixar a barba crescer, mas a esposa dele vetou. Eu não acredito que Arafat tenha sido alguma vez o modelo dele.

— Não é consciente, não é consciente — Maimoni logo rebate —, na minha opinião, a origem oculta é essa. No momento em que o velho esfarrapado, acompanhado de um revólver no cinto, apareceu no púlpito da assembleia na ONU, os jovens se animaram atrás dele.

— Chega, Dina — Luria corta a continuação do debate —, não leve a sério a teoria dele. Ao que parece, ela nasceu na cabeça dele porque na nossa estrada militar há um problema com uns estranhos refugiados que se estabeleceram na colina. Por isso, é preciso escavar nela um túnel.

— Então, este é o túnel? — ela exclama, decepcionada. — Por causa de alguns refugiados?

— Não só por causa deles, não só por causa deles — os dois se apressam em declarar a uma só voz.

Mas a médica, percebendo que o marido escondeu dela até agora uma parte importante das suas atividades no deserto, não se contenta com uma resposta vaga, ainda que seja uma resposta em uníssono, e exige uma explicação detalhada. E Maimoni, para a surpresa do dono da casa, começa do início, quer dizer, da base do seu treinamento militar. Ali, um comandante de esquadrão chamado Shibolet, que ninguém sabe se é o seu nome ou sobrenome, oprimia Maimoni. E esse capitão, com o tempo, passou a ser tenente-coronel, e oficial na Administração Civil, cuja função é cuidar da manutenção dos territórios. E, enquanto isso, no distrito de Jenin havia uma mulher de boa aparência, cujo coração estava enfraquecendo, até que houve uma sugestão de transplantar um novo coração em troca de um cobiçado terreno, mas ela acabou morrendo enquanto esperava pelo novo coração.

— E foi por isso, Dina'le — Luria corta o fluxo da história —, que perguntei a você se no hospital de vocês transplantam corações também, e, apesar de que circulei por ali como um pião, não consegui obter de você uma resposta clara.

— Por que investigar indiretamente? Sem dúvida, Maimoni sabe em que hospital ela estava sendo tratada e poderá lhe dizer.

— Não — Maimoni diz —, eu não sei, ainda é segredo, junto com outros segredos que Shibolet guarda com ele. Ele também não está disposto a revelar o nome da aldeia de onde veio a família, nem os nomes verdadeiros do marido e dos filhos. Eles já transformaram seus nomes em nomes hebraicos. Pois não se esqueça, afinal ele também, o oficial, está envolvido na história, e durante o envolvimento também surgiram outras intenções.

— Mas quem o obriga a fazer parte das aventuras desse oficial dos territórios? — a dona da casa se impõe com bom senso. — Se o incumbiram de planejar uma estrada militar, por que, devido a uma família estranha de refugiados que invadiu o topo de uma colina, você precisa escavar um túnel, em vez de, digamos, simplesmente contornar a colina. Tzvi me mostrava nos nossos passeios como as estradas dele conseguiam contornar obstáculos naturais, em vez de começar a lutar contra eles.

Um sorriso brilha no meio do que restou da barba de Maimoni. A necessidade de um túnel, quem vai explicar melhor que ele mesmo é o sagaz assistente que ela lhe arrumou.

Mas Luria propõe fazerem uma pausa e adiarem a explicação em termos de engenharia para o final da refeição. E ele se levanta para acender o fogo sob a panela de *shakshuka* sobre a qual estão seis sóis de gema de ovo. Mas sua esposa está irritada de tanta curiosidade: "Um momento, Tzvi, qual é a dificuldade de explicar aqui?"

E então, em um impulso, o marido se vira para transformar a mesa de mármore branco da cozinha em uma réplica da cratera Ramon. Antes, ele amontoa todas as fatias de pão integral em uma só pilha, que deve representar a colina. No topo, com a ajuda de um palito, ele fixa um cubo de queijo amarelo, simbolizando a ruína nabateia, em volta da qual ele espalha três azeitonas pretas: pai, filho e filha, da Cisjordânia, cuja identidade se deturpou. Depois de montar a colina, ele recolhe todos os garfos e as facas e pavimenta com eles a Rodovia 40, a partir da extremidade da mesa, quer dizer, desde o hotel Gênesis, pelo caminho em curvas de Maale Haatzmaut, até a saída sul da cratera, para Maale Afor. E agora chegou a vez da estrada militar, que ainda é um cântico para o futuro e, portanto, merece simbolizar a bifurcação na qual futuramente o militar será separado do civil, com um tomate quente e suculento, enquanto a futura estrada será, por enquanto, uma fileira de amendoins marrons indo para oeste, na direção da fronteira com o Egito.

E, quando a réplica material está clara, chega a vez da imaginação e do espírito, e Luria enumera diante da esposa as desvantagens do tomate no lugar onde foi colocado, entre a estrada de garfos e facas e a estrada de amendoins. Pois ali o campo de visão para os que entram e os que saem é falho e parcial em essência, e, portanto, essa bifurcação está condenada ao desastre, especialmente no que se refere aos motoristas que gostam de cochilar enquanto voam pelo deserto. Além disso, é porque exatamente ao redor dessa bifurcação há um vazio de conexão estranho e constante, que nenhuma antena celular é capaz de superar, e, portanto, que Deus não permita, se ocorrer algum acidente na saída da Rodovia 40, ou na entrada, como será possível pedir ajuda? E nesse caso, Luria continua com a convicção de um engenheiro veterano, para superar as desvantagens dessa bifurcação, é preciso desviá-la, e ele levanta o tomate e o coloca com cuidado diante da colina de fatias de pão integral, o que na verdade é possível, é só querer, Dina'le, derrubá-la com a ajuda de um trator de esteira grande e possante, que derruba montanhas e quebra rochas, mas, já que as três azeitonas acharam um abrigo no topo da colina, o ex-comandante de esquadrão obriga o seu recruta, que por algum motivo ainda treme de medo dele, a escavar um túnel na colina, em vez de simplesmente eliminá-la. Olhe aqui, Dina'le, e Luria traz uma longa faca afiada e a introduz com cuidado na colina de fatias de pão, até que ela apareça no outro lado.

Seminário dos Kibutzim

Que bom que os Luria prepararam uma refeição e não se contentaram com uma entrada superficial, pois Maimoni chegou à casa deles com muita fome e, aparentemente, também esperava que a hospitalidade não fosse decepcioná-lo. E, quando os anfitriões perceberam o enorme apetite que seu convidado trouxe consigo para a casa deles, cada um se contentou com uma gema da *shakshuka*, enquanto no prato do convidado havia um sol duplo, e logo lhe acrescentaram, sem mesmo lhe perguntar nada, as duas gemas que sobraram.

— Sim — ele está constrangido —, tudo na casa de vocês é tão gostoso, e eu vim morrendo de fome, direto de uma reunião com o novo diretor-geral, que finalmente assumiu o cargo, porque o antigo já está preso há uma semana. Imaginem que, durante quatro horas, esse arrogante não permitiu que ninguém saísse da reunião até que esclarecêssemos os motivos da corrupção no escritório, e, como primeiro passo contra a corrupção, ele permitiu entrar na reunião só com biscoitos *sticks* salgados e com garrafas de água mineral. Portanto, estou devorando tudo o que vocês estão servindo, e não quero nem pensar o que vocês vão dizer ao meu respeito depois que eu sair daqui.

Os anfitriões o tranquilizam: ao contrário, quando o convidado come com alegria, sentimos contentamento e satisfação, e ficamos lisonjeados. E já vão abrindo a geladeira e a despensa para retirar de lá ideias para novas comidas.

— Os bons dias acabaram, Luria — Maimoni suspira. — O novo diretor-geral exige estar envolvido nos detalhes dos projetos do Exército e, em especial, exige uma conclusão rápida, para que possa me passar novas tarefas. E, portanto, meu amigo assistente-sem-salário, agora que a sua esposa se recuperou e voltou para casa, você precisa se mobilizar para a preparação do projeto final da bifurcação e da estrada, e com humildade e modéstia apresentaremos uma proposta de baixo custo para um túnel, e esperemos que o contador-adjunto do escritório se compadeça, apesar de ele ser também basicamente um criminoso, mas sabe como escapar das mãos da polícia.

— Você quer me levar outra vez para a cratera?

— Não, Tzvi, para você as viagens até a cratera terminaram. O projeto, faremos no meu escritório, que era seu. Tenho um programa de computador que produz um trabalho limpo e rápido.

— Mas eu não o conheço.

— Você vai dominá-lo com facilidade. Já vi — e agora ele se dirige à médica, cujo olhar não desvia dele — que a demência à qual vocês se referem só atua quando ele passeia por lugares abertos, diante de uma paisagem, quando o sol está forte ou quando o céu está escuro com poucas estrelas, mas quando ele está em um lugar fechado e familiar, ele é equilibrado e racional. Você não concorda?

Ela escuta com um sorriso a diferenciação que flui com muita convicção. "Ainda é preciso verificar a sua tese", ela hesita, "fazer o quê, quarenta e oito anos de casados já não são suficientes para eu formular uma ideia clara a respeito das mudanças no meu marido."

Os três riem.

— Em resumo — Maimoni conclui —, venha depois de amanhã ao escritório às seis da noite, depois de todos irem embora, e começaremos o trabalho.

— Mas por que à noite? Por que às seis?

— Porque é preferível que esse novo diretor-geral não saiba que eu mobilizei uma pessoa estranha, que fique circulando livre no escritório.

— Estranha por quê? — Dina se opõe. — Afinal, Tzvi é sênior, ex-diretor de departamento.

— Claro, claro, e ainda há alguns funcionários no escritório que se lembram de quem ele foi, mas entendam, o homem é um diretor rígido, por que me complicar com ele por bobagem?

— Você está certo, Maimoni — Luria comenta com ironia —, não é conveniente se complicar com o diretor-geral por uma bobagem como eu. É preferível cultivar o medo que você sente dele, porque afinal, quando você terminar a pavimentação da estrada, Shibolet vai sair da sua vida, e por que você não iria se apressar e criar um novo Shibolet para amedrontar você?

E é surpreendente que Maimoni somente sorri, e não se ofende. "Chega, Tzvi, não se empolgue, você realmente não percebe o que está acontecendo na Caminhos de Israel. Não só o diretor-geral anterior foi preso, como também foram presos alguns funcionários seniores, e uma parte deles, acredite em mim, por causa de bobagens, e por que eu vou entrar em confronto com uma pessoa que está procurando alguém para chicotear? Mas, se for difícil para você dirigir à noite, vamos achar um jeito de pagar um táxi para você."

— Não tenho problema em dirigir à noite — Luria afirma —, e a tatuagem no braço com a senha da ignição também fortalece a minha segurança.

Maimoni pede para ver a tatuagem, e ele a apalpa e se surpreende, pois não dá para sentir nenhuma aspereza. Ele está satisfeito. E afinal, você tem também um celular adicional e, portanto, está protegido de qualquer surpresa. E, antes de se levantar e se despedir, ele acrescenta aos contatos no celular dele o número do segundo celular, registrando com o nome de *Luria B*.

De repente, Luria lamenta por não ter que voltar mais para o deserto, mas apenas ficar sentado diante de uma tela de computador, e ele permanece congelado no lugar, enquanto Maimoni pede permissão à dona da casa para sair até o terraço e verificar o que é possível ver do mar.

— Não muito — ela diz —, mas restaram ainda, entre os arranha-céus, algumas faixas azuis que acalmam uma alma preocupada. — Os punhos de Luria estão cerrados e os olhos fechados, tentando se lembrar de alguma coisa, mas somente quando Maimoni já está indo na direção da porta de saída, Luria dá um salto.

— Um momento, antes de você ir embora, diga, como está aquela Hanadi?

— Hanadi? — a esposa se surpreende.

— Sim, Hanadi — Luria insiste —, é a moça, a filha, a jovem palestina da pobre família.

— Ayala — Maimoni não desiste do nome hebraico, e de repente ele fica muito corado —, aqui surgiu uma nova complicação, eu ainda lhe contarei.

Mas Luria exige a resposta agora.

O convidado escolhe as palavras com cuidado, especialmente devido à escuta atenta da dona da casa. Aconteceu o que já era esperado. Na Faculdade Sapir, apesar de gostarem dela ali, pois é difícil não gostar de uma jovem tão doce, que até conseguiu criar um bom vínculo com outras moças, e justamente judias e não beduínas, que também estudam lá — então, na Faculdade Sapir, na secretaria, apesar de Shibolet ter pagado todo o valor do curso antecipadamente, não puderam mais continuar ignorando o fato de que ela não consegue trazer nenhuma documentação no lugar da carteira de identidade que supostamente, *supostamente,* ela perdeu. E o problema principal era nos dormitórios. Ali, o número de vagas é limitado, e, sem um documento claro que confirme que ela é cidadã israelense, não podiam permitir que ela continuasse morando. De fato, a grande quantia em dinheiro que ainda está sob a responsabilidade de Shibolet seria suficiente para alugar um quarto em uma família em Sderot, mas Shibolet temia que justamente essa família judia correria para denunciá-la caso a ouvisse, suponhamos, falando ou chorando em árabe nos sonhos, à noite, e portanto ele e Maimoni concordaram que é necessário outro arranjo.

— Afinal, qual é o assunto aqui? — Dina perde a paciência.

— Eu lhe direi tudo, explicarei depois que ele for embora. Agora deixe que ele termine a história.

— No início, Shibolet quis trazê-la de volta um pouco para Mitzpé Ramon, para que ficasse alternando entre o apartamento dele e a colina do pai dela, mas eu me impus, porque assim ele a estaria desconectando do mundo, e eu disse, ao contrário, vamos trazê-la da periferia para o centro, e consegui achar um lugar para ela no Seminário dos Kibutzim, aqui em Tel Aviv. Lá tem uma escola de artes cênicas e estudos para diplomação em teatro, e o ambiente é acolhedor, aberto, no espírito do movimento trabalhista de antigamente. Uma esquerda amigável e simpática, que aceita a pessoa como ela é, sem ficar vasculhando demais as suas raízes.

— E como, de repente, você teve a ideia de inscrevê-la justamente em uma escola de artes cênicas?

— Aí vai uma pequena história para vocês — Maimoni sorri com alegria. — Depois do Exército, eu quis um pouco ser ator e comecei a estudar teatro, mas muito rápido entendi que essa carreira não é fácil, com baixa remuneração, enquanto a minha aptidão para o teatro pode se realizar em profissões mais estáveis e lucrativas, como direito ou serviço público.

Luria se entusiasma com o relatório a respeito de Hanadi, e investiga: "No Seminário dos Kibutzim há dormitórios?"

— Talvez sim, não sei. Shibolet e eu já não queríamos nos complicar com dormitórios, com uma moça sem nenhum documento de identificação. Portanto, eu a instalei no apartamento do meu pai. E, como eu sabia que a vizinha dele costumava farejar o apartamento e tinha o hábito atrevido de passar direto do jardim dela para o dele, sem bater na porta principal, decidi expor para ela toda a verdade sobre a nova moradora, e pedir que ficasse de boca fechada. E ela acabou gostando da nossa Hanadi e lhe dá uma agradável proteção e, às vezes, até comida. Por enquanto, o arranjo está funcionando, e o irmão até conseguiu visitá-la, e inclusive Shibolet verificou o local, e, obviamente, eu também vou de vez em quando, para que ela não se sinta sozinha demais durante a noite. E vamos ver, talvez algum dia nós até possamos levar o pai para uma visita, quando ele começar a sentir menos medo da realidade.

E de novo o ex-escritório

A recuperação da médica é muito lenta e com uma instabilidade persistente. De vez em quando, a sua temperatura sobe meio grau, e na sua fraqueza ela procura a cama. Isso já não é a bactéria propriamente, Luria brinca, mas sim os bebês que ela conseguiu deixar em você, e, enquanto você não eliminá-los também, não voltará a ser você mesma. Da clínica pediátrica telefonam para perguntar como ela está e, às vezes, também para passar relatórios e obter ideias. E, enquanto isso, a posição e a autoridade do jovem médico que no futuro será o sucessor de Dina vão se consolidando, e para ela mesma é doloroso que a sua aposentadoria não esteja longe.

— O meu túnel também vai acabar — o marido tenta confortá-la —, e já não conseguirei um novo, e, portanto, quando nós dois estivermos livres, poderemos nos divertir mais.

— Divertir? Com o quê? — E no brilho dos seus óculos cintila uma leve ironia. — Com a sua demência?

— Por exemplo. Pois sabe-se lá o que ela ainda pode inventar... Mas, por enquanto, não seja ingrata. No momento, sou eu que estou cuidando de você e não você de mim.

— É verdade, mas, apesar disso, você também pode se perder algum dia.

— Onde? Em um país tão pequeno?

— Não é tão pequeno como parece no mapa. Não importa, Tzvi, você basicamente é uma pessoa estável, e agora que Maimoni não pretende levar você de novo para o deserto, mas só deixá-lo no escritório, eu fico tranquila.

E, de fato, Luria chega agora ao seu ex-escritório para a primeira reunião de trabalho na hora do crepúsculo. A maioria dos funcionários já saiu de seus escritórios, e no estacionamento é fácil achar vaga próximo à porta de entrada e subir direto e secretamente de elevador até o escritório onde ele dirigiu, durante anos, uma repartição inteira. A luz está acesa e a porta está aberta, e até mesmo a tela do computador está iluminada e pronta para o trabalho, só Maimoni está ausente, como se fosse voltar logo.

Luria entra, mas não se senta, porque lhe ocorreu a oportunidade de verificar basicamente o que mudou e o que não mudou.

Em um armário de ferro que se juntou à sala estão colocadas pastas novas de diferentes estilos, e sobre a prateleira ao lado da janela estão dispostas novas réplicas em miniatura de tratores de esteira e de rolos compressores, ao lado das réplicas antigas que permaneceram no lugar. Um calendário grande está pendurado na parede, e dentre os seios da modelo o mês de Iyar[22] já está surgindo. No quadro de cortiça, ao lado do calendário, aparecem dois retratos de um profissionalismo impressionante, dos gêmeos, um menino e uma menina. O primeiro retrato os mostra enquanto bebês, e o segundo, como criancinhas do jardim de infância. Desde então eles cresceram, e Luria se lembra dos dois na semana do luto, na cozinha do avô, esperando que Hanadi lhes preparasse a comida, mas não há fotos atuais deles, como também não há retratos da mãe deles, nem do pai, como se o espírito santo os tivesse trazido ao mundo.

E, para a alegria dele, ainda está pendurado na parede o retrato de Ben-Tzvi, o segundo presidente, magro, com o terno desgastado. Apesar de ser socialista e líder trabalhista por excelência, não sentiu nenhuma obrigação de aparecer na foto justamente com o colarinho aberto, e ainda colocou uma gravata. Uma pessoa modesta, cujo filho mais novo foi morto no início da Guerra de Independência, e a lembrança de Luria ainda guarda, por algum motivo e de forma surpreendente, o nome que Yitzchak Ben-Tzvi deu ao filho — Eli, o mesmo nome do sacerdote em Siló, cujos filhos se corromperam depois que os olhos do pai escureceram.

---

22. Oitavo mês do calendário judaico.

Luria dá um pequeno passo em direção ao retrato, cujo vidro está empoeirado e rachado. Há dezoito anos, quando essa grande sala foi indicada para ser o seu escritório, o presidente Ben-Tzvi já estava enterrado havia quase quarenta anos, mas Luria, não por indiferença aos símbolos do governo, ordenou que não substituíssem o retrato dele pelo retrato do presidente da época. Como disse antes a Maimoni, ele o deixou visível aos olhos de todos como uma espécie de talismã contra a corrupção ou a tentação que poderiam rondá-lo como chefe de repartição. No entanto, quais corrupções já poderiam estar rondando o novo diretor, considerando que ele repassou todos os assuntos financeiros e orçamentários para a autoridade do seu vice, Tzachi Divon? Outra tentação, não financeira, revelou-se na figura de uma engenheira de bela aparência, assistente e secretária próxima, que, ao ser aceita no trabalho, apressou-se em anunciar o seu divórcio prestes a acontecer, talvez para lhe mostrar que estava disponível. Mas, se o desejo de Luria se intensificava quando ela lhe apresentava projetos de estradas e desvios, ele rapidamente erguia o olhar para o homem que jamais perdeu a modéstia, apesar de ter sido o único, de todos os presidentes de Israel, a ser eleito três vezes.

Quando Maimoni volta à sala e percebe que o seu aposentado está mergulhado em pensamentos diante do retrato empoeirado e avermelhado pelo brilho do pôr do sol, ele faz um assobio alegre para não assustar Luria.

— Fui pegar a chave que esqueci no carro, uma chave da qual fiz cópia especialmente para você, e deixei o escritório aberto e iluminado para você não achar que me esqueci de você.

— Por que você se esqueceria de mim se nem eu esqueci de mim mesmo ainda? E eu também estou vendo que o escritório permanece do mesmo jeito que era, e será fácil me adaptar a ele. E, mais uma vez, agradeço por não ter retirado daqui o Ben-Tzvi, que com o passar dos anos eu já decidi considerar como da família, um avô ou um tio. Lembro que você me explicou que o deixou aqui por causa da ideia absurda dele de que os palestinos são judeus que esqueceram a própria identidade. Israelenses que permaneceram fiéis a esta terra, apesar de terem sido obrigados a se converterem ao islamismo.

— Exatamente, e essa ideia não era só dele, mas também de Ben-Gurion.

— Ben-Gurion também tinha muitas fantasias.

— Não despreze, Luria, as fantasias que podem dar esperança. Eu não sabia nada sobre esse Ben-Tzvi quando recebi o escritório, não se esqueça de que eu sou quase duas gerações mais novo que você, e então eu pensei que, antes de me livrar do retrato, seria conveniente esclarecer por que está pendurado aqui um presidente que morreu há muito tempo, no lugar de um presidente mais novo ou, pelo menos, de algum primeiro-ministro, e então aprendi na internet até que ponto Ben-Tzvi era próximo de Ben-Gurion e querido por ele. E li também sobre as fantasias compartilhadas entre eles, ou, na verdade, os desejos deles. O que você vê de ruim nessa fantasia?

— Não é ruim, é absurda. Pois eles chegaram a essa ideia não por conhecimento ou pesquisa, mas por desespero, para indicar que eles são sionistas avulsos e que não há atrás deles um povo real. E se até mesmo, historicamente, houver aqui um grão de verdade, quem irá convencer os palestinos a voltarem para as suas raízes judaicas?

— Realmente, quem? — Maimoni suspira. — Quando eu contei a Ayala sobre essa ideia do segundo presidente, ela desatou a rir.

— Hanadi.

— Tudo bem, Hanadi. E talvez, para que ela entenda que não é brincadeira, mas uma ideia séria, eu preciso pegar esse retrato e pendurá-lo na casa do meu pai, no quarto, ao lado do meu próprio retrato que está pendurado lá. Talvez esse presidente amigável e simpático possa convencê-la de que há esperança. Mas na verdade você está certo, é uma esperança perdida, então vamos ver pelo menos como tiraremos do computador não apenas uma estrada, mas também um túnel.

E Maimoni acende mais uma luz, e carrega o novo programa de computador, que é tão complicado em seu funcionamento quanto é, na mesma medida, generoso nos resultados que oferece. Mas o aposentado tem dificuldade de acompanhar as explicações galopantes do jovem, e diz: "Ouça, talvez seja só cansaço, mas não há chance de que eu chegue a dominar uma coisa assim tão moderna, então é melhor que eu fale e você tecle. E antes precisamos assinalar o fim, a extremidade da estrada, que é na verdade a única coisa definida que o Exército exigiu de você, e o seu compromisso é com ele. E, depois de assinalar a extremidade no mapa que você carregou na tela, se o seu programa é de fato tão avançado, talvez ele possa também achar por perto uma raposa que engoliu um telefone celular."

Maimoni se diverte, e da sofisticada impressora desliza, sem fazer ruído, a primeira folha do mapa da cratera com as cores certas e o ponto final da futura estrada assinalado na cor azul.

— E agora, depois que o objetivo está claro — Luria prossegue —, precisamos voltar para trás, para a Rodovia 40, para a bifurcação supostamente pretendida, que, ao que tudo indica, parece correta e adequada, mas nós vamos dedicar uma página especialmente para denunciar as falhas dela, você se lembra, o campo de visão limitado para os que chegam do norte e os que chegam do sul e, principalmente, para os motoristas a quem o deserto oferece a permissão de voar; e é também uma bifurcação, assim parece, que não dá bastante distância para alertar motoristas militares sonolentos que chegam à estrada militar para se conectarem com a Rodovia 40; e isso ainda não é tudo, o perigo verdadeiro é a falta de sinal para celular que descobrimos, já que a maioria dos acidentes acontece nos cruzamentos. Se for impossível pedir ajuda imediata de lá, o sangue dos mortos e feridos angustiará a consciência daqueles que fizeram o projeto. Aliás, é interessante saber se o seu novo programa é capaz de assimilar um vazio de conexão.

— Ele é capaz de assimilar tudo o que você quiser — Maimoni declara com orgulho.

— Mas um momento — o aposentado exclama, — o que houve com a sua barba, Assael? Para onde ela foi?

Maimoni se alegra com o susto do aposentado.

— Finalmente você viu, e eu já estava ofendido por você não ter percebido que ela não existe mais. Sim, Luria, meu caro, fazer o quê, de repente a barba me pareceu tão largada, que até mesmo Arafat sentiria vergonha dela, então decidi dar fim à comédia, três minutos para me barbear todas as manhãs não é o fim do mundo.

Mas Luria lamenta pela barba, sente pena dela, e diz: "Mas você disse que a sua esposa gostava muito dela." "Minha esposa? O que é isso de repente? Eu já lhe disse que ela no máximo a suportava. Mas, ainda assim, para mim é bom saber que você lamenta por ela, talvez algum dia eu a deixe crescer em sua homenagem."

E, conforme eles continuam, Luria passa de todas as desvantagens da primeira bifurcação para as vantagens da segunda, só que, à sua frente, ergue-se uma colina, assinalada por um pequeno triângulo, e Luria o aconselha a indicar, como de costume, apenas a altura da colina em relação ao nível do mar, e não a sua altura relativa, pequena, em relação ao plano de onde ela brota. Mas de repente Maimoni pula da cadeira ao som do celular que surge no seu bolso, e se apressa até o corredor para ter privacidade.

E não é uma ligação breve. No outro lado da linha, aparentemente, está falando alguém que precisa de um conselho ou até mesmo de conforto. E, enquanto Maimoni tenta encobrir a voz, Luria dirige o ouvido especialmente para o tom de voz que vem do corredor, um tom paciente, suave, de uma voz que diz, repetidamente, eu entendo, é claro que eu estou ouvindo, cada palavra é importante para mim, tudo bem, e diz também, não, não há o que temer, e, embora Luria não esteja seguro de que acumulou bastante experiência para interpretar trechos de conversa do jovem engenheiro, ele tem quase certeza de que Maimoni está conversando agora com a sua moradora sem identidade, que mora no quarto do consultor jurídico que partiu para o outro mundo, e uma aflição não muito clara o invade, e ele se levanta e abre a grande janela, dupla, para ver se a noite já removeu completamente o sol para se espalhar pelo mundo. E quando Maimoni volta, com o rosto radiante, e por um momento parece que ele próprio está tentado a revelar com quem foi a conversa e talvez até sobre o quê, Luria se antecipa e diz: "Ouça-me, acho que por enquanto não devemos nos apressar em relação ao projeto do túnel, seria bom mais uma vez usarmos a britadeira no meu cérebro e no seu. Já temos três folhas fundamentais que dão a base para a próxima sugestão. Para você, só agora começa o trabalho de esboçar a estrada propriamente dita, no outro lado do túnel. Cálculo do material, estabelecimento de pequenas pontes, e, mesmo que você tenha argumentado que essa cratera drena a si mesma, é impossível apresentar um projeto sério de uma estrada nova sem soluções concretas de drenagem. Em resumo, por enquanto, comece a fazer esse trabalho entediante você mesmo, afinal, não é a sua primeira estrada, nem a última. Eu, como disse, preciso que você apresente mais uma nova ideia brilhante para que possamos convencer o Exército a escavar um túnel. E, já que você fez para mim uma cópia da chave do meu ex-escritório, pode ser que eu venha até aqui sozinho em outras noites, mas com o meu laptop, porque o seu é muito avançado para mim, e veremos aonde a inspiração vai me levar. Nesta sala eu tive, no passado, muitas inspirações que economizaram uma fortuna para o país. Enfim, saiba que no meu coração também há sofrimento pelos palestinos que se complicaram, e até mesmo, acredite em mim, pelo oficial que os colocou nessa situação e não fugiu à responsabilidade. Porque eu tento, Maimoni, quando é possível, sentir compaixão pelas pessoas, e, mesmo que o rapaz já tenha se tornado um pouco druso, e a doce moça, aquela Hanadi, por quem até mesmo um idoso como eu seria capaz de se apaixonar, já esteja atuando no Seminário dos Kibutzim em algum drama ou comédia israelense, ainda restou um viúvo solitário com medo de vingança."

E Maimoni ouve espantado, e aos poucos começa a sorrir: "Muito bem, Luria, você já está começando a falar como os profetas."

E de novo a linha genética

No estacionamento, um vigia noturno espreita, e exige saber quem é ele e o que faz à noite num prédio vazio. E, apesar de o aposentado se apresentar evocando o passado e também o presente, o vigia não se impressiona nem com uma coisa nem com a outra, e exige dele que na próxima vez traga uma autorização do diretor-geral antes de tentar entrar à noite no prédio. E, em vez de concordar e se despedir, Luria começa, por algum motivo, a ofender o novo diretor-geral que sem dúvida também seria preso no futuro. "É dele que eu preciso de autorização?", Luria explode de raiva. "Ele é um diretor-geral que pediu *a mim* para discursar no lugar dele, então, por favor, um pouco de educação não vai lhe fazer mal." Mas o vigia noturno continua não se impressionando, fica segurando a porta aberta do carro, e reforça a advertência dizendo que nenhum aposentado tem o direito de ficar vagando no seu antigo local de trabalho sem autorização por escrito.

E talvez a exagerada explosão com o vigia noturno tenha confundido a cabeça de Luria. Na saída do estacionamento, ele virou na direção sul em vez de ir na direção norte, e até perceber o seu engano e começar a dirigir no caminho certo levou tempo, e o sono já atingiu a mulher que o esperava toda coberta em frente à televisão. O amor de muitos anos pela mulher da sua juventude invade o engenheiro quando volta para casa. Ele não entende como pôde dizer a Maimoni, ainda que de brincadeira, que até ele poderia se apaixonar pela jovem nômade, perdida entre identidades contrárias. E, para não assustar de uma só vez o sono da mulher que ainda não percebeu que ele entrou, ele se ajoelha diante dela, fecha os olhos e coloca a testa nos pés quentes da esposa, desejando que o despertar dela seja suave, como se somente o cobertor houvesse caído.

— Então, finalmente você chegou. Como foi?
— Nada especial.
— Vocês avançaram?
— Um pouco. Mas a maior parte do trabalho, de qualquer jeito, Maimoni vai precisar fazer sozinho.
— E qual é a sensação de trabalhar no seu antigo escritório?
— É natural e estranho ao mesmo tempo. Mas fiquei feliz porque Yitzchak Ben-Tzvi ainda está pendurado lá na parede.
— Por quê? Ele ainda é o seu guru?
— Você tem agora um guru melhor?
— Não precisa ser um bom guru, precisa ser um guru sábio.

Luria coloca com cuidado a cabeça entre as pernas dela, descobre a barriga e beija o seu umbigo, as mãos dele vão tateando lentamente até os seios dela, e o desejo que já o invade se junta à lembrança da primeira noite da doença da esposa, quando ela chegou até ele no quarto das crianças despida e confusa para que a livrasse da inundação do chá na cama. "Agora que você está completamente recuperada e a bactéria foi eliminada", ele diz, "precisamos voltar à rotina." Somente a relação sexual é capaz de fortalecer um casamento longo que tende a se enfraquecer com o cansaço e as doenças. "Devagar, deixe que eu fique um pouco mais forte", ela acaricia o cabelo dele, "não se preocupe, a hora chegará, afinal estou em casa, não vou a lugar nenhum." "Eu sei que você está em casa, mas a pergunta é se eu ainda me lembrarei de onde fica essa casa. Ainda agora, por exemplo, errei o caminho, virei para o sul em vez de ir para o norte, e até perceber e consertar, levou tempo." "O principal é que você soube consertar", ela o consola com suavidade, "mas a partir de agora use mais o GPS, ainda que você pense que está em um lugar conhecido, e o principal, ative o som dele, porque a voz humana ainda faz mais sentido para você do que os traços e as setas nos mapas. Não se preocupe com o meu desejo, ele está a caminho, ele chegará, eu já me sinto com saúde, e até já informei à clínica que amanhã voltarei ao trabalho. E até mesmo para você, há uma ocupação esperando. Sua linha genética finalmente se rompeu. Sua irmã telefonou para informar que a parente de vocês morreu, e na instituição estão pedindo para vocês irem até lá e decidirem o que fazer com o que restou dela."

— Decidir o quê? — Tzvi dá um pulo. — Restou o quê, afinal? Precisaremos agora tratar do enterro dela?

— Nenhum enterro, não fique animado. A morte já foi há alguns dias, e aquele patrono, que aparentemente é filho ou neto, chegou de Paris e, para poupar um transtorno, enviou o corpo dela para cremação, e para vocês restou apenas decidir o que fazer com alguns objetos que ela deixou, pois esse parisiense decidiu que é preciso deixar alguma coisa para vocês também, como parentes distantes.

Na manhã seguinte, ele busca a irmã Shlomit em casa, e diz a ela: "O que diabos esse parisiense espera de nós, pois apenas há dois ou três meses eu estive lá, e não me pareceu que iria restar alguma coisa concreta depois da morte dela, além da sua estranha flauta." "Sem problema", a irmã diz, "se pediram para irmos, iremos, nem que seja pela mamãe, que se achava responsável por ela e sentia culpa pelo seu adoecimento. Mas você também foi visitá-la?" "Eu contei a você que o neurologista procurou uma linha genética para a minha atrofia, e então fui até ela, mas não contei nada para você porque não achei nada."

Shlomit observa o irmão com preocupação e entusiasmo ao mesmo tempo. A mão dela ainda está na maçaneta da porta do carro vermelho, mas ela sugere irem no carro *dela*. "Por quê?", Luria pergunta, desconfiado, "Afinal eu acabei de dizer que estive lá há dois ou três meses, e eu me lembro do caminho." "Tudo bem, então me oriente no caminho, mas eu vou dirigir." Agora a desconfiança se transforma em verdadeira raiva: "Diga a verdade, Dina advertiu você sobre a minha direção?" "Não exatamente", a irmã dele se esquiva, "ela disse apenas que, como você não confia no GPS, está propenso a erros, e hoje eu não tenho tempo para os seus erros." "Mas eu não preciso ativar o GPS", Luria levanta a voz, "eu disse a você que conheço o caminho, e me ofende o fato de você não confiar em mim, e portanto, por favor, se você não entrar imediatamente no carro, irei para lá sozinho."

E ela aceita o veredito, mas ativa o aplicativo Waze no seu celular, e indica em voz dramática não somente orientações referentes ao caminho, mas também observações sobre a direção do irmão, que lhe parece relaxada e até mesmo aventureira.

"Diga-me, você é normal?", ela se exalta. "Você ultrapassou agora um sinal vermelho." "Não", Luria rejeita friamente a repreensão, "não estava vermelho, mas sim amarelo, eu me lembro dele na vez anterior e confio nele, porque é um amarelo especialmente longo."

Na casa de repouso Mishean, ele conduz a irmã com convicção até o terceiro andar para apresentá-la à enfermeira-chefe, cujos cabelos brancos aprofundaram a sua beleza e suavidade. Mas ele precisou de tempo para achá-la, porque o cabelo branco voltou a ficar preto. "Por quê?", Luria pergunta a ela, lamentando com a intimidade de um conhecido antigo; "Eu disse à minha esposa depois que estive aqui em visita que uma mulher que confia na própria beleza não teme o cabelo branco, então por que você perdeu a confiança na sua beleza?"

E parece que a enfermeira-chefe não fica constrangida nem irritada com essa intromissão grosseira de uma pessoa estranha. Talvez, pela experiência de muitos anos, ela já identifica no visitante eufórico os primeiros sinais do que, no final, o conduzirá ao departamento dela, e portanto ela fica um pouco corada e sorri, e diz calmamente: "Sobre a cor do meu cabelo, sr. Luria, você precisará discutir não comigo, mas com o meu marido", e estende a mão para cumprimentar a irmã dele, que agora ela percebe, pelo que diz, como é parecida com a mãe deles, a fiel acompanhante da parente. E Shlomit, perplexa com o comportamento do irmão, aperta a mão da enfermeira e pergunta se a morte foi leve.

— Não foi fácil e não foi simples, como se pode imaginar devido à idade ou à amência prolongada.

— Não foi fácil? — Luria murmura, decepcionado.

— Com certeza não, infelizmente. Pessoas que ficaram muito tempo com demência, e parecia que haviam desistido do mundo e que o mundo também os havia esquecido, justamente elas, antes do final, apresentam uma clareza e um despertar, como se a insanidade de todos os anos fosse na verdade só um tipo de fingimento, ou uma representação, ou talvez uma defesa diante das pessoas e do mundo, e, quando a morte se aproxima, as máscaras caem e começa a brotar de dentro delas uma tristeza, uma dor de consciência, talvez um arrependimento. Esses doentes, que durante muitos anos pareciam indiferentes ou distantes dos seus cuidadores, agora é como se se agarrassem a eles, precisando de um olhar e de um toque.

Luria está congelado, a descrição gerou medo, e ele pergunta se é possível visitar o quarto da parente deles e observar a sua cama, se ainda não a ocuparam com uma nova paciente.

— A cama está à sua disposição, esperávamos por vocês — a enfermeira-chefe diz.

E ela os encaminha para o quarto já conhecido por Luria, e imediatamente com a entrada deles, no outro lado da cortina divisória, como na outra vez, levanta-se a segunda idosa, que ainda está viva, e Luria sorri gentilmente para ela, na esperança de que ela se lembre dele. Na cama da falecida está estendido um lençol, mas o travesseiro e o cobertor desapareceram, e sobre ela estão colocados apenas dois objetos, uma flauta *kaval* longa e enegrecida, e, perto dela, um jarro de argila não muito grande, selado com cera vermelha.

— Eu poderia jurar — Luria se admira e diz à enfermeira — que a vizinha dela está me reconhecendo, olhe como sorri para mim. Se eu soubesse que ela ainda estava viva, traria a *medjool* que ela está esperando receber de mim. Em algum andar aqui há uma cafeteria?

— Não — a enfermeira debocha —, mas se eu achar uma tâmara na cozinha, vou dar a ela em seu nome.

Luria quer saber se há alguma candidata para o lugar que vagou. Há muitas candidatas, a enfermeira diz com uma paciência sorridente, mas nem todas são adequadas. E Luria se esforça para inventar mais perguntas a fim de estender a permanência na companhia da enfermeira bonita que escureceu o cabelo, mas a irmã já se liberta da sua estagnação: "Desculpe, mas por que afinal vocês nos chamaram?" E ficou claro que não foi para assinarem formulários ou pagarem algum valor esquecido, mas somente para levarem o jarro e a flauta enegrecida, que talvez um dos netos queira tocar. "Os meus netos", Shlomit debocha, "não vão querer nem encostar nesse tipo de flauta árabe, e muito menos tocar músicas nela. Um instrumento musical que não está ligado na eletricidade não é considerado por eles, de jeito nenhum, como instrumento musical. Talvez Tzvi, que circula pelos desertos, encontre algum beduíno que fique feliz com ela. Mas o que é esse jarro?"

— Nele estão contidas as cinzas que restaram dela.

— Todas as cinzas? — Luria fica espantado e imediatamente levanta o jarro, para avaliar o seu peso.

— Apesar de tudo, eu não entendo — Shlomit diz com certa raiva — por que o patrono que decidiu cremar o corpo não levou as cinzas dela a Paris.

— Ele disse que, se ela estava convencida de ir morar em Israel, não era justo tirá-la daqui, apesar da amência.

— E cremá-la sem ouvir a opinião dela é justo? Afinal, isso é permitido? Isso é judaico?

— Só não me perguntem o que é permitido e o que é proibido para os judeus — a enfermeira responde num tom calmo. — Ultimamente começaram a cremar aqui, e não só enterrar. Obviamente, depende de quem se trata. Alguém me disse certa vez que na Bíblia consta que os corpos do rei Saul e de seus filhos foram cremados, então por que não cremar também outros judeus?

— Israelenses — Luria corrige.

— Como quiser.

Luria coloca o jarro debaixo do braço e entrega a flauta à irmã. "Tudo bem, vamos nos organizar, mas você tem certeza de que não precisa receber alguma autorização para que não digam que roubamos as cinzas de uma falecida?" "Não, não há necessidade de nenhuma autorização nem de assinatura."

Antes de Shlomit se despedir do irmão na porta da sua casa, Luria sugere que ele cuide da flauta e ela, do jarro. Mas a resposta da irmã é dura e decidida. "Não, meu querido, se tivéssemos ido no meu carro, talvez eu ficasse com o jarro, mas, já que as cinzas estão no seu carro, você também vai tratar de colocá-las ou espalhá-las em um lugar respeitável. E não se atreva a jogar na lata do lixo ou em qualquer campo. Talvez você pense no mar ou no deserto. Algum lugar um pouco simbólico, ela merece. Mas peça um conselho a Dina, ela com certeza vai orientá-lo, como sempre, no bom caminho."

O projeto do túnel

A resposta de Dina é clara. Depois de voltar deprimida da clínica, decepcionada com as mudanças feitas lá na ausência dela, ela determina que o jarro de cinzas ficará no carro, para evitar o perigo de o pequeno Noam, enquanto o avô dorme o sono da tarde, tentar verificar o que há nele, e então, quem poderá recolher as cinzas que se espalharam por todo o apartamento? Em contrapartida, a flauta pode entrar em casa, e, se ninguém conseguir extrair dela um som razoável, talvez seja pendurada no terraço, e o vento do mar vai tocá-la em memória da falecida.

Por enquanto, há um assunto adicional além do jarro e da flauta. Na próxima semana, a comissão que julgará a estrada militar deverá se reunir, e é preciso criar, esta semana, uma pasta organizada para apresentar. E é assim que Maimoni resume ao telefone: "Já que até agora o Estado de Israel não me deu a oportunidade de planejar um túnel, nem curto nem longo, esse túnel será a *sua* contribuição, meu caro Tzvi, para mais uma complicação humana entre dois povos que vivem na mesma pátria. E para mim não há problema se você preferir realizar o projeto no seu laptop, porque computadores conversam entre si com mais gentileza e sinceridade que os seres humanos, e, portanto, no tempo em que você estiver trabalhando com o programa no *seu* computador — quer dizer, a profundidade, o comprimento e a altura, e o detalhamento dos custos das ferramentas e materiais —, o *meu* computador o anexará no programa geral da estrada. E, então, amanhã à noite haverá uma reunião adicional no nosso escritório, e você verá que eu troquei, em sua homenagem, o vidro rachado do retrato de Ben-Tzvi, querido por nós dois. E, mais uma coisinha, não discuta mais com o vigia noturno, ele é um ex-funcionário que foi demitido por desfalque, e é amargo, e na noite passada ele conseguiu anotar a placa do seu carro, e hoje de manhã encaminhou uma reclamação ao diretor-geral, que obteve na polícia a sua identidade. Eu, quando me perguntaram se eu sabia alguma coisa a respeito da sua visita à noite nos escritórios, não quis contar que você está envolvido no projeto da estrada militar que se supõe secreta, mas confirmei que, de fato, você entrou no meu escritório e que falamos de lembranças do meu pai, que também foi o seu consultor jurídico. E, como o diretor-geral ficou bem impressionado com algum discurso seu que ouviu, ele disse: 'se é somente esse aposentado que fica vagando por aqui à noite, não o incomodem, ele não é uma pessoa que vai se complicar com alguma coisa ilegal.'"

E no dia seguinte, ao crepúsculo, Luria está dirigindo para os escritórios da Caminhos de Israel, e, mesmo que tenha percorrido esse caminho milhares de vezes, ele cumpre a promessa que fez à esposa e ativa o GPS para ouvir as instruções da eloquente locutora. O escritório está aberto e iluminado, e Maimoni se preocupou em arrumar uma mesa adicional para o seu assistente-sem-salário, e, com um cabo antecipadamente preparado, ele conecta o laptop de Luria ao seu computador para que ocorra a conversa de sábios entre os dois computadores.

E Luria, depois de observar bem o esboço e também a fotografia da colina que futuramente terá um túnel fluindo dentro dela, assinala com um traço fino a altura da entrada e a largura, e, por meio de um cursor lento e preciso, ele começa a escavação básica, introduzindo um traço roxo cujo final se conecta à estrada militar que está esperando por ele com todos os detalhes e minúcias na tela de Maimoni. "Muito bem, Assael", o aposentado elogia essa estrada, "um trabalho profissional exemplar. Mas agora chegou a hora de também a geração anterior provar a sua habilidade, primeiro no planejamento do suporte inicial e nos parafusos de ancoragem, e depois no projeto do revestimento interno, espessura das paredes, ângulos das curvaturas e apoios que protegerão contra desmoronamentos internos. E, obviamente, estabelecer algumas aberturas obrigatórias para ventilação, e a marcação da origem da luz no túnel, uma luz que chegará até ele, não da companhia elétrica, mas de coletores de sol do deserto que, de acordo com a câmera fotográfica de Hanadi, tem um gêmeo na cratera Ramon." Maimoni se levanta da cadeira e se posiciona às costas de Luria, acompanhando com os olhos o trabalho dele, mas logo seu olhar se volta para o relógio e ele diz: "Eu espero, Tzvi, que você não fique com raiva de mim se eu for embora agora, porque os gêmeos vão voltar daqui a pouco de um passeio em Jerusalém, e, como a minha esposa está fora do país, eu preciso ir pegá-los."

— Afinal, quantos anos os seus gêmeos têm? Eles de fato cresceram desde essas fotos que estão aqui.

— É claro, o mundo não parou, eles já estão com dez anos. E realmente é preciso acrescentar mais um retrato deles aqui.

— E como pode ser que já com dez anos os arrastam até Jerusalém? Lá não é perigoso para eles?

— Não, eles não vão para o Monte do Templo, só para o monte Herzl e o Iad Vashem. E, de sobremesa, também para o Zoológico Bíblico de Jerusalém. Esse é o trajeto. Só Deus sabe quem, no Ministério da Educação, planeja trajetos como esse, mas é um fato. E, portanto, espero que você não se importe de ficar aqui sozinho, e no final apagar a luz e trancar o escritório. Amanhã encaminharei a pasta à comissão para a qual faremos a apresentação na próxima semana.

— Como assim faremos a apresentação? Você também quer me empurrar para lá?

— Por que não? Mesmo que você não diga nem uma palavra, a sua própria presença, como ex-diretor de departamento, fortalecerá a legitimidade do túnel.

— Nesse caso — Luria diz com alegria, saltitando com a sua voz —, vá em paz.

E ali está ele de novo, trabalhando no seu escritório à noite, um aposentado do qual não desistiram, e depois que ele preenche detalhes como estimativa de ritmo de escavação, recomendação quanto ao modelo da máquina — a escavadeira com o nariz sulcado, giratório e perfurante — na opinião dele, a mais bonita para a região, ele recorre à internet para aprender a respeito dos nabateus, que comprovam que, no passado, não pairava no Neguev a maldição do deserto, e isso para saber como defender o seu legado, e exatamente quando ele começa a rabiscar algumas ideias no papel de carta de Maimoni, o antigo telefone do escritório toca com um som esquecido.

Luria hesita, tanto Dina quanto Maimoni sabem os números dos dois celulares, então é improvável que tenham telefonado para o antigo telefone do escritório. Será o vigia noturno, que já está reconhecendo o carro no estacionamento? Mas o toque não apenas é insistente, como também contém algo desesperado, e, quando ele levanta o fone, uma voz suave e constrangida sussurra: "Assael? Você está aí?"

— Hanadi? — Luria se apressa para manter na linha a jovem moradora sem identidade. — Hanadi? — ele não solta, decidido a quebrar o silêncio que se instalou de repente na linha. — É você? Certo? Maimoni já não está aqui, estou sozinho, você se lembra de mim? Sou o segundo engenheiro, o mais velho. Estou aqui sozinho, Maimoni já foi embora, você pode tentar no celular dele, você sabe o número? Você está me ouvindo? Hanadi? Você se lembra, Hanadi?

E ainda, silêncio. Mas, com a experiência de muitos anos com esse aparelho, Luria sabe que a linha ainda está conectada. Se ele fosse mais jovem, seria até capaz de captar o ruído do silêncio, mas a sua compaixão pela jovem petrificada na sua perplexidade não o larga, e ele novamente diz: "Estou aqui, estou ouvindo, mas se for urgente, Hanadi, por que não tenta achá-lo no celular?"

E a insistência dele em mencionar repetidamente o seu nome palestino, que apenas em um momento de fraqueza ela lhe revelou, talvez tenha sido o que a convenceu a romper o silêncio, e a sua voz responde com suavidade e delicadeza: "Sim, sr. Luria, é claro que lembro quem você é, e desculpe por eu ter telefonado para o escritório, Maimoni não gosta que eu telefone para o celular dele quando está com as crianças, mas não importa, não é nada urgente, e eu logo vou achá-lo. Só por enquanto, se me permite, sr. Luria, quero perguntar como vai a sua esposa, Maimoni me contou que ela estava muito, muito doente, e eu também me preocupei com ela, ainda que eu não tenha tido a chance de conhecê-la."

Agora Luria entende o quanto é profunda a relação entre a palestina e o engenheiro que lhe deu cobertura. Ele fica impressionado, mas reage calorosamente: "Obrigado, Hanadi, obrigado pela preocupação, mas minha esposa já está em casa, e até já voltou ontem a dirigir a clínica, pois ela é médica, obviamente Maimoni já lhe contou isso também, ela é pediatra, e pegou uma bactéria virulenta, ao que parece, de uma criança que veio justamente de vocês, quer dizer, da Autoridade Palestina.

— É claro, é claro — Hanadi diz com entusiasmo —, é óbvio que eu sei que ela é médica, e nós, na família, que tantas vezes visitamos médicos quando a minha mãe estava doente, não achávamos que também eles podiam ficar doentes ao mesmo tempo, mas agora acho que, se eu fosse médica e também estivesse doente, eu poderia entender melhor a minha doença e assim também explicar essa doença aos pacientes, melhor do que outros médicos.

— Mas e você, Hanadi, como está? — ele interrompe a moça de cuja beleza ainda se lembra. — Você não vai acreditar, mas exatamente agora eu terminei de preparar o projeto do túnel na colina de vocês, para que o seu pai possa continuar se escondendo lá.

— Não é uma perda de tempo para o senhor, sr. Luria? — ela diz com um leve riso, e o sotaque árabe paira de repente na sua voz delicada, assim como as cantilenas das Escrituras ornamentando as palavras. — O meu pai certamente vai se entregar, e também para nós, esconder-se ali não pode ser um arranjo para sempre.

Luria não quer ouvir que o seu trabalho é desnecessário e que vai se perder, então ele volta a perguntar:

— Mas por enquanto você, Hanadi, como você está? Maimoni disse que você está estudando teatro no Seminário dos Kibutzim, você já está atuando lá de verdade?

— Eu atuo um pouco quase o tempo todo — desata a rir —, mas o senhor, sr. Luria, insiste em me chamar de Hanadi, e esse era o nome de antigamente, que eu não deveria ter lhe revelado, porque eu já sou Ayala o tempo inteiro.

— E, afinal, o que é Hanadi? Qual é o significado? Você me disse que é flor violeta, mas Maimoni diz que significa outra coisa.

— É porque eu não queria que o senhor se assustasse. O significado é espada, não violeta.

A policial

E o vigia noturno está esperando no estacionamento, mas não para repreender Luria, e sim para se desculpar por não tê-lo reconhecido antes de entregar o número do seu carro à polícia. "Não precisa se desculpar", Luria diz, "eu também não entendo a minha explosão. É verdade, fui durante muitos anos um profissional sênior aqui, mas ninguém é obrigado a me reconhecer até no escuro. Eu próprio, mesmo à luz do dia, tenho dificuldade para reconhecer pessoas. Por exemplo, você, quem é você?" "Eu sou Chaimon, Yosef Chaimon, do setor de finanças, e eu tinha contato com a sua secretária, que submetia à minha autorização as suas contas de vale-alimentação e pernoite." "Chaimon?", Luria diz, "Eu não me lembro nem mesmo de uma migalha do seu nome, mas não se ofenda, você não é o único. Nomes mais importantes do que o seu foram esquecidos. E como foi que de funcionário do departamento de finanças você se tornou, de repente, vigia noturno?" "Porque me pegaram em algumas irregularidades financeiras, mas não conseguiram entender se foi de fato um desfalque, e por isso decidiram não chamar a polícia, apenas me mandaram para o estacionamento." Algumas gotas de chuva antecipam o final da conversa, e, como Luria sabe que depois do término do projeto do túnel não terá motivo para voltar para cá durante a noite, ele se despede do vigia noturno com um aperto de mão caloroso. E, ainda que seja ridículo e até mesmo humilhante ativar o GPS para voltar para casa por um caminho que percorreu milhares de vezes, ele é fiel à promessa feita à sua esposa, e, com a voz suave e um pouco envergonhado, ele informa à tela iluminada o endereço de casa. E, depois de um bipe agudo confirmando que o pedido foi recebido, o GPS sugere um novo caminho para casa, mais longo e complicado.

Será que algo deu errado com o satélite pairando no céu? Ou talvez foi revelada alguma nova descoberta? Ele desliza o dedo no mapa iluminado na tela em direção ao caminho original, e aparecem não apenas um mas dois ícones anunciando um acidente, em volta do qual já estão dispersos bonés de policiais. Aparentemente, é um acidente grave, pois na estrada de mão dupla estão amontoados muitos veículos, uns sobre os outros, sem possibilidade de voltar atrás.

Mas até mesmo um satélite inteligente, que encaminha o trânsito com muita sabedoria, não sabe o que Luria sabe por experiência de muitos anos: que é possível contornar o local do acidente por um razoável caminho de terra não muito longo, que corta um antigo pomar. E até mesmo com a demência, se ele insistir, poderá se lembrar do aroma do florescer neste pomar. E a primavera, espiando agora os espaços da consciência se encolhendo, rejeita então o caminho sugerido pelo GPS e encaminha-se para o caminho original, para o turbilhão do acidente, com a convicção de que será possível se livrar dele pelo caminho do pomar. No espaço já se ouvem as sirenes das ambulâncias e viaturas de polícia, piscando luzes vermelhas misturadas com azuis e amarelas, e, como a fileira de carros à sua frente nas duas pistas vai ficando cada vez mais lenta, Luria começa a se dirigir para a direita, a fim de atravessar a linha amarela para o acostamento da estrada, supondo que daqui a pouco o pomar aparecerá.

Mas há motoristas entre os carros em lentidão colados para-choque com para-choque que estão incomodados com o motorista idoso de cabelo branco, e ainda mais em um carro vermelho, tentando violar as regras de trânsito pela direita. E como eles não imaginam que se trata de um engenheiro rodoviário com muita experiência, que não quer ultrapassá-los, mas apenas escapar por um caminho que eles não conhecem, impõem-se contra ele com buzinas irritadas, e há também os que avançam e saem pelo acostamento da estrada para imitá-lo ou bloquear o seu caminho. De um modo ou de outro, o avanço é muito lento e, às vezes, até fica paralisado. Por fim, a fileira de carros para completamente, e à distância é possível ver que de fato houve aqui um acidente grave. Um grande trator de esteira que caiu de um caminhão gigantesco virou e, ao cair, esmagou dois carros particulares, e agora, à luz da lua, ele balança nas alturas a sua pá denteada como se fosse a tromba de um elefante amarelo que caiu de costas.

Ambulâncias e viaturas de polícia ainda estão soando aos berros, alavancas de dois carros de reboque chamados ao local já estão verificando as profundezas do desastre, os esmagados, feridos ou mortos. E policiais tentam impor ordem no caos e achar uma abertura adequada a partir da qual o trânsito possa continuar, e uma policial é enviada ao outro lado da linha amarela para vigiar aqueles que, ainda que em uma hora tão cruel, tentam burlar a lei. E nas luzes dos holofotes em torno da policial, que está sem capacete e sem boné, aparecem sinais de sombras do pomar que Luria está determinado a alcançar. Será que a jovem que está acenando à distância com uma grande lanterna, com o cabelo escorrendo pelos ombros, é uma policial padrão, que até tem no cinto uma arma e algemas, ou talvez seja somente uma cadete aprendiz ou, na verdade, uma atriz? E, na mente fervendo de desejo pelo florescer dos cítricos, Luria imagina que ela não é outra senão Hanadi, atuando na função de policial hebreia no curso para diplomação no Seminário dos Kibutzim, e os sinais que a moça palestina está fazendo na direção dele o estão convidando para ir depressa até ela, para escapar pelo caminho do pomar e chegar rapidamente até a sua esposa que o está esperando, então ele responde com vontade e acelera o carro, e não consegue parar antes de derrubar Hanadi, apesar de ele se empenhar em não esmagá-la.

E ao redor há muitos policiais desocupados e irritados que correm em socorro da amiga, levantam-na e a colocam de pé, e ordenam a Luria com firmeza que desça até a beira da vala à márgem da estrada. E, enquanto ele percebe o quanto está próximo agora à entrada do caminho de terra que corta o pomar, exigem que ele desligue o motor e retire as chaves do arranque e que mostre os documentos. Um dos policiais examina detalhadamente a carteira de identidade, a carteira de motorista, a licença do veículo e o certificado do seguro, e um oficial de polícia faz uma série de perguntas. Como você dirige? Um só acidente não basta para você? Por que você dirige como um louco no acostamento, em lugar proibido, e atropela uma policial em serviço?

E a policial, com a blusa rasgada e com arranhões recentes no braço desnudo, leva aos lábios uma garrafa de água que um sargento da polícia lhe oferece e, depois que acaba de beber, ela repreende com voz calma o motorista que a feriu, não especialmente irritada:

— Como você dirige, meu senhor? Então, eu fiz sinal para que você parasse e voltasse à pista correta, e você, ao contrário, acelera e tenta me atropelar intencionalmente?

— Atropelar você intencionalmente? — Ele fica abalado com a responsabilidade que jamais imaginou, mas que também é possível. — Como assim atropelar? Pelo contrário, completamente ao contrário, achei que você estivesse me pedindo para me apressar na sua direção.

— Na minha direção? Vir até mim para quê? Para quê?

Ele se espanta com a pergunta que tem uma resposta tão simples:

— Para chegar até o pomar que me tiraria do engarrafamento.

— E suponhamos que tenha sido isso — ela responde com muita paciência —, então, para chegar até o pomar você aumenta a velocidade e voa para cima de mim?

— Eu não achava que você fosse policial, no escuro você não parece policial, porque está sem capacete e sem boné e o seu cabelo está solto caindo sobre os ombros, achei que você fosse outra mulher que estava me chamando.

— Outra mulher?

— Exatamente, outra mulher.

— Que mulher sinalizaria a você, no meio de um acidente terrível, e para quê? Que mulher você achou que fosse?

— Que mulher eu achei que fosse? — ele hesita, pois não quer expor Hanadi à polícia. — Verdade, quem poderia ser? —Luria tenta fazer um exame de si mesmo, e então começa a explicar aos policiais que se trata apenas da alucinação de alguma mulher. — E entendam — ele tenta se livrar por meio de uma confissão amigável —, esse é o problema, já há algum tempo começou um tipo de demência em mim, nada sério, mas um pouco real.

Tribunal de campanha

E um oficial de polícia esperto, ao ouvir a palavra demência saindo explicitamente da fala do próprio transgressor, apesar do terrível acidente que ainda está sendo tratado, libera-se para pensar também no futuro, no trabalho de Sísifo sobre o massacre nas estradas, apesar de que aqui apenas uma blusa da polícia tenha sido rasgada e os arranhões no braço da policial vão passar bem depressa, e apesar de que ela nem está guardando rancor em relação a quem a derrubou e feriu. Como outros oficiais e sargentos experientes já estão atuando com as próprias forças para alargar a abertura e permitir que as centenas de carros presos no engarrafamento possam começar a fluir, ocorre a ele mesmo a oportunidade de transformar o seu veículo de patrulha policial em um tribunal de campanha para retirar a licença do motorista que confessou demência.

E ele encaminha Luria para o veículo e primeiro oferece água a ele, da mesma garrafa em que a policial bebeu antes. Mas

Luria, irritado e amargo, não quer nenhuma água, quer apenas dizer à esposa que não se preocupe com ele. E com as mãos tremendo ele puxa os dois celulares dos bolsos e pressiona a discagem rápida para casa em um deles, mas como na ausência dele Dina fala com a irmã em conversas intermináveis, ele não espera que a linha fique disponível, mas telefona do seu segundo celular para o celular dela, e deixa uma mensagem de voz: *ocorreu um pequeno acidente, estou bem e o carro está bem, e só uma policial se machucou por acaso, apenas um machucado leve, na verdade um arranhão, e ela está aqui ao meu lado sorrindo, pois o machucado já foi esquecido. Mas o principal, que não tem nenhuma relação comigo, é que ocorreu um acidente horrível na Rodovia 461, a oeste do cruzamento de Savion, que será amplamente noticiado, e por causa dele há policiais e equipes de emergência e ambulâncias para resgatar feridos, e ao que parece, não apenas feridos, mas também mortos, então, por causa de todo esse tumulto, e outra vez, sem qualquer relação comigo, decidiram me deter também para um breve esclarecimento, talvez por se tratar de uma policial de verdade e não só de uma cidadã ou de uma impostora, mas os policiais são gentis, e eu estou em boas mãos, então não se preocupe se eu me atrasar, porque, apesar de tudo, no final eu chegarei.*

    Suas mãos ainda estão tremendo quando ele coloca de volta os dois celulares nos bolsos. Em desesperada aflição, ele segue o oficial de polícia, que puxou uma prateleira com um pequeno computador em cima, e eis que dele sai um papel com todas as infrações de trânsito cometidas por Luria nos últimos vinte anos. E para a surpresa do oficial, por suas palavras e sua alegria, as transgressões são poucas e sem importância, e pela transgressão de agora, involuntária, não lhe recairá multa ou julgamento ou pontos obrigatórios — o oficial lhe devolve amigavelmente a carteira de identidade, a licença do veículo, o certificado do seguro, mas a carteira de motorista ele deixa no bolso, e, no lugar dela, ele dá a Luria um documento, um tipo de pequeno documento, informando que a sua licença está confiscada e, por enquanto, aos cuidados da polícia. "Sinto muito, sr. Tzvi Luria", ele enfatiza o nome completo, "você está proibido de dirigir até que o nosso neurologista decida qual é a sua situação, porque a sua demência, a qual você relatou com muita retidão, pode matar não só você mesmo, mas também outras pessoas. Afinal, quem sabe o que aconteceu no cérebro do motorista quando um trator de esteira deslizou do caminhão dele e esmagou dois carros, matando quatro passageiros."

— Quatro?

— E isso ainda não é tudo.

— Mas quem sabe se o culpado pelo desastre não foi o motorista — Luria tenta por algum motivo defender o motorista —, mas sim, quem carregou o trator e o amarrou? Vocês também precisam examinar a cabeça dele?

— Precisamos? É claro que sim — o oficial diz sem hesitar —, precisamos examinar a cabeça de todos, até mesmo do primeiro-ministro, mas quem nos deixará fazer isso? Por enquanto, vamos nos contentar com aqueles que, por sua própria boa vontade, confessam a sua demência.

E o oficial se levanta, indicando a Luria que o tribunal concluiu sua missão, e Luria morde os lábios sentindo impotência, diabos, o que eu fiz comigo, preciso voltar a mim mesmo, contar quem eu realmente imaginei, mas como poderei contar a eles sobre a palestina que se fantasiou de policial de trânsito na minha imaginação. "Veja, meu senhor", ele diz por fim, e sua voz implora, tremendo, "minha esposa é médica sênior, diretora de uma clínica pediátrica, você acha que ela me deixaria dirigir se não estivesse convicta de que a minha cabeça está lúcida?"

— Sua esposa é médica de quê?

— Médica pediatra.

— Mas você não é mais criança.

— É verdade — o aposentado admite.

— Mas não se preocupe, você não recebeu um relatório e nenhum ponto foi adicionado, apesar de você ter ferido uma policial. O neurologista da polícia vai examinar você e talvez lhe devolva a licença, e por enquanto, justamente a policial que você feriu—

— Só arranhei.

— Certo, só arranhou. Então, por enquanto, justamente ela o levará para casa no seu carro.

A região parece agora um cenário de ópera ou um filme de ação. Equipes de resgate, paramédicos e policiais se amontoando sob o holofote da polícia, que acompanha a tragédia com um feixe de luz seguindo um carro esmagado balançando no ar rumo ao caminhão que o aguarda.

O carro vermelho ainda está no lugar, encostado na vala. A policial pede a ele as chaves, e ele as entrega com o semblante amargo. Quando os dois estão dentro e ela pede a senha da ignição, ele estica o braço para que ela leia no escuro a senha tatuada, —e agora ela pode perceber até que ponto se deteriorou o estado mental do motorista que a feriu. Ela pergunta qual é a profissão dele, e se tem filhos e netos, e ele sugere, como engenheiro rodoviário sênior, optar pelo caminho de terra que passa pelos velhos pomares, em vez de tentar contornar os carros que se arrastam em desespero. Surpreendentemente, ela acredita que um profissionalismo de muitos anos pode superar uma demência atual, e se dirige para o escuro caminho de terra, onde eles ficam cercados pelo florescer dos cítricos e pelo ruído dos aspersores de água, até que saem dos campos de Kfar Azar para a civilização.

Ela é tão fiel à retirada da carteira de motorista que manobra o carro no estacionamento particular dele. Mas, antes de se despedirem, quando ela lhe entrega o molho de chaves para que ele mesmo tranque o carro, ainda o incomoda a pergunta sobre o motivo de ela não estar usando capacete ou boné enquanto sinalizava para que ele parasse.

— Só faltava justamente um chapéu para você perceber quem eu sou?

— Sim, porque o cabelo que você espalhou sobre os ombros me levou a pensar que você era outra mulher completamente diferente.

Ela sorri, mas não acha que fica devendo uma resposta, e se afasta sem falar nada, na direção da estação Maguen David Adom que fica entre os rabinos da região de Basel.

Dina toma chá na cozinha e oferece palavras de conforto, mas seu marido as rejeita. "É isso", ele diz num tom desesperançoso, "olha a degradação, olha o início do fim."

— Não — sua esposa está determinada a lutar contra o sentimento de desamparo dele. — Talvez esse seja o fim de dirigir, mas não o fim do caminho lúcido que ainda o espera.

Carteira de motorista

Raiva e humilhação reforçam a certeza de que a carteira de motorista que foi retirada no tribunal de campanha não retornará a ele. E no caminho lúcido que sua esposa lhe prometeu como consolação, não será ele o motorista. E se ele tentar ir dormir agora, a escuridão não o adormecerá, mas somente o agitará. Parece-lhe preferível pegar travesseiros e cobertores e ir se deitar no terraço, talvez os ventos do céu lhe expliquem por que ele deixou escapar a confissão da sua demência, somente para justificar uma alucinação momentânea que converteu uma guarda de trânsito em uma moça delicada e perdida, a quem Maimoni está dominando.

— Se você já sabe que ficará se atormentando à noite, então, em vez de se deitar na varanda, dobre a dose do seu comprimido. É uma pena você estar se lamentando por causa de uma carteira de motorista da qual você sabe que, mais cedo ou mais tarde, de qualquer jeito, você deveria abrir mão.

— Não sei de nada — ele murmura maliciosamente —, e você também, Dina'le, é especialista em doenças pediátricas e não em carteiras de motorista. E como médica, eu pergunto a você como dobrar de repente a dose do comprimido que me ajuda a dormir, depois que você me advertiu que ele pode agravar a minha idiotice?

— Idiotice? — ela se assusta. — Nunca pronunciei essa palavra, e nunca, jamais pensarei nela. Você está sendo cruel. O que eu disse foi uma coisa simples, e isso, o neurologista também nos explicou: na sua situação, tem início uma pequena falta de clareza, uma confusão entre os limites do dia e da noite, e, portanto, não é bom que você fique mergulhado em sonos profundos e que se estendem até o meio do dia, mas se hoje à noite você pretende apenas se torturar, então, não só como a pessoa que lhe é mais próxima no mundo, mas também como médica, eu o aconselho a tomar um comprimido a mais para que você possa dormir algumas horas, o sono vai acalmar a sua dor exagerada.

— Exagerada?

— É claro. Porque muito em breve, nós todos, quer dizer, todos os que amam você e se preocupam com você, de verdade, iríamos exigir, mesmo sem a polícia, que você desistisse de dirigir.

— Um momento, quem são os "que amam você e se preocupam com você, de verdade" além de você, Yoavi e talvez Avigail? Agora eu estou percebendo, Shlomit me denunciou.

— Denunciou? Tzvi, o que está acontecendo com você? É a sua única irmã, e ela tem o direito de se preocupar com você depois que você a assustou com uma direção totalmente arriscada no caminho até a casa de repouso.

Em um silêncio penetrante, ele apaga a luz da varanda e examina o céu para ver se pode chover em cima dele esta noite. Não são poucas as estrelas, e, portanto, ele decide tentar dormir sob a proteção delas. A tristeza dele mexe com o coração da esposa, e ela o abraça e o beija, mas ele fica em silêncio, com os braços caídos, a cabeça inclinada. Como um cachorro velho e triste. Por que diabos a demência lhe escapou da boca? Pela rapidez do oficial de polícia, parece que a demência dele se tornou o bode expiatório para o acidente do trator de esteira que caiu. Pois, como lá não havia a quem culpar, já que a maioria obviamente havia morrido ou se ferido, nada restou a não ser tirar a licença de um idoso inocente que desceu até o acostamento da estrada para se livrar pelo caminho de terra.

E, apesar disso, ele mesmo, por iniciativa própria, sem investigação e sem ameaça, apressou-se em apresentar a demência como justificativa para ter acelerado repentinamente em direção à policial. Será que ele queria, de alguma maneira, revelar diante das autoridades legais a sua demência, para que daqui para a frente eles também se tornassem parceiros em tudo o que ela fosse capaz de armar pelo mundo? Dos seus olhos também não desaparece o susto que atingiu a sua irmã na ida imprudente para a casa de repouso. Sua esposa tem razão. No seu amor detalhista, ela diagnostica melhor que ele as suas falhas. Portanto ele deve não apenas amá-la, mas também valorizá-la. Sobre a direção, ele supostamente deveria desistir por iniciativa própria e não esperar pela sabedoria de um oficial de polícia. Ainda que seja doloroso se despedir do assento do motorista, reconhecer a verdade pode às vezes suavizar a dor. Ele volta a examinar o firmamento. Nuvens vagam lentamente do mar em direção ao Estado de Israel, mas elas não terão força para cair como chuva, somente deixarão o escuro mais profundo, portanto, não há necessidade de tomar mais um comprimido para afiar as fronteiras da noite. O universo inteiro o confortará pelo fim da direção. E, com o monótono ruído do fluxo do trânsito da cidade que não descansa, seus olhos se fecham e a sua consciência se desconecta da culpa.

O barulho de gotas de chuva, que ainda não há como saber se são uma investida passageira ou o início de algo mais forte, apressa Dina em direção à varanda para sacudir a consciência que encontrou a sua calma, puxar e recolher os cobertores e o travesseiro debaixo do dono da casa, para que ele entre no quarto e complete o seu sono ao lado dela.

Já é meia-noite, e Luria está espantado com o sono que conseguiu ter sem um esforço especial, somente graças à clareza da alma, e, depois de vestir um pijama, prepara para ele e sua esposa um chá de ervas, e, enquanto isso, Dina relata os acontecimentos das últimas horas. Yoav telefonou e reagiu com pesar e empatia à retirada da carteira de motorista, mas concordou. Assim, ele disse, ficarei mais tranquilo, sabendo que papai não está dirigindo.

— Mais tranquilo? Isso é tudo o que ele espera de mim, que eu lhe dê tranquilidade?

— Sim, porque ele ama você, e é natural que fique preocupado. Mas ele também acrescentou uma coisa divertida sobre a senha de ignição que você correu para tatuar.

— O que pode haver de divertido aqui?

— Vou lhe contar, desde que você não se ofenda. Ele disse que agora será possível acrescentar alguns dígitos à tatuagem, que já não é necessária, para combinar com o celular de um dos netos.

— E essa brincadeira sem graça parece divertida para você?

— Um pouco, mas não se ofenda.

— E, apesar disso, essa diversão não ajudou você a adormecer.

— Porque eu precisava tomar conta para que o céu que você estendeu em cima de você não o molhasse. Então percebi que você, por tanto sofrimento, esqueceu o seu computador no carro, e desci para pegá-lo.

— Esqueci o computador no carro?

— Ao que parece, por tanta emoção com a policial que trouxe você em casa. Então aqui está ele, são e salvo, para você.

— Obrigado.

— E, afinal, saiba que a partir de agora, já que eu também vou me aposentar daqui a pouco, serei a sua motorista dia e noite.

— Foi o que eu imaginei, e isso me deprime ainda mais. Pois desde que você recebeu a licença, não corrigiu nem mesmo um erro na sua direção. Você ainda não entende o que é cuidado na pista, esquece de ligar as setas ou as ignora, e tem tanto medo de ultrapassar que enlouquece os motoristas atrás de você. O fato de que a partir de agora o volante vai ficar sob o seu controle só aumenta a minha depressão.

— Pelo menos eu dirijo com cuidado.

— Não é com cuidado, mas com uma lentidão desnecessária. Não é a mesma coisa. Prefiro pegar um filipino como motorista.

— Como quiser. O principal é que não fique triste.

— Um momento, e Maimoni? É possível que ele não tenha telefonado?

— Claro, espere, ele telefonou, mas eu não quis acordá-lo porque você estava dormindo profundamente. Contei a ele, claro, sobre a retirada da licença, e ele se compadeceu muito com a sua dor, mas também elogiou o oficial e a iniciativa dele. Graças a ele, Maimoni disse, vamos preservar o nosso Luria melhor ainda, também para o futuro.

— Como assim para o futuro? — Luria se irrita. — Ele pretende que eu trabalhe para ele de graça para sempre?

— Foi o que ele disse, esclareça você mesmo a que ele está se referindo. E por enquanto ele conseguiu ver o projeto do túnel que você deixou no escritório e disse que está excelente, só que a Sociedade para a Proteção da Natureza ouviu falar sobre a estrada militar e começou a tumultuar. Ele vai lhe contar tudo amanhã. E o principal, a reunião da comissão de aprovações foi antecipada, e será daqui a três dias, e você precisa ir, eles esperarão por você lá.

— Três dias? Tão rápido?

— É o que ficou marcado.

— E ele não mencionou mais nada? Digamos, aquela Hanadi?

— Hanadi?

— Eu já lhe expliquei, você até já a viu, a moça que dava comida para os gêmeos de Maimoni quando o visitamos durante o luto. Um tipo de palestina amável, iluminada, ainda não contei a você a história dela?

— Talvez, mas repita o principal.

— É a filha de um professor de uma aldeia no distrito de Jenin, e a Administração Civil e os serviços de segurança, que sabem tudo o que é possível a respeito dos palestinos que vivem no outro lado do que era a fronteira, tomaram conhecimento de que a esposa desse professor tinha uma séria doença cardíaca, e só o transplante de um novo coração poderia salvá-la. E portanto, aquele Shibolet, sobre quem lhe falei, sugeriu ao professor que vendesse aos israelenses um terreno palestino para que ele pudesse pagar os custos do tratamento e do transplante da esposa. Mas a mulher, que aguardava no hospital por um coração compatível, morreu antes que achassem um coração, e nesse meio-tempo também ficou esclarecido que o terreno foi vendido por fraude, com documentos falsos, e o viúvo atormentado decidiu ficar com a sua família em Israel, com medo do que os palestinos fariam com ele por ter tirado deles terra para os judeus de forma desonesta, e, uma vez que ele decidiu não devolver o dinheiro que recebeu dos colonos, ele também precisa se esconder dos judeus, e Shibolet, que se sentiu um pouco responsável por toda a complicação e mantém um apartamento em Mitzpé Ramon por causa da asma da esposa, sugeriu ao palestino um esconderijo em uma antiga ruína sobre uma colina na cratera, e essa é a colina em que vamos enfiar um túnel, em vez de derrubá-la.

— E isso tudo por causa de um palestino que se complicou?

— E também por causa da filha.

— Como assim por causa da filha?

— Eu acho que Shibolet e agora também Maimoni têm fantasias.

— Fantasias de quê?

— Em todo esse vigoroso empenho pelo pai talvez esteja escondida a intenção de dominar a filha, cada um por si ou até juntos.

— O que você chama de dominar?

— Fazer dela uma espécie de mulher a mais, uma segunda mulher.

— Uma segunda mulher? Sobre o que você está falando? Você já está inventando maluquices para outras pessoas. Chega, Tzvi, não se esqueça de que você se emocionou muito esta noite, portanto, ouça-me, vamos parar por aqui, já é tarde, nós dois estamos cansados. Não tem problema se você tomar mais um comprimido e se deitar como uma pessoa normal ao meu lado na cama, porque você, de qualquer jeito e em qualquer situação, terá apenas uma mulher.

Estação Rodoviária Central

Pela manhã, a médica já não espera que Luria a ajude. A senha de ignição está bem gravada na sua memória, e ela pega, por sua conta, o carro vermelho e vai até sua clínica pediátrica. Oficialmente, ela ainda é a diretora, mas com a sua sabedoria se antecipou em transferir poderes para o médico que ficará no seu lugar. Ela já foi chamada para um encontro de esclarecimento sobre os direitos e os deveres da aposentadoria que se aproxima, e enquanto isso, Luria, equipado com dois celulares, vai ao supermercado não somente com uma lista clara, mas também com um marcador preto para passar um traço grosso em tudo o que já achou o seu caminho para o carrinho, de forma a evitar duplicações. Desta vez, a compra das flores não é uma obrigação, mas uma possibilidade, acompanhada também do direito de escolher o tipo e a cor de acordo com o seu gosto, mas como as flores não o consolaram pela perda da licença, ele as deixa passar, e enquanto a grande compra faz o seu caminho para o endereço certo, Luria sai vagando pelas ruas com a intenção de escolher entre os ônibus o mais elegante e mais alto de todos, e sem saber de onde vêm esses ônibus e para onde vão, ele sobe em um deles e se senta na parte de trás, um pouco mais alta, e, em meio ao balanço relaxante, examina a partir de um novo ângulo as ruas conhecidas, as vitrines e a natureza das pessoas, coisas que até agora, como quem costumava dirigir atento à luz que mudava nos sinais de trânsito e às pessoas que atravessavam repentinamente à faixa de pedestres, não podia perceber como deveria.

Na gigantesca Estação Central de Tel Aviv, onde ele nunca esteve, apesar de ter sido construída há mais de trinta anos,

Luria precisa desembarcar do ônibus que chegou ao ponto final. Se ele localizar a plataforma certa, poderá continuar se entretendo na viagem de volta, mas o alvoroço na estação desperta sua vontade de diversificar a rota para prosseguir e vivenciar o mundo a partir do novo ângulo, relaxado e mais alto. Mas para onde irá? Na direção norte ou sul do país? A leste ou a oeste? A questão não é só a distância, que não deve ser muito grande, mas também a qualidade do ônibus que o conduzirá. Porém, enquanto vaga pela Estação Central, que ele jamais poderia imaginar que fosse tão sombria e confusa nos seus espaços e entradas, os dois celulares começam a tocar, um após o outro.

À sua direita é a esposa, e à esquerda é Maimoni. E como assistente, embora sem salário, ele prefere falar com quem é o seu supervisor e não com a mulher, apesar de estar ligado a ela há quarenta e oito anos. Ele reluta em falar com Dina hoje por ela ter expropriado o carro dele em seu favor, como se não somente a licença lhe tivesse sido retirada, mas também o direito de propriedade. E, portanto, ele fala com ela resumidamente: "Não posso agora, Dina, porque Maimoni está no outro celular. Estou agora vagando pela Estação Central no sul da cidade, um lugar completamente absurdo, mas por enquanto não se preocupe, fiz a compra que você pediu, embora sem as flores." E desliga.

"Você está na Estação Central?", Maimoni se assusta. "Por quê? Precisamos nos encontrar. Soube da cassação da sua licença e me solidarizo com a sua dor e a humilhação, o mais importante é que você não continue a colocar a si mesmo em risco e, principalmente, outras pessoas. Por enquanto, ouça, os verdes ressuscitaram e começaram a se impor contra o projeto, mas isso não é assunto para discutir por telefone, só pessoalmente. Se você me disser onde está agora exatamente, e também prometer não sair daí, chego aí logo mais."

E a sua esposa telefona de novo, e em tom raivoso e tenso pergunta o que exatamente ele está procurando na Estação Central. Nada, uma simples visita, quando ele saiu do supermercado passou um ônibus elegante que o levou a um lugar maluco aonde ele jamais havia ido, embora esteja a uma distância de apenas uma hora de caminhada até em casa. "Dina'le, é um lugar que se deve visitar pelo menos uma vez na vida. Um labirinto sombrio e estranho, espaços desnecessários, mas coloridos, cheios de africanos tranquilos com doces crianças de chocolate. E não comece a se preocupar com a possibilidade de eu ter me perdido, Maimoni está a caminho para me resgatar. Aliás, eu não imaginava que os novos ônibus fossem capazes de ser tão agradáveis, talvez seja melhor desistir completamente do carro."

Mas sua esposa não deixa de ficar preocupada. "Eu entendo", ela diz amargamente, "que você decidiu me preocupar de propósito por causa da cassação da sua licença, mas antes que me provoque ainda mais, explique-me, por favor, em que eu sou culpada?" "Você não pode ser culpada, minha querida", Luria afirma, "porque você não tem autoridade de retirar licenças de motorista, mas apesar disso, por outro lado, você é culpada por querer que a retirassem de mim." "Você também queria", a esposa protesta, "e por isso revelou a sua demência aos policiais com tanta facilidade, sem que ninguém lhe pedisse, afinal, daqui a pouco a demência se transformará na sua carteira de identidade."

— Talvez.
— Mas por quê?

— Para proteger a mim e a você.

Passa muito tempo até que Maimoni chegue. E Luria permanece sentado com paz de espírito em uma pequena cantina. A retirada da carteira o liberou não apenas de preocupações com estacionamento, mas também da viagem de volta. Animado com os muitos ônibus, que sobem até o sexto andar e voltam a deslizar na rua, ele come um sanduíche cujo pão está um pouco seco, e as fatias de queijo dentro dele estão bem impregnadas do aroma de bolor esverdeado.

— Obrigado por não ter saído do lugar — Maimoni diz ao chegar, vermelho e entusiasmado —, caso contrário, eu jamais o encontraria. Mas, antes de levá-lo ao escritório para corrigir algo que você fez, ouça o que aconteceu. Você acredita que não ocorreu ao Ministério da Defesa, que já está rondando toda essa estrada na cratera há mais de um ano, que eles deveriam comunicar o fato aos verdes da Proteção da Natureza, para quem a cratera Ramon é como Holy Basin em Jerusalém? E quando agora repassaram a eles o projeto para examinarem, houve ali uma consternação enorme, a ponto de haver o receio de que eles iriam processar o Exército no Superior Tribunal de Justiça. E ficou claro que eu estava certo a respeito do que temia o tempo todo, esse é um projeto para um país amigo estrangeiro, que pretende enterrar instalações de escuta justamente no lugar em que você deu de comer à raposa. Mas por incrível que pareça, — Maimoni prossegue com entusiasmo —, ao que parece, Shibolet também tem parte no assunto, justamente o nosso túnel agrada à Sociedade para a Proteção da Natureza. Uma vez que eles santificam cada colina desolada e cada ruína antiga, a ideia de não mexer e não remover nada lhes agrada de antemão. E, o que é mais espantoso ainda, o Exército não rejeita o túnel, que possibilitará, se for preciso, fechar a estrada ou até mesmo escondê-la. O mais rígido adversário do túnel é justamente o nosso escritório, e isso depois da facilidade com que derrubaram montes inteiros em Shaar Hagai. Eles argumentam que um túnel encarece significativamente os custos e que também precisa de manutenção. Esse será o tema principal da batalha de amanhã, que vai se dar principalmente contra o nosso escritório. Se você já pagou, vamos embora.

Mas Luria fica plantado no lugar.

— Amanhã? Não é depois de amanhã?

— É verdade, depois de amanhã, e, portanto, que não derrubem a colina de Shibolet e que Yassur não se entregue no final, arrastando consigo o filho e a filha—

— Um momento, o dinheiro da venda imaginária ainda está com Shibolet, não?

— Aos cuidados dele. E acredite em mim que eu confio nele, e que ele guarda com lealdade cada shekel. Há nele crueldade e ganância, mas não corrupção.

— Hanadi procurou por você ontem — Luria se lembrou, com a cabeça girando.

— Sim — Maimoni fica sombrio —, e também me achou no fim das contas, mas, por favor, Tzvi Luria, pare de insistir no nome Hanadi, até ela mesma se surpreendeu por você manter o nome antigo e ainda ficar pesquisando o significado dele. Ela perguntou o que você tem na cabeça de continuar a chamando assim, e eu expliquei que na sua cabeça não tem nada de malicioso, só que você já não é jovem e que às vezes tem dificuldades com nomes.

— Ayala... Ayala... — Luria murmura, e sente que a tumultuada Estação Central, com seus espaços vazios e seus emaranhados, rasteja bem para dentro dos espaços do seu cérebro. Mas Maimoni ainda quer saber se Ayala se identificou ao telefone ou se ele entendeu por conta própria que era ela.

— Entendi por conta própria, porque há um tipo de música especial na fala dela. Ela mesma temia se identificar, até que eu disse que eu sei quem ela é e quem eu sou.

— E sobre o que vocês falaram? — Maimoni fica nervoso. — Ela me contou que você tentou investigá-la.

— Investigar? Haha, isso é exagero. Percebi que ela está muito sozinha e procurei ser simpático e interessado. Perguntei, por exemplo, se no Seminário dos Kibutzim já lhe deram algum personagem em uma peça de verdade ou se ela só está se exercitando em sala de aula.

— Por enquanto, deram-lhe apenas personagens de uma árabe ou um árabe — Maimoni diz com amargura —, porque no seminário também perceberam a verdade que há no sotaque dela. Por isso eu fico preocupado com a sua insistência com o nome anterior. O que você quer dela, afinal? Explique-me o que o atrai nela.

— O que me atrai? — O aposentado fica ressentido. — Apenas dar a ela, à moça perdida, um pouco de atenção, um pouco de empatia, um pouco de compaixão. Porque, em qualquer situação, tenho apenas uma mulher, única e especial, que a partir de agora será também a minha motorista.

Fundo de pesquisa

E a única mulher voltou da sua clínica pediátrica preocupada com o que lhe falaram no departamento financeiro do hospital. O seu Fundo para Relações de Pesquisa acumulou uma bela quantia, mas que seria permitido usar apenas antes da aposentadoria. Se a médica tivesse se interessado mais por seus assuntos financeiros, estaria informada há tempos de que os congressos científicos promovem financiamento apenas para médicos ativos. Congressos científicos de aposentados ficam somente sob a responsabilidade deles mesmos, e o Estado não tem interesse em se envolver para financiá-los. E portanto, com simpatia pela médica sênior que não se interessou o bastante por seus direitos e que poderia perder todo o dinheiro do seu fundo, o responsável pelo orçamento lhe sugeriu que ela se apressasse e inventasse uma pequena pesquisa, e procurasse mundo afora algum congresso disposto a incluí-la em uma das mesas. Afinal, de qualquer maneira, o homem das finanças acrescentou com um sorriso maroto, oitenta por cento das pesquisas que nós financiamos, é o que dizem, estão erradas, ou são desnecessárias, ou repetem o que já foi pesquisado no passado. Será que existe, doutora Luria, alguma pessoa que pode controlar o tsunami do mundo da ciência? Em caso afirmativo, por que você não aproveita os dias de folga que você acumulou e não utilizou, para dar à luz alguma pesquisa que não prejudicará ninguém, e ter o privilégio de fazer uma pequena viagem prazerosa, você e o seu marido, antes da aposentadoria?

— Mas será que, afinal, eu serei capaz de inventar, em alguns meses, não uma pesquisa, mas até mesmo uma ideia para pesquisa — a médica reclama aos ouvidos do marido —, e ainda mais no período em que estou repassando a direção, e que também preciso aumentar os cuidados com você para que não suba em um ônibus qualquer e se perca? Afinal, em essência, eu sou clínica e não pesquisadora. Sempre me interessei por cada criança doente, como curá-la, mas me sentar e buscar dados que combinem com uma teoria pronta... sinto muito, essa não sou eu.

— Quanto dinheiro ficou no seu Fundo?

— Oito mil dólares.

— Dina'le, isso não é pouco! Imagine um congresso de medicina em um país como o Japão, onde nunca estivemos, que passeio maravilhoso poderemos fazer em troca de vinte minutos de palestra que, de qualquer jeito, ninguém irá ouvir.

— Uma palestra sobre o quê?

— Você não pode inventar alguma coisa?

— Não sou inventora. Eu já lhe disse, cuido de crianças reais.

— Mas a quem importa, no Japão, se você inventar uma teoria?

— Não vou me rebaixar.

— Então, talvez você escreva uma palestra sobre você mesma, sobre a sua doença, sobre a bactéria que atacou você, como é mesmo o nome?

— Meningocócica.

— Como?

— Meningocócica.

— Essa predadora.

— Não é predadora, é apenas virulenta.

— Então, por que você não escreve alguma coisa pessoal a respeito dessa bactéria "apenas virulenta". Quais foram os sintomas iniciais, como você entrou em confusão e desorientação, e por que eu precisei me apressar em internar você, por que erraram no primeiro antibiótico e por que foi preciso substituí-lo, e também por que insistiram em isolar você mais do que era suposto no início. E você também pode observar todos os exames que estão na sua pasta e fazer um resumo sob o ponto de vista de uma médica que trata da sua própria doença e a entende internamente, uma médica que pode explicar os erros de diagnóstico não apenas de outros médicos, mas também dela própria. Isso pode ser interessante ou, pelo menos, não maçante. Afinal, você disse que essa bactéria é conhecida e frequente, então por que outros médicos não deveriam conhecê-la por um viés mais interno? E ainda lhe restaram dias de folga, que, se você não aproveitar, o Estado vai ficar muito feliz em absorvê-los de volta, então sente-se e escreva, e, mesmo se sair algo não tão científico, pelo menos salvaremos alguma coisa do Fundo, e comeremos e dormiremos em um bom hotel e visitaremos museus importantes.

A médica observa o seu marido com espanto, como se descobrisse nele alguma coisa que nunca existiu, mas ele ainda não concluiu, e continua se animando.

— Não pense que sou ingênuo em achar que em um congresso científico é possível transformar uma doença pessoal em verdade científica, mas uma inovação é sempre aceita no assunto. Afinal, o nosso túnel também é, na verdade, pessoal, e não público, e apesar disso conseguiremos aprová-lo na comissão.

Dina se aproxima do marido e abraça os seus ombros.

— Essa ideia, Tzvi, você inventou agora ou ouviu de alguém na clínica?

— Nem uma coisa nem outra. A ideia, para a sua surpresa, chegou de longe, justamente daquela... quer dizer, daquela Hanadi...

— Não estou entendendo — ela cora e desata a rir —, você começou a falar diariamente com essa palestina? Isso já é um avanço dramático na demência.

— Diariamente por quê? Apenas uma vez, uma noite, no escritório, antes do acidente. Ela procurava por Maimoni, que não estava lá, e então falou um pouco comigo, e também quis saber como você está, porque Maimoni contou a ela que você estava internada.

— Internada? Que interesse Maimoni tem de falar com ela a meu respeito?

— Eu tento insinuar o tempo todo e você não capta. Esse homem, Maimoni, não é simples nem inocente. Ele mantém o controle sobre ela constantemente, e portanto, em vez de lhe arranjar um lugar em dormitórios de estudantes, ele a transferiu para morar sozinha na casa do seu pai que morreu, para poder dominá-la ainda mais, e ele vai visitá-la, e quem sabe o que eles fazem, mas ainda que eles só conversem, é natural que falem do túnel e me citem, e então eles falam também de você. Uma médica que ficou doente e que foi internada desperta o interesse dela, por causa da doença cardíaca da mãe. Ainda antes da negociação maluca com Shibolet, eles perambulavam de médico em médico, e ela percebeu que os médicos palestinos ou os israelenses, na verdade, não sabiam o que havia de errado com o coração da sua querida mãe. Lamento, ela me disse, num tom de brincadeira ou de desespero, que os médicos que os confundiram não adoeceram eles mesmos, porque talvez só com o próprio adoecimento eles também poderiam explicar a doença aos outros. Essa é a história toda. Nenhum mistério. E aí? O que você decide, para não perdermos o dinheiro do seu Fundo por nada?

— Decido pensar.

Reunião da comissão

Já se passou cerca de meio ano desde que Luria escapou de uma luxuosa festa de aposentadoria e percebeu, na escuridão do sétimo andar da Caminhos de Israel, uma faixa de luz lambendo o umbral do seu ex-escritório. E assim foi apresentado ao filho do consultor jurídico prestes a morrer, o jovem engenheiro Maimoni, a quem Dina, com sua desenvoltura, conseguiu juntar seu marido como assistente-sem-salário, para que pudesse combater melhor, conforme o aconselhamento do neurologista, com a ajuda de estradas, viadutos e túneis, a atrofia que está corroendo o cérebro dele.

Desde então, Luria visitou de fato mais duas vezes o seu ex-escritório, mas somente à noite, depois que o prédio se esvaziou dos seus funcionários, porque Maimoni hesitava em apresentar um aposentado obsoleto como consultor em um projeto militar supostamente secreto. Porém, esta manhã, no prédio de escritórios ocupado por seus funcionários, reúne-se uma comissão para aprovar o projeto, e, portanto, também chegou a hora de revelar o assistente oculto, na verdade, não como membro do quórum com direito a voto, mas apenas como consultor em caso de controvérsia ou constrangimento, que senta não diante da mesa grande, mas a um canto, perto da parede.

Luria está animado com o tumulto matinal no andar em que trabalhou durante tantos anos. Na verdade, nem todos os funcionários são capazes de identificá-lo, mas os que se lembram — engenheiros, engenheiros técnicos, secretárias e até mesmo serventes — demonstram-lhe abertamente afeição, não apenas com um aperto de mão, mas também com um leve tapa no ombro, para garantir que o boato a respeito da demência dele é muito exagerado.

Os participantes do encontro vão chegando aos poucos à sala de reuniões. O protagonista da reunião, Maimoni, que nesta manhã enfrentará um teste, está usando gravata e vestindo um blazer novo, e já está abrindo uma grande tela e preparando o computador para a apresentação. Chegam primeiro um representante do Ministério da Defesa e um oficial militar uniformizado, e os dois se apresentam somente com os seus primeiros nomes, e se apressam em espalhar um mapa e documentos, dispostos a fornecerem observações precisas. E, então, a porta é escancarada e Yoel Drucker, o contador-chefe do escritório, resvala para dentro na sua cadeira de rodas. Ele é engenheiro de profissão, ferido de guerra, que em um determinado período trabalhou sob a batuta de Luria, até que o seu sofrimento físico o obrigou a se afastar do trabalho de campo e a se transferir para o departamento financeiro, onde em pouco tempo conseguiu converter o conhecimento da engenharia na acuidade das finanças, que tem o poder de revelar falhas e erros em cada cálculo e cada balanço. Quando vê Luria no canto, ele se apressa em ir rodando em sua direção. Somente ontem chegou até ele o conhecimento de que Maimoni recrutou o aposentado sênior como consultor e parceiro, e Drucker comunicou imediatamente em público que, se Tzvi Luria adicionou a sua assinatura ao projeto, é possível autorizá-lo de olhos fechados. Ao ouvir elogios do valoroso homem, que além do mais é um ferido de guerra, Luria não consegue se controlar e se levanta para abraçar a cabeça do seu ex-funcionário, que nunca pediu favorecimento quando era enviado para medições em montes e colinas. "Meu caro", diz o aposentado com a voz embargada, "é verdade que nunca me interessei pelo seu ferimento militar, porque senti que você não me pedia compaixão, e agora eu também não peço a sua compaixão, mas, se você souber que já tiraram minha carteira de motorista, entenderá o alcance da minha degradação."

Uma secretária empurra um carrinho sobre o qual estão um bule com café e xícaras, garrafas de água mineral e biscoitos *sticks* salgados. "Houve uma revolução", Drucker sussurra para Luria, "cancelaram as burekas, retiraram os bolos e as quiches que enlouqueciam o nosso cérebro e atraíam para as reuniões pessoas famintas que nem deveriam participar delas. Decidiu-se por um serviço de bufê simbólico apenas, simbólico a tal ponto que eu consigo reconhecer alguns *sticks* salgados que já passaram por três reuniões e ninguém ainda se aproximou deles. E daqui a pouco você terá uma prova de que um bufê nazireu também encurta as reuniões."

Duas mulheres, uma jovem e outra mais velha, representantes da Sociedade para a Proteção da Natureza para o sul do país, são conduzidas para dentro e ocupam seu lugar na mesa grande. A julgar pela preocupação da mais velha para com a mais jovem, parece que as duas mantêm não apenas uma relação profissional. Primeiro, elas se servem com o café para se refrescarem de um longo caminho, mas, quando percebem que não há esperança para um bufê mais elaborado, elas começam a eliminar com educação, mas completamente, os biscoitos *sticks* salgados, e, quando eles estão quase acabando, elas abrem um mapa colorido de plástico da cratera Ramon, cheio de figuras de pessoas em miniatura, camelos, raposas e pássaros, com veículos que se movem entre as áreas de acordo com os seus respectivos tipos e as suas capacidades, em caminhos de cores diferentes.

Por último chega o novo diretor-geral, ainda um jovem entusiasmado, e antes de tudo se apressa até Luria para lhe expressar o agradecimento do escritório pela ajuda sem salário e, principalmente, por aquele pequeno e inesquecível discurso na festa africana de aposentadoria. O princípio da separação entre o privado e o público, que Luria mencionou, passou a ser para ele um princípio condutor no trabalho de Sísifo contra a corrupção. Além da redução do serviço de bufê, ficou decidido reduzir também as justificativas de doenças e os problemas de família nas faltas e atrasos por rodízios nas escolas e comemorações com netos. A nova política radical permite absoluta confiança em cada ausência ou atraso, sem a necessidade de justificar, mas são registrados e acumulados na pasta do funcionário, para avaliar o seu peso nos casos de promoção ou demissão. Ai da secretária que colocar flores na mesa dele ou um bolo no seu aniversário. E com educação, mas com firmeza, ele também recusa convites de comemoração de bar-mitzvá, circuncisões ou casamentos, e até mesmo a enterros de funcionários ele envia outras pessoas para dizerem algumas palavras de condolências. Somente a enterros de aposentados como Luria, caso alguém se lembre de informá-lo, ele está pronto para ir, mas apenas como um participante silencioso. A Caminhos de Israel é uma empresa governamental e não um kibutz ou uma comunidade religiosa, nem um grupo de teatro ou uma companhia militar de reservistas que não conseguem se livrar das lembranças do seu passado. Uma empresa governamental não é um empreendimento particular que compensa um salário vergonhoso por meio de um feriado no Mar Morto ou em Eilat. Uma empresa governamental não pertence aos seus funcionários, mas ao Estado, e no Estado o lado pessoal pode deslizar com facilidade para lesar a pureza moral. E afinal, nós, o diretor-geral prossegue, somos uma instituição onde circulam milhões, ou até mesmo bilhões, diante de empreiteiros e empresas onde o suborno é o seu combustível psicológico. E a você, Tzvi Luria, que me ensinou a ser completamente indiferente ao lado pessoal, até mesmo a minha esposa abençoa. Uma vez que eu evito completamente festas particulares dos funcionários, ela está liberada de se arrastar atrás de mim a todo tipo de evento incerto, em vez de ficar lendo livros de suspense traduzidos para o hebraico, e, enquanto Luria está maravilhado com o inesperado elogio, o diretor-geral se dirige aos participantes que não são seus funcionários para se apresentar, e pede a Maimoni que escureça um pouco a sala para projetar o seu material à luz crepuscular. Uma impressionante imagem aérea da cratera Ramon abre a apresentação, e imediatamente a jovem representante da Sociedade para a Proteção da Natureza se põe de pé, com seu jeans cheio de rasgões e sapatos de caminhada empoeirados, e interrompe a projeção. Com voz clara e irritada, ela se dirige aos representantes do Exército com indignação: "Como lhes passou pela cabeça, sem falar com a Sociedade para a Proteção da Natureza, encomendar uma estrada em uma reserva natural de primeiro grau, que é um santuário para passeios e turismo. No Exército de Israel vocês se acostumaram a achar que o Estado é um brinquedo de vocês. Na verdade, deveríamos exigir que vocês expliquem para o benefício de quem essa estrada é deturpada, mas, como não somos ingênuas e sabíamos de antemão que vocês iriam acenar para a segurança nacional e o sigilo, é possível encurtar o debate. Viemos com a convicção antecipada para exigir apenas uma mudança, nada dramática, mas fundamental, à qual não renunciaremos." A jovem arrebata a régua da mão de Maimoni e se aproxima da cratera projetada na tela. "Aqui", ela bate no canto oeste da cratera, "fica a 'Cisterna Israelense', um local adorável para os nossos turistas, embora não haja ali nenhuma água, apenas uma promessa de água. E eis que no projeto que vocês nos enviaram é justamente ali que vocês planejam enterrar as suas instalações, ou o não-sei-o-quê de vocês, então, por favor, girem a irritante estrada de vocês a sudoeste, na direção da 'Trilha Geológica', para cá", ela bate novamente na tela, "e então a suposta instalação de vocês, enterrem no celeiro nabateu, que fica ao lado da borda oeste do penhasco. É o tipo de armazém de idólatras, que não tem importância para a nossa história e que pode receber dentro dele qualquer bobagem militar ou civil."

E ela devolve a régua para Maimoni e volta ao seu lugar, e os olhos da sua amiga a acompanham com admiração.

— E o túnel? — a voz do contador se eleva na penumbra. — O que a Proteção da Natureza acha do túnel?

— Justamente o túnel nos parece muito bom, e com certeza também poderemos aproveitá-lo para todo tipo de finalidade.

— Por exemplo?

— Por exemplo, como um lugar coberto e com sombra para tratamento de animais feridos. Ultimamente, na cratera, tem acontecido uma coisa chocante, são achados lá animais feridos por balas de caça. Alguém está circulando pela cratera com uma carabina e atinge lobos, raposas, coelhos, corças. Será possível aproveitar esse túnel como uma sala de emergência temporária para primeiros socorros.

E agora o contador-chefe quer saber o que a equipe da Defesa pensa a respeito do túnel.

— Nós não o solicitamos — o oficial responde — e, portanto, não pensamos a respeito dele, fomos surpreendidos ao descobri-lo no planejamento que nos enviaram. Ele também poderá onerar o projeto. Mas, supondo que os idealizadores de vocês tenham um bom motivo para esse túnel, o Exército tratará de fortalecer a sua justificativa.

— Por exemplo?

— Em caso de necessidade, será possível colocar uma barreira na entrada e inspecionar quem entra e quem sai, ou camuflar a entrada e, assim, esconder a estrada que em princípio deve ser secreta.

— Vocês já estão planejando uma guerra para nós?

— Se não for para isso — o oficial sorri —, para que nós existimos?

A porta de entrada se abre lentamente, e um crânio branco reluz na penumbra. "Sim, é aqui", escuta-se um sussurro. E atrás do homem, como uma alma penada colorida, entra sorrateiramente com a cabeça inclinada, o cabelo cortado, uma suave Ayala, e, entre todos os lugares vazios na sala, ela opta pela cadeira ao lado de Luria.

Maimoni recua assustado ao ver o seu ex-comandante de esquadrão, que agora está de pé, empertigado e confiante frente à comissão, e se apresenta como membro voluntário da Associação Arqueológica do Monte Neguev, indica a sua última patente militar e também não se esquece de mencionar a sua função na Administração Civil, e sem pedir autorização ou justificar a razão de sua presença, ele se junta à mesa da comissão.

— O que houve com o seu cabelo? — Luria sussurra para a jovem moradora sem identidade. — Não é uma pena?

— Realmente, é uma pena — ela confirma com um leve pesar —, mas fazer o quê, se no seminário me deram o personagem de um rapaz árabe, e eu quis que fosse fácil para mim e também para a plateia gostar de mim.

Apesar da penumbra, ele não tem dúvida de que a beleza dela se intensificou desde que a viu com o cabelo solto no SUV de Maimoni. O afeto e a preocupação, e talvez também o desejo, que dois adultos israelenses derramam sobre ela provavelmente intensificam a irradiação do seu esplendor, e o olhar de Luria é atraído para os seus pequenos pés, com tiras de couro cruzadas sobre eles. Será que também aqui, o aposentado se pergunta, pode ocorrer aquele desejo terapêutico que o neurologista recomendou?

— Como vai o seu pai? — ele sussurra. — Como vai Rachman?

— Yerucham, — ela corrige com um sorriso estranho.— Papai está desesperado. Ele quer novamente se entregar. Ele tem certeza de que não há chance de aprovarem o túnel aqui.

— Aprovarão, aprovarão —, o engenheiro sênior sussurra com animação, e coloca a mão na nuca da moça para que ela valorize o peso da sua autoridade.

Seus cochichos atraem por um momento os olhares dos presentes na sala, que já começaram a seguir Maimoni discorrendo sobre os detalhes da sua estrada, um retrato depois do outro. E, enquanto isso, o diretor-geral perde a paciência, interrompe por um momento a projeção para se despedir de todos, e repassa a sua autoridade ao seu contador-chefe, que vai rodando na direção da tela para observar melhor.

Os representantes do Exército e da Sociedade para a Proteção da Natureza acompanham as explicações de Maimoni diante dos detalhes nos mapas que trouxeram com eles, mas Shibolet não precisa de mapa, a cratera Ramon está enterrada no seu cérebro e ele não precisa de nada, a não ser fechar os olhos e inclinar um pouco a cabeça para trás a fim de acompanhar as explicações. Luria está admirado que Maimoni, que veio disposto a impressionar, está equipado com uma abundância de fotos, de gráficos e até mesmo de simulações, a ponto de parecer que o túnel já existe na realidade.

Antes do final, vem o detalhamento dos custos, e a apresentação termina, as cortinas são abertas, e um sol amigável emerge por entre as nuvens. Será que a palestina Ayala está se dedicando agora somente ao teatro no Seminário dos Kibutzim, ou ela ainda está fiel ao seu hobby em fotografia? Porque, se for o caso, talvez ela possa duplicar também o sol de Tel Aviv, e não apenas o do deserto.

Chegou a hora da conclusão, e Yoel Drucker, com a autoridade que lhe foi delegada, volta rodando até a cabeceira da mesa. "De modo geral, o projeto é bom", e preciso na avaliação dele, "e também, até onde é possível, não agride muito a natureza. A estrada, de fato, não poderá ser completamente secreta, mas para esconder o seu segredo, ou a sua finalidade, no celeiro nabateu e não na Cisterna Israelense, de acordo com a exigência da Sociedade para a Proteção da Natureza, não haverá necessidade de reparos complexos. E, portanto, em princípio, é autorizada a execução, mas com uma condição: sem túnel. É preciso retirá-lo do projeto. Ele é inútil, e não somente aumentaria os custos, como também envolveria despesas contínuas de manutenção. Portanto, é preciso conduzir até a cratera Ramon o empreiteiro de Kfar Yasif, aquele que recentemente ruiu em Shaar Hagai montanhas inteiras, que eram consideradas eternas na história do sionismo. Ele saberá cortar em linha reta a colina rebelde."

As pessoas do Exército começam a dobrar seus mapas. As representantes da Sociedade para a Proteção da Natureza olham na direção da porta como se esperassem, pelo menos, por mais biscoitos *sticks* salgados. Drucker já começa a preencher o formulário de autorização. Mas o ex-oficial de cabelo branco, com o rosto sério de um aluno bem-comportado levanta a mão, pedindo permissão para falar.

— Por que o seu pai não pode arranjar outro lugar para se esconder? — Luria sussurra à palestina, cujo desespero a contraiu no assento.

— Porque não, não pode — ela interrompe com firme autocompaixão. —Esse é o único lugar certo para ele, e de lá também é fácil para ele telefonar para o primo na Jordânia. Por isso ele vai devolver o dinheiro e se entregar, e então eu também serei expulsa para o outro lado da Linha Verde.[23]

---

23. Linha de fronteira entre Israel e os países vizinhos.

Os nabateus

Há apenas uma hora, quando Luria, animado com um inesperado elogio, abraçou a cabeça do contador-chefe, deficiente físico de uma guerra antiga, ele sabia que uma pessoa com rica experiência em engenharia e conhecimento econômico como ele não se precipitaria em autorizar um túnel que carece de argumentação natural. Portanto, também não se surpreendeu por Shibolet não ter apoiado Maimoni a respeito do seu assistente-sem-salário, mas veio pessoalmente para a reunião da comissão como participante não convidado, na tentativa de salvar a ideia do túnel. Porém, para não despertar oposição, Shibolet agora se comporta com muita educação. Ele aguarda com paciência até que o contador, que agora está assinando os documentos, levante a cabeça por um momento e se surpreenda ao ver o ex-oficial sênior, com seu cabelo branco, com a mão levantada como um aluno bem-comportado esperando a permissão para falar.

E quando esta é dada com um sorriso agradável, Shibolet adverte em tom moderado sobre o contato prematuro com o empreiteiro que expandiu Shaar HaGai antes que se pensasse um pouco sobre o sentido de derrubar uma colina em cujo topo se ergue uma estrutura nabateia do início do século III a.C. É verdade que este não é o único remanescente, ou o principal, da grande cultura nabateia, mas ainda assim o que se encontra sobre essa colina tem um valor de legado histórico deixado a nós por um povo antigo e sábio, que, no espírito de Ben-Gurion, não falou de colonização e desenvolvimento no Neguev do nada, mas sabia realmente como sobreviver no deserto, descobrir nele a água acumulada, e até mesmo armazená-la com eficiência em poços nas rotas das caravanas de comércio internacional.

— Interessante — Drucker murmura, tentando aplacar o entusiasmo do ex-oficial. — É claro, esses nabateus merecem respeito, mas não esqueçamos que, apesar de tudo, eles eram idólatras.

— Primeiro, o que há de mau nos idólatras? — Shibolet reage com certo sarcasmo. — Afinal, a maioria dos israelenses também são idólatras atualmente, se não na sua fé, pelo menos no comportamento. Basta que circulemos pelos grandes shoppings, bancos e restaurantes para demonstrarmos o respeito e a admiração para com os ídolos da realidade material.

— E apesar disso — o representante do Exército se intromete —, por algum motivo, nenhum de nós reza ou se curva a uma imagem de escultura ainda.

— É verdade, por enquanto não. Mas vocês ficarão surpresos em saber que até entre os nabateus do Neguev era expressamente proibido o culto à imagem de escultura, e, portanto, eles se contentavam com o culto a monumentos de pedra, sem imagens de anjos ou de pessoas. E monumentos e túmulos, se formos pelo menos um pouco justos, são agora um sucesso, até na cultura judaica.

A atuação de Shibolet agora provoca uma risada descontrolada e doentia.

Maimoni, que até este momento estava mergulhado na tarefa de empacotar o seu equipamento, aproxima-se hesitante do oficial que foi tomado por um espírito profético. Hanadi fica corada e trêmula, mas Luria tem a impressão de que ela já conhece este discurso.

— Com licença — Drucker pergunta, revelando afeição —, você pode repetir o seu nome?

— Shibolet.
— Shibolet de quê?
— Shibolet, só Shibolet. Um nome unificado, nome e sobrenome.
— E você de fato veio em nome da Associação Arqueológica do Monte Neguev?
— Sim, ela é separada da Sociedade para a Proteção da Natureza, porque defesa da natureza é diferente de defesa da história e da arqueologia.
— É claro. E quantos membros tem, por exemplo, essa associação?
— Não muitos, não contei.
— Digamos, na cratera Ramon.
— Por enquanto, só dois, eu e minha esposa.
— E vocês lutam em favor da memória de uma civilização antiga de ídolos, desculpe, de lápides?
— Não são apenas ídolos. No século V, os nabateus se cristianizaram e, quando chegou o Islã, eles se islamizaram, e se os judeus não houvessem abandonado a terra, eles certamente iriam se judaizar em homenagem a eles. Porque, no final das contas, os nabateus, em sua essência mais profunda, cultuam o Sol.
— O Sol?
— Sim.
— Apenas isso?
— E não é o bastante? Afinal, o Sol está acima da religião, o Sol é uma condição para a religião. E para o espanto de vocês — Shibolet enfatiza a sua fala com um impulso —, para o espanto de vocês, os nabateus do Neguev tinham relações ramificadas com o reinado dos Hasmoneus em Jerusalém. E o rei Herodes,

a quem devemos valorizar em especial, pois reinou sobre o nosso povo por quase quarenta anos, e de certa forma era um tipo de Solel Boneh e Caminhos de Israel juntos, construiu fortificações e torres, e pavimentou estradas, e escavou túneis, e foi o maior construtor da história do nosso povo e, principalmente, reconstruiu o Templo Sagrado de Jerusalém e todo o complexo do Monte do Templo; esse governante original e astuto, que era como um membro da família do Império Romano, assim como o nosso Bibi[24] na Casa Branca, era nabateu pelo lado materno; sua mãe, Kypros, prestem bem atenção, era uma princesa nabateia, e o nabateu nele não atrapalhou os sacerdotes que trabalhavam com ele no Templo renovado. Imaginem vocês, por exemplo, se descobríssemos entre nós que no nosso primeiro-ministro, por parte de pai ou de mãe, corre sangue nabateu, como reagiríamos? Rindo ou chorando? É bem provável que isso não nos atrapalharia em nada, e continuaríamos o nosso caminho sem embaraço.

Acompanhada de um leve sorriso, a paciência na cadeira de rodas vai aos poucos enfraquecendo. "E no entanto, sr. Shibolet, o que mais nós podemos fazer em prol dos seus nabateus?" "Simples", o oficial se entusiasma, "não eliminar uma colina histórica em favor de uma estrada militar. Porque assim vocês estariam atingindo não apenas o passado do Neguev, mas também o seu futuro. Permitam que os engenheiros que planejaram um túnel o concretizem. E se por isso o orçamento aumentar mais um pouco, pelo menos a história se lembrará de vocês."

---

24. Apelido de Benjamin Netanyahu, então primeiro-ministro de Israel.

Shibolet bebe água no final da prédica, e o sol do meio-dia inunda de repente a sala de reuniões, e Luria acredita que a suave moradora sem identidade que agora cobre o seu maravilhoso rosto com a palma da mão, ela é a própria origem da centelha nabateia que se acendeu aqui. Será que a luta do ex-oficial da Administração Civil é pelo pai, que poderá incriminá-lo, ou pela filha, que se hospeda às vezes no seu apartamento em Mitzpé Ramon quando a asma da sua esposa melhora um pouco.

Com um suspiro silencioso, a cadeira de rodas do contador se move. Primeiro, Drucker admite que é possível respeitar uma pessoa que luta em favor da memória de um povo que desapareceu, e até mesmo se identificar com os seus argumentos, mas o problema é que no final de todo projeto da Caminhos de Israel vem um funcionário da Controladoria do Estado cuja única paixão é encontrar um gasto desnecessário. "Com toda a minha boa vontade, o orçamento nacional não é um orçamento meu, particular", e ele encerra a sua fala.

E aqui a cabeça de Luria gira em uma lembrança embaçada, e ele se levanta, até para a sua própria surpresa, e exclama do canto onde está: "Um momento, Drucker, um momento, Yoel, porque agora estou me lembrando da estrada para Ein Ziv, e de como e por que tivemos complicações ali."

Awad Awad

E o motor da demência vasculha com rapidez a sua massa cinzenta, e com uma clareza que vai se aguçando é extraído do emaranhado um caminho montanhoso e verdejante na Galileia — uma estrada rochosa e muito íngreme entre

Tarshiha e Ein Ziv. É um caminho de terra do tempo do Mandato Britânico, cheio de obstáculos, que depois do estabelecimento do Estado foi imbuído de uma modesta e precária normalidade com a pavimentação de uma faixa estreita de asfalto. Mas nos anos 1980, após alguns acidentes horríveis, havia necessidade de pelo menos alargar um pouco a estreita estrada, para possibilitar alguma borda que impedisse ou advertisse as rodas que tendem a ser puxadas para o abismo. E entre os que se ocupavam com este trabalho circulava um jovem engenheiro, com a perna amputada na operação militar "Paz na Galileia", e o Estado que o enviou para uma batalha desnecessária lhe concedeu uma nova prótese, surpreendente em sua flexibilidade, para que pudesse correr pelos caminhos e pelos campos com os seus instrumentos de medição. "Sim, sim", Luria se aproxima da mesa da comissão como um sonâmbulo, "não só você, Drucker, está rodando agora nessa lembrança que está se aguçando, também existem outros com você, agrimensores, motoristas e operários, todos ainda sem nome, mas muito humanos, e entre eles eis que aparece um grande empreiteiro de chão de terra, natural de Sakhnin, que nos advertiu diversas vezes que, se tentássemos alargar essa estrada estreita e íngreme, ela no futuro iria se esmigalhar e desmoronar e arrastar a montanha junto, que cairia sobre ela e a engoliria. E portanto optou-se por outra ideia, simples, enfiar essa estrada problemática dentro de um túnel."

"Mas o túnel que foi sugerido", Luria prossegue com amargura, "provocou oposição tanto da sua parte, Drucker, quanto da parte de outros. Muito caro, muito complicado e, principalmente, desnecessário, por que uma estrada cairia?

Por que uma montanha desabaria? E então, quando o trabalho teve início, a estrada caiu debaixo dos dentes do trator de esteira, que por sua vez caiu no abismo puxando atrás de si parte da montanha. Fomos obrigados a trazer de longe um guindaste aprimorado para resgatar o trator de esteira, e planejar para a estrada perdida uma rota completamente nova, fazendo um grande contorno. Você certamente se lembra, Drucker, enfim, você estava por ali, correndo, e não poupou a sua prótese nova, e agora estou me lembrando até do nome do empreiteiro, Awad Awad, Awad Awad, os grandes caminhões e caçambas de concreto que carregam o seu nome ainda circulam hoje em todos os lugares, ainda que ele mesmo já tenha morrido, porque clãs bem-sucedidos jamais desaparecem."

E o pensamento de que a palestina sentada ao seu lado está rezando pelo seu sucesso incentiva Luria, e, com um rápido e inesperado movimento, ele puxa para si a cadeira de rodas movendo-a um pouco, como se quisesse sacudir a memória daquele que está sentado ali. Será que de fato o contador-chefe poderá se conectar com a memória duvidosa de um aposentado que, embora seja muito sênior e muito simpático, já teve sua carteira de motorista retirada? Será essa uma lembrança verdadeira ou somente uma manipulação delirante a respeito de uma estrada que desabou e de um trator de esteira que caiu e de um empreiteiro que advertiu antecipadamente e aconselhou a escavar um túnel. E ainda que isso seja apenas uma alucinação, dentro dela ainda se agita uma pequena verdade, absolutamente verdadeira, na imagem daquela prótese nova, surpreendente na sua flexibilidade, da qual Luria, na sua compaixão, ainda se lembra, uma prótese que serviu ao seu dono durante muitos anos, até que o coto não podia mais suportá-la e ela foi trocada por uma cadeira de rodas.

— Uma montanha caiu? — Drucker sonda, confuso mas amigável. — Que montanha?

— Você não se lembra?

— Não, Luria, na verdade, não...

— E o túnel, pelo menos dele você se lembra?

Drucker dirige o olhar para Maimoni, na esperança de que ele o resgate da exigência do seu assistente-sem-salário, mas Maimoni fica em silêncio, e Shibolet também fica em silêncio, e os representantes que já dobraram os seus papéis permanecem petrificados nos seus lugares.

— Mas, Tzvi — Drucker pergunta com um sorriso envergonhado —, você está pedindo para eu me lembrar de um túnel que não existiu e que nem mesmo foi projetado, e há tantos anos.

— É claro que você não se lembrará de um túnel que foi rejeitado — Luria o repreende —, e por que você lembraria se hoje, mais uma vez, você o rejeita, quer dizer, não exatamente o mesmo túnel, mas o mesmo princípio.

E aqui se compadece o coração de um deficiente físico de uma guerra desenganada que terminou em derrota, cujas dores ainda não foram esquecidas até mesmo com uma cadeira de rodas moderna e estofada. E ele pega o projeto rejeitado, que repousa órfão ao lado do projeto da estrada que foi aprovado, e então se dirige àquele que foi o seu diretor e também o seu mentor, que está diante dele com o rosto pálido e atormentado, e pergunta:

— Qual é o comprimento que você determinou para ele?
— Está registrado. Um túnel modesto, doméstico, com apenas cento e oitenta e cinco metros.
— E a largura?
— Observe, reduzimos. Apenas seis metros. Uma via para cada sentido, economizamos os custos de escavação; de qualquer maneira, o tráfego ali seria raro, só de vez e quando, e possibilitamos o controle para a entrada e a saída da estrada. É até possível fechá-lo com um portão.
— E a altura?
— Só quatro metros e trinta centímetros.
— E isso será suficiente?
— Esse túnel não é para veículos pesados.
— E, apesar disso, como passarão as instalações?
— Sem problema. São instalações de última geração, quer dizer, além de pequenas, são também desmontáveis.
— Mas até um túnel doméstico, como você o está definindo, precisa de luz e de ventilação. De onde, Tzvi, chegará até ele um cabo de eletricidade?
— Cabo para quê, Yoel? Afinal, ouvimos ainda agora uma prédica histórica sobre um povo cujo deus era o Sol. Basta que coloquemos em frente ao Sol um grande coletor, e ele fornecerá tudo de que precisarmos, e de graça.

E as respostas firmes e claras alegram a alma do contador--chefe, convencido de que, apesar da carteira de motorista que foi retirada, ainda não se enfraqueceu o raciocínio profissional de Luria, que extrai a sua força da razão pura, e ele lança o olhar para os rostos dos que estão à sua volta, como querendo se certificar se o silêncio deles indica que não mudarão de ideia em relação ao que disseram no início da reunião, para que ele possa, de peito aberto, anular a anulação dele e adicionar o projeto do túnel ao projeto geral que já foi autorizado.

A médica escreve sobre a sua doença

Luria espera por qualquer sinal de reconhecimento de gratidão por parte da palestina que já se via sendo jogada para o outro lado da Linha Verde, mas ela parece ter sido engolida pela terra. E na verdade foi por ela, e não pelo viúvo que lamenta a morte da esposa, que ele ainda agora escavou na atrofia dele um túnel particular delirante. A reunião vai se desfazendo. As duas amantes da Sociedade para a Proteção da Natureza ainda não aplacaram a sua fúria contra o Exército, e com um tipo de alegria elas de novo ameaçam com o Superior Tribunal de Justiça o representante do Ministério da Defesa, que está sorrindo com paz de espírito. Maimoni, que terminou de reunir os projetos e documentos e enfiá-los em uma pasta especial, com um movimento silencioso ajuda o contador-chefe, que está acenando em despedida, a começar a rodar sozinho para o seu escritório. Depois, o oficial do Exército e Shibolet se cheiram um ao outro como dois cachorros para descobrir se já tiveram no passado a oportunidade de estarem juntos nos mesmos campos de caça, mas já que não encontram nenhum campo de batalha comum, nem um general ou tenente-general que eles possam criticar ou elogiar, eles se desvencilham um do outro, e Shibolet se dirige até a janela para aprofundar a sua contemplação do Sol. Atrás se vê a sua cabeça branca emaranhada e descabelada, como se ultimamente tivesse decretado a si mesmo algum novo ascetismo monástico. Luria se aproxima dele e se junta ao olhar de encantamento na direção do Sol ardendo no coração do firmamento. É preciso procurar na internet como era o culto nabateu a esse sol. Ele murmura: "Então, no final nós o dobramos." "Você o dobrou", Shibolet é mais preciso, "Maimoni já havia desistido, e os meus nabateus também não o convenceram, até que você o matou com a história da prótese dele, mas de onde você tirou isso? Da memória ou da imaginação? Houve de fato uma estrada íngreme na Galileia que desmoronou nos anos 1980? E, afinal, existe uma comunidade chamada Ein Ziv?" "Por que não haveria?", o aposentado protege a sua história, "E, mesmo que uma comunidade decida trocar de nome, a sua estrada ainda mantém o número." Shibolet quer expressar as suas dúvidas, mas fica calado. "Agora, pelo menos", Luria prossegue, "esse seu Rachman, o Yassur, vai parar de ameaçar você dizendo que vai se entregar." Shibolet parece incomodado com o fato de o aposentado saber demais, e se apressa em discordar. "Não é certo que a ameaça acabe, a vontade de um marido de se castigar pela morte da esposa não é uma coisa que desaparece. Mas o dinheiro que ele está planejando devolver aos compradores enganados está diminuindo." Maimoni se tornou um esbanjador com o que ele dá ao soldado druso e à atriz. "Mas ela desapareceu de repente, onde ela está?" A pergunta estremece na boca de Luria. "Ela correu para o seminário, ela tem sempre algum ensaio. Eu fui completamente contra a ideia de trazê-la para cá, ela poderia despertar suspeita, mas ela teimou em ver você." "A mim?", Luria se espanta. "Por que a mim?" "Porque ela acreditava que você, mais do que nós dois, conseguiria obter a autorização para o túnel. Ela queria incentivar você, ela acha que a sua demência é a demência boa."

— Boa? — Luria debocha e o seu rosto fica corado. — O que é uma demência boa? A demência não se entende por si mesma.

— Pergunte *a ela* — o oficial corta a discussão —, isso é o que ela pensa.

A sala de reuniões se esvazia. Já recolheram em um grande saco transparente tudo o que ficou sobre a mesa e que poderá servir na próxima reunião. Somente agora Luria se lembra de que está sem carro, e ele não tem noção onde achará um ônibus que o deixe perto de casa.

— Para onde você vai daqui? De volta a Mitzpé Ramon?

— Para onde você precisa?

— Para casa. Aqui em Tel Aviv.

— Então eu vou levá-lo, você merece. O que houve com o seu carro?

— Com ele não houve nada, houve *comigo*. Mencionei a minha demência ao oficial de polícia, e ele imediatamente retirou a minha carteira de motorista, sem perceber que era a demência boa.

— Onde você mora?

Mas Luria teme se atrapalhar de novo com o endereço de casa. Basta que o deixe ao lado do túmulo de Rabin.

— Você se refere ao Memorial?

— É óbvio, à memória somente.

E foi bom ter descido na praça Rabin, porque ele está novamente se atrapalhando com o caminho de casa, mas pelo menos sem se humilhar diante dos outros. Ele fica sabendo que está na direção errada só quando vê o mar à sua frente, e, já que ele supõe que ninguém sabe onde fica a rua Emden, ele é ajudado pela rua Basel, de onde já achará o seu caminho.

Em casa ele vê, para a sua surpresa, que a sua esposa chegou mais cedo. Ela está sentada na sala diante da mesa grande, e à sua frente há um caderno novo, e ela está mordendo um lápis. E, enquanto ele inclina a cabeça para a frente com muita suavidade para espalhar beijos na nuca da esposa, ela está interessada no destino do túnel.

— Autorizaram. Talvez até graças a mim, porque a reunião foi dirigida por um tal de Drucker, um ex-funcionário meu, com a perna amputada na primeira Guerra do Líbano, e que agora é contador-chefe lá.

E de fato a sua esposa se lembra do engenheiro que Luria costumava admirar por sua habilidade em correr pela área com uma prótese.

— Hoje ele já está em cadeira de rodas, mas seu espírito ainda é forte.

— E o que será a partir de agora? Onde encontraremos um novo túnel para você?

— Só aqui, em casa, debaixo dos ladrilhos. Pois me atrapalhei no caminho para cá novamente. Mas você, por que você voltou no meio do dia? Espero que não seja de novo a sua bactéria. Como é o nome dela?

— Meningocócica.

— Como?

— Meningocócica.

— A predadora.

— Não é predadora, é apenas virulenta.

— Que talvez tenha deixado os bebês dela na sua corrente sanguínea.

— Não se preocupe — ela ri —, os bebês foram eliminados com ela.

— Então, afinal, por que você chegou mais cedo?

— Porque percebi que você está certo. Dar de presente para um Estado corrupto os dias de folga que eu acumulei e o Fundo para Relações de Pesquisa que eu não aproveitei não é generosidade, mas uma estupidez arrogante. Portanto, eu já repassei hoje a direção da clínica a Boaz, e nos dias de trabalho que me restam, funcionarei ali como uma simples soldada. E enquanto isso, de acordo com a ideia daquela... como você a chamou?

— Ayala...

— Ayala, exatamente, tentarei obter da minha doença uma espécie de pequena reflexão para pesquisa, e você, que foi nela quase um herói, será um herói também por escrito.

— Mas por que no caderno, e não direto no computador?

— Porque este é um primeiro rascunho, e eu quero que os pensamentos fluam livremente, frente a frente, nas páginas esquerdas diante das direitas, pois ainda não está claro para mim de que forma, a partir da descrição de uma doença, será possível avançar até as profundezas da sua complexidade. Preciso tatear com cuidado, lançar pontos de interrogação, e isso só é possível na escrita à mão e não no computador, que transforma o que está escrito em algo claro e definitivo. Mas, quando o rascunho acabar, eu vou ditar e você vai digitar, e assim você também terá alguma ocupação, até acharmos um novo túnel para você.

— Não tente me ditar termos médicos e resultados de exames, porque eu vou cometer erros que depois escaparão da sua atenção. E, em geral, você está superestimando a compreensão que resta em mim. Hoje na reunião, aparentemente eu tive alucinação com uma estrada na Galileia que desmoronou e com um túnel que jamais existiu, e aquele Drucker, talvez por pena de mim, autorizou o túnel a Maimoni. Você, Dina, tome cuidado comigo. Não construa nada baseada em mim. Estou afundado, estou confuso, não sei que dia é hoje.

O sorriso que antes iluminava o rosto dela vai desaparecendo, e nas suas pálpebras estremece uma compaixão pela pessoa amada cujo desespero não é infundado. E então ela se levanta e agarra a cintura dele e puxa com força a sua cabeça aproximando os lábios para um beijo de amantes, profundo e duradouro. E, enquanto ele hesita entre se esquivar e se entregar, ela arranca a camisa dele de dentro da calça, acaricia e beija seu peito e seus braços, e sussurra: "O que importa que dia é hoje se o amor é de todos os dias." E, apesar de não estar claro se o desejo dela é verdadeiro ou pedagógico, a obrigação dele agora, quando ela se deita na sua frente, é desistir da angústia e se ajoelhar para dar prazer à única pessoa que poderá retardar a sua deterioração.

À noite, eles chegam mais cedo ao Museu Tel Aviv para o concerto do quinteto de câmara, pois querem ter tempo para visitar duas novas exposições. E, por causa do bem-sucedido ato amoroso do meio do dia, suas mãos ainda não se soltam, mesmo agora. As duas exposições ficam perto uma da outra, no mesmo andar. A primeira é de um pintor israelense de trinta anos de idade que vive em Amsterdã, e a outra é de um pintor finlandês mais velho, que ainda está ligado à sua pátria. O denominador comum das duas exposições é a sequencialidade dos trabalhos. A série do israelense se chama *O início de um terremoto*; e a do finlandês, *Ressurreição dos mortos*. As telas do israelense são de tamanho médio, dez pinturas mostrando famílias israelenses de tribos e classes diferentes durante o jantar em casa, no início de um terremoto em que as pessoas ainda não estão cientes do ocorrido. As cores do pintor finlandês de setenta anos de idade, que há pouco obteve um renovado reconhecimento, são mais suaves e moderadas que as do israelense, as telas são menores, e há nelas muitos espaços brancos de neve ou gelo, que às vezes parecem infinitos. As figuras são minúsculas, borradas, mas são muitas, pois aparentemente são muitos os mortos que querem retornar à vida para voltar e se despedir dela.

— Mas como saber se esses são ex-mortos e não apenas pessoas? — Luria pergunta.

— Porque eles não têm olhos — sua esposa explica. — Olhe bem, eles são cegos.

Mas agora eles não têm tempo para se aprofundarem na ressurreição maciça dos mortos que está ocorrendo no extremo Norte, pois estão com pressa para o concerto, que contém duas partes. A primeira se revela um martírio total, uma obra muito contemporânea, não exatamente tão curta como costumam ser as vergonhosas obras musicais contemporâneas. Mas na segunda parte vem a generosa recompensa na forma do Quinteto para piano de Brahms, que antigamente Luria sabia cantar de cor. E, apesar da música maravilhosa, ele confere de vez em quando os seus celulares, para verificar se Maimoni tentou entrar em contato, por voz ou por escrito. Mas não há vestígio de Maimoni, como se a terra também o tivesse engolido, junto à Ayala dele. "Por que não telefona você para ele?", sua esposa lhe diz no final do concerto, percebendo a decepção do marido. "Porque uma vez", Luria responde, "uma mulher me advertiu para eu me lembrar de que a minha honra é também a honra dela, e, portanto, aprendi a esperar com paciência."

Quando eles voltam para casa, Dina imediatamente retorna ao caderno. Ocorre que justamente durante a audição da primeira obra, sem graça e barulhenta, nasceu uma centelha para a sua pesquisa, que tentará esclarecer por que o primeiro antibiótico não apenas não obteve sucesso em eliminar a bactéria, mas até mesmo a estimulou a piorar a situação. Esta será a questão em busca de resposta.

No dia seguinte, Luria vai novamente ao Museu Tel Aviv para verificar se os mortos que ressuscitaram no finlandês são cegos de verdade. E, de fato, os olhos das figuras minúsculas estão faltando, ou estão cerrados, e talvez sejam de outra raça, do Norte, cujo olhar é dirigido para dentro. E, já que é cedo para voltar para casa, Luria decide ir visitar também o Museu Terra de Israel, e o mapa no celular sugere que ele vá a pé em uma hora de caminhada ao longo da margem do Rio Yarkon, na extensão a oeste de Ganei Yehoshua.

E ele segue as indicações, já que o segundo celular também tem a mesma opinião, e caminha pela praça do Estado até a margem do rio, que não passa de um riacho que não há como saber em que direção flui. Aqui e ali, em algum banco, ou em cadeira de rodas, estão sentados homens ou mulheres, e perto deles, a uma distância vigilante, e quem sabe também por compaixão, está sentado um acompanhante estrangeiro, um pouco mais escuro, homem ou mulher, às vezes identificado com o sexo do seu supervisionado e às vezes com o sexo oposto, não parece que exista uma convenção no reino da demência, e a aparência de ambos é semelhante, silenciosa, pensativa, curiosa em alguma medida, sem dor mas também sem esperança. Mas, quando às vezes o estrangeiro conversa pelo celular em um idioma estranho com alguém em uma terra distante, parece que apesar de tudo há uma ampla lacuna entre o habitante local e o estrangeiro.

E então Luria diz consigo mesmo: talvez tenha acontecido alguma coisa com Maimoni, talvez, apesar de tudo, o túnel tenha sido rejeitado por uma autoridade superior. Aqui, entre as árvores e os gramados, ao lado da alegria dos passantes, ruídos de bicicleta e risos de crianças correndo, a honra da sua esposa e a sua própria lhe parecem menos exageradas, e por isso ele telefona para Maimoni, que imediatamente transborda:

— Meu caro, assumo a culpa, assumo a culpa, desculpe. Até eu repassar todos os documentos assinados ao departamento de implementação, e as explicações dos gráficos e dos mapas, a noite já havia caído e eu não queria incomodá-lo mais, você já me parecia bastante tenso e assustado na própria reunião.

— Assustado? Por quê?

— Não importa.

— Mas também aquela Hanadi que estava sentada ao meu lado desapareceu, e nem mesmo Shibolet sabia para onde. Afinal, foi você que a levou?

— Não, ela também sumiu para mim, aparentemente voltou para os ensaios dela, mas até com isso está havendo problemas, pois sem uma carteira de identidade israelense concreta ela não tem chance de se apresentar em uma peça concreta, no palco.

— Mas qual é a questão?

— A questão é o seguro que a lei exige em relação a possíveis acidentes em peças concretas. Aliás, isso diz respeito a você também, agimos um pouco fora da lei no que se refere ao seguro.

— Diz respeito a mim? Como? Afinal eu sou um aposentado trabalhando em voluntariado absoluto.

— Absoluto para você, mas não para Drucker, que já me repreendeu por eu ter empregado você sem seguro, ainda que sem salário, porque se você tivesse caído ou se machucado, ou, pior que isso, tivesse se perdido na cratera Ramon, o Estado iria ignorá-lo, mas quanto a nós, como seus empregadores, tomaríamos um processo.

— Ignorar-me? Por quê? Afinal, eu sou um cidadão com identidade, coberto em todos os sentidos.

— Você é você, mas *nós* seríamos processados por empregá-lo sem seguro para acidentes, mesmo sem lhe pagar salário.

— Então, por que vocês não fazem um seguro para mim?

— Para quê?

— Para a próxima vez.

— E quem vai financiar isso?

— Eu.

— Sua pensão na Caminhos de Israel ainda cobre seguro de vida, mas como você vai repassar dinheiro para a Caminhos de Israel por um seguro para acidentes de trabalho de quem não é registrado como funcionário?

— É possível achar um jeito.

— Não há jeito. Na minha opinião, não há quem receba esse pagamento. Estou lhe dizendo, Drucker me advertiu, ainda que ele goste muito de você. Ele não se lembrou da estrada que desmoronou na Galileia nem do túnel que não foi escavado, mas se lembrou da sua atitude humana em relação a ele há trinta anos, a sua compaixão, ainda que você tentasse esconder.

Luria fica em silêncio.

— Tzvi, você está aí comigo?

— Estou. Quando começam os trabalhos da nossa estrada?

— Em breve. O Exército está pressionando.

— Aliás, quanto a Ayala, se ela não arrumar um jeito no seminário, posso empregá-la como acompanhante, como trabalhadora estrangeira.

— Empregá-la para o quê?

— Você sabe, quando isso piorar. Pois em breve vai piorar. Eu sinto isso.

— O que vai piorar?

— A confusão, o esquecimento, que pelo visto você mencionou a ela. Mas ela disse para Shibolet que a minha demência é a demência boa, e não a má.

Nevó

A centelha que escapou na irritante primeira parte do concerto de câmara, no que diz respeito à estranha amizade entre o primeiro antibiótico e a bactéria virulenta, transforma-se em uma ideia fértil que tem o poder de render uma pesquisa que salvará o Fundo de Dina da cobiça do Estado. E, portanto, além da leitura de artigos no Google Scholar, Dina também se senta na biblioteca do hospital e estuda artigos que fortalecerão as suas hipóteses ou as desafiarão. E, enquanto isso, o cínico funcionário da direção da equipe, que despreza em princípio os artigos que lhe exigem financiamento, informa a pediatra a respeito de um congresso no início do verão em Munique, em um instituto alemão especializado em bactérias e vírus. A palestra da doutora Luria está escrita, traduzida para o inglês e editada, o resumo foi enviado aos organizadores do congresso e obtém resposta positiva e também uma data definida. A coordenadora da comissão do congresso telefona a Dina para confirmar a aceitação, mas também para acrescentar uma pequena advertência pessoal. Os organizadores do congresso esperam que os participantes estejam presentes nos três dias de congresso, e não apenas no dia da sua própria apresentação. Aparentemente, os alemães têm uma experiência desagradável com pesquisadores israelenses, que depois da sua palestra saem para compras ou para excursões nas redondezas.

Agora surge a pergunta sobre a conveniência de Luria se juntar à viagem. Ele não poderá circular por Munique sozinho e será obrigado a ficar preso no salão de conferências diante de palestras em alemão ou em inglês que seriam maçantes para ele mesmo se fossem em hebraico. Amadurece, então, a ideia de que a médica viajará sozinha e encurtará a viagem para quatro dias somente, e, com a grande sobra da quantia que recebeu e que ficou na sua mão, viajarão os dois de férias para a Toscana ou para os Alpes suíços. E, apesar de ser esta a solução mais lógica, Dina impõe uma condição indiscutível, caso contrário cancelará a sua viagem: nas noites em que ela estará fora de Israel, Tzvi deverá ficar com um dos seus dois filhos. Melhor seria, obviamente, enviá-lo para o norte do país, para Yoav, onde há uma bonita e confortável ala para hóspedes na grande casa de campo. Mas o problema é que a casa é cercada de campos, e, como Yoav e a esposa passam a maior parte do dia no trabalho, e os netos estão inscritos em incontáveis atividades, Luria pode ser tentado a sair pelos campos, onde não existe a praça Rabin que sirva de âncora para ele se localizar. Portanto, não há alternativa senão enviar Luria para a casa da filha, Avigail, que mora perto. E, como a casa dela é relativamente pequena e não dispõe de um quarto separado para hóspedes, o avô passará a noite no quarto das crianças, ao lado do neto, que tem um sono tranquilo, ou dormirá no escritório do genro, um jovem psiquiatra que geralmente prescreve medicamentos para os seus pacientes e apenas raras vezes os deita no divã.

Está claro que é impossível ignorar uma condição tão simples que foi imposta por uma esposa que quer ter tranquilidade nos dias em que estará distante do marido. Mas, apesar da promessa de obedecer à exigência dela, ainda assim a médica sai para o voo com o coração agitado, e somente a existência dos dois celulares a tranquiliza um pouco.

E enquanto isso, uma vez que já se passaram nove semanas desde a reunião da comissão, não é nenhum exagero averiguar com Maimoni se a estrada militar já começou a ser construída. E Maimoni, que nesse meio-tempo já passou para outro projeto, promete verificar, e após um breve espaço de tempo ele relata a Luria que um possante trator de esteira foi até a cratera para preparar a escavação no monte. Quando o trabalho avançar, ele levará o ex-assistente-sem-salário, mesmo sem seguro para acidentes, para ver com os seus próprios olhos.

De acordo com a promessa que Avigail fez à mãe, ela já chega às cinco da tarde para buscar o pai e levá-lo à casa dela. E Luria, que tomou banho e fez a barba a tempo, junta em um saco apenas um pijama, chinelos e escova de dente, enfia os dois celulares no bolso, e sai, embora não com o coração leve de ter que passar uma noite no quarto das crianças. E já no caminho chega uma chamada telefônica de Munique, para verificar se foi cumprida a condição que deverá tranquilizar a preocupação que se deslocou para a Alemanha. "Sim, mamãe", Avigail diz, "papai está ao meu lado, e ele parece tranquilo e satisfeito."

Mas no quarto de Noam se revela uma pequena surpresa. O menino de mãe solo, Nevó, também está aqui, porém não para dormir, mas somente até que a harpista chegue do ensaio dela para buscá-lo. Nevó empalidece e some ao ver o velho que lhe prometeu que o seu pai desaparecido não apenas apareceria, mas que até viria vê-lo. Luria também se assusta ao ver o menino vegetariano que histericamente fez voar o seu prato de *shakshuka* quando Noam informou maldosamente que ele não tem pai. Afinal, este é o menino que futuramente, no seu bar-mitzvá, subirá ao topo do monte Nevó, no lado oriental do Rio Jordão, para examinar de lá a Terra de Israel ocidental, para ver se de fato ela é adequada para o resto da sua vida, ou se é preferível procurar uma terra mais lógica. Portanto, Luria evita o contato com ele e vai para a sala assistir aos noticiários, e se admira com o fato de que três edições em três canais optam, sem uma coordenação antecipada, exatamente pelos mesmos assuntos e na mesma ordem. Mas o agitado Nevó abandona o amigo e os jogos dele, entra na sala e crava os olhos em Luria, com uma tristeza saudosa tão forte que Luria o convida a subir nos seus joelhos e se sentar no seu colo, e até mesmo quando chega sua mãe, Noga, Nevó ainda não quer se separar de Luria, e assim como naquele almoço, ele se joga no chão com as mãos e os pés tremendo. E a mãe, que conhece a causa do acesso incontrolável do filho, não tenta acalmá-lo, e apesar de que, com suas mãos fortes devido ao trabalho com a harpa, ela poderia arrancar facilmente a criança do chão e levá-la até o carro, ela permanece tranquila, esperando até que a dor e a decepção desapareçam por conta própria, e talvez na secreta esperança de despertar em Luria sentimentos de culpa por uma fala tão desnecessária. E, de fato, o coração do portador da falsa notícia se compadece pela criança que não quer se separar dele, e que talvez espere que ele repita e confirme o que prometeu no passado, e, para amenizar a dor da separação de Nevó, ele sugere se juntar a eles em uma volta no carro da mãe, para que a separação ocorra gradativamente. E, para a sua surpresa, Noga aceita a sugestão, e no carro dela Luria afivela o cinto de segurança no banco traseiro, junto à criança para aquecê-la com a sua presença, pega a mãozinha com a sua mão, e diz para o rosto da motorista no reflexo do espelho: "Sim, eu sei que fui eu que despertei esse sofrimento, mas eu quis dar a ele alguma esperança, afinal, pelo menos teoricamente é possível que lhe brote algum pai, embora não biológico, mas pelo menos paternal, por que não? Mas quem poderia imaginar que ele se lembraria da minha pequena promessa? E eis que ele se lembra." Será que Avigail insinuou à amiga alguma coisa sobre a demência do seu pai para justificar a falha cometida por ele, ou essa Noga, que parece forte e inteligente, está adivinhando a confusão por conta própria? Em qualquer dos dois casos, essa mulher tende a ser bondosa com ele, e ele se permite continuar tagarelando no banco traseiro.

— Quando você me contou sobre o monte Nevó e sobre a sua vontade de que ele verifique por conta própria no topo se esta terra é adequada para ele, eu disse a mim mesmo que, apesar de tudo, é bom que eu tenha dado esperança a ele, para fortalecer a escolha certa. Pois se chegar algum pai, ele chegará a Israel, e não a Amsterdã ou Munique. Mas ainda estou me justificando, eu não sabia que isso seria tão importante para ele.

— Sem problema — ela sai do silêncio —, mas você realmente acredita nesta terra?

— Tenho alternativa?

— Sempre há alternativa — ela corta com a segurança de uma harpista dedilhando com força somente uma corda —, e enquanto isso eu o levarei de volta para Avigail, pois estou vendo que a criança se acalmou.

Mas Luria não quer dormir esta noite no quarto das crianças, nem no divã psiquiátrico da clínica do seu genro. Ele diz a Noga: "Se você não se importa, deixe-me perto da praça Rabin, pois me esqueci de trazer os meus comprimidos para dormir. Vou telefonar de casa para Avigail e tentarei me livrar da preocupação exagerada da mãe dela. Em todo caso, tenho dois celulares, e estou acessível em qualquer situação. Mais que tudo, uma pessoa idosa gosta da própria cama."

Mas, ao chegar à rua Emden, ele não sobe ao apartamento, mas desce até a garagem e examina com vontade o carro vermelho que lhe foi proibido. Finalmente ele reúne forças e comunica a Avigail que, apesar de tudo, ele dormirá esta noite na cama dele. "Sua mãe quase enlouqueceu, de tanta preocupação, talvez pelo sentimento de culpa por ter viajado sozinha para a Alemanha. Ouça, não estou com vontade de me revirar a noite inteira com insônia no quarto das crianças com brinquedos estranhos à minha volta, que podem me confundir ainda mais. Tenho dois celulares, e estou sempre acessível. Portanto, deixe-me dormir na minha cama, eu mereço." E ele não se surpreende com a anuência da filha, não há dúvida de que ele é um peso para ela, um incômodo desnecessário.

— Tudo bem, papai — ela concorda —, durma esta noite na sua cama, e se a mamãe tentar verificar se você está na minha casa, direi que você já está dormindo, mas isso tudo com a condição de que você coloque os dois celulares debaixo do travesseiro, por via das dúvidas.

— Eles ficarão debaixo do travesseiro, mas só no modo vibrar.

O soldado

Ele troca os sapatos por botas, e, embora esteja calor lá fora, veste uma jaqueta de couro que usava quando era engenheiro rodoviário em atividade. E, depois de se equipar com as chaves do carro, fecha bem a porta e volta para a rua Ibn Gabirol. No ponto de ônibus ele vê um soldado portando um rifle e o cinto completo, com uma grande e inflada mochila aos seus pés. "Com licença", Luria se dirige a ele, "será que por acaso você está indo para a Estação Rodoviária Central?" "Sim, por acaso", o soldado responde. "E de lá você prossegue para o sul ou para o norte?" "Para o norte", o soldado responde. "Não importa", Luria diz, "que seja para o norte, mas por enquanto eu preciso chegar com o meu carro até a Estação Central para pegar um estrangeiro que vem de longe, e perdi os meus óculos de direção, que são uma condição na minha licença de motorista, e sem eles, principalmente quando escurece, eu posso me atrapalhar no caminho, e também receio que algum guarda me pegue. Então, será que você pode me levar com o meu carro para a Estação Central, com a condição, obviamente, de que você tenha carteira de motorista." "É claro que eu tenho", o soldado confirma. E Luria prossegue: "O carro está com seguro e a licença está válida, só que, como eu disse—"

— Mas onde ele está?

— Muito próximo daqui. A cem metros, no máximo. Tem câmbio automático e está em ótimo estado, será até agradável para você dirigir.

O soldado hesita por um momento, olha para o relógio, mas por fim sorri e decide aceitar a estranha oferta. E Luria o encaminha à sua casa, desce com ele até a garagem, e o rifle, o cinto e a mochila são jogados no banco traseiro, e os dois entram no carro. E, antes de Luria entregar as chaves na mão do soldado, ele pede que lhe mostre a sua carteira de motorista, para se certificar de que é verdadeira e está válida. E então ele lança rapidamente o olhar para o seu braço, e dita para o soldado a senha da ignição, dígito por dígito, e o carro sai do estacionamento para a rua.

— Você sabe como chegar até a Estação Central ou quer que eu ative o GPS?

— Eu conheço o caminho.

Eles conversam em frases curtas a respeito da tensão no norte do país, o soldado profecia coisas ruins, mas Luria descarta a previsão dele. Ninguém sairá ganhando com uma nova guerra, lembre-se de como terminaram as guerras anteriores. Na Estação Central, o soldado procura o lugar do elevador que vai do estacionamento direto até as plataformas no sexto andar, e no início sente dificuldade de achar, e fica dando voltas no estacionamento deserto e escuro, até que o localiza, mas Luria não reclama, apenas anota em uma pequena caderneta o número do andar e o setor.

No sexto andar, a caminho das plataformas, Luria se despede com um agradecimento ao soldado, que já fechou o cinto e colocou sobre si a mochila, e com o rifle automático na mão ele parece pronto para a guerra. Mas o soldado recusa o agradecimento. Eu é que lhe agradeço, meu senhor, ele afirma com convicção, e se afasta.

O casal de Ashkelon

Mas, antes de Luria chegar até as plataformas superiores, um dos celulares toca e Yoav pergunta como ele está. "Voltei para casa", declara o pai solenemente, "e já estou de pijama a caminho da cama. Concluí com Avigail que a mamãe exagerou muito no temor dela, talvez por tanta culpa, pois desta vez ela viajou sem mim, mas por que motivo, devido a uma culpa que não é minha, eu preciso dormir quatro noites cercado de brinquedos e jogos que só vão piorar as minhas alucinações? Portanto, você também não diga nem uma palavra, e, por favor, não ligue para o telefone fixo para não me acordar, e, em caso de emergência, ligue para os celulares que estarão no modo vibrar debaixo do meu travesseiro, somente no modo vibrar para não cortar algum sonho que, apesar de tudo, eu queira tentar entender."

Nessa hora crepuscular, a Estação Central parece ainda mais caótica. Algumas lojas já fecharam, mas novos estandes se abrem para a noite, e até a população troca de idade e de cores, há mais jovens, mais soldados, mais africanos e também mais guardas. A plataforma para Beer Sheva está deserta, e alguém explica que o ônibus saiu há alguns minutos, e que o próximo chegará somente daqui a uma hora e meia. Ele deverá, então, procurar outro ônibus que o leve para o sul do país. Antes ele pensa em Arad como uma estação intermediária a caminho do deserto, mas, de acordo com o mapa das estradas em seu cérebro, Arad poderia ser um beco sem saída, e portanto ele prefere descer por Ashkelon, e talvez, apesar de tudo, no seu próprio carro. Ele vê que algumas pessoas estão esperando pelo ônibus de Ashkelon. Desta vez, trata-se de um caminho longo, e ele não pode se arriscar com um motorista solitário que pode jogá-lo para fora no meio da viagem e confiscar o carro para si. Portanto, ele se dirige a um casal, um homem e uma mulher de uns sessenta anos, que parecem razoáveis e apropriados. O homem é forte e tem o rosto severo, a mulher é graciosa, mas enrugada. Ele repete a história dos óculos de direção que se perderam, e prossegue com os elogios ao carro, japonês confiável, com câmbio automático, e direção suave e agradável.

Em princípio, o homem estaria disposto a ajudar, mas infelizmente revogaram a sua carteira de motorista há quatro meses, e a revogação ainda não expirou. "Por que ela foi revogada?", Luria está curioso. Acontece que este homem atropelou um motociclista que com certeza absoluta ultrapassou o sinal vermelho, e já que a polícia não podia inquirir o morto propriamente dito, decidiu dar uma compensação moral qualquer aos enlutados, revogando a carteira do motorista que o matou, de acordo com a lei. "E a sua esposa?", Luria não desiste. "Minha esposa", o homem balança a cabeça com tristeza, "de fato ela tem a licença, mas ela dirige apenas em viagens curtas. Eu não me arriscaria com ela em estradas intermunicipais." "Qual é exatamente o problema?", Luria insiste, enquanto o sorriso nos olhos da mulher atrai a sua simpatia. Assim como muitas mulheres, o marido explica com ampla autoridade, ela não toma cuidado na pista, esquece de ligar ou desligar as setas, e tem tanto medo de ultrapassar carros que os motoristas atrás dela enlouquecem. "Sem problema", Luria diz, "talvez com você sentado ao lado ela fique tensa, mas, se eu me sentar ao lado dela, ela ficará tranquila. Venham comigo, a responsabilidade é minha. Vocês pouparão tempo e dinheiro." "Por sua conta e risco", o marido diz e pega a mala, e eles descem para o estacionamento, e a anotação inicial de Luria se mostrou exata. O carro vermelho está sozinho no estacionamento deserto, que parece um gigantesco abrigo atômico se preparando para um período terrível.

Mas, antes que a mulher se sente no banco do motorista, o marido ainda quer verificar a licença do carro e o seguro dele. E, depois de virar os documentos, frente e verso, ele pergunta quem é doutora Dina Luria. "É a minha esposa", Luria explica, "diretora de uma clínica pediátrica, que agora está dando uma palestra em um congresso em Munique, um congresso sobre bactérias predadoras." "E o que você está procurando em Ashkelon?", o marido prossegue com a sua investigação. "Preciso ir até a minha irmã", a quem já informei que vá até a Estação Central para se encontrar comigo.

O marido enfim se tranquiliza e coloca a mala no porta-malas, ao lado do jarro de cinzas que ainda está ali esperando. A mulher recebe a senha da ignição de Luria, sentado ao seu lado, enquanto o marido está acomodado no banco de trás. Percebe-se na mulher a emoção pela confiança que depositaram nela, e ela liga o motor com ligeireza, resgata com sabedoria o carro das profundezas do estacionamento e navega com segurança até a Rodovia 20, na esperança de descobrir a Rodovia 4, para se conectar a ela.

A direção dela é tranquila. Às vezes, o marido arrisca alguma observação lá de trás, mas Luria o impede. "Deixe que eu mesmo a supervisione, a atuação dela é definitivamente boa, confie em mim, fui engenheiro rodoviário durante muitos anos na Caminhos de Israel, centenas de quilômetros estão contidos na minha alma." Nos últimos vinte quilômetros antes de Ashkelon, o marido se permite um sono profundo, tamanha é a tranquilidade dele com a conexão que se estabeleceu entre sua esposa e o engenheiro rodoviário sentado ao lado dela.

No estacionamento da Estação Central, o carro deles os espera para conduzi-los até a casa perto do mar. "Você quer que esperemos com você até sua irmã chegar?", eles dizem, agradecidos. "Não, não é necessário, confio nela, ela virá. E mil vezes obrigado a vocês pela ajuda."

— Obrigado a nós? — os dois se espantam em uníssono. — Obrigado *a você*.

A estudante de medicina

São quase nove horas. A Suzuki vermelha está em silêncio no estacionamento quase vazio. Na estação dos ônibus da empresa Dan Badarom há quatro plataformas, mas somente em duas delas há ônibus vazios esperando. Ele vê pessoas ao lado de uma cantina iluminada, dirige-se até lá e pede uma xícara de café. Depois, vai se informar a respeito do ônibus para Beer Sheva, e fica sabendo que, apesar de Beer Sheva ficar a apenas sessenta quilômetros de Ashkelon, a viagem até lá vai demorar agora cerca de uma hora e meia, porque o ônibus expresso passará a ser um ônibus meticuloso, deixando e recolhendo passageiros em toda localidade possível. Então fiquei preso, Luria confirma para si mesmo, menti e fiquei preso, fiquei preso e menti, e não terei alternativa a não ser desafiar a lei e levar o carro de volta a Tel Aviv por conta própria, na esperança de que não ocorra nenhum acidente no caminho e que eu não seja pego em alguma infração de trânsito. Em vez de me enrolar agora em um cobertor, estou decidido a levar o meu carro proibido para perto do lugar onde será aberto o túnel, pois só assim poderei entender o que ele simboliza e para onde ele está me levando. Meu tempo está se esgotando, e daqui a alguns meses, quando Maimoni se lembrar de me levar até a cratera, a demência já não entenderá pelo que eu batalhei aqui.

Aos poucos, os passageiros para Beer Sheva vão se acumulando. Uma jovem alta, com mochila nas costas e um homem muito idoso carregando a bolsa a tiracolo dela, juntam-se também ao grupo de passageiros, que ainda não se consolidou em uma fila organizada. A chegada dos dois parece promissora a Luria, e ele se aproxima deles contando a mesma história dos óculos, que ele reforça assinalando a sua profissão, engenheiro rodoviário aposentado. E, para a sua surpresa, o velho sabe alguma coisa sobre Luria, ainda dos tempos do Departamento de Obras Públicas. Ele próprio era empreiteiro autônomo, mas o boato sobre um trator de esteira que virou e rolou pela encosta até o solo do vale chegou até ele e até o sul do país. Luria fica animado, então às vezes também existem fatos com fundamento, nem tudo é sempre um desejo delirante. E, então, ele resume a agradável conversa, venha, meu senhor, e dirija para mim até Beer Sheva, e no caminho teremos outras lembranças. Mas o velho não está indo para Beer Sheva, apenas a sua neta, estudante do quinto ano na faculdade de medicina da Universidade Ben-Gurion, que deu um pulo de algumas horas até Ashkelon para visitar a avó doente, e agora está voltando para Beer Sheva para o plantão da noite na emergência do Centro Médico Universitário de Soroka. "Que médica você vai querer ser, no final?", Luria pergunta diretamente à estudante de medicina, que o observa com olhar inteligente. Apesar de ainda ter tempo para decidir, ela tende a se juntar ao combate contra o câncer. Mas Luria tem outra sugestão, e se ela dirigir para ele até Beer Sheva, ele tentará convencê-la no caminho a optar por neurologia e não por oncologia, pois o cérebro, para o qual não há transplante, permanecerá eternamente mais complexo e desafiador que todos os enigmas do câncer. O cérebro é astuto. Quando chegam para diagnosticar suas doenças e fraquezas, ele sabe às vezes se fingir de saudável e de lúcido.

E com uma confiança recíproca, sem qualquer verificação de licenças e de seguros, a mochila da estudante passa para o banco traseiro, e para as longas pernas da futura médica é preciso ampliar a distância entre o volante e o assento, e somente então é possível mostrar a ela o braço tatuado com a senha da ignição. E, sem se interessar pelo que de fato Luria quer na capital do Neguev no meio da noite, o carro se dirige a leste, para a Rodovia 35, e se enfia depois de Kiriat Gat pelo viaduto sul da Transisrael.

O rastreador

Ainda a caminho de Beer Sheva ele percebeu vibrações insistentes nos dois celulares, mas evitou atender com um motor rangendo à sua volta. Agora, depois que a motorista recolheu a sua mochila e correu para o plantão e o deixou na escuridão do estacionamento do hospital, que mesmo em uma hora tardia como esta não está deserto, ele se afasta alguns passos do seu carro, estacionado próximo à entrada principal, e para calmamente ao lado de uma grande roda de caminhão, para retornar à chamada que antes vibrou em vão, e dizer à sua esposa em um tom tranquilo: "Sim, querida, sou eu, o que houve? Você ainda não dormiu?"

"Onde você está?", ela grita ao ouvir a voz dele. "Por que não responde?" "Estou vivo, debaixo do cobertor, afinal, Avigail com certeza não aguentou e já confessou a você que nós combinamos de eu voltar para dormir em casa, porque na minha idade e na minha situação é difícil dormir em um quarto de crianças cercado de brinquedos estranhos e assustadores.

Então estou aqui, no nosso quarto, deitado na cama onde tudo é conhecido, mas está triste, por causa do seu lado vazio." "Então por que você não responde? Liguei algumas vezes." "Eu disse a Avigail que iria desconectar o telefone fixo e deixaria os celulares no modo vibrar, e aparentemente eu estava nas profundezas dos sonhos e a sua vibração se integrou a eles. E afinal, por que me repreender, já basta eu estar triste sem você. Estou em casa, e aqui não acontece nada, então, já que você me acordou, fale você. Relate, conte, como foi o primeiro dia? O que achou das palestras? Qual é o nível geral?"

Mas Dina ainda não cede a ele. "Apenas me explique com honestidade: de que lugar da casa você está falando agora." "Por quê?" "Porque a sua voz parece longe, como se você estivesse fora, como se houvesse ventos à sua volta." "Ventos?", ele ri. "Que ventos? Ao que parece, são almas penadas vagando entre a Alemanha e Israel, chega, deixe-me, não é justo, se foi você quem viajou e fui eu que fiquei, fale você, e eu ouvirei."

Ela se tranquiliza um pouco. Sim, existem coisas novas que ela não conhecia, há avanços reais na pesquisa, e aparelhos e medicamentos dos quais somente agora ela está ouvindo falar. Ela negligenciou demais nos últimos anos a leitura de novos artigos, e não participou muito de congressos. O dia a dia da clínica e a sua administração a arrastaram.

— Mas apesar disso — ele se apressa em animar o estado de espírito dela, que decaiu devido à longa distância —, apesar de tudo, *você*, e não os artigos que você não leu, foi quem conseguiu curar as crianças doentes.

Mas a alma correta de Dina se recusa a se agarrar ao incentivo que lhe foi enviado de longe.

— Não, Tzvi, nem todas as crianças, você esqueceu que também houve crianças que morreram na minha clínica.

Sim, agora ela sabe que alguns erros amargos também foram cometidos nos tratamentos, erros que já são impossíveis de corrigir, afinal daqui a pouco ela também se aposentará, como ele. Mas pelo menos sem demência, seu marido a consola.

E então, à distância de alguns metros, uma fagulha é esguichada, uma brasa é enviada, e uma figura fugidia que, ao que parece, ouvia a conversa, passa à frente dele e se dirige para o lado do hospital. Quem sabe para quem essa pessoa irá relatar ali a conversa clandestinamente escutada. Ele se apressa em encerrar o telefonema com a esposa e corre atrás da figura, na esperança de poder pelo menos falar com ela. "Desculpe", ele se atreve a tocar no ombro de um homem jovem, "você teria um cigarro para mim?"

E a partir de uma leve neblina em seu cérebro, exausto das adversidades da viagem, ele olha direto para um jovem beduíno vestindo uma camisa de uniforme militar que indica a graduação de sargento, mas a calça é civil — calça jeans com rasgões ao estilo das jovens alunas do ensino médio.

— Cigarro? Por que não? — o jovem diz, e puxa do bolso da camisa um cigarro longo e grosso. — Mas tome cuidado, esse é um tabaco forte, que eu enrolo sozinho.

De tanto medo, ele está disposto até a provar um tabaco mais forte que o normal, e, embora faça muitos anos que tenha abandonado o hábito de fumar, ele coloca o cigarro entre os lábios e inclina a cabeça para uma longa chama, e imediatamente seu ser é tomado por uma tempestade de queimação aguda que atordoa os seus sentidos e escurece os seus olhos.

Apesar de o cigarro já lhe escapar da boca, ele sente que a demência o inflama por dentro e se transforma numa profunda tosse que o faz se dobrar. Ele estende a mão ao jovem pedindo apoio, mas, até que este perceba, o sufoco já o deixa encolhido, e Luria cai de joelhos, e de tanto susto ele se agarra na calça jeans, aumentando os rasgões.

— Eu já sabia — o jovem diz friamente para a pessoa de joelhos à sua frente e engasgada com a tosse — que este cigarro não é para você.

E, como a tosse se recusa a passar e parece que ainda vai aumentar, o jovem sugere que ele entre na emergência para receber alguma coisa que a acalme. Mas uma pessoa que entra em uma sala de emergência à meia-noite precisa estar preparada para que examinem outras doenças cuja existência ele jamais imaginou. Não, ele irá superar a tosse sozinho. Esta noite, ele ainda tem um longo caminho até Mitzpé Ramon, e também precisa achar alguém que o leve até lá, porque o problema é que os óculos de direção dele desapareceram. E pela quarta vez Luria conta a história dos óculos, incluindo o epílogo da sua identidade como engenheiro rodoviário aposentado.

— Quanto você vai dar ao motorista?
— Quanto ele poderá pedir?
— Ida e volta?
— Por enquanto, só a ida, mas talvez também a volta.
— Cento e cinquenta shekels para cada sentido, não apenas pela distância, mas também pelo tempo.
— Aceito. Mas, afinal, você tem carteira de motorista?
— Como não teria? Você não está vendo que eu também estou ligado ao Exército como rastreador?

— Ainda precisamos de rastreadores? — debocha Luria, cuja tosse nesse meio-tempo passou a ser suave e bem-educada. — Pensei que as soldadas sentadas em frente a telas veem mais que todos os farejadores de vocês, perseguindo pegadas frescas nos caminhos das simulações.

— Nós, os rastreadores, vemos coisas que essas moças jamais verão, nem mesmo em sonhos. Então estamos combinados. Você concorda que eu leve você com o seu carro até Mitzpé Ramon.

— Não é para a cidade, é para a cratera.

— A cratera também está incluída no preço. Mas me dê apenas um momento para eu ver se o parto já começou.

— Que parto?

— Da minha irmã, que eu trouxe até aqui de ambulância, mas ela teima em não dar à luz até que veja o marido que está vindo do norte do país.

— E ele virá?

— Logo veremos.

O túnel

O rastreador desaparece na ala de obstetrícia, e Luria, que já se livrou da tosse, prepara-se com um profundo cansaço para prosseguir viagem. Ele retira do porta-malas um cobertor velho, e mais uma vez é surpreendido pelo jarro de cinzas que ainda está lá. Depois, entra no banco traseiro, aconchega-se como um feto, se cobre e se deita, impressionado com o pensamento de como ele se afastou de casa e da sua família esta noite por causa de um túnel desconhecido, e com apenas dois celulares para protegê-lo. E, apesar de o caminho de Beer Sheva até a cratera não ser longo, a noite já está se encurtando, e a volta para casa será complicada. Talvez, um rastreador beduíno como este seja exatamente o tipo de pessoa que poderá levá-lo de volta para o centro do país sem escândalo. Só é preciso completar o tanque de gasolina já no primeiro posto.

Algum tempo se passa, até que o beduíno acorda o adormecido para pegar as chaves com ele.

— O que está havendo? O parto já começou?

— Sim, o marido chegou e a minha irmã concordou em liberar a prole.

— E você? — Luria fica curioso. — O que você é? Casado ou não?

— Um pouco casado — o jovem sorri.

— O que é um pouco para você? Um pouco é só uma mulher. E ela não lhe basta?

— Para mim, sim, mas ela não basta para si mesma. Ela quer que providenciemos mais uma mulher, para que ela possa importuná-la.

— E como você se chama, afinal?

— Chamid, igual ao meu pai. E você, como se chama? — ele pergunta a Luria.

— Eu? — E imediatamente uma onda de pânico o domina. Já no caminho desde o centro do país ele havia sentido uma escuridão se intensificando em torno do seu primeiro nome. — Meu nome é Luria. — Ele procura escapar. — Pode me chamar de sr. Luria, isso lhe basta.

Mas o beduíno insiste.

— Não, não é suficiente, eu lhe disse o meu nome, e por que você não me dirá o seu, para viajarmos como amigos?

Mas Luria está pressionado:

— Não, você me chamará de sr. Luria. Isso basta. Sou mais velho que você.

O rastreador parece ofendido, ele quis uma aproximação e obteve como resposta uma raiva inexplicável. Ele se senta ao volante e exige a senha da ignição. Luria acende a luz sobre a sua cabeça para ler os dígitos no seu braço. "Quer dizer então", o rastreador debocha, "que você também precisa de tatuagens para se lembrar das coisas?" "Como assim eu também?", Luria se impõe. "Porque também entre nós, na tribo, há velhos que fazem tatuagem do que eles não se lembram; se você quiser, podemos dar um pulo para visitá-los no caminho de volta." Agora, um pavor se apodera de Luria: peguei um maluco como motorista. E com um gargarejo ele ouve novamente o murmúrio da jovem do fabricante. Nesse caso, ela ainda não desistiu de mim, que bom que o rastreador não a percebeu.

No primeiro posto de gasolina, Luria já está cansado para sair do carro, e ele entrega a carteira de dinheiro para o rastreador, que pede a sua permissão para pagar à vista e não com cartão de crédito, para que possa deixar uma gorjeta generosa para o frentista, que também é primo. "Então, afinal, de onde vocês são?", Luria pergunta. "Do entroncamento de Tlalim", Chamid responde, "mas também de lá às vezes nós nos deslocamos."

Ainda que o banco traseiro do carro vermelho se revele bem confortável, Luria sente dificuldade emocional de ficar deitado no seu carro particular enquanto outra pessoa o dirige. E, portanto, ele se endireita e acompanha pela janela o deserto passando à sua frente. Aqui estão as grandes prisões, e depois delas, Guivat Chablanim, e após alguns quilômetros eles passam pelo bosque sombrio de Ramat Beka. Viaduto do Neguev, o motorista anuncia solenemente. "E aí? Prosseguir na Rodovia 40?" "É óbvio", Luria grita, "não tenho outra rodovia."

O kibutz Mashabei Sadeh está imerso em uma escuridão total, exceto pela iluminação da cerca de segurança que o contorna. Como é exato e verdadeiro o nome que este kibutz escolheu para si mesmo[25], Luria pensa, talvez eu deva me juntar completamente ao kibutz antes de enlouquecer de vez.

No entroncamento de Tlalim, eles viram em direção ao de Chalukim, e sobre as colinas à direita e à esquerda escondem-se fazendas isoladas. O carro aumenta a velocidade, pois a estrada está toda ao seu dispor. No entroncamento de Chalukim, eles viram um pouco para oeste, e então continuam na direção sul. "Você ainda está acordado?", Luria pergunta ao motorista. Como um demônio que caiu no poço, o rastreador responde, e aumenta ainda mais a velocidade.

São três horas da manhã, e em Sde Boker e em Midreshet Ben-Gurion não há luz. O que é isso? Não há por aqui nem mesmo uma pessoa com insônia, ou que esteja lendo um livro ou vendo um filme?

— Diga, vocês, beduínos, visitam às vezes o túmulo de Ben-Gurion?

— Para quê?

— É porque alguém me contou que Ben-Gurion achava que vocês, os beduínos, na verdade são apenas judeus que esqueceram que são judeus.

---

25. O nome "Mashabei Sadeh" pode ser traduzido como "Recursos do campo".

— E se esquecemos, e daí? Isso é motivo para nos perseguir agora a torto e a direito?

O caminho corre à direita e à esquerda o deserto se alarga, coberto por uma claridade azulada, e novas estrelas surgem das profundezas do firmamento e enchem o universo com o seu brilho. Um novo vento sobe do vale Zin, suspira por cima do deserto, levanta areia e a faz dançar como altas bobinas em direção ao horizonte que se esvai. A tristeza primeva das antigas pessoas que passaram por aqui e que jamais ressuscitarão toca o coração do passageiro do banco de trás, que continua tateando com um pavor secreto o seu nome, que não deixou atrás de si nem uma sílaba.

— Daqui a pouco — Chamid declara —, chegaremos a um luxuoso hotel chamado Gênesis, o mesmo nome do livro que vocês têm na Bíblia, e no lobby eles têm à noite um canto com café e chá para todos no hotel que não conseguem dormir. Será que por acaso você não gostaria que nós também despertássemos um pouco antes de chegarmos à cratera?

— Mas esse café não é para nós, é só para os hóspedes do hotel.

— É para nós também, porque eu tenho uma prima que limpa os quartos à noite para os que chegam no dia seguinte, e ela dará um jeito para nós.

E um estranho pensamento surge no banco traseiro, talvez Maimoni esteja dormindo agora lá no Gênesis, para supervisionar o seu túnel, e assim será possível extrair dele com delicadeza o seu nome desaparecido. E por isso ele diz ao rastreador: "Tudo bem, vamos parar, mas por um tempo curto, pois você se lembra de que combinamos que você também irá me levar de volta da cratera até o centro do país."

— Não se preocupe.

Não há ninguém no balcão da recepção do Gênesis, mas na entrada do refeitório, de fato há uma mesa com jarras de café, chá e leite, e, ao lado delas, duas travessas com tâmaras de diversos tipos. O rastreador se serve com café, e para o seu hóspede serve leite, e recolhe algumas tâmaras de diferentes tipos e as enfia no bolso.

— Não estou vendo nenhuma prima sua aqui.

— Como você a veria, se ela agora está arrumando os quartos nas cabanas.

— Então chame-a, porque apesar de já ter vindo aqui algumas vezes, nunca vi como são os quartos. E eu quero ver justamente um quarto não arrumado.

O rastreador retira o celular do bolso e envia uma mensagem para a sua prima, e passa algum tempo até que chega uma beduína sorridente com uniforme de camareira. E Chamid diz a ela:

— Este é o sr. Luria, que quer ver como é um quarto revirado.

— Vocês também chamam isso de quarto revirado? — Luria fica surpreso.

— E como você queria que o chamássemos?

E a camareira os encaminha para fora do saguão e os acompanha até uma das cabanas de pedra, com uma pequena piscina cintilando ao lado da porta de entrada.

E ela abre a porta, e Luria entra em um quarto caótico, cujos cobertores estão enrolados, as toalhas jogadas no banheiro, e sobre a mesa, copos vazios e caroços secos, e na lata do lixo, jornais rasgados. Um completo quarto revirado, mas sem qualquer sinal de algum objeto pessoal.

— Você terá muito trabalho aqui para desvirar o quarto de volta — Luria diz à camareira.

— Sem problema — o rastreador responde no lugar dela —, ela está acostumada.

E de novo Maale Haatzmaut, e Luria se lembra de cada curva que Maimoni fazia com o seu carro americano. Agora, o seu próprio carro japonês particular também está se contorcendo por aqui, só que não é ele o motorista que irá cuidar de não despencar no abismo. Ele pede ao rastreador que pare no alto da encosta, para que possa passar para o banco do carona. A partir dele será mais fácil localizar a colina que receberá um túnel. A luz terminou o seu turno e deixou atrás de si uma noite escura, mas ainda existem estrelas fiéis à cratera, e elas ajudarão na direção correta. E eis que já há sinais de sombras de um caminhão e de um trator escavador, acenando com o punho roedor sulcado, e ao lado deles há uma grande tenda onde dormem os operários e talvez também o empreiteiro, e um cachorro peludo indiferente dorme na entrada. É aqui, Luria informa ao seu rastreador. E, depois que eles descem do carro, o cachorro se levanta preguiçosamente e se aproxima deles abanando o rabo, e começa a se contorcer, submisso, em volta das pernas de Chamid. "Por que esse cachorro não está latindo para nós?", Luria está surpreso. "Por que latiria para nós se ele está farejando que eu sou muçulmano, e você, o judeu, está sob a minha proteção?" Luria não diz nada. No caminhão está escrito com letras grandes: SHAFIQ SHAFIQ, KFAR YASIF. Mas, de dentro da tenda, chega um completo silêncio, ninguém acorda para recebê-los. E, na falta de alguém para cumprimentá-lo, Luria começa a caminhar em direção à colina propriamente dita, e já de longe ele percebe na escuridão fitas amarelas acenando ao vento, assinalando a entrada do túnel. Com olhar afiado de um engenheiro rodoviário experiente, ele supõe que as medidas esboçadas no papel estão de fato se concretizando na realidade.

A terra de Tzvi

Mas examinar a entrada do túnel não é o verdadeiro objetivo da jornada que arde dentro dele, e, portanto, ainda é impossível retornar ao centro do país. São quatro e meia. Será que nessa escuridão, que justamente agora está se intensificando, como se fosse para se defender da aurora prestes a romper, ele poderá identificar a trilha deixada pelo veículo ATV de Shibolet? Ele sobe apenas um pouco e espera o sol dar algum sinal de que também nesta manhã ele não se esquecerá da sua função. De cima ele percebe que o rastreador está amarrando uma corda no pescoço do cachorro que se apegou e tem dificuldade de se separar dele, e a outra extremidade da corda, ele amarra no guindaste do trator de esteira. E então o rastreador entra no carro vermelho para descansar um pouco. Que bom que escolhi um rastreador como motorista, Luria pensa, pois eles têm uma paciência infinita com o tempo e o espaço. Mas também é bom que a senha da ignição esteja comigo, assim poderei ter certeza de que acharei o carro ao voltar. E ele avança mais alguns metros na escuridão, mas suas pernas estão tropeçando entre as rochas, portanto, ele decide esperar, apesar de tudo, pelo primeiro raio de sol. E, como ele sabe que sua esposa e seus dois filhos não se atreverão a lhe telefonar a uma hora dessas, ele desliga os dois celulares, somente assim poderá provar que a descida até o deserto foi um sonho e não uma realidade. Ele se senta sobre uma rocha e talvez tira um cochilo, porque uma faísca da primeira luz que nasce a leste, sobre o vale Mahmal, abre os seus olhos, e enquanto ele espera que a faísca se transforme em um raio de verdade, irrompe outra faísca de uma distância mais visível que a primeira, sobre o vale Ardon. Será que nesta manhã brilhará sobre nós na cratera um sol especialmente inflado?, Luria está maravilhado. Ou até mesmo brilhem dois sóis separados? E com a força deste pensamento ele ousa se permitir a subida por uma encosta muito íngreme, que na vez anterior achou cruel para a sua idade, mas nesta manhã, apesar da sua exaustão, a encosta lhe parece adequada à sua demência. E então, na luz que vai se fortalecendo de dois possíveis sóis, ele percebe as pegadas das rodas do veículo ATV de Shibolet, e, a julgar pela sua nitidez, parece que o ex-oficial visitou o local recentemente.

Os antigos e quebrados degraus de pedra, bem lembrados da visita com Maimoni, anunciam que a ruína nabateia não está longe, e, de fato, rapidamente ele já está caminhando entre as duas corcovas do topo.

Aí está o professor da aldeia, o Rachman, o Yassur, que ainda não se entregou, talvez também porque Shibolet já tratou de vesti-lo com uma camisa azul estampada com o símbolo da Proteção da Natureza, na esperança de que a natureza conceda proteção ao palestino. Parece que o professor não fica nem um pouco admirado por encontrar Luria ao lado da ruína dele em uma hora de alvorecer tão precoce, talvez porque ele imagine que Luria subiu ao topo não por ele, mas por sua filha, Hanadi, a quem ele aponta agora em silêncio. Ela está deitada dormindo aos pés da mesa de pedra dentro de uma pilha de cobertores de retalhos coloridos, e pela silhueta dela Luria não apenas sente, mas também sabe, assim como na noite em que internou a esposa e foi cair ao lado da cama de uma mulher estranha, que a jovem adormecida já não está sozinha, pois tem um feto na sua barriga.

Será este o único jeito de Maimoni ou Shibolet fornecer a ela a identidade israelense que está faltando?

— Tzvi — o professor enfatiza o nome do aposentado que subiu a esta colina há muitos meses. — Você não é Tzvi?

— Sim — Tzvi recebe com entusiasmo e gratidão o nome que retornou a ele, e um medo o domina.

— Então há aqui outro Tzvi[26] — o professor diz, e segura com força o ombro de Luria e o vira para o sul, na direção do monte de ruínas. E ali, de fato, está um *tzvi*, um cervo, como se estivesse pairando, que na última visita à cratera Maimoni pensou ser apenas uma alucinação de Luria, e eis que não é somente uma ilusão, é um cervo vivo, grande, e parece que toda a luz do mundo se reuniu entre os seus chifres. E o professor da aldeia vai até a ruína e traz de lá uma carabina antiga, uma carabina híbrida cuja identidade e combinação de peças não são claras, e a aponta na direção do cervo parado e pensativo, semeando silenciosamente a sua luz em torno de si. E Luria não tem tempo para gritar, e o professor já dispara

---

26. Conforme explicado em outra nota, "Tzvi" significa "cervo" em hebraico.

somente um tiro, mas certeiro, no cérebro do cervo, que se recusa a aceitar a sua morte e tenta escapar, mas a bala cravada no intenso brilho entre os chifres o derruba, e lentamente o cervo se arrasta até uma fenda e desaparece.

GUIVATAIM, 2015–2018

FONTES
Fakt e Heldane Text

PAPEL
Pólen Soft

IMPRESSÃO
Lis Gráfica